木下杢太郎随筆集

kinoshita mokutarō

木下杢太郎

岩阪恵子・選

講談社文芸文庫

目次

木下杢太郎随筆集

I

小学校時の回想

小学校の時の回想を書けと云われたが、近頃はもうとんとそんな事を考えて見たことがない。十分に時の余裕があれば然《しか》し書いて見たいことも無くはない。嘗《かつ》てパリに居《い》たところアナトオル・フランスの「花盛りの生活」とでも訳すべき小説が出て評判だったから、買って読んで、自分も少年時代の事をこう云う風にも書いて見たいなと思ったことがある。それは十幾年前の事である。この日頃は日々とても忙がしくてこんな事を書いてなど居られないのに、ちょっとしたきっかけで、否めなくなったから、今夜十時半からこれを書き始める。

僕は学校がきらいで一年からきちょうめんに進んで行ったのではない。入学の時は実にくずくずであった。当時は既に半年級という制度は無かったが、まだ然し小学校にはいった時、重箱に干菓子《ひがし》などを入れて行って、級中の者に配る風があった。入学の始めの間を「ごみ級」という名称がまだ残って居た。

僕は姉たちとは年齢がたいへん隔っていた。姉たちの時にはまだ寺小屋の制度が残っていたと云うことだった。それは海岸に近い区画からは七八丁も離れた山腹のお寺に在《あ》った。その道はゆるやかな、屈曲した上り坂で、両側には人家があり、道の一方にはきれいな小川が流れていた。人家を離れると両方が田園になっていたが、その辺の川の水は誠に清らかであった。春先の水の温《ぬる》むころになると、その川の浅いところでは、水の面が網のような皺を作った。川の底の小石が一つ一つ輝いた。時としてその上に、極めて小さい魚の群の窺《うかが》われることもあった。誤って「めはじき」と云った、がまのたぐいの水草が川の両側に生えている。われわれの姉たちは水番《みずばん》の時には寺の学校から、その川まで硯《すずり》の水を取りに下った。級中の人は声を揃えて「水番水を頂戴」と叫んだ。この言葉は、僕の小学校の時まで残っていた。

僕は五つになっても六つになっても小学校に入らなかった。なぜ学校に行かないのかと聞かれると、先生がこわいからと返事したそうである。実際其頃石川先生というのがあって非常に厳しい人だったそうである。その先生は今小学生のかぶるような帽子をかぶって、洋服をつけていた。当時の先生は必ずしも皆洋服を着ていたわけではない。それは寧ろ少かった。石川先生は体操の時生徒をなぐることがあったと云う。僕は到頭《とうとう》石川先生には習わなかったが、わきから其先生を見て、たいへんにこわいと思ったことがある。

僕の一人の姉は東京に行っていたが、東京から帰って来て、是非学校へはいらなければいけないと僕をさとした。そんな事はもう僕自身としては覚えてはいないが、姉の話では、到頭《とうとう》それなら学校に行くと納得したという。其代り学校へ入っても目をつぶっていると云った。姉は僕をおぶって学校へ連れて行った。背の子供は到頭目を開かなかったと、後になって聞かされたことがある。

学校の先生からの注意もあって、僕もそれでも到頭学校に行くようになった。いくつの時であるかはっきり覚えていない。僕の近くのいさばの家に栄ちゃんという息子があって、僕より二つぐらい年上であったが、僕の遊び仲間であった。其《その》栄ちゃんの傍の机に坐っていた。それ故その級は一年ではなく、二年か三年の級であった。ここに僕は二三週間暮した。

後に病で死んだ白皙《はくせき》のわかい先生がいた。その先生でさえ僕には恐ろしかった。この間の事で僕の記憶していることはからかさという字を学んだことである。其時《そのとき》は傘〔ママ〕という形で覚えた。その時教師が誤ってそう教えたのか、自分が覚え誤ったのか、今となって知る由もない。だが実に傘の形に好く似ているなあと思った。そして家におっては、戸袋《とぶくろ》の、漆喰《しっくい》ぬりの平な白壁の上に、学校で教わらないような字を自分で作って書いて見た。その一は憲〔ママ〕という字で、一つは棋というのであった。棋という字は、後にほんとうにそういう字の有ることを知ったが、も一つの字など有りよう筈《はず》はない。この落書は僕が高等小学に入る頃までは残っていたが、其後家の改築の時に、其壁は毀《こぼ》たれた。

いつまでもそういう上級に寄留《きりゅう》しているわけには行かず、一年に移されるようになった。幾箇月間一年に居たか記憶していない。そのうちに学級が変り、同じ組のものは二年になった。僕は新学期にもひとり淋しく一年に留っていた。先生が君は二年に来て好いのだと云った。私は試験を受けませんから二年に行くわけには行きませんと答えた。然《しか》し君は二年に進級させることになったからと先生が云った。そうしてその後は正規の進級をした。尋常小学の学級からは今に記憶に残って居るものは甚《はなは》だ少い。たって思い出して見ると、前の机に居た生徒の絆天《はんてん》に墨をつけて怒られたことぐらいである。其子供は漁夫《りょうし》の子で頗《すこぶ》る標悍《ひょうかん》であった。手習の時間に僕の筆の穂が其背に触れて、長さ五分ばかりの黒い斑点が出来た。向うは無論知る筈はない。然し正直にしなければならないと教わっていたから、其旨を其少年に言って詫《わび》を言った。所《ところ》が向うは大に腹を立てた。古い黄八丈《きはちじょう》の縞《しま》目《め》も曖昧になっている絆天で、その位のしみなど何とも無い筈《はず》だと思って詫を言ったのだが、大に案外であった。詳しいいきさつは忘れてしまったが、到頭くら半紙三四枚を賄《まかな》って仲なおりをした。

尋常小学の時にどう云う唱歌を教わったか、はっきりと覚えていない。小学唱歌の「霞か雲か」などであったろう。日清戦争の始まったのが小学の三年の時、その終ったのが尋常小学から高等小学に転じた時である。その頃は「わが海軍の日の御旗」、「黄海海戦の歌」、「元寇の歌」などを教わり、出征軍人の出発の時はそれを歌いながら、半里或《あるい》は一里ぐらい、行列進行して之を送った。学校で教わったものでないのには、「楠正成の歌」「ノルマントン号沈没の歌」「郡司大尉の遠征」「福島中佐の遠征」などの歌であった。

春の月夜であった。芝居興行を見ての帰りであったか、またはお会式《えしき》の帰りであったか、僕は屈強な下男と共に（その背におぶさって居たように覚えているが、年齢との関係で少しおかしい）、そして他の好く知る、好く知らぬ四五人の人と連れ立って、夜遅く家に帰った。其時にいつもは八百屋物を背にして行商する女の人が、提灯《ちょうちん》をつけて一緒に歩いて居た。春とはいえ、月の光で提灯はいらぬくらいであった。そして道々其女の人が福島中佐の歌を歌った。歌の終りは「欽慕《きんぼ》、欽慕、欽慕、愉快、愉快」とくりかえすのである。

手に手に日の丸の旗を持ち、黒紋付で白袴をはき、肩に鉢巻をした四五人の壮者が踊をおどっている所を画《か》いたのが、表紙になっている薄い冊子に、其種の歌が沢山乗っていた。そう云う冊子を僕は持っていた。其他家庭では飴売の歌をまねて歌った。今なお記憶しているものは二つある。一は「鳴くななげくな、ほととぎす、鳴いたとて、籠から外へは出られやせぬ」と云うのである。も一つは……覚えているような気がして思い出せないが、しまいの処は「おまんま食わぬが忠義なら、熊本籠城は、ありゃなんだえ、皆忠義」というのであった。

ここまで書いて来て、尋常小学生活の間の一の挿話を思い出し、それと共に、其小学校の外貌がはっきりと脳髄のうちに復活して来た。僕は病気で一日二日学校を休んだ日であった。（一体しばしば学校を休んだ）もう起き出してから、午後裏の畑に出て、其垣根から学校の方を窺って見た。この畑には小さい流に沿って物置が建てられてあり、其中には薪が一杯積んであった。物置の壁の隙間から学校の方をのぞくことが出来た。学校は神社の傍、大きな松の樹の下に在った。ちょうど学校の退《ひ》ける時で、目の前を同輩が打ち連れて通って行く。大きな声を出してそれを呼びとめた。向うではどこで声がするか分らないからけげんな顔をしている。それで小屋から飛び出して、垣根の方に廻り、垣根の下をその小さい流れが畑の構内へ流れてくる角の間で、垣根越しに話をした。其話を方言で書くと小説めくから間接に叙述しよう。同輩の人々は僕が昨日学校を休んで好い事をしたと云って祝《い》わった。其わけを聞くと、算術がむずかしく、みんな夕方まで残されたと云うのである。其時僕は教室の壁に吊してあるとても大きな十露盤《そろばん》を頭に描いて、人事《ひとごと》ならず、驚き恐れた。

学校での生活の事は忘れてしまったが、其頃家庭に於《お》ける行事、その中で僕の演じた役割の事はだんだん記憶によみがえって来て、僕は今それを叙述したい誘惑を感ずる。嚮《さき》に屈強な下男と云ったのは栄作というものであった。一度兵隊に行って其後また帰って来て奉公したから、其男の二十歳前後の時であったろう。実に好い青年であった。僕はいまありありと其風手《ふうぼう》を想起した。然し小学校とは無関係であるから今はそんな事を書くわけには行かない。僕ははしかの後の長引いた恢復《かいふく》期を超して、九つの時であったが、その男の背に五里の山道を越えてはじめて東京に行ったが、その時の事には書いて見たいことが沢山有る。其途中浮橋という村を通ったが、其村についても述べたい事がある。僕がひまなら、標題をかえて此《この》旅行の事を書きたいと思う。二十幾年か前に「珊瑚珠の根付《ねつけ》」という小品のうちで、其頃の印象を原《もと》にして、小説らしいものを綴ったことがあった。唯この時東京での一つの事だけは、少年の心理に関係有ることだから略叙《りゃくじょ》して見よう。

僕の父は（本当は義兄であるが僕は父と呼んだ）僕を大学病院で診察して貰うつもりであった。僕はそれを到頭《とうとう》拒んでしまった。もとより田舎の少年に取っては医者に見て貰うと云うことは気味のわるい事で、之《これ》を欲しない者が多かろうが、僕に於ては他に大きなおそれがあった。それは医者は人の頭の中の事を見抜く者だと信じていたのである。そして其時僕の頭には医者に見抜かれてはならぬ何物を匿《かく》していたろうか。今ではもうすっかり忘れてしまったが、人間の煩悩というものは随分早いときからめぐむものだと感じて、恐ろしいような気もする。

高等小学校へはいってから後の事はまだだいぶ覚えている。それから唯一つだけの挿話をここに記そう。

尋常小学から高等小学へ入った時は、田舎の里から町へ出たようなものであった。新しく尋常高等小学校が建築せられ、今まであちこちの小さい校舎に分散して居た生徒たちが皆そこに集った。

一村のうちでも区が異《ことな》ると、其当時は、人の気質風俗もかなり違っていたものである。あとで気の付いた事であるが、海岸の漁村と、それから一里二里離れた山村とでは、生活の様式のみならず、言語までも異っていた。「うらア猫がひゃアんなけエひゃアってひゃアだらけになった」などと云う山村の言葉は海岸人の嘲《あざ》ける所であった。その一二里との間にはそういう大きい相違があるのに、例えば伊豆の海岸と、房州の海岸との間には、かなり似た言葉があった。遠い海は近い山よりも、風俗言葉の上では距離が短かった。

其小学校でも、始めのうちは或種の敵意を以《もっ》て、やがては仲好くなるべき、他区の生徒等と対峙《たいじ》した。人が新しい境遇（群団生活）に入るということは、いつも精神の上に特殊の負担を課するものである。僕は一生の間に此事をしばしばしたから、其感が殊《こと》に深い。

教員にはいままでのように村里の出身者ばかりではなく、正規の師範学校教育を受けた他郷の者が多く雑《まじ》っていた。病気の為《た》めに大学をやめて、温泉療養かたがた教鞭を取っている人もあった。いつも結婚式の時のように着飾っている女教員もあった。

入学の始めには、ちょうど日清戦争が終った時で、凱旋《がいせん》兵士を迎える為めにしばしば行列して進行した。

一日それらの凱旋軍人の為めに村の大歓迎会が開かれて、小学校が其会場に当てられた。生徒は皆袴《はかま》をはいて来いと云う事で、僕も始めて袴というものをはいた。それは僕の姉が東京で修業している時はいたものである。男の袴を女学生がはいたのはおかしいような気もするが、実際其袴をはいて写した写真を見たことがあるから、当時にはそういう風俗もあったのであろう。

宴会場は燈がつくようになってから狼藉《ろうぜき》を極め、小学生の給仕では手におえぬようになった。

こう云う事をくだくだしく書いて居ても仕方がないから、今言った一つの挿話の事を直ぐ書くことにしよう。

高等小学の一年の時であったか、二年の時であったか、僕等の級に他村から一人の少年が転じて来た。幼い時に虚弱であったとか、何とかで女らしい名前を持っていた。ここには仮りに山本美也とでもして置こう。本人自身が女の子のようにおとなしい少年であった。目の下に小さい黒子《ほくろ》があり、つつましい口許《くちもと》をしていた。新来者でまだ友だちが出来ないから遠慮勝ちで片隅に居る。清書の字が判で捺《お》したように規則正しく、其点も好い人間にも、殊に幼少年間には、動物と同じような本能が有って、新来のものに対しては敵意を表する。此少年は友だちを得る前に多くの敵を持った。無論その為めに其少年のいろいろの欠点が数え上げられたに相違ない。また少年が我々に対して敵意を持っているというように解したに相違ない。一夜時を期して其少年の止宿《ししゅく》している家を襲おうという相談が、十人あまりの生徒の間に一決した。

どう云う季節であったかはっきりしないが、軽い袷《あわせ》の着物を着て居たかに覚えて居る。そして夕闇がやや長くなった頃であった。少年の心には広いように思われた街道に人通がなかった。其通りは夏の初は、りょうしの子供等が鰹の頭を縄の先に吊るして
「ああやり、ちええ、ええわ、

ああこの、ちええ、ええわあ……」

と呼びながらそれを稲荷の小祠《しょうし》に供《そな》えに行く道であった。これは大漁を祝福する為めに薦めるのである。鰹の大漁のあった時、丸裸のりょうしたちは「ああやり、ちええ、ええ、わ……」と云いながら櫓を押して港に帰って来るのである。その節を少し変えて子供等は、鰹の頭を祠《ほこら》に運ぶのである。

又冬の初めには、温泉に入って濡れた手拭を竹竿に旗の如く結んで風に翻《ひるがえ》し且《か》つそれを乾かしながら子供たちの走り帰る其道である。その街道の大魔《おおま》が時《とき》に一人一人少年が集って来た。そして十人近くになった時に、どう云う方法で山本美也を襲おうかと軍評定をした。

其評定の間に、仲間の一人が、而《しか》も相当に腕力も有り、勢力も有る少年が、既に今夜の事を山本美也に内通したと云うことを告げる者があった。みんなそれで大いに腹を立てた。始めから内心に躊躇を蔵している僕は其時云った。もともと山本美也を襲うというのに大した理由があるのではない。あの男なまいきには相違ないが、我々に対して何も悪い事をしたわけではない。それより谷口長作がこっちの秘密を敵に内通するなんて云う事はまことに卑怯のしわざだから、谷口長作を懲《こら》すということになればわけが分る。山本美也を襲うのはやめて谷口長作の家へ押しかけて行こうと。

僕がみんな僕の言に同ずるだろうと思ったらそれは間違であった。皆はありありと躊躇の様子を示した。僕は重ねて説いた。そして仲間の説が分れた。今は山本美也を襲おうという心も薄弱になって行った。然し大体に於て、理窟よりも本能の方が強かった。どこか自分たちより出来る所のありそうな新参者に対する本能的の憎悪が我々の仲間の心のうちには蟠踞《ばんきょ》していた。

僕は山本美也に対してあまり反感を持っていなかった。級中での有力な競争相手には相違なかったが、其家居《いえい》の様子を見ると、道路に面した、一間にいつもきちんとかしこまって本を読んでいる。それで同情の心さえ持っていたのである。山本の止宿している其親類の家は僕の家と筋違いの処《ところ》にあった。僕が道を通る時には其少年はさびしげな笑顔をして会揖した。実際其少年は其後数年にして肺病で死んだと云うことであった。

谷口長作を襲うと云う僕の動議は成立しなかったが、山本美也を襲うという始めの心も甚だ弱くなっている。それでみな散り散りになって、其家の前に行った。僕も後の方からついて行った。

其家の主婦が忽《たちま》ち家の閾《しきい》をまたいで出て来て「わえらは何しに来た」と一喝した。みんなが唯わいわいと声を立てて、其閾の前に立ちむらがった。忽ち家の中から柄杓《ひしゃく》で水が投げられた。少年たちは口々に罵《ののし》りながら逃げ出してしまった。

此話も此位の程度にしか記憶していない。もっと詳しく覚えているつもりであるが、さて書いて見ると唯それだけの事である。

今のように、いろいろの事をつめ込まれないで我々は半ば野育ちに小学生活を送った。教課の事で、他の事は覚えていないが、高等小学二年の読本の一章の或る節をば覚えている。夏の暑かった日が「ようように山の端にかぎろいぬれば」跣足《はだし》になって庭に打水をするという古風の文章である。其時分はいくどもいくども教科書が変ったから、一概には言われないけれども、読本には今の小学校よりはおとなびた文章が選ばれていたように思う。

わたくしは高等小学の三年を卒業して、東京の中学に入るようになった。上京の前の数日は心悲しかった。かの裏の畑の物置の屋根に登って、夕方、「わが海軍の日の御旗《みはた》」の歌をうたった。神社のわきの、小さい流れに沿う道を、荷車を引いて通る少年がある。その少年は高等小学の二年を終って学校を退き、既に家の為事《しごと》の助をしているものであった。下の少年は屋根の上の少年に向って、「お前さんはいつ東京に行くかね」と問うた。上の少年はあすとか、あさってとかと云って答えた。車を引く少年は屋根の下の道を通って、後をふり返りふり返りさって行ってしまった。其印象は其後数年は消えずに残っていた。「わが海軍の日の御旗」の歌をうたうと、数時間前の出来事のようにまざまざと目の前に浮んで来るのであった。そして今この小文を草《そう》しながら、其記憶が久しぶりに戻ってきたのである。

すかんぽ

字引で見ると、すかんぽの和名は須之《すし》であると云う。東京ではすかんぽと云う。われわれの郷里ではとどぐさと呼んだ。漢名は酸模または蘋蕪である。日本植物図鑑ではすいばと云うのが普通の名称として認められている。今はそう云う事が億劫《おっくう》であるから、此《この》植物に関する本草学《ほんぞうがく》的の詮索は御免を蒙《こうむ》る。

震災前、即ち改築前の大学の庭には此草が毎年繁茂して、五月なかばには紅緑の粒を雑《まじ》えた可憐な花の穂が夕映《ゆうばえ》のくさむらに目立った。学生として僕ははやく此草の存在に注意した。其《その》花の茎とたんぽぽの冠毛の白い硝子《ガラス》玉とを排して作ったスケッチは斎藤茂吉君の旧《ふる》い歌集の挿絵として用いられた。

此植物は僕には旧いなじみである。まだ小学校に上って間もない時分、年上の悪少にそそのかされて、春の末、荒野《あらの》の岡に行った。

「紙に包んでな、塩を持って行くのだよ。」

台所の戸棚をあけて、塩の壺から塩を出して紙に包むと云う事が、この時ばかりはとても難渋な為業《しわざ》であった。そこに人の居ないのをうかがって、またやがてそこに来る人のけはいのせぬのを確めて、台所の押入の戸をあけるのである。指先につまんで紙に取ってもなかなか取りきれない。人の足音がし、急いで懐に入れた紙の袋から懐の中に塩がこぼれたらしい。

「お前何をしている。」

母だったので安心した。何も返事をしなかった。万が一の為めに弁解の用意はしてあった。水が飲みたくなったからコップを出そうと思って塩の壺をたおしたと云うのである。然し其戸棚はコップのしまってある戸棚ではなかった。下男と女中とが話をしながら台所の庭にはいって来た。

「おはつ、正吉が塩をこぼした。片付けてやんなさい。」

下男は、仮にここに正吉と呼ぶことにした僕の顔を見て笑った。僕の企《たくらみ》を推量したのであろうと思った。此下男は一昨年、僕が始めて東京に往《い》ったとき、僕をおぶって山越をした男である。峠の山ばたで「すいは」という灌木の葉を取って僕に食わしたことがあった。その「すいは」と云うのはここに云うすかんぽではない。はっきりとは覚えていないが、どうだんつつじのような小さい葉であったと思う。

台所の煤《すす》でてらてらと黒光のする大きな戸の表には赤と黒との字の刷られた柱暦《はしらごよみ》が貼ってあった。

そうして外へ出て、兼ねて打合わせて置いた場処で悪少と会い、一緒に低い岡に登って行ったのである。道端には小さい川が流れているが、水が甚《はなは》だ好く澄んでいる。今はもうそう云うものが無くなったが二十年前頃までは、誰が植えたのか、ひとりでに生えたのか、葉の長い石菖《せきしょう》が繁茂していた。子供たちは無論、村の人も其名をば知らず、「めはじき」と子供は呼んでいた。その花の穂を採って屈めて上下の眼瞼に張り赤目をする遊戯があった。「めはじき」の名は多分それから出たのであろう。別に本当のめはじきと云う草の有ることは後年に至って之を知った。

このきれいな小川を見ると、「水番水を頂戴」と云う言葉が必然に思い出されるのであった。母の話に、母がまだ少《わか》く、この道の上の禅宗のお寺の寺小屋に通っていた頃には、手習の水番と云うものがあって、この川まで水を汲《く》みに下りたと云う。水番という制度は、われわれが小学校に入る少し前までは、小学校にも残っていた。

菫《すみれ》と云う花をも此川の縁で覚えた。寺にお会式《えしき》の有った春の夕、祖母と此坂路を降って来ると、祖母が、「ああここにはこんなに菫が咲いている。それが菫という花だよ」と云って教えてくれた。花に嗜好を持っていたのではなかったが、此紫色の小さい可憐な草花をばかくて夙《はや》くから覚えたのである。

後年ひめりんどうとほととぎすとを見付けたのも此路の傍であった。ほととぎすは其花弁の斑《ふ》、普通のものとは殊《ことな》っていた。いずれも唯一株だけ生えて居り、その附近には同じ花を見なかった。水の溜った田のわきにはおおばたねつけばなの聚落《しゅうらく》が有った。おらんだせりに似るこの十字花科《じゅうじかか》植物の一種の風味有って食うに堪《た》うることは、今年始めて之を知ったのである。

さて、前に話した塩はこれからいり用になるのである。この川に添うて、またかのすかんぽが簇生《そうせい》して居り、幼少の者しばしばそれを嗜《たしな》むのである。花の茎の太く短く、青女《せいじょ》の前膊《ぜんはく》の如き感じを与えるのが最も佳味であった。その折れ口に塩をつけて食うと、一種の酸味と新鮮のにおいとが有る。柄の太い嫩葉《どんよう》は塩を振りまぜて両の掌間に摩《も》んで食うのである。緑色に染まった手をば川の水で洗う。いたどりもこの川の縁に生えていたが、アスパラガスのように太く軟い茎はもっと山深くはいらないでは見出されない。

かかる因縁の有るすかんぽだから、学校の庭にそれを見付けると、ああこんな処にも生えていると思って、なつかしく感じたわけであった。そして試みに其一茎を取って口に入れて見ると、唯酸《す》いばかりでたいしてうまいとも思わなかった。子供の時とおとなになってからとは味感も変って来るものかなと其時は考えた。

話はまた小学校時代に戻るが、やはり春の終の頃、山廻りをする父に従って山沢《さんたく》の杉、新墾の傾斜地の検分に往《い》ったことが有る。家からは下男も一緒であり、途中からは山の番を頼んである「宗さん」という人が加った。杉の樹の検分と云うような為事《しごと》はちっとも面白くなく、退屈し切ったが、その時、沢のきれいな水のほとりで喫した中食《ちゅうじき》の事をばいまでも朦朧《もうろう》と回想することが出来る。

竹の皮を拡げるとま白い米の三角の握飯が三個現われて来る。其一面にはつぶさない味噌が塗ってあり、その一部分が黒く焦げている。わきにうす赤い肉の塩鮭の切味と竹の子の煮たのとが添えてある。

「はれ、お前の弁当には箸がついていないな。」

そう云って父は立ち上り、近くの若葉をつけた灌木から、素直にますぐに伸びた一枝を切り取り、丹念に其皮を剝がし、先端を尖らしてくれた。「さあ、これで食べなさい。」

当時は寄生虫の害などと云う事をまだ世間の人が注意しなかったので、山廻りの人は皆この清冽《せいれつ》な沢の水でもって弁当を使ったのである。父と僕とは茶のみ茶碗に盛って飲み、他の人は手ですくって飲んだ。新しく作った箸は生々とした晩春の臭《にお》いをただよわした。

これ以上くわしくは其時の光景や人の為業《しわざ》を思い出すことは出来ない。これだけの事を思い出すのも、これから話すすかんぽからの聯想《れんそう》ゆえである。

「お前あれを知っているか」と父が言って指さした。

水の流の一方にさわさわと其すかんぽの一群が繁茂していたのである。それから高まる茎は太く、みずみずしく、いかにも軟かそうである。折ったらぽかりと音を立てて挫《くじ》けそうである。

「あれは食べられるよ、知っているか」と父が再び問うた。

言下に「そうかね、たべられるのかね」と僕が答えた。そして、その積りでもなかったが下男の顔を見た。下男の顔に僕に取って堪えられない表情が浮んでいるように邪推した。

「一本取ってたべて見な。沢山食うと毒だが、一本位構わなかろう。食べたことが無けりゃ一つ食べて見な。」

そして父は数茎を取て一座の中央に置いた。塩がなかったから、握り飯の味噌の一ひらを取って附けて食べた。

すかんぽに関する第二の話は正味これだけである。もはや其時からはあまりに長い歳月が経過している。青年時代にはまだ楽しい回想であった此時の光景が、今では唯一両百語で話し尽される事柄以外では無くなってしまった。

中学から高等学校、それから大学と、われわれの仲間には絵事や文学を好むものが少からず居た。時世が時世であったから、大学生の時代には学外の新詩社、方寸社等の人々とも其道でのつき合いをした。しゃれて云えば、文酒の会というべき事も時折り行われた。「屋上庭園」という三号雑誌を刊行したのもその頃の事である。

大学を卒業した。そうすると専門の学問と日々の業務とが待っていた。更に一二年すると同好同学の伴侶にも都門《ともん》を去って遠く任に赴《おもむ》く人さえも出来て来た。会者常離《えしゃじょうり》の悲が葉桜の頃には心を動かした。

「ふるき仲間も遠く去れば、また日頃顔合せねば、知らぬ昔とかはりなきはかなさよ。春になれば草の雨。三月、桜。四月、すかんぽの花のくれなゐ。また五月にはかきつばた。花とりどり、人ちりぢりの眺め。窓《まど》の外《そと》の入日雲。」

そう云う述懐を作ったことがある。後に山田耕筰君が作曲してくれ、ラヂオでも時々唱われた。もはや其時の感傷もなく、他人事《ひとごと》のように知らぬ人の歌い弾ずるを聴聞した。

殊にひそかに此歌を献じた一友とは、大正末年以後唯二回遭遇しただけである。一生のうちにも一度会えるかどうか疑わしい。会ったところで、往時、黒田清輝先生の処からその「小督《こごう》」のデッサンを借りて来て互に感奮《かんぷん》して話し合ったような気分は到底醸し出されぬのであろう。

所がすかんぽの話に後日譚が湧出した。それがまたこの薬袋《やくたい》も無《な》い雑文を書く機縁にもなったのである。

僕は満洲時代以後植物の腊葉《せきよう》を作る道楽を覚えた。然し決して熱心な蒐集《しゅうしゅう》家ではなかった。唯往年支那を旅行して集めたものは当時理科大学に勤務していた大沼宏平さんと云う老人に鑑定して貰った。この人は学者ではなかったが、アメリカのイルソンなどと云う人が、日本の植物を採集しに来た時も案内者に選ばれたほどで、日本の植物の名をば好く知っていた。支那産のものは属名は分っても大半は、直ぐと種名は判じ難かった。「支那南北記」や「大同石仏寺」のうちに植物の事をも顧慮することの出来たのは、洵《まこと》に是人のお蔭である。

東京に出てからは朝比奈泰彦教授の引合せで久内清孝君を識《し》ることが出来、僕の植物採集は始めてまちようになりかけ、学生を使嗾《しそう》して一緒に採集に出かけたりしたが、一つは年齢のゆえ、後には時勢のゆえで、折角の楽しみは成育を礙碍せられた。

昨年以来はこの乏しい知識に、時節柄、実用性を与えようと思い、食べられる野草の実験に指を染めて見た。もう救荒《きゅうこう》本草類の図書を蒐《あつ》める便宜もなくなり、専《もっぱ》ら親試《しんし》に便《たよ》るのみである。そして既に五十幾種かの自然生の葉茎を食べ試みた。少し煩瑣《はんさ》に亙《わた》るが、その名を、思いついた順序に書い附けて見よう。

ハコべ。ウシハコべ。タンポポ（葉と根と）。オニタビラコ（葉）。春如菀《ハルジョオン》。タチツボスミレ。枸杞《クコ》（葉）。イロハカエデ（葉）。山吹の新芽。藤の芽と蕾《つぼみ》。榎《エノキ》の新芽。ギボウシ。

ナズナ。ヤブカンゾウ（新芽）。ツワブキ（茎）。雪の下の嫩葉《どんよう》。ミミナグサ。スズメノエンドウ。ヒルガオの嫩葉。イタドリの新芽。スカンポ。ギシギシ。ヨメナの嫩葉。ツクシ。アカザ（嫩葉及び果実）。カタバミ。ネズミモチの実（炊り粉にしてコオヒイの代用）。ヨメナの新芽。椋《ムク》の新芽。桑の新芽。柿の新芽。オオバコ。イヌガラシ。オオバタネツケバナ（水上の葉）。イノコズチの新芽。トトキ（ツリガネニンジン）。スズメノヤリ。イヌビユ。ユズリハの新芽。ジャガタラ薯《イモ》の新芽。ハマビシャ（ツルナ）。ツユクサの嫩葉。スベリヒユ。クサギの嫩葉。スミレ。ツボスミレ。カラスノエンドウの莢《さや》等。

ここは其処でないから、其調理法や風味の事をばあげつらわない。唯優秀と思われる数種についてのみ、少しく説明する所があろう。

トトキ、ヤブカンゾウ、ギボウシ、ヨメナ、雪の下、オオバタネツケバナなどは雑草と云っても、昔から風流の意味で人が嗜み、世間の評価も既に定まっている。ヤブカンゾウの新芽、オオバタネツケバナなどは、栽培の野菜に劣らざる味を有している。

ツユクサの新芽は今年始めて試みたが大に推奨するに足りるものである。佳品としてはアカザの実のつくだ煮を挙げたい。紫蘇《シソ》の実、唐辛の実を少し雑ぜて之を作ると、朝々の好菜となる。次にはタチツボスミレの天ぷらである。粘液質で、歯当りが甚だ好い。太いタンポポの根もいろいろと使い道の有るものである。

可食野菜の事は先ずこれぐらいにして置こう。相当に念を入れて食べ試みたから話すことはまだ沢山有るが、たいして詩的のものではなく、同好の人と談ずべく、世間に吹聴するまでの気にならない。また吹聴するにはもっと十分の用意がいる。量と質とに於て、実際長期に亙る補助食物としての資格が有るか。栄養価は果して幾何《いくばく》。いまだ検出せられざる微量の毒物を含有してはいないか。是等の問題はまだ詳しくは研究せられていず、僕としてそういう研究に入りこむ余裕を持っているわけではないのである。

それで最後に残ったすかんぽの話へと急ぐ。別にこれと云うほどの事の有るのではなく、唯幾十年ぶりかにそれを食べて見て、「白頭江を渉《わた》って故路を尋」ぬる人の如き一種の感興を得たと云うに止るのである。

大学構内の公開の場所には今やどこにもすかんぽは見付からなかった。恐らくば大震災後根が絶えたのであろう。所が農学部の裏門からはいる小径《こみち》のわきの地面に其聚落の有ることをふと見付けたのである。花茎はいまだ甚だ伸びず、なお能《よ》く水分を蔵し、葉柄もかなり太かった。数日後の夕、寄道してその少許《すこしばかり》を採取し、クロオルカルキとか云うもののうちに漬くること一日、之を短く切って、まだ厨房に少し残っていた油と塩とを点じて食べ試みた。そしてその酸き味のあとに舌に触れる一種の薌沢《きょうたく》に邂逅《かいこう》して、忽然《こつぜん》として疇昔《ちゅうせき》の情を回想したのである。

すかんぽの話は之を以て終る。一箇月以来胃腸に疾を得、可食の雑草からは遠かってい

る。（乙酉六月上浣）

僻郡記

壱

昭和十年一月十七日

その現場の小学校に往く途中、赤十字社の佐藤氏が車中で語った。千円位の価の有る田地を五百円位で譲って、そしてその五百円が出来たら田地と引換にすると約束する。無論五百円は、始めから利子が差引かれてあるのである。結局金が出来なくって田地は戻らない。この数年以来こう云う例は此地方に著しく殖《ふ》えて来た。

百姓には借金の有るものが多い。そして借金が幾許《いくばく》有るかと尋ねると、之を隠して答えないのが普通である。然し少し金廻りが好いと浪費する。

一家で十反歩小作する百姓は殆《ほとん》ど無いであろう。先《ま》ず五反歩位か。其《その》半分は自分の手に入る云々。

之《これ》より先、一月六日夜に一客が用事で余を訪ねて来た。その人は地方の事情を知る人であったから、用談の後にいろいろと質問した。その人の話に拠《よ》ると、一反歩からは平年、籾《もみ》二石五斗が取れる。凶年には一石、今年は一石八斗位である。(米とすると籾の半分になると見て可《よ》い。)然し今年は、世間で評判になったその所謂《いわゆる》冷害よりも、繭《まゆ》の値の安かったことが、農村に取って、一層大きな痛手であった。

我々が二三年前、数箇部落に於ける或る特殊の疾患の疫学的研究を為す機会で、調査部落の一家の収入を平均的に概算したところ、七百四十円と云う数を得た。その客の意見では此《この》平均額は過大に過ぎると云う。然《しか》し年七百四十円の収入の一家としては、十反歩位は田が作られよう。だがそれには十人位の手が入用である。十反歩中三反歩の収穫は自家の有となろうと。

余は今まで凶作の、冷害のと、唯新聞で窺い知っているばかりであったが、地方の都会に住むこと九年にして、始めて少し身を入れてそう云う話を聞くようになり、今日はまた始めて実際目を以てそう云う部落を見るの縁が結ばれた。そしていろいろな初心者的の疑問が蜂起した。

少し雨の気を含む重陰《ちょういん》の空である。道傍の百姓家は皆戸を閉じている。それを、佐藤氏に尋ねると、此辺は冬は皆そうであると云う。「障子なんか有りゃしないのですから。」とそう佐藤氏は説明した。

長塚節の「土」の冒頭の章に「朝から雨戸は開けないので内はうす闇くなっている。」と云う叙述がある。冬の間農家が雨戸を立てこめて置くのは、鬼怒川の沿岸地方でも同様だと見える。

嚮《さき》に述べたように、我々は嘗て或る特殊の衛生学的研究の為に、その環境を知る必要が起り、数部落の四十四戸に就いて其生活の状態を調べたことが有った。四十四戸中宅地の乾燥せりと見做《みな》されるものは十九で、他は皆陰湿の地に在った。日光照射の良好なるものは三十七戸であった。一屋の三室より成るものが多きを占め、二室のものも少からず（九戸）あった。二室のものは、一は納戸、一は台所（兼居間）で、三室のものは、この他に表間とも称すべき一室を有するのであった。納戸は六畳敷、八畳敷、或は更に大きく、ここには多くの場合昼夜寝具が引き放しになって居る。台所は概《おおむ》ね十畳ばかりの広さで、囲炉裡を中心に二三枚の畳を敷き、あとは板の間であるのが常であった。家人の団欒するのは、主として此室であった。表間の有る場合には、それが応接間にもなり、仕事場にもなった。便所は大抵離れて建てられてある。台所の側には土間が有る。またこの母屋から離れて、農具、牛馬等を置く納屋の有るのが屢〻《しばしば》であった。

納戸は、畳敷で十枚以内に当るものが二十五戸、二十枚以内のもの十九戸。之を家族の数に割り当てると、一人当り畳一枚なるが十戸、二枚のもの三十一戸、三乃至《ないし》四枚のものが三戸であった。

台所は寝室に用いることは稀で、畳数として目算するに、十枚以内のもの三十三戸、二十枚以内のもの十一戸、之を一人当りにすると、一人一枚のもの十三戸、二枚のもの十九戸、三枚のもの九戸、四枚のもの三戸であった。

既記の二室は如何なる貧家にも必ず有り、其他になお一二室を有するものも有った。それを畳数に直して測ると、十枚に当るもの二十戸、二十枚までのもの十三戸、三十枚までのもの二戸、之を家族で割り当てると、一人一枚のもの十二戸、二枚のもの十九戸、三枚のもの八戸であった。

家族数に就いて見ると、三人乃至《ないし》八人というのが多数を占めた。

この四十四戸の職業は藁細工、日雇、鍛冶、炭焼、農業、馬車輓、村吏員、農蚕業、牧畜、木挽、漁業等であった。

この四十四戸の年収を調べた。それは役場の帳簿に拠ったのでは無く、専ら各戸に就いて直接探知したものである。即ち小作、馬車賃、炭の生産の量などを尋ね、之を基として推算したのである。四十四戸中最低の年収は三十円であった。一人一戸の家で、農作、草鞋製造等で纔《わず》かに糊口《ここう》の資《し》を得ていた。かくの如きは他になお二戸あった。五十円位のものの三戸、八十円位のもの六戸、最高は二千円であった。この他に一軒一万二千円というのが有ったが、是れは特別としてあるから除外し、平均数を取ると一戸平均七百四十円という数になったのである。之に就いては佐藤氏も見積が多きに過ぎるだろうと云った。

別に十六部落に於ける総戸数一千六百八十六に就いて其生計を調べ、仮に之を甲、年収二千円以上のもの、乙、八百円以上、丙それ以内の三等に分つに、甲百六十五戸、乙六百七十二戸、丙八百五十戸であった。之に就いて一家の年収を見積ると、やはり七百円そこそこであった。固《もと》より現金の収入と農作物その他の貨物を総て加算してのことである。(愛子《あやし》。)

＊

後日或る経済学的著述家の論文を読むと、東北地方に於ける農家の負債は全国に冠たるものであるということが統計を以て示されていた。そして其貸付利率も亦他県に比して高いと云うことである。

田園の邑里《むらざと》を通ると、錯落《さくらく》たる街巷《がいこう》の間に一きわ広大に構えられた古風の大門が立ち、それから奥の庭の松、楓などが透見《すきみ》することがしばしば有って、昔の露伴の「微塵蔵《みじんぞう》」の小説集などの光景を実物で示されたように思って甚《はなは》だなつかしいものである。時勢は変ってそういう風の富家或は其衰替《すいたい》が別の見方から観照せられるようになりつつある。但し今はなお議論の時代で、小説の形態を取った作品のすぐれたものはまだ無いようである。

昭和十年一月廿九日

弐

秋保《あきう》という村に往き、その小学校で多数の村人の疾を尋ね、施薬《せやく》した。それが済んで教員室で大きな火鉢を囲んで雑談した。

其席に一老人が居て何かしきりに語ったけれども、訛《なまり》が余りひどくて、僕には好く了解することが出来なかった。何でもめゝぬきの魚が目が飛び出さず、却ってひっこんで居る。それを洗うと赤い色が落ちる。土に埋めて置くのを、ステッキを指すと在所が分ると云うのである。此事柄のはっきりとした聯絡《れんらく》が好く分らなかった。尤も僕が初め大して、其話に注意を払わなかった故もあったろう。

帰りの自動車の中で、助手のI君からその話の筋を説明して貰った。すると次のような事であった。かの老人はもと秋田県で税務署の役人を勤めて居た。秋田の人はずるいから、生きの悪いめゝぬきの魚を紅い色で染めて、さもさも新鮮のもののように見せかけて売りに来る。然しもう少し古いのだから、勢好く目が飛び出して居ないで、だらりとしている。水で洗うと色で染めた魚だから、それが剝げて、桶が紅く染まる、又そう云う土地故に濁酒《どぶろく》の密造も盛である。酒瓶は地に埋めてある。然し多年の経験の齎《もた》らした勘で、瓶の埋っているあたりが略ゝ《ほぼ》見当が附く。杖を地に差すと果して匿《かく》された一物に触れると云うのであった。

東北地方に住んで居ると、濁酒の密醸の発《あば》かれたと云うことが、しばしば新聞の雑報に報ぜられる。是れは村里の生活に於ける重要な事件であって、そして税務署の役人以外からはあまり注意せられていない。唯張赫宙《ちょうかくちゅう》氏の小説「権と云う男」では此事の叙述の為めに数頁が費されて居り、且つかなり好く印象と情緒とが再現せられている。

昭和十年三月二日

参

朝八時二十分の汽車で赤湯《あかゆ》を発し、糠《ぬか》の目《め》で車から下り、それから電車で高畠《たかはた》と云う処に至る。そこに着いたのは十一時半ごろであり、いつの間にか吹雪となっていた。それから馬の牽く橇《そり》に乗る。今年は例年より少し温かであったと云い、里近い道に雪が少くて馬は重げに見えた。別の橇に乗った看護婦、調薬の女史など、車の側の板が外れて道に転げたりなどした。新宿《にいじゅく》と云う小村を過ぎてから雪景はいよいよすばらしくなった。道は深い谿谷《けいこく》に沿って居たから、頸を右に廻すと、雪に埋れた遠山《えんざん》の全貌がまのあたりに迫った。宛《えん》として天然の一大殿堂である。唯松の樹のみが其表面に黒ずんだ斑点を作った。こう云う景色は唯目で見て楽しむべく、写真に縮め、画布に再現すると、極有りふれたものになるのが常である。昔饑饉《ききん》の時に上杉公に上書して磔刑《たっけい》になった人の墓がかなたの山の麓に残って居ると馬夫が語った。調べて見る値打の有る事であると思った。

一本の杉の木の処で上り路がくの字に曲り、そこが山形県と宮城県との境である。後の県に入ると道が急に悪くなったことに気が付いた。ただ此街道のみならず、此差別は寧ろ一般的の事であると云う。山形県が富める故であるか。宮城県が広大で、手の届き兼ねる故であるか。

　数年前余は東北本線の汽車で或る官吏の一群と乗り合せ、聞くともなしにその会話を聞いたことが有る。それは再び東北地方に赴任する司法官らしく、各県の事情を好く識《し》っていた。その話に山形県人は正直で勤勉だと云うのである。机にしろ、箪笥にしろ細工物は山形県で購《あがな》うが好いと話した。その話に拠ると宮城県の商人は甚だ信用し難いものになっていた。そして昨夜赤湯の宿で会った人も亦此事を保証した。馬夫は馬夫で、郡部から金を取り上げて、仙台に宏壮《こうそう》な県庁を建てた県知事の事を悪しざまに云った。

　崖が高く路が狭く、往々危険を感ずるような処があった。いよいよ登って行くと、雪が厚いから馬の駆けることが早くなった。かなたの山から雪の大磐石《だいばんじゃく》が特に飛び出し、その上に茂り重なる松は、寧ろ盆栽かなどのように見えた。名所でない処にも絶景は有る。こう云う偶然の機会で無かったら、一生此風景を見ることは無かったであろう。

　雪なだれの故に、数年前、一人の木樵《きこり》の死んだと云う山岨《やまそわ》を過ぎた。炭を焼く人は、雪寒の季と雖も早朝から山に籠る。その夕榾《ほた》をかつぐ他の人は茶屋に憩うたが、その男のみは足が丈夫で茶屋に憩わずに先立った。そして折悪しくなだれに会った。他の人は幸いに此災難を免れたのである。余は満洲に居た時、あの山東の苦力《クリイ》といわるる幾千の人々の心の訴えが文学の形で他の人に漏らされていないことを痛ましく思ったことが有ったが、我邦の僻郡の炭焼も亦《また》此例に外れるものではなかった。平安朝以来、文学は主として都会人のいわば余裕の有る心の動静を写す具となった。所謂《いわゆる》自然主義文学としても同様である。

長塚節氏の小説「土」は農村の文学の傑作として、蓋《けだ》し我邦に在って未曾有《みぞう》のものである。

道は高山の平地に出でた。ここは湯原鉱山の工場の在る処である。そこへ男女各々五十人許の小学校生徒が、手に手に赤、紫、青、黄などの小旗を捧げ、足に橇《そり》を穿いて走り到り、列を為して我々を迎えた。意想外な、少し大袈裟な歓迎であった。

Yと云う部落は人口二千余、戸数二百七十ばかりである。雪冬には家の廻りを、簀子《すのこ》の如くに、藁《わら》で囲み、その上に屋根を造るから、日光は乏しいが、そこに少しばかり、前房と中庭とを兼ねた処が出来、木の葉は雪から防がれ、子供の為には楽しい遊び場となる。その様式が西洋のホテルの入口の広間の如くである。多分何とかと名も有るしつらいで有ろうが聞き漏した。関西の田園の風物は微少のものと雖《いえど》も、鳶《とび》、雀の如く目の鋭い俳人の視瞻《しせん》に漏れず探し集められたが、東北辺陲《へんすい》に在っては、かの「雪踏み」、「雪切り」の如き重要な行事も、昔の名だたる俳諧には現れず、近年の作家からも僅かばかりの句しか求められず、又概して上作が無い。

偶《たま》に二階屋が有って、その窓《まど》に雪履《ゆきぐつ》など吊してある。此地方とても雪履、雪草鞋《わらじ》など唯稀に見られるばかりである。我々は行く人のかかるものを穿てるをば見なかった。皆既にゴムの長靴の便利なるを知っている。この物は数年の間に日本全国に汎《ひろ》まり、そして倫敦《ロンドン》に現われて、マクドナルドをさえ驚かした。

小学校に着いた時はもう午後の一時であった。温い中食の馳走を受けた。また剝製の溷鼠、鷲の巣、一種の蜂の窠《す》などを見せられた。鷲の巣と云うのは楕円形で、長さ七八寸、綿のかたまりのようで、その一方に小さい口が有り、やや大きな鳥の毛がはみ出して居る。全体鳥の和毛《にこげ》から成り、灰色を呈し、其表面に地衣《ちい》の小片を着せてある。山中の樹の股のところ等に構うるものであると云うが、この地衣も多分その幹から取って、この巣に附けたものであろう。こう云う精巧なるものを作るのは、唯本能ばかりに由ると云うわけには行くまい。必ずや或る程度の智能をはたらかすのであろう。小なる技術者が、ほぼおのが巣を作り上げたのちに遠くの枝から之を眺めて、またその色が周囲の木の幹から目立つと感ずるのであろう。そしてかの地衣を啄《ついば》み運んで、その表面のあちこちに附け散らし、段々と周囲との区別の不判明になって来るのを見て始めて安心するのであろう。

診療の患者は小学生を併せて八十人ばかり、大した病気も無かった。肛門周囲の瘻孔《ろうこう》などが有っても、その場で手術するだけの準備も時間も無かった。女の生徒の頭髪は頭蝨《あたまじらみ》の巣であった。単に此村ばかりでは無く、農村に於て一般にそうである。

この部落は温度の低い山地で有るから水田は甚だ少い。それで生業は主に炭焼である。くぬぎの中丸で（この県は四貫目を以て一俵となす）一俵六十銭位である。此質此量を標準として、炭一俵の価も村に依って異る。低いのは四十五銭位、高いのは八十銭位である。大都に近い村落では高く、遠い処では低いこと自然の理である。之を主に赤湯（山形県）の方に出す。夏は関を経て白河の方に出す。この地方でも、宮城県の商人より山形県の商人の方が信用が有る。一時その筋の勧告で蚕業を盛にし、桑の畠を起したが、生糸の安くなってから以来、桑の樹は忽ち根こそぎにされたと云う。あけびの芽、山牛蒡《やまごぼう》の葉、山葡萄などが食われる。山葡萄の汁は風味は有るが頗《すこぶ》る酸《す》い。山牛蒡は之を干して、正月の餅に雑ぜて搗《つ》く。一度其見本を結城哀艸果《あいそうか》君から贈られたが、我々には蓬《よもぎ》の餅の方が美味に感ぜられる。近来は乳牛を育てて良好のバタが作られると云う。

五時ごろ雪橇で帰途に就いた。小学校の生徒たちがまた送ってくれた。六時過ぎの電車に乗り、八時過ぎ赤湯に帰着した。

肆

昭和十年三月三日。日曜日。

朝九時幾分かの汽車で仙台に帰る予定であったが、岡本迦生、結城哀艸果の両君が来るという電話が有ったから出発を延ばした。

迦生君は島村茅三《とうぞう》君と共にこの数年来しばしば俳諧歌仙を興業し、そして漸くアルカイズムを脱し来った。茅三は重厚、迦生は奇抜である。

切火打つ蔵かぐはしき新走　　迦生
孫を相手に幣を裁つ禰宜　　茅三

見て置きし釣場のことの気にかゝり　生
（破笠行。昭和九年七月）

下京の相撲もけふで楽となり　茎三
深きわだちの残るぬかるみ　迦生
貧乏はすまじきものを親も子も　三
日ねもす浪の泡に吹かるゝ　生
いまだ見ぬ異国の夢の長閑にて　三
燧袋に花の一枝　生
雉打つて戻れば遅き日なりけり　三
かくまふ人の化粧ほのめく　生
さやくと碁を崩すらむ音のして　三
犬のあくびのうつる供の衆　生
町家には見られぬ椎の月夜ざし　三
せいごのはねる頃の裏河岸　生
（月山両吟。昭和八年五月）

杏のうるゝ匂ひ漂ふ　茎三
軽業の稽古はげしき息切れに　迦生

はてしも知らず仰ぐ大空　三
生贄を落して鷲の叫ぶらん　生
枯れて久しき名どころの松　三
ありし代のすだまいざよふ月の暈　生
百物語更けてや丶寒　三

（月山両吟）

其他「湯尻の草にもゆる陽炎」、「芒のかげの光る姿見」、「屋根を笠におもふ寝覚や小夜時雨（発句）」、「ほとゝぎす月夜に似たる夕まぐれ」、「斜に鳶の吹かれゆく空」、「雨含むぼたん桜のもっさりと」、「燈籠船の一つ流る丶」、孰《いず》れも佳句である。

哀艸果君の近業漸く清澄の境に入って来た。「谷川へかたむく崖《がけ》の木竹《ささ》むらに雪をちらして鶫《つぐみ》とびたり」、「さざれ川砂《がは》をうごかしながれつつ雪わたり来て水をのむ鳥」、「崖の雪消えて笹葉のむらだちしひかりのなかに禽《とり》の来《き》てをり」の如き、之をアララギに見出して三誦した。余も近頃漸く田園になじんで、少し水のたまる刈田の上を低く飛ぶ鳥、ひなびた停車場から、汽車に乗る花嫁花聟の群、枯れた桜の大木の一枝に咲く花などを見るにつけ、何か近づきやすいユマニテェというものを感ずるようになった。殊に禽獣草木は山村に在っては人間の同類とも謂《い》うべきものである。そう云う命《いのち》が哀艸果君によって芸術品の形を賦《ふ》せられるを見るとき、しみじみと懐しい愉悦の湧くのを覚えるのである。殊にその

「村里生活記」（岩波書店、昭和十年二月発行）は余に取って、長塚節氏の「土」以来の書であった。一章を読む毎に三嘆した。そして田園を旅寓《りょぐう》と感ずる心は之に由って耗散《こうさん》した。

「冬の農家」のうちの「筵織《むしろおり》」、「藁打」、また「炭焼」、「出産二つ」の章の如き、之を読むものをして心を痛ましめる。聊斎志異《りょうさいしい》に「竹青」の一篇を読んで、庭前《ていぜん》の烏が唯の鳥では無くなるように、爾来《じらい》余は路傍に藁を綯《な》う群に会し、山隈に煙の昇るのを看る毎に、其人に非ざるかと疑うが常になった。

俳人乙字《おつじ》の事、アララギ創刊の時の事などを聞くを得た。

余はこの新年の休暇の三四日の間に、万葉から蕪村に至るまでの和歌、連歌、俳諧を、一瀉千里《いっしゃせんり》の勢を以て抽読《ちゅうどく》した。そして今日は問題の提供者になった。日本の昔から今に至るまでの文学を、西洋の文学批評の標準規矩《きく》を以て分類することも出来よう。然しまた之を「万葉的」と「古今的乃至《ないし》新古今的」の二つに大別して却って好く其傾向の大体を察することが出来る。万葉とても必しも民族の独創的な芸術では無いのであろう。然し割合に素朴な、まだ著しく思想的に薫習《くんじゅう》しない眼を以てその心、その周囲、人及び自然を直観して居る。それ故に、それぞれに心の有る沢山の事実が、誰の目にも自分の前の生きもののように、羅布《らふ》している。素朴的自然主義とも云うことが出来ようか。俳人たちはこの素朴を失ったが、それでも、自分以外の生きものを捜そうと懸命に力《つと》めた。古今、新古今の歌人になると、外《そと》の生きものを捜す気はなかった。植物でも、動物でも、自分たちの仲間以外の生活でも、敢て好く之を観ようとはしなかったし、その記録した種類も万葉の時からどれほども殖《ふ》えてはいない。唯漢学や仏教の知識を加えて、思考の階段は複雑になった。そしてその、始めは藉《か》りて後には自分のものにして固定観念の厚い層を通して、ただぼんやりと外物を眺めた。松は松で有るが自然に生えた松では無い。花は花で有るけれども、それは実有のものではなく、或る情趣の名のようにしか受取られぬ。極端に云うと、その歌を通じて見たのでは、恋は有っても人は無かった。明治の文学も、初期、中期は姑《しばら》く措《お》き、その後期になって、泰西《たいせい》のロマンチスムを容《い》れ、パルナシャンを入れても、今から考えて見ると、ゆがんだ色硝子《ガラス》を透して街道を見たようで、朦朧として異《こと》ようで、甍《ぼう》棟《とう》、街衢《がいく》を求めても、ただどろどろとして定形なく、恰《あたか》も印象派のカンバスに近づいて、絵の具と筆あととを看《み》るが如くである。所謂自然主義者の作品と雖《いえど》も、その方角が異《こと》なるだけで、其傾向はほぼ同じであった。我々は青年時代に、黒田清輝さんの小督《こごう》の女たちの西洋人らしい目付をしているのに傾倒したものだが、近時の新聞小説の挿絵はこの傾向を通俗化している。そして今の一流の新聞小説の作家も亦其挿絵に現われた此趣味と相並行するものである。

長塚節氏の「土」を初めて読むと(嘗てそれが新聞に現われたとき少し拾い読みしたことはあったが)、トルストイからショロショョフに通ずる流れと同じような意向想因を感ずるが、是れは同氏が多分自然の見方を露西亜人《ロシア》から教わったのに因《よ》るであろう。恰も万葉の人が支那の詩に負う所が有るように。だが然しそれは貫之や俊成の自覚した仏教思想や幽玄趣味とは大に異る。余はわかい時から伊藤左千夫氏やアララギの諸君と袖もすれずれに道を歩いたが、未だ嘗て彼等が何を為《し》ているかをとくと見ようとしたことが無かった。近頃少し田園と万葉集とに近づいて、そして甚だ彼等の力《りき》み、励むところに好奇心を持つようになった。彼等を万葉的といえば、然し余自身は畢竟《ひっきょう》古今新古今的である。是れは持って生れた素質で今更どうすることも出来ない。

此日余は二客を前にして、語る所が多く、聴く所が少かった。客は或は揶揄《やゆ》し、或は同意した。

此土地の何とか云う、菜の漬物の美味なことを附言して置きたい。所が哀艸果君はどんな漬物でも、その臭をかぐと食慾を阻《はば》められるのである。

四時に近き時刻の汽車に乗る為めに余は両君と別れた。

伍

昭和十年三月三十日

甚だ寒い日であった。朝十時の軽便鉄道に乗って、Oと云う村に行く。一行《いっこう》例に依《よ》って六人ばかり。此村落は戸数三百、人口二千、田地二百町ばかりである。炭は年に五万俵を産し、此価約八万円である。くぬぎの中丸一俵(四貫目)は九十銭だと云うから、他の村落より遥かに高価である。無論其質にも関係することであろうが、炭の価段《ねだん》は土地に依って甚しく違う。みず(みずな)を産し、之を食用にする。

診療の仕事果ててのち、夕刻まで、小学校の裁縫室(?)の炉にあたりながら、村の人といろいろの話をする。殊に熊の話が甚だ奇抜であるから、それを書き留めて置く。

この辺の山奥に熊の棲んでいることは事実らしい。殊にこの二三年は近い山に熊が現われることしばしばであった。昨年の冬貂《てん》を捕りに行ったものが熊の穴に入るところを見付けて、驚いて帰って之を猟夫に報じた。人々その晩仕度を為し、散弾ではいけぬとて玉を換え、翌暁六人で、鉄砲三丁を携え、熊の棲む山を襲った。穴から熊が現われ出で、忽ち打たれた。少しばかり歩いて直ぐ斃《たお》れた。傷は口辺に看られるのみであった。鉄砲の音、人の騒に驚いて、その穴から第二の熊が跳り出た。是も亦打たれた。それは取って二歳の仔熊であった。

大熊は目方が十九貫だった。軒に吊すと一間ばかりになった。耳から尻までの長さは四尺五寸であった。百円で売れた。仔に授乳したので、腹の毛は薄くなっていた。仔熊は毛が柔らかで、五貫目の重さだった。是れは四十円で買われた。孰《いず》れも毛皮としての価である。其肉は知り人の間に配られた。一体熊の肉は脂が多く、余りうまくは無い。柔いけれども、味は安い牛肉に及ばない。

＊

熊に顔を引掻《ひっか》かれた老婆の話。或る老婆が薪を負うて山を下ると、道に黒い毛皮の襟巻のようなものが転って居た。近づいてよく看ようとすると動き出したので、驚いて杖を以て散々に打ちのめした。それはまだ甚だ幼い仔熊で、急処を打たれたと見えて、数声の叫を挙げてあえなく死んでしまった。老婆は少し気の毒にも思い、そこに彳《たたず》んでいると、どこからか大熊が出て来た。別に恐ろしいとも思わず、どうするだろうという好奇心から、仔熊から数歩離れて、なお立って其様子を窺った。大熊は仔熊のそばに立ち寄り、あちこちと臭いをかいだのち、その項《うなじ》を口に銜《くわ》えて、之を運び去った。おかしな事をするな、それからどうするだろうと、老婆は全く恐怖の念を失い、唯好奇心のみとなって、なおその方を打ち眺めて居た。すると一旦立ち去った大熊はその子をどこかに匿《かく》して再び現われ来った。老婆は危険の身に迫れりとも気が附かずいると、熊は忽《たちま》ち之を襲い、其腰を抱いてあおむけに地上に倒した。老婆は始めて打ち驚き、大声を挙げて助を呼んだが、答うるものは山彦のみであった。熊はその間周囲を偵《うかが》いながら老婆のまわりを廻り、そしてその肩に嚙み付き、又爪を以て其面皮《めんぴ》を剝《む》いた。老婆ははや声も立てず、気息奄々《きそくえんえん》としていると、熊は幾度かその鼻息を伺ったのち、何処ともなく立ち去った。

話代って夕方村人が山を登って行くと、向うから顔の真赤な人が歩いて来る。不思議に思ってそれに近づくと、顔の皮を剝き取られ、目と口とだけになった女の人である。大に驚き、急いで邑落《ゆうらく》に帰り、人を促し、戸板を運んで来り、かの老婆を之に載せて連れ帰った。この老婆、命ばかりは助ったと云うことである。

＊

熊は栗を食うに、皮の一方を剝《む》き、中の実を出し、皮をば地上に伏せて置く。行人道に栗が落ちて居ると思って之を拾うと虚《から》である。そしてその近くに熊の居ることを識《し》る。相並ぶ多数の雑木の梢を曲げて棚の如くなし、その上に熊が棲《す》む。山に餌を求め難くなると村里近く現われる。この辺熊はさまで稀では無いとのことである。

猟夫が貉の穴を捜して行くうち、或る小山の裾に二間四方ばかりの大室《おおむろ》を発見した。矢の根、石斧などそこから現われた。それで或人が、窟《むろ》と云うものは、仏法の修験者が印度や支那の石窟をまねて造り棲む前から、原住者の既に構うる所であったろうと推断した。

余は東北に移り住んで既に九年を経過した。そしてこの県の田園の生活に就いて何等知る所が無かった。近ごろ機会有って、親しく、村邑《そんゆう》の人の近づくに従って、ユマニテェというものは、富人の金の間に寄食する大都の人の裡《うち》よりも、寧ろ直接地のものを人のものにする農夫の間に、一層はっきりと認められ、一層たしかに摑まれるのでは無いかと思うようになった。

熊の話をした炉辺の一翁は、なお動物の情の濃《こまや》かなことを語り継いだ。そして、この近くの部落から出でて、嘗て定期刊行物の上で其名を喧伝《けんでん》せられた一女史の事に言及した。

其女史、郎君《ろうくん》と別れてのち幾年ぶりかで父母の家に帰省した。翁の曰く、この帰省は決して孝の道を経て来たものでは有るまい。動物とも共通な感情のはたらきに由るものであろう。是れが「自然主義」というものであろうと。

この自然主義という言葉は、我々の耳に奇に響いたのみならず、炉辺に集った凡《すべ》ての人――手伝の女教師、学校の小使、茶を汲む婢女《はしため》までをも笑わした。

近い山がひえびえとした夕日を反射し始めた。われわれはこの平和の雰囲気に裹《つつ》まれた村落を辞し去った。

春径独語

文を求められて先ず惑うのは何に就《つ》いて語るべきかと云う事である。何人に対して言うべきかと云う事である。果して予の述ぶる所を喜び聴く人が有るであろうか。交遊の者相会して飯飲《はんいん》を共にし、珈琲了《おわ》ってのち讌語《えんご》すれば、感興到って話題変転し、其の何の為めに呶呶《どど》するかを疑うようなことは無いであろう。語るには相手がいるのである。

四月某日、為事《しごと》の切れ目から、いつもよりは少しく早く業房を出でて、ポルトフェイユも携えずに、ぶらぶらと春草の小径を歩いた。今夜「冬柏《とうはく》」の為めに一文を艸《そう》しようと思ったからである。そして一体何を語り、何を書こうか。相手なくして物を言うこと、寐語《びご》と云うに似る。独行独語曲江頭と云う詩句が想起せられた。

「おやここに見付けた。」と間もなく叫んだ。未だ門墻《もんしょう》を踰《こ》えざる間に、路旁《ろぼう》に雪柳の半ば既に開き、半ば未だ開かざるが有った、雪白の小点の大小交錯し、縺《もつ》れたる総《ふさ》の如く、網目を成して相重るのを、眼を細めて諦視《ていし》すると、濃淡明暗の移り具合此上もなく快い。

それで考えることは、之を本の表紙にしたら面白かろうと云う事であった。頃《このご》ろ物好きに予に本の装釘を嘱《しょく》する者が有る。谷崎潤一郎の為めに其の『青春物語』を飾り、小宮豊隆の為めに其の『黄金虫』を装した。二三子が書を寄せて太《はなは》だ佳いと曰《い》った。予はそうは信じなかった。然し尚作って見ようという慾望を起した。それでこの天然の装飾を好く見て置こうと云う気になったのである。然し連歌俳諧には季というものが有る。雪柳は春であろうから、この表紙がどの本にも向くというわけには行くまい。

人の来るけはいがし、そして予は疎籬《そり》を離れた。然しまだ本の表紙の事を考えていた。おとといの天長節に始めて斎藤報恩会の博物館を看た。紅色の藻の搾葉《さくよう》標本が甚だ美しかった。これをいろいろに重ねたなら好個の図案を作ることが出来るであろう。否既に海《み》松《る》の丸《まる》というものを昔の装飾家は発明している。

一軒の家には必ず一本か二本かの目を怡《たのし》ますに足る植木が有る。そして今やみな芽を吹き出しかけている。それぞれに姿、形が変る。而《しか》もその心持は一である。恰《あたか》も盛夏に童男童女が裸体になって将《まさ》に渓流に浴せむとしているかの感が有る。ういういしく、物おじげで、且つ元気潑溂である。蘖萌《げつぼう》の譜とか、春蕾《しゅんらい》の帖とかと云うものを作って見たいという心持を起す。楓は其の種類に依って芽の形いろいろである。セレスの燭の如く縒《よ》れて鮮紅愛すべきものがある。初めより緑にして其縁《ふち》に紅《べに》をにじましたのがある。又托葉《たくよう》高く挙って、髟髟《さんさん》として流蘇《りゅうそ》の如く、花の垂れ下るものがある。アカシヤの芽は嫩緑《どんりょく》で蕨《わらび》の如く柔軟である。梨は花開くこと両三分其葉大小相参差《あいしんし》した。栃《とち》の芽は長刀《なぎなた》の如く、また半ば開きたる介殻《かいがら》の如くである。

だが併し、思うは易く行うは難い。萌芽蓓蕾《ばいらい》の形を尋ね、其木の名を定むること容易の業ではない。まずまずそんな事には手を出さぬ方が可《よ》いと心に決する。

今年は気候が極めて不順である。おとついの夜は雨に霰《あられ》が雑《まじ》った。ちょうど此地の桜は盛であった。然し翌《あ》くる日見ると花はさほどに傷んではいなかった。この地はしだれを以て主となし、染井吉野は纔《わず》かに近年の移植に係るのである。

予は壮時を東京で過したから、花といえば染井吉野の事であると思った。古歌を読んでも聯想するところはこの種の花であった。或る年三好学博士の講演を聴いて、この樹の近年成す所の一変種で、桜のうちではプロレタリアか成金かに属するものであることを知った。それ以来この種類に対する愛情がまた昔日《せきじつ》のようには行かぬ。而も予は壮時にこの花を愛したようには今は一般に桜というものを愛することが出来ぬようになった。染井吉野は樹齢四五十にして既に老いるという。その今の如く広く分布するに至ったのは、その移植の容易にして、その花の妖艶なるに因《よ》る。然しながら此樹も、若しその生を阻《はば》むことなく、思うままに其枝条《しじょう》を伸ばさしめ、豊溢《ほういつ》の花を著《つ》けしむれば、其景観亦《また》頗る立派である。かくの如き好例を予は嘗て小石川の植物園に見たが、望むらくはその幹、その花の今も昔の如く有って貰いたいものである。

花を見るには主観と環境とを選ぶ。見る人の齢はわかかるべく、其日は陰澹《いんたん》たるを要する。白日下の花は空も樹も共に光って幽遠の趣無く、之に反して、既に憂鬱なる曇り日にこの花を見ると、花も亦春愁を帯びて情限りない。殊に況《いわ》んや其人も齢《よわい》わかくして多恨なるに於てをや。

染井吉野の花満ち開いて而も未だ一弁の離れ落ちざるや、歓楽極兮哀情多《かんらくきわまりてあいじょうおおし》というは正に是れである。若《も》し疇昔《ちゅうせき》の夜故人と会飲し、酒の香のなお残る袂に花の下を過《よぎ》らむか、惆悵自悲《ちゅうちょうじひ》の情一層切なるものあるであろう。

われわれの壮時、桜の花から得た悲哀の感情は蓋《けだ》し多く江戸歌謡の曲節並《ならび》に其精神の影響に由《よ》るものであった。これ等の影響から離脱した今に於ては桜花は決して悲哀を印象するものではなくなった。が然し思うに、江戸音曲の精神は、唯だそれだけ独立に発育したものではなかろう。仏教渡来後、或は更にそれより前の時代に住んだわれわれの祖先たちの血のうちにも、この悲哀を湧かせる要素が夙《はや》く存していたに相違ない。その上にわが島国の春の気象が、其の水蒸気が、またその気圧が、既にそれだけで人の心を憂鬱にし、偶《たまたま》それが桜の花の上に反映したのに過ぎないのである。若し桜と云う植物が無かったなら、その代りを梨また杏、海棠《かいどう》に求めたかも知れぬ。梨はこの地方の風土に適し、未だ葉を発せざる大樹の花を著くること亦極めて穠多《じょうた》、そのしなも亦優雅であるが、雪白の色が必しも心をそそらぬ。杏は予は之を四月の燕京《えんけい》の軒に看てその哀怨《あいえん》の情限りなきを知ったが、唯だそれだけの事であった。是等の花に比ぶれば、日本の春の気象の憂鬱を托するに、桜に於て一層好適なるを見出す。花樹の種類に歴史的聯想の差別を附することを知らなかった青年時のわれわれは寧ろ幸福で、万葉の詩人から化政の俗曲家に至るまでがこの花に托した感情を染井吉野から受取って平気であった。

一口に万葉から化政と云ってしまったが、然しわれわれが変に、pervers に抱く桜花の感情は万葉詩人は知らなかったかも知れない。少くともその作例にはそんな気分はない。もっと快活でクラシックである。自然よりは更に深く人事を愛し、その素朴な恋にひねくれた廻り気や思わせぶりの少かった古《いにし》えの人は、桜の花を見るにも極めてすなおであった。花の散るを詠《うた》った女子もあるが、それは唯だ恋のうらみにかこつけたに過ぎなかった。古今新古今の詩人たちになっていろいろの邪《よこしま》な精神が出はじめるのである。散る花を雪にたとえ、降る雪を花にたとうる純技巧的の修辞のほかに、花といえば風を忍び、空蟬《うつせみ》の世を思い、わが年の経るをなげかい、之を入相の鐘にあしらい、之に紅《くれない》の涙を濺《そそ》ぐ。その音色に違こそはあれ、徳川の頽廃詩人の感懐と共通する所既に存している。連歌師や蕉門の連中が連歌に、発句に、俳諧に、花の背景をさまざまに取りひろげたが、その根本の情緒には変りが無かったと謂《い》って可《よ》かろう。

我我の青年時代は、（柵《しがらみ》　草紙《ぞうし》、文学界の文学に泰西の新声を入るるはあったが、）まず大体にはなお徳川文明の情緒海の余勢のうちに在った。そして花は散るもの、悲しいものと教わり慣らされて来たのである。

然し今この道に卒然《そつぜん》として考えた。昔の人はどの種類の花樹を見て此心を起したのであろうか。果して其紅色淡くしてむしろ白に近く、且つ花と共に葉の出ずる吉野桜の類にも、また視感の上にこの悲哀が結び付いているであろうかと。

この地は古来しだれ桜を以て顕《あら》われている。その地味がまた之に適するのである。この樹を東京に移すと、葉繁く、花少くなると云う。予の始めてこの地に来るや、この樹の甚だ多く、其品の頗る可憐なるを看て大に感歎した。樹に老少あり、花に稠疎《ちゅうそ》濃淡が有った。然し之に対すると、満開の染井吉野に対すると、心相等しくは無かった。去来が「糸ざくら花いっぱいに咲きにけり」と云った所がちょうどこの花の持味《もちあじ》である。海棠などと其の嬌姿《きょうし》に相通ずる所がある。

「梅」とか「桜」とか「花」とか「月」とかに較べると、「木《こ》の下《もと》」という句を容れている日本の短型の詩には、其の聯想が遥かに自由清新で、窮屈な伝習的範疇を脱しているものが多いような気がする。然しこれも実例を洗い立てて見たら存外そうでも無いかも知れぬから、曖昧模糊のままで頭の中に入れて置いた方が可い。

さてかく思ううちに道が尽き、いつかわが家の破牆《はしょう》の前に出でた。そしてついに文を作るの題目を見出すことが出来なかった。已《や》むを得《え》ずんば途に妄想した所をそのまま録することにするか。

若しそう云う事をつべこべと並べ立てたら、それこそ書く種は尽きぬであろう。庭の牡丹の葉が鶏《にわとり》の跖《あし》ほどになり、その蕾が耳朶《みみたぶ》ぐらいに高まって来ている。殊に長い葉柄の暗紅色が美しい。画かきは画いても、詩人は恐らくこの趣をうたっては居まい。魏紫姚黄《ぎしようこう》と云うが、それは花の色である。薑《はじかみ》を詠ずるの古詩に「新芽肌理膩、映日浄如空、恰似匀粧指、柔尖帯淡紅」と云うがあって頗る愛誦に堪うるが、移して以て牡丹の葉、茎に譬えて不可なるを看《み》ない。薄明の間にこの新紅の姿色を写そうと思い、紙を展《の》べて半時間を費したので、そして食後一浴して燈下に、此画に更に色を傅《ふ》したからこの文を作るの時間はいよいよ縮まったのである。

一夕の裡に目に見、耳に聞いた所を事細かに叙述するだけでも、なかなか手間のかかるものである。刻刻に蓄積するそう云う写象、不備の思想というものは、たよりの無い記憶という倉庫にしまい込まれるのであるが、昔の名も無き兵卒、廃園の雑草と同じく、何かの役には立ち、立ったことであろうが、その行方を明かにすることは出来ない。たまたま「冬柏」の為めにそのかすかな痕迹《こんせき》が必要以上に精《くわ》しく尋ねられて植字工君を煩わすことになった。若しなおこの夜の事をそのままに描写すると、実は此記を作り始める段にはなかなかならなかったのである。

西《にし》の内《うち》一枚に牡丹の芽を傅彩《ふさい》し了ったのは既に九時であった。机に向ったがまだ筆を執る気にはならない。トルストイは力《つと》めて感興を喚び起す為めに琴を弾じたと云う。琴を弾ぜぬ予はそれに換えて新刊の戯曲を読んで見たのである。これは洋行みやげに貰った五六冊の本のうちの一冊で、それが偶然 Paul Géraldy の Christine と云う四幕物であった。この寡作の作家の著書はふとした事から殆ど凡《すべ》て読んでいる。巴里《パリ》で本屋の番頭に択《えら》ばしたというかの五六冊の本のうちに此作家が雑っていたのは仕合せであった。今夜読んだのは其の最後の幕で Jacques というわかい作者（売出しかけた戯曲家）がクリスチィンの幻に会して惝慟《しょうどう》するという筋である。最後にジェラルヂィを読んで（そのいくつかの作品の筋をば吉井勇の「スバル」に紹介したことがあった）もう六年からになる。そしてジェラルヂィの情懐《じょうかい》の何と変らぬことであるよ。若し同じような事を日本の文壇でしたら時代後れだと云って罵《ののし》られよう。然し人間の心と云うものは、そんなに転転として変ずるものではない。日本のおとなびた文学から得難いところをこう云う戯曲に求め得て、疇昔《ちゅうせき》の柔軟なる情動を再び想起することが出来るのも幸である。

　予はそれでこの戯曲や、それから去年のゴンクウル賞の André Malraux の La Condition Humaine（漢江、上海の革命軍の擾乱を種としたもの）などの読後の感想というようなものを書こうかと考え直して見た。後のもののうちには Kama という日本画をかく日本の老画工などが出て来、その条をばEdmond Jalouxが賞《ほ》めている。所がその条は（一体にこの小説全部が）我我にはまた滅法ばかばかしいものであった。然しこの二つの作品に就いて感想を書いたところで何の意味をもなさぬ。やはりそれよりも初め考えたように、仲春の風物を叙すことにしようと心に決め、題を選んだ時は既に十一時を過ぎていた。それで筆を執《と》って数枚は進んだが、奈良、平安の詩人が花に対して何を感じたかという段になって遂に凝滞《ぎょうたい》したのであった。

其後はまた稿を続くる能わざる幾夜を閲《けみ》した。東北美術会というの顧問に頼まれて居り、四月の末に東京からの安井曾太郎、前田青邨、中野和高の諸君と会し、感興は別の方角に向った。又業務の急を要するものもあった。此間に花は散り、雨が来ったが、今年は冬より以来気候が不常で、牡丹はいまだに蕾のままである。

昔の文人の書翰《しょかん》などを読むと、山郡僻寂習間成懶などとのびのびと記《しる》してある。津田画伯の名を署するやしばしば懶青楓の三字を以てする。ああ懶《らん》なるかな、懶なるかな。これ青年以来予の尤も愛するものであった。愛して求むるを得ざること、猶《な》お徳の如くであった。

日夜忙迫迫《ぼうはくはく》、思を一事に潜めることが出来ず、この記の如きも散漫で、備わる所が無い。どうやら予定の十五枚になったのでここで筆を擱《お》くことにする。

自春渉秋記

僕の環境は常に必しも文学的或は芸術的で有るのではないから、遽《にわ》かに「俳句研究」から随筆一篇を嘱せられ、之を諾《うべな》っても、さて筆を乗《と》って書こうとするものが無い。それで欠けた歯の如く疎《まばら》な去年の日記を抄《しょう》して、害のない、そして畢竟《ひっきょう》何でも無いものを少し蒐《あつ》めて責を塞ぐことにした。

一月五日

「人情地理」と云うやがてつぶれた雑誌に頼まれて、この正月の休の間にルイス・フロイスの『関白殿薨去《こうきょ》の報知』（フロイス書翰《しょかん》、千五百九十五年十月）というを翻訳した。そのうちに太閤秀吉の言葉が日本語のままで写されているのを見出した。太閤紅絹《こうけん》の牛車にて聚楽《じゅらく》へ御成《おなり》有る。関白秀次之を道に迎え、前田玄以及び公家《くげ》一人を遣わす。太閤の方からは蒲生氏郷と細川忠興とが出でて互に挨拶を換わす。四人の者太閤の車の前に到り、地上に跪《ひざまず》き、人人高声に「関白御成、千秋万歳」（Quambacu vonari, Scensciu banizi《（ママ）》）と呼ぶ。太閤車の裡《うち》よりいとも重重しく、傲然たる音調にて「先へ行かれい、行かれい」(Sachige icatei icarei)《（ママ）》と答えたとある。

三条河原の御成敗の事異人《こと》の書翰によって窺っても亦《また》悲惨の極である。

一月十四日

午後三時満洲国官吏伊東君有志の為めに満洲に関する演説を為すを聴きに行く。曰く「満洲の問題は経済の問題に非ず、思想問題なり云云。」いみじくも言いたるものかな。我等の壮《わか》くしてかの地に在りし日に、こう云うことを言う人は一人もなかった。奉天事変後は青き士官たち、その地の図書館に往って経史を繙《ひもと》くもの甚だ衆《おお》かった由、館長の衛藤君から伝聞した。

二月廿四日

磐越西線、岩代熱海附近の雪景は甚だ美しい。素縑《そけん》のうちに収めることも出来ようし、油絵のカンバスにも向く。午後四時半ごろである、重畳《ちょうじょう》した高からぬ山の幾峰が汽車の窓《まど》に迫り、山の背は白く、雑木の梢は斑らに褐《あか》く、杉の密林は薄藍の色である。陸羽東線(小牛田《こごだ》・新庄間)の瀬見、長沢のあたりと相似たところが有る。後日安井曾太郎君に此辺の風景を推奨したら、雪景はともすれば凡俗に堕すると云う。洵《まこと》にその通りで、睹《み》て佳く、写して奇ならざることが有る、朝鮮の金剛山の如きも其例である。

岩城熱海は冷泉であるが、側に水力電気の会社が有って動力に事欠かぬから、水を温めて、樋《とい》より滾滾《こんこん》として注ぎ、広き湯壺より溢れ流るること、つねの温泉と変らないと云うことである。

熱海より中山宿までの間は同じような山姿であるが、そのうちに亦いろいろの変化も闕《か》けず、目を楽ませる。山が逼《せま》り、小渓に橋有り、馬夫が首を傾けて広い笠に雪を防ぐを目の下に見ると、ゆくりなくも少年の時に読んだ『黄金丸』など思い浮ばれた。上戸《じょうご》に到って始めて地平遠くなる。午後五時を過ぐる五分である。海抜五百十九米。猪苗代湖がちょっと顔を見せて、汽車は直ぐ隧道に入った。

関都《せきと》は地濶《ひろ》く白皚皚《はくがいがい》、恰《あたか》も満洲松花江の冬の如くである。磐梯山が高く聳えて、有るか無きかに暮天《ぼてん》に接している。鳥の群が遠い低い森へと急ぐ。僕は考えた。この線は日本の鉄道沿線美観の尤《もっとも》なるものの一に算《かぞ》えることが出来るであろうと――少くとも冬季に於て。

磐梯山の麓に近づくと森のかげに小学校が立ち、疎《まばら》な家並から燈が漏れて見える。プラットフォルムには雪四五尺積っている。その静けさに現代離れのしたところが有った。

夜の九時半過に新潟に着いた。

二月廿五日

日中は学会、夜は鍋茶屋というに宴会が有った。座敷は広かったが、建具、調度に荒浅《こうせん》なる所がなかった。一は満開、一は未だ半ば開かざる鮮紅の牡丹花が床に在り、抱一《ほういつ》が卯の花に杜鵑《ほととぎす》、梅に鶯の屏風が入口を遮《さえぎ》った。

遅く旅館に帰るに、ここは我友橋本ぬしが門弟の家で、ためしなき款待《かんたい》を受けた。其室は政党首領の宿するものであると云うが、籠の椿ほのかに光り、紋様華かにして色彩斑なる友禅の夜具がふかぶかと重畳し、外は葉を滑る雪の音ふるうふるう、かの微《かすか》に薌沢《きょうたく》を聞くということかくの如きものならんと思った。そして身は煢煢《けいけい》として心こそばゆかった。平仄《ひょうそく》の事は知らぬから、蓐《しとね》に入って、十七字の詩二つ三つ作り試みたが偶《たま》にすることゆえ平俗を免れず、ここに抄するは後めたい。

二月廿六日

朝目を覚すと、硝子《ガラス》窓を透《す》いて、築山《つきやま》の松、万年青《おもと》に牡丹雪の軽く落ち積るが見えた。向いの屋根からは厚い雪が四五尺も滑り懸っている。

隣の間にはこたつが出来ている。障子の外の小庭には笹の葉に雪がふっくりと乗り、紅い南天の実が鮮であった。何を捜しにか、塀から飛び下りて来る小鳥もあった。

家の中はこんな様子であったが、九時半の汽車で新潟を立とうと長橋《ちょうきょう》のほとりまで来た時は町も野原も荒い吹雪の底に埋っていた。用事ある人は、女であろうと、傘をさすことも出来ないので、例の深いごむの長靴を穿いて、前屈みに橋を渡ってゆく。自動車の硝子の露払は忙しく動いても、ともすると前方への瞻望《せんぼう》を妨げた。

七月九日　日曜日

重い雨雲が空を被い、昨日に比べると暑さが凌ぎよい。高い栗の枝から、風のたびに花が頻《しき》りに落ち、暗い天空を背景としてさらさらと白く光る。百舌《もず》の群が駆け去る。燕の子が電線に並び止る。

このごろの花実は何であろうかと思い、午後広瀬川のほとりを散歩した。看るはただ栗の花、青梅、枇杷、胡桃ばかりであった。桑の大木が数株、百姓家の入口にその不規則なる枝を重ねていた。「こころあるかぎりそしるき桑門《くはのかど》」という宗祇が難解の句を思い出しておかしかった。

谷崎潤一郎君に頼まれてその『青春物語』の表紙を画いたが、其試刷《ためしずり》が到着して、夜筆を加えた。之を頼まれた刹那《せつな》は、いろいろの空想が湧き、つい承諾したが、筆や絵の具でヴィジオンを捉えようとすると忽ち興味索然《さくぜん》となるのである。始めは蛇の沢山群れ重なり、そのうちに台湾山かがしが時々紅色の腹背を現わすところを模様にしようと思ったが、写生無しでは面白くなく、之をば断念した。然しいつか一遍之を物にして看《み》たい。次には山百合の花の間に、或は腰かけ、或は横臥する白裸の女体を補綴《ほてい》して見たが、朝鮮に有る葡萄小孩の模様の陶器のような味にはならないで、石版画のルノアールのようになったから、之れもやめた。（同じような図案をばこの秋の青龍会で川端龍子が大幅にして世評を得た。然しあれは途方もなく大きくしたミニアチュウルとでも云うべきで、大きさの釣合が失われているかに見えた。そう云えば「太平洋」という大幅も、あのまま縮めて本の表紙にしたら美しかろうと思われた。）

それで黒と藍の地の上に紅、代赭《たいしゃ》、白緑《びゃくろく》などで不規則な筋を引いて見た。著者に見せるとそれで可いと云う。裏うちをした宣紙《せんし》の上に日本絵の具で線を引いたのであるから、色は美しくにじみ具合も好く行ったが、之を木版に直し、硬い紙の上に印刷し、その紅はエオジン、其藍はインヂゴであったから、Clinquant《クランキャン》のぴかぴか趣味に堕ちた恨《うらみ》があった。それに反して藍の木紙《きがみ》に黄色の題簽《だいせん》を附けたカルトンは成功に近かった。

今日は見返しの為めに、馬酔木の枿《きりかぶ》から新芽の三四寸伸び出で浅紅嫩緑《せんこうどんりょく》の葉を着けたところを写した。

七月十日

この頃の風物。青梅、胡桃のほか、葵《あおい》、露草、矮種《わいしゅ》のあれじのぎく、柘榴《ざくろ》の花。月見草に黒蜂。山牛蒡は半ば実となり、無果樹の実はまだ小さい。夜は下弦十日ばかりの月、その光は秋のようである。浴後N. Ségur が Anatole France anecdotique を読む。中々面白い。巴里の青山義雄君に集めて貰ったアナトオル・フランス文献の一である。

七月十六日

庭のヂギタリスの花終に近《ちかづ》く。虎の尾に白き蝶とまる。紅花のつつじまだ咲いている。甘茶《あまちゃ》の花弁漸《ようや》く紅くなる。どくだみちらほらと有り。夜梟《ふくろう》の声高く響く。

今日は朝からの雨で、気象秋雨というに近い。物を捜して見つからず、室内の整理をする。全集もの、雑誌、仏蘭西《フランス》の小説、時に当って用の無い場合、無価値の集積である。この両三月神身不調の故に夜の勉強が荒廃した。それで次の如く計画を立てた。一、名陽陶談会記。一、吉利支丹宗門の医療事業。一、日本癩史。一、フィリピナ記。一、暹羅《シャム》記。一、幸田露伴論。

八月廿四日

午后俄《にわか》に大空かき曇り、忽《たちま》ち驟雨《しゅうう》が雷鳴を伴い、時にまた雹《ひさめ》荒く屋根を鳴らした。電火より雷鳴の間四秒、雷鳴と雷鳴との間十秒であった。太きヒュウズの切れたように光を放って、雷神が再三窓の外を過ぎた。雀が駆け乱れ、雲際を一群の鳥が急ぐ。

上海の医エンゲル氏雨中を来り訪れた。曰く、松島に往くと云うと東京の日本人友人たちが松島はつまらないからよせと云った。来て見ると予期に反して頗《すこぶ》る快いと。かくの如き風光欧人には気に入るものか。又伯林《ベルリン》の有名なる外科教授ザルエルブルフ氏、ナチス政府がその助手なる猶太《ユダヤ》人の官を免じたるを含み、去って旧《もと》の瑞西《スイス》に転じたと。

夜既に太《はなは》だ涼しく、蚊の声とみにさびれた。

九月三日

川端龍子、世間が何と曰《い》おうと僕は此作家を愛する。一年一度の舞台を踊りぬくこと六代目の如くである。今年のは然し取らぬ。目先は変っている。去年の庭樹の図の方が好い。どこか好い所が有るから植木屋があぁ云う風に刈込みをする。それが幾世紀の型になって人は当り前のものと思いもはや気にも留めぬ。また不自然だと嫌う者もある。それをまた思い出させるのであるから、効果が有るに決っている。龍子は賢い作者である。

九月五日

東京から遠からぬ山中の温泉宿に宿《しゅく》した。二十数年前、試験前の勉強に一月余りも閉じ籠った処である。今来て見ると昔の茅舎《ぼうしゃ》はモデルンな大厦《たいか》と代っている。それでも渓流、岩石には様変らぬところが有る。その時は「浴泉記」と云う詩篇のかずかずを作ったことがあったが、其椎の樹は今もある。薄暮渓の道を歩いていると、木石の間に旧知を見出す。かの鶺鴒《せきれい》も亦疇昔《ちゅうせき》のものの孫か曾孫であろう。「所経多旧館、大半主人非」と云う白居易の詩を思い出す。

九月六日

旅舎に止って「中央美術」の為めに美術院展覧会の批評を書いた。午后倦《う》みて渓流を渉《わた》り、水のせせらぎ、孟宗竹《もうそくちく》、粟《あわ》、さびたの花など写す。

せきれいや椎のもれ日の秋らしき
ゆあみして障子しめたり月遅き
提灯のつり橋渡る夜寒かな

九月十三日

二百廿日《はつか》の風が奪うが如く、東京、湯ケ島など優游《ゆうゆう》の間に湧きかけた詩的追懐的の思想の萌芽は、帰来《きらい》堆積した仕事の片付の数日の間にすっかりあやめつけられてしまった。十坪の庭園に今繁茂しているものは水引《みずひき》の花ばかり。覚《おぼえ》の為めに写して置こうと思った野葡萄の紅碧さまざまの果実は既に皆地に委《まか》し、或は蔓のまま腐ってしまった。竹友藻風《たけともそうふう》君から贈られた其随筆集『文学遍路』が届いて（美術院で久しぶりに会ったので、僕を想い出したのであろう）今夜は同君の庭苑の客となった。

冒頭の「日本人の立場より」というのと、巻尾の「鈴声零語」（嘗て既に一たび雑誌で読んだことがある）最も興味深く読まれた。同君の殊に聴覚の上の聯想《れんそう》の豊なことが、視覚型の予を、しばしば思いがけぬ世界に導いてくれた。

鈴の響に関する予の聯想は極めて貧弱である。予の少年の頃は伊勢詣という事がまだ年中行事として盛に行われたが、その帰り来る時には馬を飾って村外れまで迎える習慣であった。その馬には或は人が乗り、或は赤飯のお鉢（朱の色に塗り黒漆した竹の箍《たが》をかける）を載せた。そして街道を練りつつ家路につくのである。或日何かの事情の故に人人の帰るのが夜に入ったことがある。十時過ぎて、大戸は疾《と》くに閉されてあった。その時戸の外をじゃらじゃらと鳴り過ぐる鈴の音があった。人声が之に雑った。「何だろう」と尋ねると「多分伊勢詣の衆であろう」と人が答えた。それで大戸の小窓を明けて外を見ると、人の影は既になく、ただ昼の如き月光を感じた。小窓をしめたあとまでもなお遠い鈴の音は残った。

十月十日

大衡《おおひら》村と云うにどくささこ（別名やぶたけ、やぶもたし、ささもたし、たけもたし。学名 Clitocybe acromelalga）と云う蕈《きのこ》を捜しに行く。この蕈はちょっとしめじに似たところも有るが、誤って之を食うと手足紅く膨れて烈しく痛む。冷水に浸して纔《わず》かに忍ぶことが出来る。それ故火傷菌と云う名を附けた人も有る。重い場合には肢を切断して始めて治《じ》するのである。やや軽いものは訳名を肢端紅痛《したんこうつう》症と云う病気の徴候に酷似する。この蕈の毒成分、その作用の研究は、従来原因不明であったかの肢端紅痛症の原因を窮める手がかりにもなろうと云うものである。

　同勢三四人で、嘗って之を食って禍を得た人の家に行き、甚だ厚遇せられた。裏の榎《えのき》、欅《けやき》の根元、竹藪の中などを捜した。未だ曾《かつ》て茸狩など為《し》たことが無かったが、去年始めて同じ目的で之を試み、其甚だ興深きものなるを知った。他の物には気も付かず、蕈ばかりが目に入った。美しい紅色のべにたけ、蛸の肢の如くからみ立つにがくりたけ、朽木の上に赤豆と並ぶまめほこりたけ、とりどりに姿がある。何か知らぬ巨木の旧《ふる》い切株《き》に数種の蕈（猿の腰掛、西行笠、奈良茸《ならだけ》、朱茸《しゅだけ》）の簇生《そうせい》するは好箇の小博物館である。截り倒した木に雲茸《くもだけ》の密生するは古屏風の瓦、甍《いらか》のうねりの如く、亦《また》甚だ図案的である。その傍に、それに似てやや異る別種が生えている。狐《きつね》の茶嚢《ちゃぶくろ》とか土栗《つちぐり》とかの種類は器官たるの属性があまりはっきりと現われていて、却《かえ》って滑稽の感を与える。殊に稀に見出された茶台ごけの或種は、小さい盌《さら》に餡玉を盛り、全く精巧な玩具の如く、是れが天然の生物《いきもの》だとはとても考えられない位である。ああ人の作る芸術品は之を獲るに百金千金を要すべく、天工の微妙は半日の閑を以て飽味することが出来る。

　われわれはもと食用菌と云えば、椎茸、松茸、はつたけ、しめじ等の数種のものしか食わず、又知りもしなかった。田園の人の食膳に上るものは其類が頗る多い。われわれも此地方に来って始めて箒茸《ほうきだけ》（又鼠茸《ねずみたけ》、方言ねっこもたし）の味の澹白《たんぱく》にして、その歯あたりのさくさくと快いことを覚えた。まだこの他にも、この地方に産するものだけでも金茸《きんたけ》（きしめじ）、はないぐち、あわたけ、あかはつだけ、くぎ茸、かきしめじ、えのきたけ（なめこ）、きごんどう（方言）などいろいろ有る。そして異種との鑑別が時としてむずかしい。その茎の構造、傘の裏の褶《ひらみ》の様、或は更に胞子の形、大きさなどを併せ較べなければ、蕈の形、その色だけからでは之を判定し難いことがある。又普通無害のものが地方に依っては毒を含むことが有る。あたる松茸を産する地方の有ること、知る人は知っているであろう。山郡には必ず幾人かの茸採りの先達が有るが、時として鑑定を誤る。そして毎秋幾例かの中毒者を出すのである。

其後一行のうちの一人のわかい学士がどくささこの毒を研究して、その心臓、血管、神経等に作用するものなるを証した。

荒庭の観察者

顕微鏡を通じてよりほかには自然界と交渉を保つこと少く、春夏秋冬、見るとは無しに見るものとては唯軒下の庭ばかりである。一年に一度しか手を入れず、梅雨《つゆ》のあとさきには雑艸《ざっそう》が生え繁るが、その類《たぐい》が前の年と同じと云うわけには行かない。あれほどのあれじのぎくがこの夏は唯片隅に少しばかりになり、その代りにたびらこ、たねつけばな(?)、どくだみの三種が甚しくはびこった。去年は不思議にもまむしぐさが一本生えた。今年は出ない。数年前には唯一度茶台苔《ちゃだいごけ》が姿を現わした。多少の保護は加えたが二度とあの供物の椀を据えなかった。山から移植した筆龍胆《ふでりんどう》、千振《せんぶり》などはその一夏、その一秋だけの栄えであった。

今年は海棠のわか葉が縮れ、その面《おもて》に淡緑の霰小紋《あられこもん》を現じた。病葉《びょうよう》を指先で揉《も》んで、わきの健康な新しい葉にそっと附けて置き、三四日して見ると、是れもまた縮れ始めて居た。恐らくはモザイク病であろう。も少し精《くわ》しく研究して見る必要が有る。

○

改造社から『日本文学講座・大正文学篇』と云うが届いた。いろんな人が一人一派に就いてこちたくも論じている。僕はゆくりなくわが家の荒庭《こうてい》を思った。一年きりの千振、筆龍胆に似たのもあった。またぎしぎし、荒地野菊《あれじのぎく》らしいものもあった。

雑誌や定期刊行物に於ける文学史家に取っては、一夏一秋、また十年、一世代のはやりすたりの方が稀に立つ喬木《きょうぼく》よりも余計に興味が有るらしい。わが荒苑にも二百年の檜葉《ひば》が二本有るが、ふだんは勘定の中に入れない。唯雪の枝、椋《むく》の梢に心《おもと》を止めるばかりである。名の変る雨風にわざわざ下り立って看るものはむしろ蘭の花、万年青の実、山牛旁、けまん、よもぎ、八重葎《やえむぐら》の栄え衰うる姿である。

〇

若しあらゆる草に田の稲であれ、畠の麦であれと云ったら、それと異るうからは生甲斐の無い世だとて悲しむであろう。麦が熟して緑の茎に朗らかな黄色の斑が雑り、早稲の穂がゆらゆらと動いて地主が喜んでいる時に、鎌にかかった雑草が恨み死をしていないとも限らない。

〇

麦の畠に出た為めに刈り取られたけしの花が畠の主人を怨むのは当然だと云うことが出来るであろうか。

麻の中に蓬がまっすぐには育ったが、窮屈な一生だったとは歎じはしなかったろうか。

庭の躑躅《つつじ》の下の石におりて来た鶺鴒《せきれい》がそう云っているようである。御覧になっていらっしゃるのは、それは唯花と石と、草とわたくしなんです。毎年毎年変らない態姿《なりすがた》でございましょう。ですけど、あなたよりももっとお若い方は、唯それだけだとは御覧にならないのですよと。

〇

旅から帰った夜の翌《あ》くる日雨戸をあけると、庭は満面の白つつじであった。それは賞讃というよりも驚嘆に近い感情を喚《よ》び起した。二三日して心に閑のあった或る夕しけじけとその花を看た。既に凋落《ちょうらく》のかげが兆《きざ》していた。

〇

思想というものを考えると、アミンの万億限りなき結合離散の変化を思い起す。自然科学がもっと進歩したら実際そこまで追究することが出来るだろうと云う気がする。然しその集散には法則が有る。また興奮があり、疲労が有る。新しい結合体の襲撃を受けた時旧来のアミン体聯合軍は如何に之に応ずるか。蜜蜂の社会に於けるように、時として新来の敵はその国の主人となることもあろう。聯想の社会にもまた弱肉強食の自然律が存しよう。そしてこの弱肉強食の争闘が盛に行われているのは脳髄のわかさを示すものでは無かろうか。疲れ老いた人の頭ではこの争もまた衰えがちになろう。

頭の中にも亦大地主のシエッファアドの役をするアミン体の聯合軍が有り得ることなど考えると、もともと譬喩《ひゆ》から出立した空想ながら、それを藉《か》りないよりも一層はっきりと、聯想作用のからくりが分って来るような気がする。

◯

蠟燭をつけて狭い文庫のうちを捜し、もっと変った本が有った筈だがと思い、そうだ、あの震災の時に、あの本あの記録が焼けなかったらと或る人がひとりごとを云った。板の如くこわばった頭をとろかそうと思って、強い酒を飲み試みるのは、焰《ほのお》を立てようと思って炉にアルコオルを注ぐようなものだ。多くは焰とならず、赤い火が炭になる。

十年見あきた十坪の庭にも春になると思いがけない芽が出て花を結ぶこともある。無論まるで種子の無いところに芽が出ようはない。また雑草の中では良い種子の生えぬことがあり、耕耘《こううん》せられた畠の中では珍らしい芽の刈られることがある。凡て伊曾保《いそっぷ》の話の如くである。

◯

縁の欠けた鉢に柴栗《しばぐり》を盛る姿もある。龍泉の古器に茘枝《れいし》を盛る趣もある。新しい玻璃《はり》の器にメロン、マンゴスチィンを盛るモデルンの好《このみ》もある。だが宋磁にメロン、マンゴスチインを盛ることも出来るし、セエヴルの今めいた器に茘枝、福橘を盛ったって咎《とが》める人もない。組合せはいろいろあるが、今迄に類の無い組合せが一番新しい命を通わせる道だと考えるのは間違っている。器と盛物との関係に直して見ると却って好く分かる。然し革袋は古くても中味の酒が好い場合には、余り苦情を曰《い》うものが無い。

○

型を破ったら新しいものが生れるかと云うと、必しもそうは行かない。

○

僕はわかい時ある高官を識《し》った。その人の日常の行は古いあり触れた器にあり触れた木の実を盛ったようであった。然《しか》しその器と盛物との関係は、謂《い》わば頭の中でいろいろの組合せを試みたのちに定《き》まったもので、其れ以上どうする事も出来ないものであったということを後になって知った。

○

別に採って食べようというのでも無かったが、今年は片かげに沢山桃がみのり、見る見るうちに大きくなった。葉と根とばかりと思っていた牛蒡にも花実が有った。

○

グレエプフルウトと云う亜米利加《アメリカ》の柑子《こうじ》や、わが国の菊水という梨などは、人工的の交配の結果出来た美味である。然しそれを以て近世文明の一象徴だとは考えたくない。

○

ミュウズの御来迎《ごらいごう》は僕の尤《もっと》も恐れる所である。日日の為事《しごと》は面白くなくなり、夜はねむられなくなり、それで結局焦燥と悲哀とを獲るばかりである。縛られた犬を行く人はよく慣れたおとなしい動物だと感心するであろうが、犬として見れば、既に暴れたあとの無益な疲労を飽くまで知り尽していたものであったかも知れぬ。

〇

随筆一篇を頼まれても、おいそれと出来るものではない。思想も使わずに置くと棚の下積となり、なかなか直ぐには引き出されない。程経て、日曜の午後などにぼんやりとしていると、何か物影らしいものを感ずることがある。ちょうど長雨のあと、石のわきに、ふと爪草のコロニイなどを見付け出すようだ。

〇

梅、桜また馬酔木《あせび》の古い切株に、嫩紅《どんこう》のわか葉をつけた四五寸の新芽を見るのは心ゆく限りである。住めば都よわが里よと云う気になる。

真昼の物のけ

人気《ひとけ》の薄い昼の汽車の中で、唯一冊持って来たムライシュの本をひろげた。そして、東京で急に買った字引を取り出してとぼとぼとその一二頁を読み試みた。夏真昼の車室のうち、ふと身のまわりに何か亡霊らしいもののけはいを感じた。定かならぬ幻影は叙情詩の元素の揺曳《ようえい》して成す所であったらしい。その小人《こびと》の群の舞踊は物の一時間ばかりも続いた。鞄から紙を出して取りとめもなく、その姿を写す。

＊

一の形態が黒い色をし、翼を拡げて、朝は早く木を飛び立ち、夜は再び其木に戻って来る。ただそれだけでは、それはこの身と何のかかわりも無い鳥の鳥に過ぎない。巣を作り、卵を生む。偶然その営みを見付けたところで、それは既に厭《あ》くまで知っている生物の一つの生活相に他ならぬものと思い過す。そして竹青《ちくせい》（聊斎志異《りょうさいしい》）の話が創作せられる。其鳥はただの鳥では無くなる。

＊

汽車の窓をかすめる夏の杉は青く、竹の叢はういういしくなだらかである。木立の間に白壁の家も見える。車室のうちに、ひとりのさまで壮からぬ士官が居た。その襟の色が有り触れたので無い外には、内も外も、見る所に何の奇も無く、おとといも昨日もかく有ったろうと思われた。忽《たちま》ち士官が窓から首を出す。すると下の道に立って居る人々が手を挙げた。士官はわたくしの目の前に既に孤立した一形態では無くなってしまった。汽車が止った。士官は停車場の月台《げつだい》に下りて行った。

＊

波路の距《へだたり》が遠い。ほのかな光の裡《うち》に、遥に白いせのが見える。物かげは時々動く。近《ちか》づいてそれを見、触感を以て確に検《あらた》めて見たいと思う。わたくしの手はどうしてもそこまでは届かなかった。此夢まぼろしの感覚はわたくしに取って決してめずらしいものでは無かった。然し今のは最後のもので、その余感がまだありありと生きて居たから、わたくしは「鬼《き》」と名付けたいその一片の白影を視域から逸すまいと――無論この瞬刻、車室のうちで――努力したのである。

＊

いろいろの物象が有る。美しい花を開き、好《よ》き音色を立てる。いくらでもいくらでも有る。一体それは何の為めに有る。そのたった一も自分とは関《かかわり》が無い。

＊

牡丹《ぼたん》の花と芍薬《しゃくやく》の花と、何かよく似た所が有る。また其間に差別が有る。芍薬の花と葵《あおい》の花と何か似通った所も有る。其間に差別も有る。牡丹の花と葵の花とどこか似ぬことも無い。その間に差別は有る。だがその差別をもっと好《よ》く知ろうと思って、その一つ一つの形には迷うまいぞ。牡丹にもどくだみにも、この人間の眼をさえ誘おうとする何か共通の力が有る。その力にも誘われまいぞ。牡丹を捨て芍薬を捨て葵を捨てよう。そして遂にどくだみをも捨てよう。昔の賢者は差別を去って典型を求めようとした。或は邪見は目故《ゆえ》であるとて其目《その》をくじり取った者も有る。わたくしにはそう云う猛い求道者の勇気も、賢人の諦念も無いから、唯悲しみながら、窓の無いいおりの裡に棲《すま》おうと思う。

＊

さらばと心を定めて踵《きびす》を返そうとする。あとに人声らしいものが聞えるように思われる。また江頭に戻って往って叢間を視《み》るに、いずくにも舟らしいものは見当らぬ、ましてや人の姿をや。わたくしはまた踵を返えす。するとこのたびは明な声で、舟が有ります、川を渡してあげましょうと云うのが聞かれる。わたくしは勇んで――然し果して危惧の念の之に雑るものが無かったであろうか――また河岸の土手を下った。月は既に沈んで、水光さえも見分け難かった。わたくしは再びもとの道に帰る心さえ失って、くさむらのほとりにつぐらんだ。

＊

小庭に人が下り立ってわずかばかりの水鉢の水を空に蒔いた。雲を漏れた日あしが折好《おりよ》くも水を浴びたまばらな木の葉に当った。それと共に何かきらきらしたものが空から落ち散って、わたくしはそれを小雨《こさめ》かと思った。だがそれは雨では無かった。その瞬間にわたくしは目をつぶって、雨の錯覚を起した物の何であるかを窮《きわ》めようとする根原を塞《ふさ》いだ。そして出来ることなら、その人、その時をも忘れようと試みた。何もそうつとめて試みるには及ばなかった。明るい窓を見たあとの後覚の如く、あれほどあざやかであった幻像も数時の後にはやがてぼろぼろになり、乱れ黒んでしまった。

＊

鶺鴒よ、わかい樫《かし》の葉のすきから、石のうえにたもとおるお前の姿がふと目に入ったから、僕は発句を一つ作って、思い設けぬ賜物《たまもの》と殊《こと》の外《ほか》に喜んでいる。だがこの発句とお前とは何のかかわりが有ろうぞ。その為めお前が飛んで来て僕の手の上に止ったのでも無い。それを縁にお前と僕と――所詮出来る筈も無いが――話を取りかわしたわけでも無い。しかのみならず、もう今はお前の沢からは汽車は一里余も離れてしまったかも知れない。だがこの発句はたしかに僕の物だ。始めはあったらしいお前のヴィジオンももうその句のうちからは消えてしまったが、それでもこれは僕の物だ。そして謂わばお前が呉れたのだ。僕はその句をここに書き記そうかと思った。かき記してもさまで拙《せつ》ならぬ句ぶりであると思ったから。だが鶺鴒よ、こんなにも変ってしまった別物を人に知らせたとてそれが何になる。芸のうまいまずいで誇る気も今更有りはしない。僕は今作ったばかりの発句をはやく忘れてしまおうと思って遠いい山際の雲を眺めているよ。書き附けて置かない自分の発句を、僕は三日と覚えていたことがない。

＊

大都。昨日それを見た。おとといも見た。汽車の窓のずっと下に、木立の間に一軒家が見える。三四人の人々が仰いで汽車を見迎えている。大都よ、僕は君に言う。名の無いと云うことが、かたみをあとに残さないと云うことが、そして人に与うる影響が微かであると云うことが、そこに命が無いと云うことでは無いぜ。大都、その大新聞と、無数の雑誌、書籍を持ち、作り、吐き出している大都よ。昨日君のさわがしい爆音の間に、僕はむしろなつかしみつつ聞き澄んだ、徳島の異国詩人のかすかな笛の音を、むかしむかしの宗《そう》祇《ぎ》の老いだみたつぶやきを。わたしは汽車を見送っている人々に心からの挨拶を投げてやったよ。

＊

遠い青畠の上にひとりの百姓が腰をかがめている。汽車の窓から首を出して、視線の限を追うたが、百姓はなおも依然として其からだを動かさなかった。わたくしの瞳底《どうてい》にはそれが百年の岩のような黒いかたまりとして残ってしまった。ふとわたくしは驚いて心の中で言った。わたくしがふだん岩だと思っていたものが、事によると百姓だったかも知れないぞと。

＊

夕闇が山を罩《こ》めて、目の前の庭の白い花さえも見えなくなった時に、庵に住んだ昔の隠遁者は始めて安心したでもあろう。それでも小さい燈の下でなおも文を読むことが出来たでもあろうか。文字の形が目にうつったら、故郷の花、みやこの人の姿がまた音ずれて来て、日の暮れた甲斐も無かったようなことは無かったか。高嶺の風の音さえまつという心をおこさせはしなかったろうか。だが——すきごころの動きを書きとめるばかりが文字の役では無かった。古い連歌の帖をうちすてて、棚から久しく忘れていた観音経を取り出して、そして短檠《たんけい》の暗きをうちわび、また物の見える日の光を恋いもしたのではなかったか。然し、幾人の人に果してその喜びが不断の法悦となったであろう。夕となればまた早くあいろも分かぬ夜の来るを待ちかねて、門に立たなかった人は果して幾人あったであろうか。

＊

ああここにこう云うものがあったかと、始めてしみじみと古《いにし》えの白河城の石垣をうち眺めた。既にしてうすき満月。田中の道を小さい提灯がゆれゆく行く。

（昭和十年七月）

残響

一日たっぷりと為事《しごと》をすると、夜家に帰って静かにしていても、なお残響とも謂《い》うべきものが鳴りやまない。思想はその日に専ら神《しん》を労し、心を動かしたものからなかなか離れ去ろうとしない。田舎に居た時は晩食の後幾十分か仮睡して気を転じたが、近頃はこの習慣が破れた。昨夜は月並の学会に列して九時半に帰ったが、直ぐ筆を執《と》って物を書くという気にはならなかった。

今夜も既に九時を過ぎている。幸いもはや心に鋭い残響が動揺していない。それでペンを執り紙を展《てん》じた。

一体、随筆随筆というが、どういう事だろうと思い、佩文韻府《はいぶんいんぷ》を捜して見ると、宋の洪《こう》邁《まい》の「容斎随筆」の序というに「子習懶、書を読む多からず、意の之《ゆ》く所随《したが》って即ち紀録す。其後先に因《よ》って復詮次《またせんじ》する無し、故に之を目して随筆と曰う」と有る。まことにそんな境遇に在ったら結構な事であろうが、はっきりとした題目も無く、その日の腔子裏《こうしり》の残響を無理に制しながら、何か書かねばならぬのは苦痛である。然しこう云うのも随筆の定義には当てはまるかも知れない。

アナトオル・フランスの小説に「パリに於けるベルジュレエ君」というのがある。田舎の大学の先生がパリのソルボンに招聘《しょうへい》せられることになってからの話であるが、その中ではいろんな人が勝手に猶太《ユダヤ》人論やドレェフィユス事件の批評をしていて、ベルジュレエ君がどんな人かはっきりとしない。この間フランス人にきいたらこの類作では田舎とパリとで環境や人物に著しい差のあるのを書きわけているということだが、残念ながら、前の部分を読んでいない。然し之を藉《か》りてわが主人公をも仮にB君ととなえて置こう。

ベルジュレエ君がパリに来ると、知人が「ベルジュレエ君、まず何より先にお祝を申します」と云った。

「どうぞ、そういう事は……」とベルジュレエ君は辞退した。

「そりゃ何ですけど、ソルボンの椅子は結構ですからね……それにあなたは適任ですから。」

その人が続けてそう曰《い》った。

わがB君もまた、田舎から大都に出て来るといろいろの人から同じように云われた。そういう人の言う事は全くのお世辞では無いようだが、別に深く考察したのちに達した結論だとも見えなかった。そう言われる時B君は却《かえ》って一種のさびしみを感じた。そしてそれを唯感じの程度に止めて置かなかった。その由来を研究し反省した。

Ｂ君は山の手と下町との境に当る、この大都の重要な一街区に面したこぢんまりとした宿屋にしばらく滞在した。

十数年前Ｂ君がフランスのリオンで師事した有名な植物学者Ｇ氏は、Ｂ君がリオンを去って間もなくパリのP.C.N.《ペエ・セエ・エヌ》に聘《へい》せられ、やはり一時アエニュウ・ラスパイユに新築せられた大きなホテルに下宿していた。少し新式でアメリカ風な処は有ったが立派な旅館であった。そこで御馳走になった晩餐もなかなか結構であった。Ｂ君も知っていたその教授の奥さんはリオンで亡くなったから教授は独身であった。ゆくりなくもＢ君はその時考えた。こんな宿屋の一月の払いはどの位であろうかと。

ベルジュレエ君もまたその妻君と離別して、パリにはその妹のゾエと、愛犬のリケエと一緒にやって来て、小さなアパルトマンを見付けたのである。

わがＢ君は妻子を田舎に残して単独にやって来たから上述の二氏とやや似た境遇に在《あ》った。始めは数年来沢山出来たアパアトというものを捜して見た。英字新聞の広告で見付けて行って見たものは弁慶橋から程遠からぬ所で、狭く短い道に面していた。三階で部屋が四つ五つあった。もしこの家全体が借りられたら悪くはないが、その一区切は甚だ狭く、また他に人の居る間もなく、たった一人で住んだら鼠に引かれそうな不安があった。

Ｂ君はちょうど好いついでだから、そこのウォータアクロセットをかりたが、鎖を引いても水が来なかった。成程、水道は停めてあったのだな、悪い事をしたと思い、誰もいないアパアトに小便しに入ったようなもので、少し滑稽に感じ、入口を出て道側に立って、しばらくしげじげとそのファサアド、その窗《まど》、壁を打ち眺めた。最新式のアパアトにも行って見た。そこの設備はよく出来ていたが、ベットも置いてなく、無論寝室はなかった。昼のヂワンが夜のベットになるのであった。そして甚だ高価であった。

それでB君は次の結論に達した。この都会のアパアトと云うものは、この国の様子をよく知らぬ外国人か、或は近く外国から帰って来た国人には便利であろうが、そうでない人には大して有難いものではないと。

そしてもとから少し知っていた宿屋に落付くことになった。梧葉《ごよう》が芽を吹き出す頃の事である。

B君はすぐその次の日から講義があった。宿屋の前のトロットワアルは狭かったが、八時前後は学生の行列が絡繹《らくえき》と続いた。それは皆橋の方から下って来る人々である。こっちからそれを登ってゆくのは数えるほどしかなかった。それで人を避けて、その隙間を行くのはなかなか骨が折れた。

それでも毎日それを続けて行くうちに二つの事を覚えた。一つはまっ直ぐに向うを見ないで地面を見て歩くと、向うから来る人が道を開けてくれるということである。この発見は可なりの成功であった。所が或朝ぱたりと人にぶつかってしまった。

「先を見てお歩きなさい」とまだわかい背広の男が云った。

「御免なさい。だがあなたもこんな人込みの道に急に立ち止まらないで下さい。」

その男が変な顔をした。見ると、マッチを摩《す》ってタバコに火を点《てん》じようとした瞬間にこっちがぶつかったらしい。

「人……人……人……」

とこの数日よく考える思想が口頭に浮び出した。

「人……人……人……」

「あの人たちは何を望んで居るだろう。それは自然から収穫を求めようというのだろうか、科学から驚異を捜そうとするのだろうか。そうではなかろう、他人の懐から流通性の宝を掘り出そうとするのであろう。」

するといままで十年間住みなれた田舎の生活が想起せられた。田舎の都会から少し出て行くと、何といってももう人口は稀薄であった。そこに労働する人々を取り巻くものでは人の数より烏雀の数の方が多かった。目のあたりに見るは雪であった。水であった。土であった。草であった。そして稲であり、桑であった。人間のものでなかったものを土の中から作り出して人間のものにするという、大豆の球根のバクテリヤのような役が彼等の一生の為事であった。そして六人の家族で一年間労働して、何からかまで入れて五百円の収入であった。

「ふん、だいぶ違うわい」とB君は考えた。

も一つの発見というのは、橋まで行くとバスの賃金が五銭であり、その一つ手前では十銭であるということである。十銭出す積りなら人の波にもまれず、乗車に先を争う必要も無いということである。然しB君は其後も常に必しも十銭の切符をば買わなかった。「たった一丁場で五銭の違」という思想は、金そのものの絶対価と無関係の利害感を印象したのである。

先を争って乗物に乗る。一度ならたいした苦痛にはならぬ。度が重なるといろんな偶然がそれに附随して、時として道徳心の根蔕《こんたい》まで陰を引くようなことがある。それを毎日朝夕繰返す人は気の毒である。乗物に乗らなくて通勤の出来る処に住みたいとB君は考えたのである。そしても一つはラヂオの聞えて来ないような処。

日曜日一日宿屋の一室にいるとのべつ幕無《まくな》しにラヂオが聞えて来る。宿屋の応接間からも聞えるし、二階に住むお客さんは自分用のものを引いている。近くの商家は店頭を賑にする為めに声を大きくして聞かせている。それを朝の七時から夜の十時まで聞かされると気違いになりそうである。放送局の方々はいろいろに説明せられるが、アナウンサアの日本語というものは少し変なものである。あの言葉の放散《ほうさん》の間に身を置くと、身に合わぬ借り着で一日かしこまっているような気がする。自分のみならず人も気が狂っていて、今に気味のわるい乱舞でも始まるのではないかと思われて来る。そして大根を千六本に切ったり、株が五十銭とか下ったり、昨日より気温が二度高かったりして、文化年間、深川祭礼の日の永代橋《えいたいばし》じゃないが、人波に押され、歩くのは自分じゃなく、人が自分を連れて行ってくれるのである。その他の点で少しも不平は無かったが、これじゃやり切れない、早く静かな、ラヂオの聞えない処に家を捜さなけりゃならないと思った。

宿屋のB君の室の前には極小さい庭があった。それこそ畳十枚そこそこであろう。あまり雅味《がみ》のない石を置き、ヤツデの他には貧しげな数本の樹が立っているばかりであった。一体B君はヤツデと云う木をば愛しなかった。然しそのヤツデたるや、あまり日の当らぬ処に置かれて、葉を附けること少く、枝の先端の葉のむれさえ、黄ろく萎れていた。ちょうど肥前瘡《ひぜんがさ》をやむ小犬の毛のように哀れであった。その為めにヤツデという木の性質に対する反感などは湧かないで、寧ろ同情に似た心さえ起った。

六月末の雨のあとには、小庭の石の上に弱い日の影がさした。その光のだんだんと薄らいで行くのを見ると心が静かになって来た。

或日曜日《あるにちようび》、その石の上の日影を見ながら姉と対坐している。五十年前の話をする。

「新座敷と云うのがあったろう。あの庭の塀の上からそっと荷物を外に出し、うちをば、一寸そこまで行くような振をしてふだん着のままで出て、そして浜から船に乗って東京に往《い》った。」

この大都からそうは遠くない片田舎の小港を想像したまえ、それが五十年の昔のことである。恰《あたか》も陰《かげ》ろうてゆく小石の上の日影のように気が遠くなろうではないか。

何が彼女《カノジョ》を追いやったか、片田舎の十幾歳かの小娘をはるばると彼の大都へと。謀反気に似たものが我々の同胞の血の中には流れていたと見える。そして姉をヤソ教の先生の家に落ちつかせた。

このヤソ教の先生の間接の影響であった。B君も後にキリシタン宗門の歴史に興味を感じ、少しばかり、その事を研究するようになった。明治の時代は幾多のえらい人物を輩出せしめたが、そのうちでもこの先生はB君に特別の印象を残している。

「東京におとうさんが来た。そしてたいへんにしかられるかと思ったのに、そうでも無かった。田舎から着て来たままのふだん着ではあまり見すぼらしいから、着物を買ってやるから、日本橋へいっしょに行こうと云う。いんえ、おとうさん、着物なんかはいりませんからどうぞ本を買って下さいと頼んだ。あとでおとうさんが国へ帰っておっかさんを叱ったた。お前はまあ何だと云って女の子をあんなに仕込んだのだ。わたしが始めて国へ帰ったらおっかさんが云った。おとうさんが着物を買ってやると云ったら、へいと云ってたんと着物を買って貰いなさいよ。」

B君はそれで思い出した。B君がまだ小学校へもはいらない時に、その姉は脚気《かっけ》で東京から戻って来た。今考えると、さぞ食物のビタミンが乏しかったのであろう。そして床の上に芭蕉の葉を敷いてねると脚気に好いというので、遠いお寺から青々として大きな葉を二三枚貰って来た。その上にわかく美しかった姉が横《よこた》わった。

夏の月の夜には姉は明笛《みんてき》を吹いた。その当時は清楽《しんがく》が流行し、われわれもウウ、リュウ、コン、チェ、ジャン、チェ、ジャンなどという徳健流水《てけんりゅうすい》だったか西皮《スイビ》調だかの譜を覚えたものである。

この夏の夜の明笛の記憶をたどると、B君には幾多の日本的ならぬ聯想がそれから継起して来るのである。まず第一に結ぶ像は月に照らされた広い野原である。その野原はイギリスかオランダの絵の中の野原のようである。而《しか》もその野原の先にある小村落では、大きな家の椽《たるき》に群青を塗り、純粋の日本的封建的の形象を示す。ただその家に年寄りの気違が住んでいるという記憶が、何か異常な情趣を促すのであった。

芭蕉の広葉と明笛との他にまだ二つ三つの小道具があって、その時代の情景を想起するきっかけを作るのである。その一は「女学雑誌」という月刊雑誌である。その二つは暮れゆく海岸で姉の歌った外国語の唱歌である。こういういろいろの要素の記憶は後にB君をして「柏屋伝右衛門」という戯曲を作らしむる因縁となっている。

今と違って、殆ど他国人の入り込まぬ海村では、日の沈んでしまったのちは、海岸に人一人を見なかった。B君は姉の背でだまっている。姉も黙っている。そして海の面はだんだんと黒くなった。

後年——今より二三年前——B君は小学校の初年級のその息《そく》と共に、東北海岸のさびれた小村に一宿したことがあった。月の無い夜海岸に行って、その時も亦二人とも黙したまま小さな防波堤の上に立った。

そこに繋がれた一艘の小舟に人々が帰って来た。女子供も交っていた。そして幾つかの買物の包、籠などを舟に持ち込んだ。その舟は盆の買い出しに来たのであることが分った。舟には既に幾俵かの炭俵と野菜の籠とが積まれてあった。人は更に紙、花火、南瓜《かぼちゃ》、線香などを舟に運び入れた。そして舟は纜《ともづな》を解いて静かに岸を離れて行った。

遠くの、沢山の燈のぼんやりとともっている岬がこの舟の帰って行く村であった。

時は過ぎ人は変る。然し何と情景の相似たることぞや、姉と話をしながらB君はふとその夜の事を考えた。

「おとうさんもおっかさんも、それでも、そんなに頑固じゃなかった。たって東京で修業したいなら学校へも入れてやると云った。一番恐《こわ》かったのは姉さんであった。女の子などが学問をする必要はない。そ云って道からわたしを連れ戻して二階へ入れて、そして階子《はしご》段《だん》の上に、蓋《ふた》のようにかぶさる締り戸を閉してしまった。」

姉はなお言葉をつづけた。「東京から帰って村外れにつくと、家から大勢出迎えに来てくれた。わたしは駕籠に乗っていた。いつか夜になって提灯をつけて歩いた。おとうさんが道の両側の田を指して、これもうちの田だ、あれもうちの田だと教えた。」

姉が帰ったあとで、B君は庭の低い燈籠に燈のつくのを見ながら、もうすっかり忘れていた昔の世界の中を、もうしばらく逍遥して見る気になった。

こう書いているうちに、夜は既に甚だ更けた。一月の半にこんな温い日に出会うような事は、近頃全く経験しないことであった。だが二十幾年か前にB君がこの地に住んだ時は一月二月に時々こういう温い日に出会い、それがまた同君をしてこの都をなつかしがらせるものであったのである。

「二月の末のことである。東京の家々の庭では、ともすると霜柱の下から、むくむくと萌え出づる茶色っぽい緑の草の芽に存外温い雨が斜に下りて、近くの藪から迷い出した利《り》休鼠《きゅうねずみ》の小鳥が尻尾を動かしながら、ヤツデの枝からドウダン、ドウダンから松の小枝へと渡ってゆくような気候の時である。……」かつてB君はこう書いたことがある。それは大正二年の事であるが、その当時は冬の日の温い雨にも、また初雪の旦《あした》にも、この都の風景には卑しく且つなつかしい江戸の情緒が織りこまれていたものであった。

「そうだ、その要素が今はまるで無くなっているのだから」と、始めて気がついたように
B君は心の中でそう云ったのである。
その時は世もわかく、人もまたわかかった。南の壁の下の薄雪の中の緑の芽にも、雪からかわる雨にもエロスの呼吸《いき》がかかり、リビドオの芽がかくれていた。これから伸びる世はどんな処であろうという好奇心が、飽くことなく目を四方にくばらせた。その同じ目がいまや過去へと注ぐ眼差の発射器となってしまっている。文芸の作家のうちでも宗祇などという老人に最も心が引かれる。昔だったら実に馬鹿々々しくも思われたろうこの宗匠の次のような句が殊の外に心を動かすのである。

ちるや玉ゆら夕立の雨
雲風もみはてぬ夢とさむる夜に
我かけなれやふくるともし火

これは明応八年（一四九九年）宗祇七十九歳の時の独吟「山何百韻」の最後の句である。なおその前の三句を引くと「つれもなき人に此世をたのまめや」「しぬる薬は恋にえまほし」「蓮葉《はちすば》の上をちきりの限にて」というがあり、それに上記の三句が続くのである。洋の東西を問わず、詩人というものはにくいものである。縦《たと》い源氏物語の面影を伝えたにせよ（源氏「総角《あげまき》」の巻に「恋わびて死ぬる薬のゆかしきに雪の山にや跡をけなまし」と云うがある）、七十九歳の老翁が死ぬる薬を云々すること、世の常のなみではない。蓮

葉の事は同じく源氏の「鈴虫」に出ている。「蓮葉を同じうてなと契り置きて露のわかる今日ぞ悲しき。」夕立の雨は蓮葉から起った聯想であろう。そして突然と「雲風もみはてぬ夢とさむる夜」と有って、悽然《せいぜん》として愁い、愴然《そうぜん》として歎ぜざるを得ない。雲風は天象を表わす語であるが、ここでは風雲の意も偶してあろう。乱世八十年の生活、顧れば是れ一炊の夢である。荘子の「且有大覚而其大夢也」に当る。そして目の前に見るは何であるか、ふくる夜のともしびである。恰も是れ我姿に似ている。煢々孑立形影相弔《けいけいげつりつけいえいあいとむらう》とは是事であろう。

B君の聯想はゆくりなくもこんな処まで追い詰められて、そこでちょっと、ふるい盆の上に乗っている小さい林檎へと目を移した。食べる気もなく、幾夜も幾夜も部屋の片隅に置いてある。その一面には電燈の弱い光が当り、その多くの部分には深い陰がまつわっている。ふと見ると、単《ひと》り眠る小動物のようである。小さいけれども既に成熟している。或はもはや老いているのかも知れない。誰に甘えようという気も無く天地の間に孤身を托し、夜がくれば眠ってしまう――そう云う動物のように煢然《けいぜん》としている。

ベルジュレエ君には愛犬リケエが有って時々それと会話をするようであった。B君もこの小柄な林檎と話をしたかったが、折角の睡眠を妨げるのは気の毒にも思った。また小鳥などと同じく、夜半には呼び醒してもだめだろうとも想像された。

急に思いがけない空想がB君の頭の内に閃いた。その逃ぐるのを追うて到頭その影を捉えてしまった。「そうだ、エンシュラウ・デ・ムライシュさんが晩年死の床に横っていた時、宗祇のこの句を得心行くまでに説明してやったら喜んだろう。」その影の内容はざっとそんな事であった。

実を云うと、ムライシュさんの場合は死の床というのは当らなかった。神戸のポルツガル領事が心配して、折角柔いヂワンを贈ったのに、頑な老詩人はそれをきらって、ついに用いなかった。そして粗末な椅子に腰かけたまま永い眠に入ったのである。

ムライシュさんの事を思うと、その人が作家であるというよりは、生きた詩という方が適当だと考えられるのである。わかい時海軍士官としてマカウに渡って来たといえば、その祖国の昔日の光栄を回想する機会は幾度も随処に之に逢着したことであろう。然しそれはもはや過ぎ去った事である。それを今に戻すよすがも無い。その時極東の一島国は支那に勝ち、ロシアに勝った。恰もエンリッケ王治下のポルツガルの如くであった。わかい海軍士官の日本を愛したのはその祖国愛の変形では無かったと誰が断定し得ようぞ。また一つの国に対する愛がその国の女性に具体的な対象を求めるに至るのも必然の径路ではなかったろうか。

此ポルツガルの老詩人は老いて死ぬまで、その心の裡に恋愛の熱火を蔵した。それは始めは生きた人に注がれた。後には唯その追懐のまわりに燃えた。是人の恋はまことに不幸であった。

若《も》しこの老詩人にしてわが老宗匠宗祇の一生とその作品とを識ることを得たったならば、必ずやそのうちに己が魂を見出したのであろう。不幸にしてこの詩人の周囲にはよく物を識《し》る人が居なかった。詩人はあれほど深く日本を愛しながら、それほど深くは日本を知らないで死んでしまった。ラフカヂオ・ヘルンに比べては遥かに悪い状態に於て此国に生きた。

今にしてなお出来る唯一の事は、フィクシオンの上で、時代を異にした二人の詩人を面《めん》晤《ご》せしめることである。

「藉《か》すに少許《しょうきょ》の時を以てしたなら、僕がふたりをお引合せして上げましょう。」とB君はなおも長く引く林檎の陰を見詰めながら独語したのである。

然しよく考えて見ると、それは人事では無かったのである。夜の更けたるが如く、B君の齢もくだった。粗末な長椅子の上に病み横わってこそはいないが、夜半眠らずして燈前に形影相弔《けいえいあいとむら》っていること、かの二人の亡霊に似ないこともない。見はてぬ夢はさめこそはしないが、その像は既に極めて淡薄である。

十年田舎の雪を見て暮した時、時に頭をかすめた思想は、かの筆甫村《ひっぽむら》というようなこの世から忘れられたような山村に、それこそ昔風の庵を建てて、静かな朝夕を暮そうということであった。

所がベルジュレエ君と同じく、思いがけなくも大都へ呼ばれたのであった。リップ・ワン・ウィンクルという人の姿に似ないこともない境遇であった。

B君の少年の時代の環境を作るもののうちになお「小国民」だとか、「少年世界」だとかいう雑誌があった。その中に画かれる同じ年頃の少年は膝までのかすりの着物を着、学生帽子をかぶっていた。そして自分の事を「僕」といった。黒繻子《くろじゅす》の襟のついた唐桟《とうざん》の半天を着、自分の事を「わしらあ」という少年B君とはまるで違った人種であった。

小学校の幾年かの時、士族で、巡査の子として都会からその小学校に転校して来た、白皙《はくせき》の顔の鼻の上に大きなあざの有る少年はやはり自分の事を「僕」と云った。B君は到頭この少年の友達になることに成功して、そしてそれを光栄とした。

また雪野清という少年は継母から虐待せられるが、然し天使のような美しいやさしい姉を持って居た。

そう云う人たちは皆海のあなたの都会に住む者であった。

少年として夜早く床に就いたが眠らずにいると、隣の室で人の話す声がした。

「あの子は中学などに入れずに、日本橋の方の問屋に奉公に出した方が可《よ》くはないでしょうか。」

「それでもあんなに中学に行きたがるからな。」

ぞっと寒い風が襟元をかすめた。冬の夜は、蔵のうしろの社の松がいつも物凄い響を立てた。それと伴って荒れる海の浪が高鳴った。かたことと蔵の戸がひとりで鳴って物さびしい限りであった。

「どうしても中学に入って見せる。」少年のB君がそう心中に叫んだ。

「新座敷と云うのがあったろう。あの庭の塀の上からそっと荷物を外に出し、うちをば一寸そこまで行くようなふりをして、ふだん着のままで出て、そして浜から舟に乗って東京に往《い》ったものさ。」

B君は疇昔《ちゅうせき》の夕の、小庭に面した小室での姉との対話を想い出しておやと思った。

中年、B君はこの大都を去り、異国の辺陲《へんすい》の都会に数年の間棲んだ。偶《たま》に故国の都に帰って来ると、そこでは車力が荷を運び、そのうしろを女房が押している。

「ああしてもここに住める。」

そう思ったことがある。

そして幾十年か経ってB君はその都に帰って来たのである。然し事情は甚だ変じていた。そしてともすると、却って十年住んだ雪寒の小都を想起した。

ここに三つの駄句を附記する。

棕梠の雪みちのくに来てむとせかな。

更に幾年。

雪の棕梠年ふりたるはあはれなり。

十一年の後、また雪の日に其故宅に帰り数日止まった。

帰り来て棕梠に雪つむ小庭かな。

すべて今でない時、ここでない処、こうでない事に心を引かれるのはまたロマンチックの一の特徴である。「Bは学問の上でもあんなにロマンチックなのかい。」と或日、当時の文学の大宗M博士がその息子さんにこう尋ねられたことがあると、あとから伝え聞いた。

おやおやこんな事を書いていては際限が無い、近頃は億劫になってこう云うものを書こうと思ったことは無いが、書いて見ると書けるものだな。是れも亦随筆の定義に愜《かな》うものであろうか。それにしても、たとい心の片隅でも、こんなつまらぬ事を考えているのは好くあるまい。嘗て「出廬《しゅつろ》」の詩人は歌った。「男子歌わず蝶鳥の情」と。今もまさに時は同じ時である。朔北《さくほく》に、江南に出征している同胞の事を思うのが可い。

そしてB君は筆を擱《お》いた。

研究室裏の空想

今日午後「科学ペン」の笹森氏が教室に来られて、二月号の為に是非何か書いてくれと云った。専門学に関することで可《よ》いからということである。僕も断わりかねて、空想的な事で可ければ書こうと約束した。

夜七時晩餐を了《おわ》り、直ちに小さい寒い書斎にはいった。先ず第一の為事は午後から為《し》ていたErich Hoffmann の Dermatofibrosarcoma protuberans と云う皮膚腫瘍に関する抄録の続きで、之《こ》れには一時間ばかり費した。是《こ》れは学生の「プリント」に挿入してやる為めで、学生の其係りは、試験が近くなったから、借金取のように督促する。

それを終って何を為ようかと考えた。三年ばかり前に仙台で山田、阿部、小宮等の先輩諸君に陪《ばい》して続けた「宗伊、宗祇、両吟何路研究」の輪講の第三回分の原稿が届いているから之を見なければならぬ。昨夜到着した郵便物の封を解いて、

　野をしろたへの雪もきえけり　祇

鷺のとぶ入江を寒み雨はれて　伊

水にむかへは山もくれゆく　祇
底にすむ月なりけりなます鏡　伊
こゝろのちりをはらふ秋風　祇
身をしれは木の葉にふれる露もうし　伊
門さしこもるよもきふのみち　祇

などという句を拾い読むと、油然として綈袍《ていほう》の情が湧いた。僕の仙台に在って少しく万葉、古今、連歌、俳諧の世界に近づくことが出来たのは上記諸先輩のお蔭である。そして今はまた再びそれから遠離した。

それよりも更に大きな損失は、天地自然の未だ人間によって詩画の形に跼蹐《きょくせき》せしめられざる啓示から遠離したことである。東京に来て唯時として日曜日に新旧の絵の展覧会だけは見に行く。此前の日曜日には一水会と芋銭《うせん》の遺作展覧会を見た。自然はそこではかなり撓められていた。殊に二流以下の作品で、芸術構成の成心の容易《たやす》く看破せられるのを見るのは決して心をのびのびとさせるものではない。そして帰りに上野公園を通る。不忍の池の中道を渡る。家に入って庭を見る。馬酔木、柳、車輪梅《しゃりんばい》、黄楊《つげ》、いずれも植木屋の意匠で凡庸に按配せられたのに迎えられては気もくさくさする。

数年前の或日仙台の家の荒れた庭に、思いもかけず、まむしぐさが生え出して、あの気味の悪い花を咲かしたのを看たことがあったが、其時は、驚きに似た感情が湧いた。一体何者が其種子をここに運び、同じ族《うから》もない土に命をたぎらせたか。そう云う驚は東京の家の庭には求められなかった。また汽車が田圃を過ぎる時、雪をかぶった稲の切株の上を甚だ低く烏が飛翔していた。結城哀艸果君あたりが探り出す此種の詩境は、少し気を付ければ日々身辺に之を見出すことが出来た。

近時の絵画でも文学でも、それからこう云う発生機の命を感受することは稀である。大きかろうが小さかろうが、皆人の造って顧客を待つ貸家の如き心持を感ずるばかりである。

外国文学は庭のまむしぐさ、冬田の烏の如き驚を与えることが屢々《しばしば》であった。それ故に我々も嘗ては之に走った。

自然、芸術から求め難くなったものを、僕は今東京に於て、科学の研究室に求めている。そこではまだ人の手垢のつかない素材が有って、空想をあおり立てる。

僕は数箇月来「色素母斑」及び「黒色腫」の組織学的成因の事に思《おもい》を潜めているが、是等の問題に関してはマッソンという病理学者（当時フランスのストラアスブウル大学の教授）の一九二三年及び一九二六年の新説が近頃大きな波動を起して居る。「色素母斑」（黒い痣《あざ》）の成因に関してはいろいろの説があったが、此三四十年来はウンナと云うドイツの皮膚科学者の説が学界を支配していた。それは皮膚の表皮の、殊に基底層から其一部が真皮の方に落ち込んで（「滴落して」）、それに含まれている特殊のエネルギイの故に滴落表皮がずんずんと増殖して、所謂「母斑細胞巣」というものを形成すると云うのである。即ち色素母斑は一種の上皮腫だということになる。

所がマッソンは――一九二三年と一九二六年とで少し説が異るが――母斑細胞は一部は表皮から滴落するように見えるが、滴落するものは実は表皮細胞ではなく、表皮の裡に潜んでいる神経細胞だというのである。それと同時に真皮内の神経繊維の方からも材料を供給して母斑細胞が出来る。その方の細胞は上皮細胞様でなく、繊維形成の能があると云うのである。実際母斑の上層部と下層部とでは細胞の形態は著しく異って、下の方は繊維状である。それで母斑の中胚葉説も出るのである。マッソンはまた母斑組織中に、マイナス小体の模倣と謂って可い形態を見付け出している。マッソンの説では、母斑細胞は、シュワン氏細胞から出るのである。

マッソンの説は其当時はなかなか同意者を得なかったが、この両三年急に多くの支持者が出た。殊にアメリカからマッソン説を支持するものが多く起っている。

ドイツでもFeyrterなどという病理学者は、少しの変易を加えた上でマッソンの説に加担している。即ち母斑細胞の原となるものはシュワン氏細胞ではなく、其外側に存する一種の内被細胞だというのである。

それは兎《と》も角《かく》として、学問の上でこう云う新説が出ると、同じような問題に関心を持っている人に対する影響は相当に大きいものである。反対の意見を持っている人にも、よしネガチイフであるにせよ、影響は有る。まだしかとした意見を有していないものはいつの間にか之に靡《なび》く。

之に関聯してちょっと附言したいのは、黒色腫 Melanoma の事である。眼とか脳髄、神経などの範囲は知らぬが、皮膚や粘膜に関しては黒色肉腫と云うべきものは殆どない。従来「黒色肉腫」と診断せられているものも直ちに之を首肯することは出来ぬ。黒色腫には良性上皮細胞腫乃至《ないし》黒色癌と判定せらるべきものは、それは確かに存在する。然し割合に少い。大部分のものは其成因が甚だ色素母斑の成因に近いものである。そう云うものでも、既に腫瘍として成熟したもの、また淋巴《リンパ》腺其他の部に起した転移の組織を見ると、メラニン色素を含有する細胞は或は紡錘状或は帯状で、其構成する組織は肉腫の組織に酷似している。然し皮膚なり、粘膜なりで、悪性黒色腫が既に存する黒色斑から発生し始める時の状態を看ると、それは表皮の、殊に基底層の処から出て来るらしく見えるのである。その時既に、基底層に於ける腫瘍の起源となる細胞は表皮細胞の常型ではない。紡錘形乃至星状である。即ち表皮に於けるDendritenzelleというものの形に甚だ近いのである。(John と云う学者は最近之に Stalagmocyten と云う名を与えた。) 若し是等の星状、紡錘状の細胞が、基底細胞の変形ならば、今迄普通皮膚或は粘膜の「黒色肉腫」と呼ばれたものは「黒色癌」と改称せられなければならぬ。若しそれが Feyrter が考えるように、シュワン氏細胞の外側に在る一種の結締織《けっていしき》細胞が一たび表皮の裡に竄入《ざんにゅう》し、再び真皮に滴落し来って母斑細胞巣を形成するに至るということが真実ならば、その孰《いず》れの場合でも皮膚及び粘膜の悪性黒色腫の大部分は再び元の「黒色肉腫」に舞い戻らねばならぬ。我々はそれは信じないが、唯孰れにしても悪性黒色腫（所謂母斑癌をも引きくるめて）は素朴の意味での黒色肉腫ではない。ま、そ云ったような所が現在の色素母斑及び悪性黒色腫の上に輻輳《ふくそう》している問題なのである。

僕はやはり病理組織学上の末流者のお多分に漏れず、マッソン説に共鳴しているのであるが、嚮《さき》に言ったように、数日前に、ふと心に反逆を抱いた。

色素母斑が或は血管、或は淋巴管、或は神経、或は表皮（無論其等のものの胎生学的胚芽）の上に起源を摸索せられているが、胎生学的の毛胚芽に其起源を摸索した人というのを聞かぬ。毛の構造は複雑である。之を構成する細胞も其種類が甚だ多い。且つメラニン色素をも含んでいる。また神経もここに輻輳している。毛乳頭には結締織細胞も有る。それらのものの胚芽から母斑細胞を導き出すことは出来まいか。

事によると甚だ馬鹿馬鹿しい空想かも知れないが、そう思いつくと心持が緊張した。食堂でO教授を捜したが其日はそこには見えなかった。それ故に此《この》活潑になった空想は引導を施されることなく午後まで持ち越して、午後の会議にも専心することが出来なかった。

此空想が果して幾日続くか知れないけれども（実際数週にして凋落《ちょうらく》した。追記）、田園生活では身辺の自然から容易く得られる発生機的の詩情が、都会生活で得られなくなると共に、同じような心の波動は寧《むし》ろたやすく研究室の方で求められるようになった。そして段々と文学からも遠《とおざ》かって行った。

今述べたような科学的空想が芽生えると、其帰結までには一連の行為が継続しなければならぬ。即ち各月の胎児の頭皮、顔皮を集めて、毛の発育の状態を、いろいろの染色法の下に、自分の眼で見直さねばならぬ。小さい発生機的感激は今後絶えず持続する。それは詩作の心理と甚だ似通ったもので、研究室の思索は、往々文学を必要としなくなるのである。

＊

此間に再び田園生活に於ける発生機的感興の別の例を挿《はさ》もう。

近頃読んだ支那の事に関する著書のうちでは費孝通《ひこうつう》という青年学者の「支那の農民生活」というのが（市木高氏訳、教材社発行）最も面白かった。其内容を抄することは略するが、謂わばパアル・バックの「大地」の材料になるような農民生活の細目を、更に精確に学術的に記述したものである。だが著者は同時に詩人の素質を有する為めに、それは決して乾燥な経済学資料とはならないで、恰《あたか》も文学的作品であるかの如き印象を与うるものであった。僕はゆくりなくもかのクラッシックの好著 Fustel de Coulanges の「古代都市」（La Cité Antique）を想起した。生活の内容に似たところが有るのみならず、資料を取り扱う態度に相共通するものがあった。

僕は仙台に居た時に「東北の冷害」に会し、日本赤十字社石巻支部の嘱に応じて、宮城県下二十箇の小部落に巡回診療と云うのをやったことがある。其時心に浮んだことは、今考えればちょうど費孝通のやったようなそう云う調査をして見たいと云うことであった。結城哀艸果君の「村里生活記」「続村里生活記」は詩情ゆたかな好著である。然し農民生活の資料として見ると、余りに断片的で組織がない。目的が異るからである。恐らく日本の農民に関して費氏の書の如きモノグラフィーは余り多くは出ていないであろう。そしてそう云うものの企図をわれわれが空想するというのも、県下の小村なれば出来ることである。それが東京とか大阪とかの大都会になるととても専門外の人には出来ない。機構が余りに大き過ぎる。そして僕は東京に戻って来てから、いよいよスペシアリストにならざるを得なくなった。

＊

専門家と云うものには、まだ出来上らぬ学問上の計画をしゃべるのは、余り好くない事であるらしい。殊に出来るか出来ぬか分らぬものを喋々としゃべっては専門家の威厳を損ずる。不言実行が第一策である。

所が今晩は筆の序《ついで》にほんの科学的空想をたしなみもなくずらずらと書き綴って見ようと云う気になった。それは煙草の嫩葉《どんよう》の「モザイク病」というものの成因の研究がこの数年の間に齎《もた》らした次から次の新しい驚異が、今に従来の伝染病学、腫瘍学、否一般に生物学に対して一大変革を齎らすであろうと云う不安な期待に原《もと》づくものである。

僕は偶然此病気に興味を抱いて、割合に夙《はや》くから其文献を追求した。此病気は誰が一番早く研究を始めたのかよく分らぬが、文書の上ではドイツの Ad. Mayer（一八八六年）の発表が第一で、それが伝染性の疾患だということを証明した。Mosaikkrankheit と云う名称も同氏に出でるのである。（我邦では古くから「笹葉病」と云っているそうである。）然し其病原体のことは全く不明で、唯当時の風潮にしたがって、細菌に因るものだろうと考えられていた。オランダの Beijerink も一八八七年以来此病気のことを研究した。其報告は少し遅れ、一八九九年に発表せられたが、同氏によって新しい事実が発見せられた。即ち此の煙草嫩葉の斑紋《はんもん》病（クロロフィルの部分的減退によってモザイク状の斑紋が葉に現われる）はマイヤが考えるように細菌、一般に固形病原体（Contagium fixum）に因るものではなく、素焼の細菌濾過器で濾《こ》した濾液も病原性を有している。それでベイエリンクは之を一種の Contagium vivum. fluidum だと見做した。そして其分量は極めて僅少でも、それが植物の葉で増殖すると云う事をも推定した。同氏の言葉に拠ると、然しそれは「既に成育した植物細胞の裡では行われない。細胞分裂を行おうとする状態のもののうちに行われる」と云うのである。此病原体は乾燥の状態でも、またアルコオルで沈降せしめた上に、四十度の温度で乾燥せしめた状態でも長く其病原性を保持することを発見した。湿潤の状態でも七八十度の温度には抵抗することを看た。

此病気の初期の研究者としてロシアのIwanowskiの名を落すことは出来ない。其一八九九年に発表した論文に拠ると、それより七年前にやはり此病気の病原体の濾過性なることを証明している。其他濾液が少くとも十箇月は病原性を保ち、それを煙草のわか葉に附けると、植物から植物へと伝染せしむることが出来る。病葉は之を九五％のアルコオルの中に保存しても十箇月は病原性を失わず、それを更に二日間エーテル中に漬けて置いても同様である。然し此イワノフスキイも其病原体の如何なるものであるかを追窮《ついきゅう》することは出来なかった。

そのうち段々と煙草以外の植物にも之に似たような病気が有ることが知られて来た。然しイギリスのM.N. Walkerが「胡瓜、トマト、酸漿《ほおずき》のモザイク病の比較研究」（一九二六年）を学位論文として発表した頃も、其病原体が生物であるか、化学的物質であるか、まだ決定していなかった。然し是れがほぼウイルス（Virus）と云うべき範疇のものである可《べ》きことはAllard（一九一六年）等の推定した所だが、殊にd'Herelleのバクテリオファジュの現象の発見以来両者の間に幾多の類似事項があることが分り、此考が強くなった。

然し此方面で著しい進歩を来したのは、アメリカのC.G. Vinson等が（一九二九年）煙草の病葉の圧搾《あっさく》液からサフラニンで病原物質を沈澱せしめ、更にアミイル・アルコオルで溶し、其病原体を比較的に純粋にするを得た実験である。のみならず同氏はA.W. Peter

と共にそれを結晶形にすることも出来た。所がアメリカのStanleyはそれを一層純粋にし、プロテインの結晶として取り出すことに成功したのである。それは強力の病原性を有するものであった。即ち非常に高度に稀釈《きしゃく》しても煙草の嫩葉を病気にかからせることが出来た。即ちもう単純の化学的物質とか酵素とか謂うべきでなく、殆《ほとん》ど生命の有るプロテイン体だと云って可いものであった。

其液面を傾斜して光の重屈折現象を認めたのは高橋及びRawlinsの両氏だが、スタンレイ氏はそれを長い針状の結晶として取り出すことに成功した。尤も精確に云えばパラクリスタルという可きもので、長さ二〇〇乃至三五〇、中央部の幅員〇・四ミクロンの此結晶はBernal及びFankuchen（一九三七年）がBawden及びPirieと一緒にエキス線で研究した所では、垂直切断の断面では長い分子が二つのヂマンジオンに規則正しい六角形の排列を為すが、長軸の方角では其排列が規則正しくないと云うのである。それを構成する分子は二〇〇〇〇オングストロオム位の長さである。此結晶はプロテインの反応を与え、重屈折性が有り、中性乃至アルカリ性反応で溶解する。十五回位再結晶を施しても毒性の減少を見ない。(所がトマトの萎縮病では病原体が菱形十二面体の純結晶として取り出され、而《しか》も高度の稀釈で病原性を保つと云う。)ドイツではPfankuch, Kausche等（一九三九年）がバアデン及びパイリイの実験を覆試して之を肯定している。

海のあなたの事で、唯文献によって片鱗を窺うだけでは其真偽の程も分らず、批評などいよいよ以て不可能であるが、研究室に於ける空想の種子とするには、是れなど甚だ好い材料である。以上の事実そのものを疑ったのでは空想は湧き出さない。新発見が真実であると肯定して見ると、それは従来の生物学的観念をひっくりかえすほどの大変革である。宿主《しゅくしゅ》（栄養物質、乃至新合成材料の供給者）さえあれば其者が生育する。そして宿主を傷《いた》めてそれを病気にする。アンチジェーンとしての力も有る。まるで微生物と同じ性質である。それが結晶として取り出されるとなると、今迄の生物という概念は全く変って来なければならぬ。其等の結晶とウイルスとは別物で、唯ウイルスが結晶にくっついて居るだけだろうと云うような非難には、幾度も幾度も再結晶させて而も真正の結晶形が得られその 10^{-7} gr.（一立方サンチメエトル中）が毒性を失わないとすると、左袒《さたん》することが出来兼ねる。

之れからいよいよ僕の空想が始まるのだが、今晩は案の状甚だ遅くなってしまったから、またの機会を待って後を続けよう。

謹賀新年。

＊　＊

旧臘中《きゅうろうちゅう》、いつの日だったか、一夜此原稿の前半を書き綴り、其後すっかり打忘れていたところ、笹森氏から督促状が届いた。一度原稿を引受けると借金したと同じようなものだ。今夜は気が進まぬが書き続けねばなるまい。それで先《ま》ず年頭の挨拶から始めたわけである。

所が今夜は此為事《しごと》を始める前になお為《す》ることが一つ二つ有った。実は後藤末雄《すえお》君から「生活と心境」という随筆集を贈られたから礼状を出さなければならぬ。内をも見ずに礼状を出すわけには行かないから少し読んで見たところ、「赤門懐古」があり、「一高の昔話」も有り、我々とそう違わぬ時代の昔話だからついうかうかと読みつづけ、あらかた半分読んでしまった。

そのあとも一つ読むものが残っている。それは山崎佐《たすく》博士から贈られた「我邦最古の検案書」(「八幡別当兼盛傷事件」)という考証論文の別冊だ。是れも面白くて到頭《とうとう》読み了《おわ》った。そしたら此原稿を書き続けるのがいやになった。実は前の記事を作った時からだいぶ日が経っているから気が抜けたのでもある。

それで其方に気が向くまで外の事を話そう。

お正月の三日から風を引いて四日、五日と半ば褥中《じょくちゅう》でぼやぼやと暮してしまった。が幸いに他に何にも出来ない其間に少し本を読むことが出来た。僕が去年の夏、廿《にじゅう》年前の旧稿「大同石仏寺」を重版したところ、それをきっかけにして、未知の石井孝一さんという方が仏教美術、中央亜細亜などに関する本を三冊貸して下すった。閑が無かったから挿絵を見ただけで打置いたうちから、一冊丈《だ》け取り出して読んだが、其一冊はフランスの自動車製造業の王者たるシトロエンの後援で、印度中央亜細亜を自動車で横断した探険記であった。事の行われたのは一九三一年で、支那班とパミイル班とに分れ、後者は Georges-Marie Haadt を隊長とし、四月の四日に Beirut を発し、Baghdad, Tehran, Kabul を経て印度に入り、Kashmir（玄奘の加湿弥羅《かしみら》国）から Bandipur に出て、七月中旬遂に雪山を踰《こ》えた。雪山踰えの記事は最も痛快である。Raj Diangan Pass は一一七七七フィトの高さだというが、なお能《よ》く草木が繁茂して、牛馬水牛が飼われている。それから Bandipur, Burzil を経て Astor 河を渉り、Dashkin, Doian 等を経て信度《インダス》河に沿うて北行した。八月二日の未明に月下の渓谷を走ると、真上に Rakaposhi（悪魔の尻尾）二五五五〇フィト、そのうしろに Nanga Parbat（裸身女神）二六六二〇フィトの高峻が見える。登旭その後《しり》えに懸ると山は赫奕《かくやく》として火の如く燃え上った。

それから Gilgit, Nagar を経て中央亜細亜に入り、九月、既に支那領たる Tashkurgan の小駅に着き、初めはここに唯二三時間停車する積りであったところ支那官憲はそれより深く入ることを阻み、御馳走でごまかして中々車行の許可を与えぬ。一行中の Williams と云う男は酒を飲まないから杯を断ったが、カムペイ、カムペイ（乾杯）と云って主人側は承知しない。到頭高粱酒を強いられて、やっと飲みほすと、直ぐまたあとから酒を満たす。一時間位の間に Jourdan は二十五杯を傾けて頭を上げていることも出来ぬ。Morizet の顔は真赤鉄火である。Iacovleff（画工）は頭の先から足の先まで顫《ふる》わして居る。

Pecqueur の眼はどろんとして来る。Hackin ははしゃぎ出す。そこで飯の碗と熱いタオルが持ち出される。せめて飯一杯食ったら火のような渇《かわき》も癒されるかも知れないが、飯は唯儀礼的に出されるだけで、之を食っては御馳走が不十分だというしるしになって失礼に当るというから、食うわけに行かない。

そのあとで別室で巴丹杏《はたんきょう》や西瓜《すいか》の種子が出され、Sivel は旅行中に取った蓄音器をかけて聞かせる。そうすると主人側もロシヤから買った古い器械を持ち出して円盤をかけた。其途端に皆びっくりして立ち挙ったので、主人側はあっけに取られている。鳴り出したのはマルセイエーズの曲であったのである。

主人はそのわけを聴いて始めてはアと大笑した。

そんな事で手間取ったが、到頭出発の許可が出て、兎《と》に角《かく》カシュガル（玄奘の佉沙《きやしや》国）まで行くことが出来たのである。

こんな事をずらずらと抄していては限が無いからやめるが、カシュガルに関する二三の事だけは附け足して置こう。

カシュガルは世界の天国だそうである。一ペンニイ出すとメロンが幾つでも買える。鶏は三ペンスである。半ペンスで牛乳が瓶に一杯来る。英吉利《イギリス》の領事は一ポンドの金で一箇月間楽々と生活が出来る。

其英吉利の領事館から見ると目路の限り好く耕された田園が連り、葡萄畠が有り、しなの木、すずかけの木、槐《えんじゅ》、柳の林が有る。それより北方には天山、南方にはカシュガル連山。実に未来を約束する地域である。イギリス、ロシヤ、支那の利害がここに輻輳している。

知っている人は知っている通り、天津から発した支那班はUrmuchi（烏魯木斉《ウルムチ》）で支那官憲の為めに停められてしまって予定の行動を取ることが出来なかった。そして十月の十日に両班がやっとの事Aksuで落合うことが出来たのである。

そういういきさつをくわしく書いては居られぬから、シトロエン自動車隊の事はこれでやめるが、継穂《つぎほ》を捜そうと思ってこれだけ書いているうちに、僕の空想の事などを話すのは馬鹿々々しくなって、今夜もまた原稿は終了に至らなかった。

因《ちなみ》に此旅行記は一行中のGeorges Le Fèvreと云う人が書き綴ったもので、僕の借りた本はE.D. Swintonという人の英訳したAn Eastern Odysseyという標題のものである。

＊

昨夜はついに本題に入らない間にいやになって執筆を途中でやめ、本の残りの部分に読み耽ったが、僕の空想の内容などよりシトロエン自動車の探険旅行の方が遥に面白い。然し僕の空想が確実なる実験によって真理だと証明せられたら其価値はそんなものの比ではないのだが、頭の中でぼんやりと考えるだけでは、才も識もない人の小説と選ぶ所が無い。

今夜は一つどうしても書き終ろうと思って例によって、物を書く興味を引き出す手段として、内藤湖南《こなん》博士の遺著の「支那絵画史」を少し読んでいるところに来客が有った。其人は聞人《ぶんじん》であるから名を言えば分るのであるが、ここには遠慮して書かないで置こう。其用向はと云うと、同伴の息子さんの事である。高等学校を出た息子さんにおやじさんは応用化学をやれと云う、息子さんは医学を修めたいと云う。それで僕の意見を尋ねに来たのだという。

君も医学の方の先生だから相当の構えだろうと思って捜したが、君の家は中々分らなかった。此門構えでは分らぬ筈だと大に不平げである。是れは今夜の話の筋に少し関係があるから、先方の言葉を少し和らげて引用したのであるが、僕の家の門構えがどうも少しおやじさんの心証を害したらしい。即ち自分の子を医者にしても行末が案じられるという心持らしい。

僕も一二度こう云う相談を青年から持ちかけられたことが有るが、医学と応用化学との間の選択などは珍らしい訴訟沙汰に属する。数箇年前美学をやろうか建築をやろうかと案じわずらって意見を求めに来た学生には建築の方を勧めた。必しも誰もするような順俗的な判断からそうしたのではなく僕には僕の考があったのであるが、先方もそれで納得した。然し結局美学に入った。医学と応用化学との選択なら父子の間に箸を立てて転んだ方にきめても可いと思う。其理由を今ここでくどくどと再述したら又今晩一晩棒に振るからそれはやめる。僕はこう云う場合概してわかい人の志望の方に同情を寄せるから無論医学の方を勧めた。誠に医学びいきの Alexis Carrel の Man The Unknown など、時に取ってこのおやじさんの教育には適当の本だから、其一読をおやじさんの方に勧めた次第である。

客の帰ったのは九時過ぎで、今夜はこれからどうしても本題に入らなければならぬが、蝦蟇《がま》の脂売《あぶらうり》のように前口上を長々としゃべったから、気恥しくなって中々後が続けられぬ。

＊

さて何を書き出して可いか分らなくなってしまったが、自体以外の物の費耗によって成育と増殖とをなすこと、生物の如きものが、結晶形で取り出されると云うことが事実であるという前提から話を進めよう。

科学が始めてぶつかったこう云う物に対して、それが何物であるかと云う疑問はいろいろの方面から投げられ、いろいろの臆説が立てられたのは無論である。今迄に知られている酵素などと同一視すべきではない。それは自体を増殖することは出来ぬ。やはりスタンレイの仮説が一番妥当であるように考えられる。スタンレイの考では、ウイルス・モレキュウルが宿主の細胞に入ると、其適当の部分にはたらいて、宿主の細胞の生活代謝の状態を変えて病的代謝に導く。そして正常なプロテインの出来るべきのを異常のプロテインにする。即ちウイルス・プロテインにするのである。是れは単細胞生物の増殖とは違うが、結果に於てはウイルスそれ自身の増殖になる。即ち此結果から判断すると、ウイルスというものが、殆ど生物に似たような生育をするのである。此仮説の当否は別として、兎に角こんな半生半無生の物質が有ると考えたい。その方が heuristisch である。我国でも現に昭和四年に福士直吉氏が、少し曖昧ではあるが似たような考を発表して居られる。

段々と空想が始まるが、煙草やトマトのモザイク病の病原体はウイルスとして最も単純なものだろう。それだから逸早く正体を看破れたのだろう。

所がウイルスにも階級が有る。バクテリオファジュのウイルスはそれよりもっと複雑なものかも知れない。僕はバクテリオファジュの文献を精細に追究していないから、もっと突込んだ事は言えぬが、デレルなどはそれを細菌の病原体としての生物と考えた。即ちモザイクのウイルスなどより一層生物らしい風丰《ふうぼう》をしているのである。それが当該の細菌の内部から発するものか、偶然外部に在ったものが自体の増殖に適する細菌に遭遇したのか、是れは今の処まだはっきりと分っていない。よしんばそれが外から来たものだとしても、志賀菌とそのウイルスとは最初の遭遇が全く偶然のことだとは考えることが出来ない。昔の傭人が覆面の泥棒となって旧主人の家に忍び込むように、飽くまで其細胞の中の案内を知った曲者に相違ない。即ち少くともずっと遠い昔、志賀菌が始めて一単細胞体となったような時代の同族であったに違いない。（細菌とその寄生する動植物の細胞との間にも似たような関係が成立しよう。）一度そのバクテリオファジュ・ウイルスが合鍵を以て宿主細菌の扉を開いて裡に入ると、其内の旧侶伴《りょはん》をそそのかして自分の仲間にする。そして其細菌の内部を自分と同じ仲間に化してしまう。スタンレイの仮説をバクテリオファジュまで拡張するとこう云うことになる。

なお他の例を取ると鶏に於けるラウス氏肉腫が有る。是れはもとは肉腫細胞そのものが存しないと、新しい宿主に肉腫は成育しないと考えられた。今では此考を固執する者は甚だ少くなったのである。先年緒方知三郎教授は生理的食塩水を以てするよりも、蒸溜水を以てした方が余計に其病原体を浸出することが出来ると云うことを実証せられた。

加之《しかのみならず》稀釈酸を以てそれを沈澱せしめることも出来た。それやこれやで、細胞起源説よりウイルス説の方が真に近いようだ。此ウイルスがもっとよく純粋に近い状態に取り出されたら、腫瘍学、白血病学等に新しい道が開けて来よう。

難物は癌である。テエルを塗布しても出来る。レントゲン、ラヂウムの刺戟を原にしても出来る。近頃はまたシャルラハロオト、ズダン三、オルト・アミノ・アゾ・トルオル、ヂメチィル・アミノ・ベンツォル、ベンツピレンなどの刺戟でも癌を発生せしむることが出来る。所謂ウィルヒョウ刺戟説が実証せられたわけだが、こんな風にいろいろと素性の違う刺戟で癌が出来るのは一体どうしたものであるか。

恐らく是等の刺戟は第一原因（外因）と看做《みな》すべきものであろう。其刺戟によって、感受性を有する動物の器官の細胞の或る部分に第二原因（内因）が発生するに至るのではないか。そして第一原因の種類は異るが、此第二原因はその凡てに共通するものである。（以下空想の事であるから、「あろう」、「あるかも知れない」を廃して「ある」にする。）そして第二原因なるものが煙草のモザイク病、バクテリオファジュ、ラウス氏肉腫の浸出液と同じような性質のものである。之をウイルスと称しても可かろう。一度其者が発生すると、それが細胞（の核）をずんずん侵襲してゆく。其代謝機能を病的にして、ヌクレオ・プロテイン体を同族に化してしまう。僕は之を「反逆者」の名を以て呼ぼうと思う。癌細胞のメタボリスムスに変化の起っていることは既にワアルブルヒ等の証明する所である。

まだ癌組織からそう云う病原物質を抽出することの出来ないのは残念である。Schabad や Schwabb 等は胃癌患者の肝臓の抽出液に癌発生物質を捜し得たと云うが、其後肯定者の現われぬ所を見ると確かな事では無かろう。

今後は癌発生原となる化学的物質と、飼兎《かいうさぎ》なら飼兎のいろんな臓器を試験管内で相作用せしめて、癌発生物質を作り出さなければならぬ段取りとなっている。

＊

ウイルス、或はそれに類似する物にも種々の階級の有るだろうと云うことは推量せられる。其分子にも大小があろうし、其排列配合にも簡単複雑の別が有ろう。事によると一個の分子でなく、両箇数箇の分子が相集って複合性のコミュニチィを形成しているようなのもあろう。そして其因子を別々に分ってはもはや病原性を失ってしまおう。

若しそう云う異分子から成る複合体が有るとすると、それを一つに固めて置く為めに特殊の機構を必要とするに至ろう。或は嚢のような膜によって之を閉じ込んで置くものも有るかも知れない。そう云うコミュニチィは其性質がよほどラビルになって来て、熱、アルコオル……其他の外囲に対する抵抗も弱くなろう。そしてそれを一定の時間生存せしむる為めには之を囲む特殊のミリウが無ければならぬことにもなろう。かくして出来上ったものは、原形質によって取囲まれる核である。

ウイルスは単細胞体まで発展する。

其間に兎の乳嘴腫《にゅうししゅ》リッケッチア、ピロプラスマ……まだいろいろの階段が有る。

＊

ワグナは暗い実験室で一心にフラスコの中を眺めている。其一番心のところが赫奕と仁王の如く輝き出す。一道の白光が電の如く立ち上る。「締めた」と思わず叫ぶと、いやなメフィストフェレスが扉をあけて入って来る。

「困るなあ、戸をがたがたと云わせては。」

「何かお為になろうと思って参上したのですよ。」

フラスコの中は段々と光って来る。人間素を組立てて瓶の中に入れて密封して蒸して、これまでは自然が有機体的に成立せしめたものを人工的に結晶せしめようとするのである。

「遠大な企は始めは気違じみて見えるものだが、然しこれからは我々は偶然を笑ってやろうと思うのだ。」とワグナがメフィストに言う。

そのうちにフラスコの光がいよいよ輝かしくなり、ガラスが優しい力に促されて響を立てる。見れば既にいたいけなホムンクルスが動き出して居る。そして「おとうちゃん」と彼は呼んだ。

(僕も嘗て仙台でひよ子の人工孵化をやったことがあるが、卵の殻を破って来たひよっ子が僕の手をつついた。恐らくおとうさんと呼んでつついたのだったろう。)

ゲエテはこんな風に、ワグナをしてフラスコの裡《うち》に忽然《こつぜん》として小人間を発生せしめたが、煙草のモザイク病のウイルスの事を知っていたら為事場《しごとば》の模様をも変えたろうし、さて少くとも此小人間に十行や二十行は自分の生立を語らせたであろう。

植物と動物との境が不明瞭であるように、今ではまた生物と無生物との境が曖昧になって来てしまった。

少くとも生物学はこれから段々と面白くなる。病理学は細胞病理学、体液病理学では足りなくなって、生活素小体を単位とする病理学となるであろう。

＊

僕の空想も之れでおしまいになった。やれやれ厄介な事であった。初めに書いた標題は内容にそぐわなくなったが、別のを考えるのも面倒臭いからこれで我慢して頂こう。自分が好きで書く場合は別だが、今後は原稿を頼まないで下さい。

戌亥の刻

今日は下町のさるわかい茶人に招かれて午《うま》から酉《とり》に至った。まことに年がくだつと隙というものは無理に割き取らないと手に入らない。この好半日を得たのはまず幸福というべきである。暗い小室に坐して松風と懸樋《かけひ》との音を聴いているともはや夜に入ったかと心静まる。巧みにしつらった狭い庭に下り立つと、日影はまだ樹のしず枝に残り、日を再びしたかの思がある。此感じは僕の尤も愛する所である。独り棲む二階に帰って来たのち、このまま祇蕉《ぎしょう》の古書などを読むを得たなら満足此上もなかろう。然し今夜はこのあとまだ為事が残っている。その前にこの小文を艸《そう》し了《おわ》らなければならない。

情緒はなお息《いき》している。然し言おうと欲するものは無い。猿が胸の毛をむしり取るように剝げぬものを剝がさなければならぬ。そこでしばらく眼をつぶって考えて見たが、剝げるものはやはり横文字まじりの思想のあぶくの他には無い。

このあいだ仙台のプリオット師が尋ね来り、近く鹿児島から移り棲んだというロア師を伴った。ふたりは僕に新に発刊したORIENSという薄い雑誌の第一年第一号をくれた。

その日本名は「炬火」と云うのである。TAIMATSU というロオマ字が附けてある。文部省の TU という綴はわれわれにはどうしてもしっくりとしませんからこうしましたとプリオット師が説明した。僕は一昨年、仙台でルミュウ師が司教になったお祝の宴会で、隣に坐った北海道のぱどれに話した事を思い出したから再び同じ事を話し出した。

「ぱっぱが各国の国民主義、国民感情を認められるようになったのは、我邦のカトリコの奉教人に取ってもたいへんしあわせな事でしょう。文禄慶長の昔でも、こんぱにやの人たちがあれほど厳重な異宗排斥を行わなかったなら、あれほどひどい迫害も起らなかったでしょう。その点で僕はアレッサンドロ・ワリニャニのやり方を面白く思っているのです。

「昔わが国にカトリコが渡って来た時も、知識の有る人々は宗旨の説教からはなかなか新しい教にはいって行こうとはしませんでした。そういう人たちのその宗旨にはいったきっかけは大抵は知識欲からでした。雨の降るわけ、日の沈むわけ、そんなものは我国の須弥《しゅみ》山説《せんせつ》よりももっとよくその人たちの腑に落ちたのですね。無論僕はひですの上から申しているのではありません、文化史というものの立場から考えてのことですけれども……。」

「あなたのひですは眠っているのですからそれで構いません。」

「それで僕はそう考えるのですね。今は昔とは違います。もはや知識欲からひですを呼び出すことは出来ません。僕の考は無論まちがって居ましょうよ、ただ僕の考だけですよ、昔からわが国のカトリコの教師たちは芸術というものをあまり重んじて居なかったようですね。我々がイタリアの国などを旅行してカトリコに同情を抱くようになるのは、ジオットオやレオナルド・ダ・ヴィンチが機縁となるのです。

「若《も》し我国にでもですね、カトリコのひですに燃えるような青年があって、それが同時に芸術の天才だったとして御覧なさい。何もその人がいつもおん母まりあ様やおん子ぜすす様の絵ばかり画かなくても可《よ》いのです。海岸の風景でも可《よ》いのです。子供が鴿《はと》と遊んでいる所でも可いのです。浦上村のわかい女《むすめ》でも可いのです。それが衒《てらい》でなく、まねでなく、ま心こもった好作品であるならば、まず我々は感心しますね。そしてその作家のひですにつられて行きますね。

「またわかい詩人が有ると仮定して下さい。その日本語はすばらしく美しく、調子好く、そしてその感情は海の如く静で、時としては暴風の如く強く、また渓川の如く清くあったとしたならば、我々は、ああわが国の言葉を以てしてもこんなに新しく、こんなに美しく詩が作れるものかと感嘆しましょう。そしてその人の心にカトリコのひですが眠り、或は醒め、或は燃え、或は動いていて御覧なさい。我々はカトリコの葡萄の園をも少し深くのぞいて見ようという気になるにきまって居ります。」

「あなたのお考はたいへん面白いお考です。一つそれを文章に書き綴って見て下さい。」

「あなたがたの雑誌に法政大学の木村太郎さんが『日本に於けるカトリコ芸術』という論文を書いて居りますね。ここに挿入せられている絵の複製のうち尾関君子さんの『日本のクリスマス』という絵は好い絵ですね。尾関さんは仙台の方で僕も面識があります。専ら東北寒地の農民の絵をかかれますが、その心持が好く出て居ります。この絵も母や子供たちは、山形、岩手の小村に見るとおりの風俗です。星天の下の雪の山が窓から見えて、成程クリスマスの宵らしい気持がします。昔ウーデというドイツの画家はフロックコオトを着たぜすすを画きましたが、それには匠気というものがあります。同じ匠気は長谷川路加《ろか》さんの『日本人まるちりのまなかに立てるびるぜん』の絵にも見えます。異国船、石を置いた屋根、そういうものが一種の情趣有る画題だということは、既に南蛮屛風で分って居りまして、今ではもう一つの型になって居ます。また竹矢来で囲まれた刑場は、ロオマのぜすすのお寺に懸っている油絵から取ったものです。新しい意匠はまなかに大きくびるぜんと御子ぜすすを画いたことにあるのですが、こういう効果をねらった寄木の細工は、尾関さんの実物から感得せられたものほど我々の心を動かしません。尾関さんはカトリコの信者であるかどうか知りませんが、僕のさっき申しましたのは、こういう方角の芸術です。」

実はこの作品の見本に関して其晩僕は両師にこんな事を話したのではなかったが、つい話した事のような形で書いてしまったからそのままにして置く。

「是れはカトリコの事とは関係が無い事ですが、あなた方も御存じでしょうが、我国に今ロオマ字を国字にしようという運動をする人々が有ります。また、いやいや、仮名文字こそれぞれに優っていると主張するものがあります。それぞれに雑誌や小さい冊子などを発行していますから、その主張やその文章が目に触れることがあります。それを読んで見ますと、小学校の生徒の書くような文体です。また日本語を習い始めた外国人の言葉のようなのがあります。僕等はそう思うのです。我国の言葉はもっとこまかく、もっと美しく、もっと含蓄もあり、歴史も有った筈だ。それをわざわざこんな風に話され、書かれたらたまったものでは無いと。

「若し詩なり、小説なりの大才が有って、その人の使う言葉、その心、その形がすばらしかったと仮定して見ましょう。そしてその人は主義有ってロオマ字か、仮名文字かでしか綴らなかったとしたならば、我々は、ああ、ロオマ字、仮名文字でもこんなに美しく日本語が書けるかと思い、その人の思想、情操を知る為めに、是非ロオマ字なり、仮名なりの本を辛抱して読むようになりましょう。ちょうど我々の先祖が万葉集や源氏物語を苦労して読んだように。

「ロマンはラテン語崩れの俗語に発したものだ、ダンテはそういう国語を用いて雄篇を作ったとは、ロオマ字論者、仮名文字論者の加勢と頼む言葉ですが、そういう見本を見せてくれたなら僕等もお辞儀をしましょう。拙《まず》く綴った試《こころみ》を読ませられるのは、玄米飯を強いられるようなもので、どうぞ、わたくしどもが生れ変って来た時に頂戴いたしますと辞退したくなります。」

それから日本語というものに関して話をした。ロア師はたいへん好《よ》く日本語を話す。日本語を習うのはむずかしゅうございますかと問くと実《き》にむずかしいと答えた。「わたくしに初めどうしても腑に落ちなかったことは『わたくしは時計を盗まれました』という、そのをという語の使い方でした」とロア師が曰った。

「成程ねえ、わたくしどもも今まであまり注意していなかったことですが。」

昨年の末に国際文化振興会に招かれた時、同席の勝本清一郎《せいいちろう》さんが、西洋人の文法と異る日本語の使いざまの例二三を挙げた。その一つは「象ちゃんはお鼻が長い」というの、また一つは「僕はお茶が好きです」というのであった。

その晩僕はうちへ帰って来て、始めて山田孝雄《よしお》博士の数々の日本文法論の書物を展《ひろ》げて見た。

「成程《なるほど》ここに一つの大な問題が有ったのだ。」とつくづくと其時僕は感じた。今迄の日本文法家は或は意識し、或は意識せずに、西洋の文法から影響を受けていたのであったろう。そこに山田博士が気が付いて、日本的の文法を作るという心を起したものであろう。

日本の文法を作る前に、文法を作る心の研究が必要であり、今迄これを閑却《かんきゃく》して居たものと思われる。「お茶が好きだ」という「好きだ」は動詞というべきものかどうか分らない。「象は鼻が長い」の「象は」を quant à l'éléphant と解するのは西洋文典の心理学に従ったのである。

外国人に教える便宜の点は別だが、が、の、に、をを直ぐnominatif, génitif, datif, accusatifときめてかかるのが間違の本である。民族の思考法の心理から窮《きわ》めて行かないと解決はつかない。それからやがて民族、国民のフィロゾフィーの建立が要求せらるるに至るであろう。民族、国民の歴史学原理の講究《こうきゅう》が要求せらるるに至るであろう。あまり遥かな太古の事はいざ知らず、推古以来、外国文明の輸入の時期のあとには、偶然の機縁乃至意識した企図に由って、外国との交通は絶たれて、日本化——或は内省という方が可いかも知れない——の時期が来た。それがわが国の文化史の型のように思われる。そして今が其時期なのであろう。

翻訳の材料を大な釜に入れて醱酵し直す運動である。満洲事変、支那事変は独り軍事上の事ではない、また経済上の事ではない。実に思想上の大問題である。そして軍事に於て、経済に於て、実験科学に於て、工業に於て、われわれは多数の信頼すべき有能者を有している。それほどの信頼をば遺憾ながら思想家に対して捧げることが出来ない。西洋哲学の型で、古史或は伝説を理論的に建設して貰うぐらいでは得心が行きかねるのである。一時代の群集の気に入る言説だけでは、安心して聴いていられないのである。明察の叡智と深い歴史的知識とを兼ね備えた大脳髄でなければならぬ。

そう云う人を翹望《ぎょうぼう》している時代に、ロオマ字国字論などまだ少し早過ぎる。

思わぬ処へ筆が廻って来て、ここで思想が途切れた。

本の装釘

新村《しんむら》博士の随筆集「ちぎれ雲」が出版書肆《しょし》から届けられた。其表紙の絵をば著者と書房とから頼まれて作ったのであるから、其包を開くときにまた異《こと》ようの楽みがあった。新村博士の頼となれば何を措いても諾《うべな》わなければなるまいと思い、五月の雨雲に暗い日曜日の朝の事であった、紙を捜して図案を考えた。小さい庭には小手鞠《こでまり》の花がしおらしく咲き乱れていた。隣の庭には枇杷の実がようやく明るみかけていた。

小手鞠、雪柳は、わたくしは夏の花よりも秋の枯葉を好む。お納戸《なんど》、利久、御幸鼠、鶯茶、それにはなお青柳《あおやぎ》の色も雑って、或は虫ばみ、或はねじれたのもあり、斑《まだ》らに濃い地面の色の上に垂れ流れるのは自らなる絵模様である。東北では気候が遅れるから、夏初め其少しく蕾を現わしたころ、木の葉はまだちらほらとしか出ない。其風情も亦甚だ好い。さすがに茶人は好んでその秋の枯枝を挿花《さしばな》にする。

其日にはどの枝も殆ど満開であった。地《じ》を梅鼠《うめねず》がかった濃い茶にして、其一枝を写し試みた。

六月の始め隣の枇杷《びわ》はいよいよ熟した。この三四年実の枯れ、蕾のつぶだつのを見て過した。それは暦のようであった。そして天行《てんこう》の健かにして、且つ倏忽《しゅっこつ》なるのを感じないわけには行かなかった。

枇杷の花やつひこなひだは実だつたが

それは庸事《ただごと》であるが実感である。

終日枇杷を写して更紗《さらさ》ようの模様にした。ところがその時はまだ先生の新著の名前をば聞いて居なかった。小手鞠と枇杷と、この二枚の絵を、書肆を通じて、博士に示すと、博士はあとの物を選ばれた。今贈られた本を見ると「ちぎれ雲」が其名である。そして其標題の事象の季は秋であるという。ちぎれ雲に枇杷の実を配したのは、心有る為草《しぐさ》とは謂《い》えなかった。先生は猿蓑《さるみの》の

た､らの雲のまだ赤き空　　去来

一構　鞦《しりがい》つくる窗のはな　　凡兆

枇杷の古葉に木芽《このめ》もえたつ　　史邦

を引いて此不調和を取りつくろって下すった。唯この本の初めの部には草木に関する考証幾篇かが有り、其内容にはこの表紙のまんざらそぐわぬこともあるまいと自ら慰めた。

それよりも前に、わたくしは小堀杏奴《こぼりあんぬ》夫人からも其著書の表紙の図案を頼まれていた。其時は本の装釘の事などまるで頭になかったが、わざわざ尋ね来られての頼みに、かれこ

れ思いめぐらして逢着《ほうちゃく》したのは、今から三十余年前、即ち大正二年の夏八月、伊豆の湯ケ島で作った渓流の写生画である。当時三越が賞を懸けて江戸褄《えどづま》の図案を募集したことがある。それで思い付いてそれに通ずる四つの図案を考えた。第一は「春」で、下部に前景として赤黒い鳥居の上半が出で、その傍に半ば開いた桜の花の樹が枝を張る。水桶と縄のぼんでんとを立てのせた屋根も見え、その向うには船の檣《ほばしら》が乱れ立つところである。着物の裾に鳥居はどうかと思った。「夏」は繁りはびこる岸辺の白樫の柯葉《かよう》の隙間に沸白《ふつはく》の渓流が透かし見え、岩の上に鶺鴒《せきれい》が尾を動かすところである。「秋」は濃茶の色に二三株のさび赤んだ杉の梢が山のはざまに聳えるところである。「冬」は雪持《ゆきもち》の万年青《おもと》に紅い実ののぞいているところである。無論募集には応じなかったが、若し応じて選に当ったとしたら其当時では尤も新様の江戸褄となったであろう、洋風の写生をそのまま図案化したものであったから。其後数年にして、同じ店の江戸褄の募集の選に当った作品のうちに、ポプラの樹を前景としてその梢を鳥の翔り過ぐるというようなのもあった。わたくしのかつて企てたような方角の図案であった。

この九月の或る日曜日に、その「夏」の部を本の表紙にあうように画いたのであるが、板下として手際好く為上《しあ》げるのには中々骨が折れた。若し印刷がうまく行ったらこれは見よい装釘ともなろう。本の題はまだきまって居なかったようであるから、それとこの図案との附《つき》が好く行くかどうかは知らぬ。杏奴女史の先君《せんくん》の為めには、同じ大正二年に、其翻訳にかかる「ファウスト」の為めに装釘の図案をした。Buchschmuck von Masao Ota とわざわざ銘記せられた。思えばわたくしの本の装釘に係わったのも古い時からである。

多分同じ頃であったろう。杏奴夫人の先君はわたくしに嘱《しょく》するに、令息類《るい》君の為めに鍾《しょう》馗《き》の絵を作ることを以てした。わたくしは小《こ》石《いし》川《かわ》田《た》町《まち》の何とかと云った呉服屋から大幅の金巾《かなきん》の布《きれ》を買い求め、下宿に帰って、鏡におのが姿を写し、顔をしかめて画像のモデルとした。履《くつ》があまり大きに過ぎたのを除いては自分の気にもかなうものであった。後年ずいぶん久しぶりで、杏奴夫人の令先堂を其臨終に近い臥床に奉問した。其枕頭《ちんとう》には魔除けの為めに曩日《のうじつ》の鍾馗の画像が立てかけられてあり、わたくしは二十幾年ぶりかに、ゆくりなくも此分身に邂逅《かいこう》したことがあった。

幼少の頃、郷家《ごうか》では呉服太物の商売をしていた。時々東京の店から仕入物の大きな荷物が到着した。わたくしには子供ながら、中形《ちゅうがた》の模様の好悪、唐桟《とうざん》の縞《しま》の意気無意気を品評することが出来た。殊にフラネル、綿フラネルの、当時なおイギリス風の趣味を伝えた縞柄には、今の言葉でいうと、異国情調を感じたものであった。また虹のいろの如く原色を染めまぜた毛糸の束《たば》は不思議な印象を与えたものである。後にパリでオットマンがかかる色彩諧調によって幾多の絵を作っているのを看た。昔流行った無地の面子《めんこ》の淡紫、淡紅の色、また古渡《こわた》りの器皿の青貝の螺鈿《らでん》の輝き、その惹起《じゃっき》する感情は孰《いず》れも相似ているが、わたくしは其齎《もた》らす情緒の成因を分析する術を知らない。

大学生の頃は、ドイツのエス・フィッシャアが其発行する文学書に美しい更紗模様の図案を施した。ホフマンスタアルのそう云う本を幾冊も買い求めたが、皆大震災の時失ってしまった。そういうものがわたくしの本の表紙の図案に或る影響を与えていることは疑《うたがい》が無い。

大正八年アララギ発行所がわたくしの「食後の唄」を出版してくれた。今のアララギの傾向とはまるで相合わぬものであったが、当時は文壇がまだ甚だ分化せず、かかる雑糅《ざつじゅう》が何の奇もなく行われていた。これは四海多実三《しかいたみぞう》の俠気により上梓せられたもので、北原白秋君が序をかいてくれ、島木赤彦君が校正をしてくれた。発行部数は少く、其半ばは発行書肆に於て大震災で焼け失せた。島木君は古典に親しむ者であったから、わたくしがわざと匹田《しった》と下町風の称呼で振仮名をしたのを、匹田《ひきだ》と直したりなどした処もあった。その集の装釘は小絲源太郎君に頼んで、唐桟模様にして貰った。それは江戸趣味に直したエス・フィッシャア本であった。

同じモチイフは「木下杢太郎詩集」では成功しなかった。

与謝野寛・与謝野晶子両詩宗《しそう》は既に歴史のうちの名となった。わたくしは今考えて、其新詩社に通った頃と其あとの数年ほど楽しかった時は無いと思う。まだ富士見町に住んで居られる時、晶子夫人から本の装釘を頼まれた。それはどの本の為めというのではなかった。当時わたくしは名古屋の閑所《かんじょ》に住み、その庭のかなめもちとどうだんの葉をていねいに写生した。うち忘れた頃それが晶子夫人の歌集「心の遠景」の表紙と其紙函との装飾に用いられた。この集の発行は昭和三年六月の事である。わたくしは名古屋を去って仙台に在った。木版は孰れも伊上凡骨《いがみぼんこつ》が其弟子を督《とく》して彫刻する所であった。無頓着に引いた細い線を克明に彫ってくれたのを見て気の毒と思った。

もちのうちではかなめもちが其葉の色が一番美しい。殊に春落葉する前に、暗赤の古葉を着け、これに新芽の淡緑と壮葉の藍鼠《あいねず》とが交るのが、色取が好い。

今も勤先の窓の前に幹の繁《しげ》いかなめもちが一本有る。春になると写生したい衝動を起す。雨宮庸蔵君の為めに画帖に即席に写したことはあるが、本の表紙の為めに画こうと思ったことは嘗て無かった。来年の春は一つ写してやろうと思う。

春にして細葉冬青《もち》の枯葉の
色紅く音も無く散りゆくは
秋の落葉に比して
さみしきかなや、ひとしほ

＊

草の芽に落葉や雨のしめやかさ

とは大正十五年の春、名古屋のかなめもちを見て作った詩である。

仙台にいた時は閑が多く、しばしば庭の草木を写生した。そこに越してくると、想いがけぬ木の芽、花の蕾が時々に姿を現わし目を喜ばした。昭和九年の拙著「雪櫚《せつろ》集」は半ば其庭の写生文を集めたものであり、其本の表紙にも自ら庭の一部を写して之に当てた。どくだみとちどめぐさをあしらったものであるが、思うように刷り上がらなかった。同じ年に出た小宮豊隆君の「黄金虫」がやはりこの庭の写生画を其本の表紙に用いた。それは一種のぎぼうしのスケッチである。普通のものに較べて葉も小さく、花の茎も短く、殊に葉にはちりめんじわが寄っている。何でももとは舶来の種だと云うことである。これは表紙の図案にしようなどと思ったのでなく、板下《はんした》の用意もなく、鉛筆の筋などが雑然として残っていた。木板師はそんな不用意の部分をも丹念に板に刻んだ。その刷上《すりあが》りは上の方であった。

之を見て結城哀草果君が其歌集の表紙模様を作ってくれと云った。それでやはり不用意に写して置いた庭の万年青の写生図一枚を上げた。昭和十年に出た「すだま」がその集である。板も印刷も甚だ好かったが原画が少しぞんざいに過ぎた。一体わたくしの表紙画は多くは庭の草木の寓目の写生であるから、其地《じ》のいろはいつも茶いろである。ちかごろは旅先でゆっくり写生をするような事は無いので、モチイフが限られるのである。

まだ其前に谷崎潤一郎君の為めに其「青春物語」の装釘をしたことがある。此書は昭和八年の出版に係る。他ならぬ谷崎ゆえに引受けたが、本の表紙にしようとなると中々いい趣好が思い浮ばなかった。いろいろの蛇、殊に台湾の紅、藍、色あざやかなのを雑ぜて気味わるく美しい文様を作ろうと思ったが、写生が無くては思うように行かないから断《や》めた。また開いた山百合の幾つかの隙間にルノワアルばりの裸形の女を、ちょうど朝鮮の李王家の美術館に在る葡萄の蔓の間に唐子《からこ》を染付けた水差の模様のようにあいしらおうかと思ったが、それは失敗した。モデルについて裸体を写すの便宜が無かったからである。結果到着したところは、わかむきの銘仙の柄に見るようなやたら縞であった。裏打をした宣《せん》紙《し》に臙脂《えんじ》・代赭《たいしゃ》・藍・浅緑・黒など、太い縞細い縞を定規で引きまた染めると、其堺目が程好くにじんで好看を呈したが、之を板木に彫ると境界が鋭く硬くなり、且つエオジン、インヂコの絵具では日本絵具の生臙脂《しょうえんじ》・藍で画いたような色調にはならなかった。且つ画稿では見立たなかった平行線のゆがみが気に懸って見え出した。

これには扉の図案をも添え、カルトンの体裁をも考えた。実際この二つのものを考えてやらないと好い釣合は得られないのである。

そのうちに、日夏耿之介《ひなつこうのすけ》君から手紙が来て、中央公論社から出す其選集の表紙の模様をつくれと云って来た。それはちょうどわたくしの選集と同じ型であると云う。小堀杏奴夫人がわたくしを尋ねられたのは、それより後の事であったが、座敷に燈がつき、庭が暗くなると、思いがけず、履脱《くつぬぎ》の上にあったべコニアの葉が光り出した。背景になるもちの繁みが黒ずんで来たので、べコニアの葉の紅緑がくっきりと明るく目立ったのである。是れは表紙になると其時考えた。そして十月の或る日曜日にそれを為上げた。まだ試《ため》しずりを見ないからどういう風に出来るか分らない。始めはもちの葉を克明に写して暗い背景としようと思ったが、あまり煩わしい故、藍一色にした。

それからは天下の草木、どれを見ても表紙の図案に見えぬものは無い。殊におおけたでの紅花のふさふさと垂れるのは頗る食慾をそそるのであった。道端に有るゆえ日々目に附く。

　　おほけたで今日も盛りと見て過ぐる

このおおけたでの有る庭の近くには山茱萸の木が有る。さんしゅゆは、東京に在っては、とさみずき、いぬのふぐりなどと共に春を告げる花である。嫩緑《どんりょく》、新芽を思わせるさんしゅゆの花の一杯に咲き乱れたところ、ゆっくりと写生して見たい。

同じく季節は違うが、古び汚れた白茶色の壁に蔦の茎が蔓延し、初夏嫩葉をつけたのは自らなる唐草模様である。

今年であったか青龍展に姫女菀《ひめじょおん》を大きな紙にいっぱい画いた人があった。この草の茎は時として人の胸に達する高さにもなるが、其画では人の頭までほど高く、従って花は菊の花ぐらいの大さに為上げられていた。青龍展のこの悪趣味をわたくしは私《ひそ》かにメガロマニアと呼んでいるが、あれを尺大に縮めてくれたら、好い本の表紙になると思って看て過ぎた。

ち、か、ら、しばなどという雑草が群《むら》がり繁るのを見ると、これも図案になる。め、ひ、し、ばのはびこる空地は、その柔らかさ駱駝《らくだ》の毛の織物に優るとも劣らぬ感じである。あれをゆっくりと写したら類のない本の表紙となろう。

或日或処でふと窓の外を窺うと、秋の暮に近い弱い日が羽目板の裾に当り、禾本科《かほんか》の草の蔭をシルエットのように写していた。それに濃淡が有り、而も自然の奥行を想像せしめた。是こそ絶好の本の表紙だと思った。その草はと目を移すと、なお幾ばくかの穂を止めたえ、の、こ、ろ、ぐさであった。こんなものも見方によると、あんなにも美しい模様になるかなと嘆ぜざるを得なかった。

そしてとうとい日曜日のいくつかを費してなお三枚の本の表紙の図案を作った。その一つは藍、紫の実を垂らしたひ、い、ら、ぎ、な、ん、て、ん、の葉と茎とである。これは家の門内の籬《まがき》に沿うて植えられているものである。地《じ》の色は濃茶《こいちゃ》である。それに若茶柳から松葉納戸・明石鼠に至るまでのさまざまの色をした葉が乱れ垂れるのである。

も一つは藤の葉である。縁日の鉢植えを庭に移すと二年はなお花を開いた。近ごろは花は咲かず、其葉、其蔓が低く地を被う。或る十月の日曜日の朝ふとそれに目を移すと、黒く古ばんだ硬い葉の間に、杪春《びょうしゅん》の新芽を思わせるかよわい小葉が雑っている。其一つ一つの葉弁《ようべん》のねじれた様はロダンを酔わしめた裸女の腰のひねりにも似ている。これを写さでは有るまいと思い、鉛筆で輪廓を取り、好半日を費した。それからは、夜、為事《しごと》をしまったあと、三十分、一時間ずつ地の色を傅《ふ》した。葉・茎を白く抜くのであるから、幾夜かを費した。そしたら白く抜けいでた葉に彩色をするのが惜しくなった。甚だ不倫な言いざまで恐縮の極であるが、わたくしはレオナルドオのモナ・リザよりは寧ろ其サン・ジェロニモの画を愛する。レオナルドオのあの鋭くして柔輭《じゅうなん》な素描《すがき》を残したジェロニモこそ世にもこよない物である。ああ丹念に油彩で為上《しあ》げると、モナ・リザの神秘な微笑も硬くいかめしいものになる。夜郎のこの藤の葉も白く残して置きたかったが、過猶不及（すぎたるはなおおよばざるがごとし）という孔夫子の戒《いましめ》に背いてしまった。わたくしは藤の葉を螺鈿貝のように明るく光らせたかったが、塗り上げたかったが、出来上ったものは、頗る英米的の合理主義になってしまった。

この夏仙台に往った時、小宮豊隆君がも一度其著書の為めに表紙画を作れと云った。まだその積りでいるかどうかは知らぬが、このうちの一枚はひそかに其為めに画いたのである。

やはり十月の或朝の事であったが、わたくしが学校へ行こうとして門をあける前に、その小庭に不思議なものを見た。カステラの屑が一ところに落ちかたまっているかの如き様態のままである。

ポルツガル人は日本にカステラの製法を伝えた。数年前日本に在ったポルツガルの公使カルネイロ氏の説く所に拠ると、ポルツガルではそれを Bolo de Castella、エスパニヤの菓子という。それからカステラという日本語になったのだろうと云うことである。同じポルツガル人《びと》はシャムにもスポンジケイクの製法を教えた。シャムではそれを Kanom Farang と呼ぶ、シャムには尚 Oeufillet の菓子を伝えた。そのシャムの名は Foi Thong である。近頃けぶな事と思い、食指動き、片唾をのみつつ近く熟視すると、それは一種の蕈《きのこ》であった。河村清一博士の蕈の図譜がいまちょっと見当らぬから、其名を知る由がないが、其一つ一つの大さは小指の先ほどであった。無論大小がある。それは真竹の根の地上に三寸ばかり現われた処に発していた。其まわりには乾いた土が、蟻の塔のような明るい粒々で、梨子地《なしじ》の箒目《ほうきめ》を描いていた。夕日が竹叢に当ると地面に参差《しんし》交横の稀影を描いた。或る日曜日の午後は空が雲で被われていた。地上に紙を展《の》べてこの蕈のむれを写し、添うるに二三片の柘榴の落葉を以てした。昔風の年寄りの江戸棲のようになり、予期した効果を得ることが出来なかった。

朝早く大学の池の畔に行って、濁った水の上に張り出した椎の太幹と其葉とを写したことがあった。この頃は見たままの写生を自らなる図案にするというのが目あてであった。顕微鏡でのぞく黴《かび》の類《たぐい》にも其器官に美しい装いをするものがある。何の必要であろう。何物の為めの装飾であろう。考えたって分りようはない。蝨《しらみ》といういやしい虫でも、其棲む環境に対する聯想を離れて、生きた姿其者を窺うと、甲冑《かっちゅう》いかめしい美しいつくりである。然しそれとて、我々が考えるように「美」の為めに出来上ったものではない。食うか食われるかの必然がそこに到らしめた結果である。凡て好く生きるものは美しい。年頃の人には女の乳房さえ美しく見える。戦も亦美しい。より好く生きようという民族の願望がそれを美と感ぜしめるのである。老いたもの朽ちたものも美しいという人がある。それは憐みの心がそう思わせるのであろう。老いた人が次の代の為めに夢を伝える姿は、それは本来の美しさである。密林の朽木がわかい下草の肥《こやし》になる犠牲の様態には、畏敬に伴う美があろう。

アナトオル・フランスの小説の中に、フランスの民族は世界の文化の為に十分の貢献を尽した。よしんば其国が滅んでも思い残す所は有るまいという句があった。どの小説であったかと、その後捜して見たが、つい見当らなかった。その句はフランスの識《しん》をなした。然しそう云う風に自ら憐む の美を以て得心することが出来ようか。

未来に栄える実用を包蔵しないものも亦《また》美であろうか。わたくしに在っては心悄然《しょうぜん》たる時には美を感じない。わたくしが庭、小径《こみち》の草木を見て心を動かし、それを本の表紙の図案に為立てるのにも、わたくしの感知しない、未来に栄える実用を伴うものが、向うかこっちかどっちかのうちに有るからだと思っている。この忙しい今の時の幾日かをかかる戯れに費したことは、こうとでもいいわけしないと心がおさまらない。それにしても八月、九月、十月はなお多少の閑があった。十一月に入って寸刻の余裕もない。「文学」から原稿を求められ、十一月のいまの日になって更に催促を受けた。それでいつか書きかけて置いたこの原稿を、今夜いそいで書き足したが、時計を見ると既に午前一時を過ぎている。あすはまた沢山為事がある。朝起きるのがつらいからと思って、ここで筆を擱くことにした。(昭和十七葭月既朔)

あかざ（藜）とひゆ（莧）と

今年は人手が足りないせいか、広い構内のあちこちに雑草が生い繁ったままになって居り、殊にあかざ、あおひゆ、あれじのぎく、山牛蒡《やまごぼう》などは人の背ほども伸びている。夏はわれわれの書き入れ時だ。どうしても残したまる学問上の為事《しごと》を少しは此間に整理することが出来る。去年は用事あって夏の大事な二月を旅行で暮したから、今年は少し拍車を掛けて見た。然《しか》し思ったほど捗取《はかど》るものではない。午休みの数十分、少し早く退いた時の夕飯までの間は、構内の雑草の間をぶらぶらするのが何よりの慰めであった。

それにしてもあかざの勢の好いのには驚いた。今まではあかざなどというたわいも無い植物をそんなに気を付けて見たこともなかった。今年は、あとで話すように、此植物に大きな興味を持つようになった。

建築の為めに広く地下深く掘り開いたところがそのままになって、雑草の生えるに任せてあるが、其大半はあかざである。昔から「藜の杖《つえ》」などと云うが、これなら全く杖になるであろう。

あかざと云うものは芽生の五六寸の時はなかなかかわゆい草である。日本のものは葉むらの中心部が臙脂をたらしこんだようにほんのりと紅いから、「中心紅」の変種というラテン名で呼ばれて居る。嘗《かつ》て仙台で小宮豊隆君を訪ねたら、床にわがてであかざを活《い》けて置いてあったが、成程《なるほど》生花にもなる風情である。然しながら此草はどこにでも繁茂する。ヨオロッパ、アメリカではつい注意しなかったが、支那なら日本と同じようにやはり到る処に見られ、而《しか》も北支ではずっと其姿態が貧弱である。日本では生きが好く水々しい。然し余りに有り触れているので人が貴ばない。鰯《いわし》という魚のようなものだ。あれがあんなに多く取れなかったら、其味ももっと珍重せられ、貴人の膳にも上ったろう。あかざを瓶に生けるなどということは時にとってのしゃれに過ぎない。

あかざのプロレタリア性は決して近ごろのものではない。ずいぶん古くからの事である。尤もそれは主として食物としての評価である。日本でも少しは食べるが、支那では是れは極普通の食物になっている。つい詩経はさがさなかったが、座右の字引の類を繙《ひもと》いて見ても、あかざのプロレタリア性を表現する熟語は甚だ多い。後漢書の范升《はんしょう》伝に「藜藿《れいかく》さえ充たず」とある。藿《かく》は何か豆の葉だということである。同じ書の崔駰《さいいん》伝には「糟糠を甘しとして藜藿に安んずる」と有る。字引を引張ればそんな例はいくらでも出て来るが、煩わしいから唯なお二つ三つだけ拾うに止《とど》めよう。

「孔子家語」は魏の時代の偽書だと云うことで、果してどれだけ真相が伝えられているか分らないが、之れにはあかざの事がしばしば出て来る。藤原正氏の訳本から引用すると、子路孔子に見《まみ》えて曰く「重きを負いて遠きを渉《わた》るときは地を択《えら》ばずして休《やすら》う。家貧くして親老いるときは禄を択ばずして仕《つか》う。昔、由（子路のこと）や二親に事《つか》えし時、常に藜藿の実を食い、親の為めに米を百里の外に負えり。親歿して後、南のかた楚に遊びしとき、従車百乗《じゅうしゃひゃくじょう》、積粟万鍾《せきぞくばんしょう》、茵《しとね》を累《かさ》ねて坐し、鼎《かなえ》を列《つら》ねて食えり。藜藿を食いて親の為めに米を負わんことを願い欲したれども復《ま》た得べからざりしなり。枯魚《こぎょ》索《なわ》を銜《ふく》む、幾何《いくばく》ぞ蠹《と》せざらんや。二親の寿、忽《こつ》たること隙を過ぐるが若《ごと》し」と。孔子曰く「由や親に事《つか》うること生けるに事うるには力を尽し、死せるに事うるには思を尽す者と謂《い》うべきなり」と。

右の文章ではあかざの葉でなくて藜の実になっている。中井理学博士の話に藜の実もなかなかうまいと云うことである。藜の実をしごいて水で煮、上に浮いた虫や塵を捨て、胡麻あえか何かにしてたべるのであると。

家語に、も一箇所あかざが出て来る。孔子が楚《そ》の昭王に聘せられて、陳《ちん》、蔡《さい》を過ぎた時その国の大夫等が兵を出して孔子をはばましめた。「孔子行くことを得ず、糧を絶つこと七日、外には通ずる所なく、藜羹《れいこう》だも充たず、従者皆病む。」とある。

孰《いず》れにしても藜は、主としてそのわかばが食用に供せられるのであるが、まずまず貧者の糧である。それ故に「藜を羹《あつもの》にし、糗《ほしい》を含むものは与《とも》に太牢《たいろう》の滋味を論ずるに足らず」と王褒《おうほう》によって判定せられてしまっている。

王維の詩の「雨を攢《あつむ》る空林に煙火遅く、藜を蒸し黍《きび》を炊いて東菑《とうさい》に餉《おく》る」というのは農郊の風情であろう。

義太夫の太功記十段目に「武王は殷の紂《ちゅう》王を討ち云々」と出ているが、其紂王が奢《おご》って象箸《ぞうちょ》を作った。象牙の箸など我々でさえ使ったことも有るのだが、其頃はよほど貴いものだったと見える。史記の宋微子世家の記事に拠ると、紂の親戚の箕子《きし》なるものが之を嘆じて、象牙の箸を作ったからには今に玉の杯を作らせるに相違ない。そうすれば遠方の珍怪の物でなければ気に入らぬようになり、驕《おごり》はいよいよこうじて国は衰運に向うだろうと云った。十八史略にはそれをもっと露骨に云っている。今手許に本がないから精確には引用出来ないが、象箸玉杯ではもう藜藿を食べることは無かろうと有ったと思う。あまりこう云う風に書かれると、少し文章が俗っぽくなるように感ぜられる。

古文あさりはその位にしておいて、またあかざの形態に帰るが、あかざの有るところには之に類するものが見出される。葉むらの中心部のみならず、側に出る葉も全体が紅色に染まり甚だ美しい変種が有る。是れは余り大きくはならないようである。またこあかざと云うか、葉の細いのが有る。是れは外観がそう美しくはない。またあかざほどの大木にならぬ。牧野博士の日本植物図鑑にはこあかざは外国原産とあり、他にかわらあかざ、はまあかざ、ほそばのあかざが挙げてある。前二者はあかざと共にケノポヂアムの属で、後の二つはアトリプレクスの属である。

北支のあかざは嫩葉《どんよう》が紅くない。日本のしろざ又はしろあかざに当るのであろう。食用に供するのは主として此嫩葉である。支那では之を普通灰菜《フイツアイ》と云う。日本のこあかざに似たものをば茴葉《ホイイエー》と云う。即ち大賀博士によって特殊の学名が与えられた変種である。是れもまた食用に供せられる。多灰菜《ドウフイツアイ》と云うもある。かわらあかざもある。是等は食べない。然しははきぐさ、支那では地膚《チイフウ》と云うが是れも其芽を食う。日本でも之を食べる人があるそうである。所があかざを食べると、日本ではそんなに多量に食べる者も無いと見え、其中毒の事を聞かないが、支那ではその為めに或る種の病気がある。実は主として其事を話そうと思って筆を執ったのであるが、其前にひゆの事を一言しよう。

普通あき地、廃園到るところに繁茂するのはいぬびゆの方である。別に外国渡りのものに青鶏頭《あおげいとう》或はあおびゆというのがある。是れも随分背が高くなり、親指より太い茎が岩《がん》乗《じょう》に立って、見た風情なかなか立派である。此構内にもそれが幾百本となく林立して物凄い景観を呈している処がある。いぬびゆ、あおびゆとあかざとはよく一緒に群生する。孰れも有りふれた草だからであろう。

ひゆ、いぬびゆ倶に其葉は食用に供せられる。ひゆは支那では莧《シエン》と云い、藜莧《リイシエン》と連ね書かれる。是れも詩文の中に多く散見するが、やはり余り好い食物ではない。鶏肋《けいろく》集七十巻の著者、宋の晁補之《ちょうほし》の詩に「憐むべし十載痩藜莧、我が為に一滌《いちじょう》す、饑腸《きちょう》の鳴るを」の句があり、其風情を叙するものには張寿という人の詩に「荒居咽蛩蚓、風雨老藜莧」という句がある。

ひゆの料理の事は笠翁《りゅうおう》文集のうちの莧菜賦の序に精《くわ》しい。「辛卯《かのとう》の夏東安賢明山《とうあんけんめいざん》に憩うたところ、主僧が客に餉《しょう》したものは飯ではなくて餅を野菜であえたものであった。多分粗餐《さん》でとても食べられるものではあるまいと思ったが、其《そ》色取りが甚だ美しいので、或はそれほどひどくも無いかも知れぬとも考えた。取って食べて見ると香が好く、味もうまい。不思議に思って僧に云った。『とてもうまい羹《あつもの》です。どうして内証でこんなものを食べておいでです。』僧が答えて曰うには『名とてもない料理で、俗には菜糊《ツァイフゥ》と云って居ます。是れはほんのお惣菜で客に進めるほどのものではありません。お気に召しましたか。』其《その》餅粥をよく見ると紅いもの緑色のものがある。それは莧である。黄色なのは萱《かや》（草）である。紫は茄子、碧《あお》いのは菌と辺笋《ビエンスン》、白いのは扁豆《ビエンドウ》、青いのは虹豆《ささげ》と糸瓜《へちま》、それをうどん粉でかため、醬《ひしお》と薑《はじかみ》とで調理したものであった云々。」あとは理窟になっているから省略する。が果して是れはほんとうにそんな粥を食べたのか、空想的の所産か当にならない。若し本当なら之を以て粗餐（草具）だと云うのは当を得ないような気がする。孰れにしてもあかざやひゆは支那でも上等の食物だとは謂えぬらしい。

日本では時としてそう云うものを食べるに過ぎないが、然し支那ではかなり広い地域に亙って、多くの人が、而も多量にそれを食べるらしい。其結果意外な病気が起って来る。奉天の、今年瀋陽医科大学と改名した、日本でも「奉天三十年」の翻訳で広く知られたクリスティ師の創《はじ》めた大学の楊さんという方が其病気の事を書いて居るから、其一例をここに引用しよう。

王某と云う十八歳のおかみさん（太太《タイタイ》）が六月下旬の朝早く菜園に豆を摘みに往《い》った。段々日が高くなって顔と手とが灼くように熱かった。為事《しごと》を休《や》めて日の下を家に帰った。手の皮と顔の皮とはなお引張られるようで且つぴりぴりとする。朝食を認《したた》めてまた畠に行った。しばらく為事していると手の甲と前腕とが甚だかゆくなって来た。見るとまっかに腫れている。それでも我慢して午近くまではたらいたが、もう指が膨れてそれを屈めることが出来なくなった。為事は断念し、其足で城内まで行き、薬屋で薬を求めた。薬屋の主人が曰った。「そいつぁ夏場よく見かけますよ。あかざを食べると顔が膨れるってみんな言っていますよ。」

薬を買って家に戻ったが、日は中天から西に移って、日傘を持っていなかったから、左の頬、左の手、腕がこげつくようであった。家に着いた時にはもう顔の左半分がひどく腫れて、目をあけることが出来なかった。

そして薬屋の言ったことを思い出した。実際前の晩灰菜《フイツァイ》（あかざ）を食べた。然し食べたものは自分ひとりでなく、家じゅうの人皆である。顔や手の膨れたものは然し他には無かった。

こう云う風な例は北支、満洲では夏の初めによく見られることで、そう珍らしくはない。最近では朝鮮にもそう云う例が観察せられている。北支ではあかざの他に其変種《その》、またははきぐさ（掃帚菜《シャオシュウツァイ》）、ひゆ（莧菜《シエンツァイ》）をも食べる。それでも顔や手が膨れると云う人がある。

支那の昔の医書にはこう云う病気が出ているかどうか知らないが、近頃此病気の事を注意したのはマチニヨンと云うフランス人である（一八九八年）。あかざを其原因とにらんでそれに「あかざ中毒」（アトリプリシスム）の名称を附した。又他の人（ラエラン）は、それはあかざの毒に因るわけではあるまい。それに着いている虫の毒の故だろう、などと考えた。

然しあかざ乃至ひゆの類と関係があるらしい。だが、唯それを食べただけでは其皮膚病は起らない。そう云う野菜をたべてから日に当ると、そこの皮が紅く腫れて来るらしいと云うことが段々と分って来た。此病気に対する今までの知識はここで止っている。

ところで日本にはそう云う病気は全く無いかどうかと云うことである。近頃はもう殆ど聞かなくなったが、もとは少し有った。

富山県礪波郡《となみごおり》の南隅、庄川《しょうがわ》に沿う五箇山《ごかやま》と云う地方では、太陽直射の下にはたらく農民にひぶくれが出来る。それも盛夏には発せず、新暦の五、六月と、九、十月とである。それ故其部落では之を四月腫、八月腫と称した。火傷《やけど》の如く紅く腫れるところはやはり顔と手足とであった。原因ははっきり分らなかった。野蒜《のびる》を食べるとそうなるなどと云う口《こう》碑《ひ》もあった。先年同県の衛生課に問い合わせて見たところ、今ではもうそんな病気はないと云う返事であった。或は農村の生活が少し好くなって、特殊の雑草などを食べないようになったせいではあるまいか。

又長野県下伊那郡上清内路《しもいなぐんかみせいないじ》では、梅雨あけの季節に日の直射を受ける人の手の指、足の甲、顔などに紅腫が出来、ぴりぴりと痛むので「ぴりぴり」病とも「日の病」とも云ったということである。此地方に今もそう云う病気があるかどうか、詳しい事を知らない。

また外国の例を捜して見よう。人間の方の事は姑《しばら》く措《お》き、家畜に生ずる極めて特殊の病の事をちょっと書き添えよう。

アフリカの南端カルウと云う地方では「ゲエルヂッコップ」という羊の病気が有る。「黄膨れ頭」の意味である。はまびし属（トリビュラス属）の牧草を食う羊に起るからトリビュラス病ともいう。その羊が日に当ると頭が膨れ出し、甚だしい場合には口中も膨れ、草が喰われなくなって死んでしまう。夏の季に殊に見られる病気である。そして其原因についていろいろと研究せられているが、どうも植物の葉緑素と云うものと関係が有るらしいと云うことが分った。

然《しか》らば満洲北支の顔の腫れる病気の原因は何であるか。少し医学上の問題に深入りし過ぎたようであるが、ここまで述べて来たのだからも少し続けよう。実は上に記した楊君が今現に研究していることだが、それを少し受売をしよう。

まず第一に、日本産のあかざでも同じ病気が起るかと云う問題である。若し起るとすると、それは其植物中に毒物がはいっていて然るか否かと云うことを決定しなければならぬ。あかざの葉の面には細かい棘があって触るとざらざらする。顕微鏡で見ると、然し其棘は尖っていなくて、珠のように丸い。それを刀刃で剝がして手の甲に塗りつけて見ても何ともない。塗った上に紫外線をかけても腫れて来ない。それ故に蕁麻（いらくさ）のように、葉に在る棘が害をするのではない。あかざを湯で煮た汁には毒がない。あかざをアルコオルに浸けて其葉緑素を集め、それを兎なら兎の腹の皮の下に注射して、その兎の耳に紫外線をかけると、耳が紅く腫れて来る。そして其兎の尿の中にポルフィリンといって、紫外線に鋭敏な物質が出て来る。やはり北支、満洲の顔のはれる病気はあかざに関係があり、日光にも関係があったのである。それに反して、こあかざや、あおひゆやで同じ実験をしたのでは、白菜、ほうれんそうと同様、何等の徴候を起さないのである。

何故にあかざの葉緑素だけがポルフィリン尿を起すか。あかざ以外の植物の葉緑素にも同じような性質のものがあるか、そう云う事をよく調べて行くと、北支、満洲の病気の外、四月腫、日の病などの事も分って来ようと云うものである。

随筆一篇を作ることを頼まれ、好い題目が見付からないから、今の季節に我々を取巻くところの雑草の景観を叙して見ようと考えたが、そのうちからあかざとひゆとを選んだため、つい医学的の事へと出てしまった。是れは此両三箇月筆者の頭の片隅で芽生えていた思想であった。つい少し専門的になり過ぎて此雑誌の読者諸君の興味をそそることが出来るかどうか分らないが、今夜が原稿の締切だといい、急に題目を取換えるわけにも行かない。何分御諒恕《ごりょうじょ》を乞う次第である。（追記。其後楊君はあかざの葉のうちにポルフィリン其者《そのもの》の存在することを証明し、此問題はほぼ解決したのである。）

薬袋も無き事ども

舟さすおともしるきあけがた

宗祇《そうぎ》の句に「舟さすおともしるきあけがた」というがあり「宗祇連歌研究」の座上皆之を以て佳句となした。畢竟《ひっきょう》俳諧、連歌の一句は物足りない（和歌の半分――と云ってはいけないそうであるが、少くとも量に於ては半分である）所に面白味が有る。暁の舟の歌としては万葉集の巻六の山部赤人の作に「朝なぎにかぢのと聞ゆみけつ国野島のあまの船にしあるらし」というがあるが、謂わば宗祇の句はその「朝なぎにかぢのと聞ゆ」までやめたようなものである。そのあとは読む人の聯想《れんそう》に任せるのであるから、余韵《よいん》とか余情というものが現われてくるのである。いわば暗示の芸術である。（昭和十年一月廿一日）

雪ふみ、雪切り（浅海脩蔵君の話）

青森では武田知事の時（?）、道路の軒先の出ばった屋根を禁じた。これは火災の予防の為めである。もとはこれが西班牙《スペイン》建築のコルナアドのように両側から道に出、屋根を蒙《こうむ》らざる道は甚だ狭かった。雪が降れば随《したが》って、両《ふた》つの側を結ぶ為めに隧道のようなものも出来たであろうが、十数年そういうことは無くなった。殊に火事の度毎に街道が広くなる故に、いよいよそういうことは出来ぬようになった。それでも降雪の期には、道路は雪の堤の上に通ずるようになった。雪が降っても決してそれを掻くのではない。大勢の人々がもっこのような鞋《わらじ》をはき、その綱を両手に引き乍《なが》ら雪を固めに出た。これを「雪踏み」と云う。

彼岸の後始めて雪をかたつける。之れは「雪切り」といわれる。大勢の人が出て、鋸、なたなどを用い、火鉢の大さ位に雪をきり、之を一箇所に垣の如く積み又海に流す。尤もあまり多く海に流すと海岸に雪の堤防が出来、船の発着に不便になるから、じゃまにならぬ所に多く積むようになる。その時人出が多く賑かな光景を呈する。

歳時記など捜しても雪踏みはあるが雪切りという言葉はないようである。これが関西のような文化地方なら俳人の観聴《かんちょう》から逸れなかったが、北陸陸奥等の辺鄙の所の出来ごとゆえ俳句俳諧の材料とならないで終ったのであろう。

改造社出版の俳諧歳時記を見ると、新しい項目として雪切りが出ている。その二つの作例は秀句ではない。

雪を踏む一つ筵に二人かな　　地蔵尊（北樺、新季題句集）

雪割夫役場の法被着てゐたり　凍　魚（ホトトギス）（昭和十年一月四日）

大漁の保証

薬局長の奥野さんの話したことだが、此間大学及び二高の学生が短艇で遠乗りをして、松島沖で遭難した時、最初の屍骸をば某村の漁船が捜し出した。それに気が付くと、他村の船々も集って来て、勢、屍骸を争う形になった。別にそれを功績にしようと云うのではなく、無論酒手《さかて》を要求する為めでもなかった。

「どうせ学校の事だから、酒手は沢山出まいと見くびったのか。」

「いんや、そう云うわけじゃない。あとで学校で御礼をしようとした時も漁夫たちはそれを断った位だから。」

漁夫たちは、それを断って、「わたしたちはもう御祝は済《な》したから、酒手などいりません」と云ったそうである。実際屍骸を捜した部落の人々は其夜慰労の酒盛をしたのである。唯求むる所は大学なり高等学校なりの大きな印のおさった感謝状が欲しいと云うのであった。それを組合の家の壁に掲げる為めである。

網で引いた屍をば直ぐに船にはあげない。檣《ほばしら》の下は船神さんの鎮坐したまう処である。そこを筵《むしろ》で被う。それから海中に在る屍と談判する。無論屍の代言人として、仲間の一人が選ばれるのである。

「あんたをあげてやったについては、今夜漁のあるように骨を折ってくれますか。」代言人は「骨を折るとも、骨を折るとも」と答える。そして始めて屍骸が船の上にあげられるのである。

溺死した人の屍を見付け出した船は収穫が多いと信じられている。（昭和十年一月廿五日）

記憶の覚醒

東北の某大学に赴任して間もないころ、眼科の助教授が近く洋行するからと云ってあいさつをして行った。なじみ浅い職員の事であったから間もなく其名を忘れ、何と云う人だったかなあと思い出すことがあっても、敢めて〔ママ〕追窮《ついきゅう》しないで打ち過した。数日ののち、病院の長廊下を歩いて居り、或る途端に急に其人の姓名が思い出された。なおも歩を進めて、ふと左側を見ると、一室の扉の表に、その人の名刺が貼りつけてあった。（昭和二年某日）

初　秋

庭の檜《ひば》、甘茶、楸《きささげ》の幹、枝、瓦屋根などに当る午前の日ざしが、もう夏とはすっかり違って来た。どこが違うのか、はっきりとは言えないけれども、葉のゆらぎ、風のさやめき、蟬の声が今日はもう秋だぞとしみじみと告げ知らせるようである。

昔の中学校の長い夏休の終りに近《ちかづ》くころには、この季節の変り目が殊の外に心に響いた。始まって二三日たった《〔ママ〕》てからの教室の窓《まど》につくづく坊主を聞くと、故郷の海岸の夏真昼の水浴が思い出されたものであった。中学の初年生には初秋の物の色は休の終りの悲しみとからみ合っていた。

秋の日かげのにぎやかでさびしい印象には、或はなお中学時代の此悲哀の記憶の余響が残っているのかも知れない。（昭和九年八月十九日）

青年の心

僕は嘗て自分の心の中に住んで居た「青年の心」をいつの間にかもうすっかり忘れてしまって居たのだ。さ《〔ママ〕》してそれを学生たちの裡に発見すると却って不思議のものであるかのように訝《いぶかし》んだ。拇指《おやゆび》の大さほどの緑玉、紅玉などが人工的に造り出されたとして、是れがそれだと云って彼等の眼の前に置いたとて彼等は別に珍らしがりもしはすまい。それに反して、大きな葉の束が投げられ、それが流れ流れて両切の紙巻煙草となり、紙の函にまで入れられてしまう器械の活動を見せたら、既に出来つ《〔ママ〕》た人工宝玉以上の興味を感ずるに相違ない。

然しながら尚一層彼等を喜ばせるものは別に有る。それは無論まだ出来上っていない、否出来る見込も附いていないものを出来そうだと云って語ることである。若しそれが講義の最中の挿話として語られたなら、防ごうとしても防ぎ兼ぬる睡魔に襲は〔ママ〕て居る学生も忽《たちま》ちに目を覚すであろう。

青年は既に他人によって造り上げられてしまったものを喜ばない。たとえそれが立派な宝玉でも、又千古不変の真理の闡明《せんめい》でも。却って之を破壊して自ら新しいものを造ろうと欲すること、少年の玩具に対すると同様である。

我々は個人に於ても此心理を見ているが、又時代、国民というような大群集の動きの上にも同じ相を観取することに慣れている。（昭和八年十二月廿四日）

夢の無い学問

近頃沢山製造せられる医学上の博士論文は作者の個人から滲み出づる已むに已まれぬ自然力「空想」を欠くもの甚だ多い。鋳型《いがた》から打ち出される、ほぼ似た形の——多量生産のにおいの多大に伴った——品物である。（同日）

二世代の師

Louis Reynaud の La Crise de notre littérature に拠ると「アナトオル・フランスは一世代を教えた」というた、わが森鷗外先生は二世代の間の師匠であった。

じいさん・ばあさん

黄天河著《あら》わす所の「金壺浪墨」巻之一に「白首完婚」の一篇が有る。允元《いんげん》と云う者わかき時直隷《ちょくれい》に遊び劉氏と婚約を結び、未だ娶《めと》らずして、玉環一双を留めて故里に帰った。幼にして母を失ったむすめは、その後また父に別れ、天津に徙《うつ》ったが、昔日の約を守り婚せず。人の噂に允元が死んだと聞いて尼寺に棲み、裁縫をして日を送った。然るに三十余年を経て両人は再び天津で邂逅した。往昔《おうせき》の玉環と庚帖《こうちょう》とを示しあい、白頭の老翁老媼《ろうおうろうおう》が合卺《ごうきん》の式を挙げたと云う物語である。鷗外の小説の美濃部伊織と其妻るんとの話に好く似ている。（昭和七年八月十五日）

勘

勘というものは人間の持っている尤も好いものの一つには相違ないが、ちょっと悪魔のいたずらに会うととても其能力がたじろいてしまう。ルイス・フロイスのイタリア文の年報から翻訳をつづけながら、是非イタリア語文法が見たいと思い、たしかに其部と思う書架を捜すに影も形もない。こんな事はないと思い、あちこちとてこずるうちに、耳のうしろに悪魔の笑い声が聞える。隣の座敷にゆき、書庫にゆき、もしまぎれはせぬかと、山と積んだ雑誌、図書をさがす。とんだ忘れものを新に発見することはあっても捜す本は見つからぬ。塵にまみれた手を洗ったりするうちに一時間は消えてしまう。そして大事な翻訳の事は次穂を失う。

もう今夜は専ら捜すことだけに費そうといらいらした心を静めて、また始めから書架の本の処から始め、学士会の会員氏名録というのから外してゆくと、其頁の間に介《はさ》まって薄いイタリア文典が出て来た。（昭和十七年十二月卅一日）

シャツの鈕

シャツの鈕《ボタン》を取り落すと、お前は五器《ごき》ぶりか千石のようだ。いつも一番深い隙間にすばしっこく姿を消してしまう。（昭和十一年某日）

錯　覚

心を罩《こ》めて物を書いている時であった。手に取った吸取紙の押え木が、二枚に外れて、六十度ばかりの角で、相交叉したように思った。そんな筈はない、どうかした錯覚だろう。明るい窗《まど》を見たあと、窗が相重なることのある「後印象」見たようなものであったろうと考えてそのまま筆を走らせた。程経て立ち上って足許に何か落ちているのに気付いた。よく見ると、それは吸取紙の押え木の下に挿まっていた、同じような色をした厚い毛織物の切であった。（十一月五日）

躬《み》のうちの他人

わかい時分には自分のうちに他人が雑っているような気がしてしかたがなかった。近ごろは用事が忙しくて、他人を感ずることが稀である。このごろ右の肘関節にどうしたわけか、ヒグロオムという腫物が出来た。鶏卵大に腫れたが、痛くはないから常は忘れている。どうかした機《はず》みにそれが自分の中の他人として感ぜられる。(十一月六日)

「愛国デー」

ラヂオの口上使いが、「約三十五秒お待ちを願います」というような言葉を使う。まるで物理学者のこわいろだ。或る市の商品陳列所のビラ札に「国産愛国デー」というのがあった。言葉は「国産」以外のものらしい。

小　庭

共同の通りであった所に家主に籬《まがき》を立てて貰った。雪が溶けて手頃の庭が出来た。この小さい空地に好ましい草木を植えようと思った。その一はあじさいであった。そのうち誰ともなくそこに花を植えた。石を並べた。ダリヤ、撫子、トマト、ほおずき……まるで自分の予期しない庭が出来上ってしまった。だが僕は腹も立てまいし、咎めもしまいと云っ

た。「自分」のうちにさえ他人を棲ましているのに、ひとり五坪の庭のことを潔くしようや。（昭和十一年六月某日）

小猫

さんざ戯れてつかれた小猫が幾度か膝の上にのぼろうとした。幾度か拒まれた。そして足許の、座蒲団の片隅に背をまるめて寝入ってしまった。時は夜半を過ぎた。うずみ火もほしい六月の日である。（昭和十一年六月某日）

夢とき

昨夕の体温は三十七度で、「風の気分」は殆ど無かった。学生の座談会から帰り、室も温くならなかったから、九時には既に寝に就いた。午前三時までの時計の鐘声《しょうせい》を聞いた。午前五時突然目ざめた。そしてまだ新鮮であった夢の記憶を追究して見た。然し既に甚だ連続性を欠いたものとしか把握せられなかった。今こう之れを書いている時は一層支離滅裂となってしまっている。

鶏の解剖という事が或る一段の主要の題目であった。是れが夢の中に現われ〔ママ〕ことは何の不思議もない。毎週月曜の午后、伝研で、一羽乃至数羽の鶏を解剖し、或は解剖するのを傍観するのがこの数年来予の為事《しごと》の一であったからである。然し鶏という概念で現われた対象は決して単純なものではなかった。
一、それは鶏で、殊に異常に巨大な鶏の雛であるらしくは見えた。その咽喉部と胸部とに注意が向けられ、其形態は、半ば視感的のもの、半ば観念的のものとして、現に今なおぼんやりと脳裏に印象を遺している。
二、然しそれは同時に人間らしい存在でもあった。而《しか》もK君か或はその子息の人格を有するような属性を備えていた。二三日前、予は会ったのではないが、K君の息が予が息を訪ねて来たことを聞いていた。
予の夢のうちにまたは夢想状態のうちにしばしば経験する、この同定（Identifizierung）は、それ自身決して異常な事として認識せられたのではない。それは全くあたりまえの事として会得せられた。

鶏ののどの奥の方に、（砂嚢の位置は好く知っているが、その知識は夢の中には現われなかった）柔い嚢が有り、それと胸筋との間には、少くとも距離に於て近い関係に在った。その嚢の、多分粘膜の面を透して、三四のごろごろとした石の如きものの存在が窺窬《きゆ》せられた。淋巴《リンパ》腺のような軟度さえ感ぜられた。そしてそれを見る為めに粘膜が切開せられた。（その際予の外に誰がいたか、或はいなかったか、不明である。手を下したのは予自身のようでもあり、他の人のようでもあった。）するとそのかたまりは未成熟卵のような、橙黄色粘密のものとなって胸筋のあたりに散乱した。

鶏の解剖に関する夢の記録も、それに対する夢解きも、今こう書いている瞬間には、是れだけで尽きてしまっている。

予が夢からさめた瞬間には、ははあ、あの題目の象徴だったなと感じ、それに附随する他の夢の部分との関係もかなり明瞭に会得せられたが、今はもうそれらの細目は全く忘却に帰してしまった。

然しただここに記した所だけでも、予の夢の型の重要なものが現われている。それを説明すると、一は「異物同定」の型である。鶏（らしいもの）であり、それが同時に友人である。

鶏に関しては解剖学的知識は再現せられなかったが、鶏の解剖時に感ずる「感じ」は再現せられた。緊張した胸筋、腹中の未熟卵をその位置で誤って傷《きず》つけた時の感覚及び感情等。

この鶏は何等の象徴らしかった。少くとも気の毒な状態に在る人（病人）の云うような印象を与えた。気の毒だが解剖しなければならぬ。解剖して見たら果して不吉なものが見出された。（柔い空嚢に接して存した三四のかたまりは、明かにそう意識せられたのではないが、結核の概念の与うるような、我々には既に馴れっこになってそう気味悪るくは思われないが、不吉なものには相違なかった。

括弧して附言しなければならぬが、水曜日の午後、予は軽度の皮膚硬度と鱗屑《りんせつ》形成を備えた、先天性魚鱗癬《ぎょりんせん》の幼児の解剖を見た。既に解剖は終ったあとで、予は唯その取り出された臓器に一瞥を与えてその場を立ち去った。今にして思うと、意識的に反芻することなしに看過した幼児解剖が、上記の夢の動機になっていることは疑ない。その動機が、その幼児よりも一層深く記憶に根蔕《こんたい》を張った鶏に転身したものであろう。)

鶏はそれ故仮り物で、それが人間にならなければならぬ素地を有していた。「時」の上に甚だ偶然な関係に在ったが、それがK氏の息を通じて、K氏自身に輪廻して行ったものらしい。

自分のこれまでの経験と合せ、この夢からでも帰納し得ることは、感じ及び感情の独作性(或は分離性)である。上記の夢で「未成熟の卵」という言葉を使ったが、それはこう書いている今尤も理解しやすいから、仮にそうして置いただけの事で、夢の中では決して未成熟卵を考えていたのではない。未成熟卵を腹中に傷け時《(ママ)》、目に、指に、心に感ずる感覚が一聯の感情群を惹起《じゃっき》するらしい。人間の心身相関機能の一隅では、この感じを受け入れ保存する一隅が有るらしい。未成熟卵という動機の主体を離れても、それを忘却しても、この感じのみが生きのこり得るらしい。そしてそれが夢のうちに、或は夢想状態のうちに、謂わば「抽象的の感情」として再現せられうるものらしいと推論するより外はない。(昭和十八年二月十四日)

「ポットロ」

小学校に入る前ごろ、鉛筆のことをポットロと云っていた。それがどの国の言葉であるか、今日までうかつにも詮義しないで過したが、偶然今夜和蘭陀《オランダ》語の入門の本を読んで、和蘭陀語ではポットロオトであることを知り、大に喜ばしく思った。

其頃日本橋に中村喜太郎という化粧品の卸問屋があった。その店から仕入れる「菊の美」という女の髪の硬い油の外に「パッチリ香」などと云う薄紅いのがあった。子供心に何の事だろうといぶかったが、後年それが東印度の芳木から絞った油の名であるということを覚えた。その髪の油にほんとうに其木の油が雑ぜてあったかどうか、保証の限ではない。（昭和十八年三月六日）

えのころ、いぬびえ、めひしば

多分平福百穂《ひらふくひゃくすい》さんの鶉《うずら》の絵の点綴《てんてい》となっていたと記憶するが、中心から放線状に地を這うように伸びる禾本科《かほんか》の植物が画かれてあった。穂は出ていなかったからどの種類か分らぬ。

六月上旬伊豆の海岸でそんな植物を見た。そんな植物と云っても極有り触れたものであって、今までは特別に注意を払わなかたばかり〔ママ〕である。其時も目で見た感じが快かった。

中心部は茎が青く細く、それから籜《たく》となって少し膨らむ。籜は緑一色の事もあるが、多くは帯紫紅色をぼかしている。長い葉にもそういう色調がさしていることがある。一体それからどう云う穂が出るか。別に深く思い込んだわけでも無いが、外を歩くときそう云う植物に注意した。

　東京でも到る処にそんなのはあった。大学の構内には植物の種類が多く、無論それもあった。硬い道の側の処にも出る。そう云うのは矮種《わいしゅ》である。土の軟いところでは稈《かん》も太くなかなか雄壮に見える。七月到頭開花の季となった。処が予期に反してそれから二いろの穂が出た。一は狐の尾の如く円く太く、結局えのころぐさになってしまった。も一つは葉の先から硬いつぶつぶした穂が現われて来てひえのように見えた。無論ひえの類に相違ないが、何だろうと、たった一つの参考書たる日本植物図鑑を捜して見た。のびえ（或はいぬびえ）であることが分った。一体此図鑑で知らぬ植物の名を捜し出すことは概して困難である。それは第一に絵が悪るいのである。薄い葉も厚い葉も、硬い茎も軟い茎も描き分けてない。画工が好ければ或程度まではそれが出来るのである。好く知っているもくせいでも、いぼたでも、あおきでも、ひいらぎでも、その絵を看て、ああこれだと思われないようなのが少くない。然しのびえは幸い直ぐ分った。

　処がめひしばがどうかすると、まだ穂を吹き出さない時には上の二種に似ることが有る。それからまた柄はずっと大きいが、ぬかきびと云うのがやはり初めのうち、地を這う放射状の茎を伸ばすことを知った。是れは芝の伝染病研究所の構内ところどころに生えている。

其道の人に取ってはつまらない事であろうが、少しでも知らぬ事を知って行くことは、愉快である。殊に紫のぼかしの入ったたえのころ、のびえの新しい茎は田舎むすめのように健康に見えて実に可憐である。此夏の間の幾時間かの注意を奪われたこと故に、ここに記して置く。（昭和十五年八月二十八日）

Ⅱ

市街を散歩する人の心持

東京の市街を、土曜日の午後あたり、明日は日曜だという安心で、と見こうみ、ぶらぶら歩るくほど楽しみなものはない。たとえば神田の五軒町あたりは、広い道の両側に柳の並木、日にきらめける鉄条の上をけたたましい電車の嵐、と思って一寸道傍《ちょっとみちばた》の店先を覗くと青く汚れた温い硝子《ガラス》戸を越してお七、吉三の古い錦絵、その隣を乳房をあらわに髪を梳《くしけず》る女、銘は何れも歌麿筆としてある。

全体が青い調子の横に長い方形の景色絵がある。広重という落款《らっかん》で鳴海の景とある。代赭の色の、はた白に浅葱《あさぎ》の縞模様、特産の鳴海絞は並び立つ太物屋の軒に吊り下っている。その前の街道をば荷を付けた馬が通る。旅人めく一群の人が通る。

古い錦絵の包蔵《ほうぞう》した情調は音楽の如く散歩する人の心を襲う。一種の譬え難き哀愁が胸の底に涌く。その絶ち難い愛着を捨てて猶も歩を進めてゆくと、思いがけなくも一列の赤い郵便馬車の駆け来るのに出遇う。今得たまどかな気分は忽ち破壊せられたので、不安の眸を放って、市街をおちこちと見廻わしていると、斜日《しゃじつ》に照らされて、夢の如く浮び出ているニコライの銀灰の壁が目に入る……神田の古風な大時計がじん、じん……と四時をうつ。

――こう云う平坦な記述が他の人人にも興味があるかどうだかは知らない。併《しか》し自分には東京の景物ほど心を引くものはない。それも単に視覚と、聴覚と、或は空気の圧迫に感ずる触覚と、偶《たま》には又、日本橋、殊に本町、大伝馬町にきく酢酸、塩素瓦斯《ガス》、ヨオドフォルム乃至《ないし》漢法方剤の怪しい臭い、九月の頃にはまた通一丁目、二丁目辺、長谷川町の辺にきく、問屋に出始めた冬物の裏地のにおい――是等のいろいろの匂いに感応する嗅覚というようなものの方面から見てである。

かくして市街の散歩者は二時間、三時間の漫歩の間に官能の雑り織る音楽を味う事が出来る。――

自分は今心が惑う。九月の朝の日比谷公園の印象を語ろうか。或はそこの八月の夜を描き出そうか。或は更に興味ある秋の夜の銀座裏町の生活を語ろうか。それとも春雨頃の、沈んだ三味線の音のように淡く寂しい深川の河岸の情緒を語ろうか。

嘗って自分が永井氏の「深川の唄」を読んだ時、このさとの哀れ深い生活が氏の豊麗な才筆に取り入れらるるという事を如何に喜ばしくも亦妬《ねた》ましくも感じたったろう。かの同《どう》盟罷工《めいひこう》の一揆のように獰《あら》くむくつけき文明の侵略軍の、その尖兵にもたとえつ可き電車さえも、この里には、高橋より奥には寄せて来なんだ。だからあの不動様にも、昔のままに奇しい蠟燭の火が点っている。ここの娘たちは冬にも足袋《たび》をはかぬ。まだ広い黒繻子の襟をかけて居る。濃い紫の半襟をかけている。赤い手がらをかけている。昔の芝居によく出たような深川の質屋も、材木屋も、石材問屋も、醬油屋の低く長い蔵の壁も昔のままに沈黙している。そうして考えて居る。悲しんで居る。縁日にはまだ覗き機関《からくり》が哀れな節を歌っている。阿呆陀羅《あほだら》経《きょう》が人を笑わしている。――

ある午後、自分は云い難き憂愁に襲われて、独り寂しく深川の小溝の縁に立った。不動様の裏手に当って居る所であった。

春の日の午後三時は油の如く静かであった。細い雨もしばし途切れて、空の一部には雲の色が黄色になった。向う岸の家の軒には、一面の材木、中にも新しい檜《ひのき》はかの甘い匂いを春の重い空気のうちへ流すかの如く見えた。黙って水の面を眺《なが》め乍ら、自分は向う岸の新しい二階から漏れる長唄の三味線の音を聴き澄んだ。単調な絃のリズムが流れまた淀む。子供にでも教えて居るのかしらん、時々同じ節を繰り返す。蒸すように温い——また柔かな頸に圧《お》されるように重い春の午後の空気のうちに、自分は夢みるように、一種の軽い疲労を感じながら、耳に来る節々に少さき時への聯想、まだ残っている昔の空想を一々結びつけていた。

忽《たちま》ち自分の後ろから女の人が来た。（ここはまた渡し場であった。）黒い襟に、赤っぽい唐桟《とうざん》の袢纏《はんてん》を着た若い女が渡し場の桟橋の端に立った。女は軽く両手を挙げる。そうして人を招くような手付きをして、かの三味線の方角に呼びかけた。

「ちょいと、ちょいと、もし。」

女は宛もない人を呼ぶ。

「ちょいと、ちょいと、あのね、敷島を一つ。」

自分が——宛もない——と思ったのは間違であった。三味線の二階の下の店からは（そこは渡し舟の賃を取る所だった。）急に人も見えないのに返事が聞こえた。

「二つですか？」

「一つ！」

「お釣りじゃあ無いんですか？」

「二銭！」

と高く答えた。まだ敷島が八銭の時であった。

少時《しば》らくして年老いた男が客を一人載せて渡し舟を突いて居た。釣と煙草を女に渡して、それからまた、もうそこに集っていた二三の客をまた舟に載せて岸を離れた。その時自分も、昔の浄瑠理に出そうな舟にのって、眠むたい三味線の音律をきき乍《なが》ら老人に竿を突かして、薄きカアマイン色に曇った春の空気を岸のあなたに渡った……

人は屹度《きっと》こんな筋もない話を笑うであろう。然し鋭敏な官能で、且近代の芸術に慣れた人の空想力はよく自分の不十分な描写を補って呉《く》れるのであろう。自分は安んじて更にまた話を続ける。

ああ自分はどうかして、せめてはかの日比谷公園の九月下旬の曇った朝の枯草の匂いを形容して見たい。柵で囲まれたやや広い方形の園の中には、秋のやや黄ばんだ雑草が思い思いの空想に耽っているように匂って居た。昔の黒田清輝先生のスケッチに屢《よ》く見られたような、光線の為にコバルト色に輝いて居る一群の草刈女が、絵の中でのように草を刈っている。刈られた草は山に積まれる。日は司法省の屋根の上に出ているのだから、柵に立っている人には、枯草の、日を受けない陰の一面が見える。枯草の山の周囲の縁は黄金色に輝いて居る。陰になった部は、言葉では到底形容の出来ない色に曇っている。せめてあの色調――あの枯草の束だけでも、心ゆく許りに、日本の油絵の上に見たいと望まずには居られなかった。

司法省、裁判所が日かげになって漠々と紫色に煙って居るのも美しい。その下の一列のポプラスの梢の蛍のような緑金色の輝きも心を引く。殊に目の前に、柵に沿うて横わっている木は、漆に似て更に細かい対生葉を有《も》っていたが、黄いろい枯葉を雑えた枝ぶりは絵画的に非常に心地がいい。丁度中から出て来た園丁《えんてい》に其名を尋ねたら「しんじの木ってえです。」と答えた。

草の中に子供が遊んでいる。白い蓋をした揺籃車の中に嬰児が眠っている。遠い小丘の下に盛装した一群が現われた。――凡ては秋の朝の公園の印象を語るに適当な材料であった。自分は油絵かきにならなかったのを悔んだ。

唯出来る丈長く此印象を銘じて置く為めに、自分は友人を拉《らっ》してその近くの料理屋の二階に登った。そうして重い緑色のペパミントと濃い珈琲《コーヒー》とを併せ飲んだ。欄干の日差はやがて正午に近いという事を知らした。

「では皆さんに申上げますが、之は私の長男です……」階段に下りかかる時、葦簾《よしず》の襖を隔てた隣室からこう云う言葉を聞いた。そこには本郷座的に礼装した一群が卓を囲んでいた。高い島田を結った女の後姿も見えた。年とった男の人が今立ち上って若い人を紹介する所だったらしい。そんな声を聞きながら、自分等は再び外へ出た。

人は沈黙している。足の爪先に病でもあるように、じっと物うれわしげに地の面を眺めている。そこには海底のように緑《あお》い孤燈《ことう》の波をうけて、白と紅との芙蓉の花が神経的に顫《ふる》えて居た。

星のない八月の夜は暗かった。どことなしに、然し、なつかしい夏の夜の光がおぼめいて居た。

噴水の夜の音楽。

暗く、陰鬱に、しかも懐しく悲しい水の曲節は、たとえば、西洋楽を聴くに熟せざる吾等若き東洋人がチャイコウスキイの夜の曲のロマンチックな仏蘭西《フランス》的魯西亜《ロシア》的旋律をきく時に、どこかの国が、はたその国、その国民の烈しき情緒生活が音楽の後ろにかくれて居るとは感じながら、遂に其本体を摸索する事の出来ないような覚束ない心持を、池を囲む人に、女に、また青きポプラスの並木に、柔らかき夜の空気に起させて居るのであった。

調和を失せる痛ましい日本が、一方に勤倹尚武《きんけんしょうぶ》を鼓吹しながら、同時また估《こ》んな近代的情調を日比谷公園裏に蔵して居るという矛盾を笑わずには居られなかった。

共同ベンチに腰を掛けた一群の人はどういう感じを持っているか、自分は切に知りたかった。ここは義太夫のさわりに、新内《しんない》に、宇治は茶に習い得た美的需要を満すに適する所ではなかった。

高く昇る水は夢の如く白く、滾《はし》り飛ぶ水滴は叙情詩の砕けたる霊魂のように紫の街燈の影を宿して、さやさやと悲しく池の面を滑っていた。

その前に、美的趣味に於て亡国の民は黙々として、足の指先の病を憂えるように、俛首《うなだ》れて不可思議の音楽を聞いていた。

自分は八月の或夜日比谷公園を歩るいて、恁《こ》う云う光景に出遇った事を覚えている。数寄屋橋を渡って銀座の通りに出ると、そこはもう夏の夜の、涌くが如き歓楽の叫びにふるえて居た。

自分は銀座の通りの雑踏を思うごとに、その横町で或秋の夜偶然出遇った一事を想い出さずには居られない。――

其夜も、自分は古い妄想に沈みながら街上を漫歩していた。その妄想というのは、どうしたら今の日本に於て、自分等の一生のうちに、心から満足するような趣味の調和に会する事が出来るだろうかという疑である。自分はもう雪舟や、芭蕉や、寒林枯木や、寒山拾得《かんざんじっとく》で満足する事は出来ない。それかといって西洋風の芸術はどうしても他人がましい。中村不折《ふせつ》氏、橋本邦助氏等が新芸術、綱島梁川《りょうせん》氏海老名弾正《だんじょう》氏等が新宗教でもまだまだ満足は出来ぬ。して見ると今の世は渾然《こんぜん》たる調和を望む事は到底不可能の時世である。フィヂアス、パラヂオ、ゲエテエ等が時では無い。サン・ペトロ、サン・ジョオルジョオ、フアウスト等の生る可き世では無い。――結局自然主義の世だ。印象主義の世だ。成程自分等に、黒衣の男子と、白裸体の女子とを配する「草上の朝餉」(Manet, Le Déjeuner sur l'herbe)の趣味が興味のあるのも無理は無いのだ。

調和せざる事象に、時代錯誤に、溝渠《こうきょ》の上《ほとり》なる帆を張りたる軍艦に、洋館の側《ぬか》に起る納曾利《なそり》の古曲に、煉瓦の壁の隣りなる格子戸の御神燈に、孔子の尊像の前に額ずくフロックコオトの博士等に――是等の不可思議なる光景に吾等の脳髄が感ずる驚駭《きょうがい》を以て自分等の趣味を満足して置かねばならぬ。

こう云う粗い対照なら東京の市街にいくらでも転っている。現に此、銀座街頭の散策の間にも自分は出遇ったのであった。そこは丁度地蔵さんの縁日だった。道の両側には、折柄《おりから》の菊の花売がカンテラの陰で白い花に水を灌《そそ》いでいた。盲目の三味線弾は自分の足場を一所懸命で捜して居た。ふと気付くと月の良い晩だ。而かも沛然《はいぜん》たる一雨のあとで、煙草製造工場の屋根が銀碧の色に輝いて居た。工場の屋背にはまた半球形の円頂《ドオム》があった。それが月の陰になって暗い紫灰銀色の空気に沈んでいる。この珍らしい光景を見ると、自分は、一体どこの国へ来たんだい! と怒号《どな》ってやりたくなった。

街道の舗石の上に一団の黒い人群が居る。街頭の謳者《うたいて》を行人が取り囲んだのであった。
〽高等女学校のスチュデント、
腰にはバンドの輝きて、
右手に持つはテキストブック、
左手《かたて》にシルクアンブレラア、
髪にはバッタアフライ、ホワイトリボン……」
自分は亦此処にも日本らしからぬメロディを聞いておやおやと思ったのである。若し自分が威尼西亜《ヴェネチア》のカナアルの縁をでも歩いているのなら、そこに恁《こ》んな節を聞こうとも、乃至はアリオストオ、タッソオ等が古き朗詠《スタチヴォ》を聞こうとも、此時のような不可思議な感じは抱かなかったろう。併し自分は今東京を歩るいて居るのだ。河岸縁には鍋焼温飩《うどん》がぱたぱたやってるではないか。煉瓦の壁の側の瓦斯燈には松葉の輪に「歌沢」とちゃんと書いてあるではないか。こんな「髪結新三《かみゆいしんざ》」的情調へあんなべらぼうなバッタアフライ、ホワイトリボンが這入《はい》って来てたまるものか。然し、事実は、嘘のようだが、事実だから仕方が無い。恁《こ》ういう風にいうと、全く誇張した修辞法と思うかも知れないが、知の外の、感情の上には確かに不思議だ。
それから……自分はぶらぶらと京橋まで歩いて来た。「金沢」という寄席の隣の、何とかいう小さいしる粉屋でしる粉をのんで、その家を立ち出でると、三味線の音は手に取るように聞こえて居た。

外は、夜が寒い。月は見えなくなって暗かった。唯金沢の二階は、ぱっと明るく、燈の光が一面の障子を照らして居た。そこから三味線の音が聞かれるのであった。軒行燈に「金之助」という名が見えたから、多分今のも、あのもう年増の女の三味線弾の長唄であったろう。一挺ではあったが、曲は何か賑かなものだったと見えて、彼の長唄に特有な、単調な、強くリズミカルな節を幾度か繰り返しては、また次の撥音《ばちおと》ばかりの荒い節に移って行っていた。三四人の人が立ってたから自分も立ち止まって聴いた。一寸と思う内につい釣り込まれて立って居ると、そこに立った人々は急に高声に罵《ののし》り乍《なが》ら立ち去る処だった。下の木戸番が、そこに立つ位なら内に入った方が寒くないぜというような皮肉を云ったのだと見える。

「べらぼうめ、天下の往還だ。立ちてえから立ったんだい。」といいながら印半纏の男が丁度歩きかけた。もう立つ人もなくなった。ただ、まだおかしな女がまごまごしている位なものだった。前に縁日の通りでも、無理に、謳者の廻に立つ人の中へ割り込むようには入ったりした、若い、吾妻《あづま》コオトを着た妙な女だった。そいつも然し行ってしまった。で、自分もまた歩き出そうと思って一足踏む時、まだ何だか後ろの方で人が呟くようだと気が付いた。実際、矢張《やはり》人が居たのだった。頭の禿げた、ずぶよぼよぼな爺さんが、向いの家の瓦の壁の前に積み上げられた石の下に蹈《かが》んでいた。そうして何かぶつぶつ口小言を云って居るのであった。

「ああ、爺さん、お前か？」

と驚いて自分は叫んだ。同時にこの老爺の事について、かつて聞いた事を思い出して急に可笑《おか》しくなった。

もと自分が日本橋の裏通りの居酒屋へは入った事があったが、その時、親子づれの浪花節語《がたり》が門口で国定忠次を語って行ったあとで、居酒屋の内でもてんでんに調子づいて、いろいろの歌を歌い出したのに遭遇した。その時此老爺もその席に居た。そうして歯の抜けた口で以て、自分も仲間に加わって、ぼけたような「我ものと思えば軽し」を歌い出した時には、みんな笑わずに居られなかった。

その時聞いた話があるが、この老爺はもと東京の士族で、さらぬだに零落しやすかった維新後の士族の中に、更に酒と女とで到頭《とうとう》この年まで河岸の軽子《かるこ》にまで落ちぶれたのだそうだ。それでも殆ど毎晩欠かさずに此酒屋にくる。だが、歌を自分が歌って笑われたのは其晩初めてだと云う。自分こそ歌わないが、歌は本当の好きで、この酒屋を出れば屹度《きっと》どこかの寄席の近くへ往《い》くんだそうだ。金沢はすぐ高座の下が往来だから、よくそこでその地びたの上に寝ているのだそうだ。

「じいさん、また来たな」と、そういう話を知って居たから、自分は話しかけた。今迄独言をいって居た老爺は急に相手が出来たものだから、った。

「本当さ。なあ、天下の往還でえ、べらんめえ、何ってやがるだ」とやや声高に自分に云った。

……それから、自分はじき歩き出した。京橋の通りに出ても、実際だったのか、それとも耳鳴りだったのか、まだかすかに長唄の三味線が聞こえて居た。

京阪聞見録

予も亦《また》明晩立とうと思う。今は名古屋に往《い》く人を見送る為めに新橋に来ているのだ。待合室は発車を待つ人の不安な情調と煙草の烟とに満たされて居る。

商標公報という雑誌の綴を取り上げて見る。此《ここ》に予は一種の実用的な平民芸術を味う事が出来て大に面白かった。殺鼠剤の商標に猫が手帕《ハンカチ》で涙を拭って居る図は見覚えのあるものであるが、PARK公園などと云う石鹸は余程名に困った物と見える。それでも二つの概念を心理学的に乃至《ないし》芸術的に聯絡《れんらく》させてゆくと、俳句などとは違ったまた一種の興味あるのを知るに至る。其他化粧品に菖蒲《しょうぶ》と翡翠《ひすい》との組合せがある。怪しい洋人の移写したような字で「サムライ印」とかいた騎馬武者の木綿織物の商標は、予をして漫《そぞ》ろに横浜のサムライ商会の店頭の装飾を想起せしめた。是れ亦確かに西洋人に映った日本趣味の反射であろう。「桜山」と云う清酒がある。「吉野」というのがある。こう云うのはよく今迄他の人が附けずに置いたものだと感心する。道中姿の華魁の胸から腰にかけて「正宗」とやったのは露骨であるが奇抜である。Bacchus と Venus と双方を神性にする西洋の思想に対照して考えると更に一段と面白い。鶇麹漬というのは何と読むのかしらん。電車の全形を図案に仕組むなどは素人は大胆なものだ。

天明頃の「江戸町中喰物重宝記」という本を見た事がある。その中の屋号《やじるし》や紋所《もんどころ》や簡単な縁《ふち》を附けた広告を思い出す。当時有名だったというおまん鮨などの広告を見ると一種懐しい妙な心持になる。神社仏閣に張る千社札を三巻の帖に集めた好事家の苦心に驚かされた事があったが「日本広告画史」などを完成するようなのん気な時代はいつ来る事やら。そう云えば立派な浮世絵史さえまだ碌々に出来て居ないでは無いか。(三月二十九日、神戸にて。)

昨夜神戸に入る前に日中京都で暮した。けれども今何も目に残って居るものとては無い。あれば唯河原の布晒し位のものだ。庚申橋とかいう橋の下に大小紅紫《こうし》いろいろの友禅の半襟を綱に弔《つ》るして居たのが、如何にも春らしく京都らしく好い気持であった。も一つは黒田清輝さん流のコバルト色の著物の男が四斗樽へ一ぱい色々の切《きれ》を入れて、それをこちこちと棒でかき廻して居たのを見た。背景に緑を斑入《ふい》れにして灰色の河原の石の上に、あちらこちらに干されたる斑らに鮮かな色の布。こんな景色は沢山見られた。然し京都では、たとえば一人の人が河原に仕事をしていて、五六の人が惘然《もうぜん》とそれを眺め入って居る所も、油絵のようには見えないで、却って古い縁起ものの絵巻物の一部を仕切ったように見えるのである。京極の方から迷い込んで何とかいう長い市場の通りを歩いたが、その両側の家の、たとえば蒲鉾屋の淡紅淡緑、縞入りの蒲鉾、魚屋の手繰《てぐ》りものの小鯛、黒鯛、鯵、魴鮄《ほうぼう》の類はいかにも綺麗に並んで居るが、然し決してカンバスとテレビンで取扱う事の出来るものでは無い。やはり祐信《すけのぶ》、春信《はるのぶ》等の趣味である。だから三条四条辺の町でよく見られる骨董店の英山《えいざん》、歌麿《うたまろ》の類は、今の東京で見るより、こちらで見た方がいかにも当然で、居る可き所に居るように見えるのである。燈が点いてから三条から四条へ出る河沿の通りを歩いて見た。「未墾地」のネシュダノフがロココ趣味の老夫婦が家に入る時の心より更に不思議な情調に捉えられた。もう柳の間から水に映る燈が見られた。

いろいろの人を訪ねたが誰にも会うことが出来なかった。其晩神戸に入った。（三月二十九日、神戸にて。）

こっちへ来る前にHYと君の居る桶屋さんの家を訪ねたが生憎《あいにく》お留守で残念であった。その前にもひとりの人と三人で中沢弘光氏の工房を尋ねて、それから君の処へ行ったのである。

京都見物の前に中沢さんの所で「京都の予感」を、実は味おうと思ったのだが、生憎京都のスケッチはみんな板彫の方に廻って居たので見る事が出来なかった。僕等は決して自然の景情《けいじょう》を絶対的な自分の眼というもので見る事が出来ないのだ。余程其時代を支配している大家に便《たよ》って居るのだ。たとえば春さき灰緑に芽ぐんで来る佃島の河沿の河原の草などを見る時分には、どうしても黒田さんの様風《マニエール》を想い出さずには居られない。東京の自然界で黒田さんと広重との配調《アランジマン》を味うのを、京都で祐信と中沢にしようと思ったのだが、中沢さん情調を吹きかけられる事の出来なかったのは遺憾であった。

其代り氏の温泉スケッチの類集《セリィ》は見る事が出来た。温泉というものは官能的にも固《もと》より愉快なものだが、更に絵画の標準に換算しても亦面白いものでなければならぬ。白い裸体と紫色に澄んだ泉の表面とを主調とした色彩画派的《コロリスチック》の色彩諧調は思い出した丈でも食欲をそそる。

氏は油で浴泉図をかくのだと云って居られた。丹前《たんぜん》風呂とか羅馬《ローマ》の浴場とか云うものは、蓋《けだ》し爛熟せる文明の窮極である。然し凡ての平俗を嫌って珍奇を求めるDegasの非情なる観察眼が今の此国にも許されるならば、この種の画題はむしろ町の生活に於て取られた方が面白かろうと思わずには居られなかったのである。繊弱《かよわ》い肩胛骨《おおぎぼね》は彫刻にも効果《エッフェー》のある者である。更に温く曇った水蒸気の中に「白の調和」は一層善く、色彩画家《コロリスト》のカンバスに向くと思う。清長《きよなが》の珍らしい浴泉図は二枚あって、その一枚がドガアの手に入っていると云う事は上田柳村《りゅうそん》先生の「渦巻」で承知してめずらしい事と思った。(三月二十九日、神戸にて。)

二十九日、三十日、雨。三十日の午過ぎに始めて空が霽《は》れて来たから人と神戸市中を見物したが一向つまらなかった。横浜にはまだ所々予の所謂「異人館情調」が残って居るけれども、神戸にはそれすら一向に無い。市中所見の物象は鉛直《えんちょく》に非ざれば水平、水平に非ざれば四十五度六十度角で人の目の前に迫って居る。近く見える西洋館から遠くの船舶の檣《ほばしら》、港の起重機、桟橋上の鉄道荷車、各種の煙突、正午報知台等が皆それである。色彩の方では煉瓦、屋根の瓦、ペンキ塗の羽目板、偶〻はポプラスの繁り、それからそれらの凡てに亙っている金属的灰色の空気の調子である。街上の美人と称す可き人相《フイジオノミイ》にも出くわさない。立派な店を張っている家の主人や番頭の顔もまだ都会化せられて居ないで、獰《あら》い植民地的の相貌を呈して居る。看板の東京風とか江戸自慢とかいう形容詞がいかにも田舎臭くて不愉快である。

東京ことば、大阪、京都、伊勢、中国辺の方言の雑ぜ合せにドス、オマス、ナアなどという語尾を附けると略《ほぼ》神戸の言葉に近くなる。

奇事奇談《キユリオジテ》というようなものにもあまり出遇《であ》わなかった。ただ昨日神戸兵庫間の電車の試運転があって栄町は人立がしてそれを眺め入った。神戸などは高い異人館があっていかにもハイカラらしいが、こういう光景を見ると、明治初年の清親、国輝などの名所絵を見るようで馬鹿馬鹿しくてならぬ。

昨夕《ゆうべ》も近所の湯にいったら電車の噂で持ち切りであった。汽車には踏切番というものがあるが電車にはそれが無いから、子供等には危険だと一人の男がいうと、番台の女房が「ほんにそうどすな」と相槌を打っていた。（三月三十一日朝、神戸にて。）

昨日は大阪へ来て一日暮した。それまでは毎日雨で芥舟《かいしゅう》学画篇だの沈氏《ちんし》画塵《がじん》だのを読ませられて大分支那情調になって居た所を、昨日一日で全く洗い落して仕舞った。その日の午前中はそこのあらゆる賑かな通り、河岸、橋梁等の光景を見て歩いた。予は都会の形態的標準は橋梁に存すると思う。京町から平野橋、それから今迄の道に直角に歩いて思案橋、博物館、農人町、住吉町の通りから道頓堀に出て、それから中の島まで引返した。大阪の河岸の印象は東京とは大分違うようだ。ちょっと話した丈ではこの細《こまか》い官能的印象の相違は伝えられない。

大阪の河岸は夏は黄ろい羽目板と簾とで持ち切って居るのであるが、それでも、たとえば尼ケ崎橋から上下を見通した所のように白壁の土蔵も少くは無い。東京のように煉瓦は多くない。白壁には小さい窓が二つ乃至四つ五つ附いて居て、それが多少暗示的な何物かを持っている。白壁にはよく酒の銘が塗り上げられてある。屢見《よく》るのは福翁、白鶴、金霞、〇〇正宗、それに波に日の出の朝日ビール。

尼ケ崎橋に立って不図《ふと》東京の今川橋に居るような気になった。あの橋の手前の河岸縁の家にまさきか何かむくむくと繁った常緑の樹があって、それに夏からの風鈴が雨に濡れたままに弔《つる》されて居た事を記憶している。ここは両側の家、今の倉庫を除けば河に面した両側には主に玻璃障子《はりしょうじ》を立てた家が並んでいる。それに小さい欄干の附いた出窓が張り出て、松や万年青《おもと》や檜《ひのき》などの盆栽が置かれてある。赤い更紗の風呂敷（これは今は東京ではめったに見られない、風呂敷として染めて重に赤地へ黒と白との模様があるもの）それから襁褓《むつき》というようなものが軒下に干されてある……というような錯雑した景色の後ろに――大阪風に棟数《むねかず》の多いごたごたした屋根の群の上に遥に聳やぎ立つ物干《ものほし》が見える。物干には幾聯《いくれん》となき手拭がひらしゃらと風に揺れている。今川橋でも同じ様なものが見られた。而も三代目かの広重の絵にも取られてある所を見ると、昔の鳴海の宿の鳴海絞りを懸け弔《つる》す店と同じく、少し絵心のある人の心を惹くものと見える。

堀は東京より水が綺麗だ。材木の舟筏《しゅうばつ》、肥料桶の舟などが悠々として櫂で橋下を漕ぎ抜けてゆく。橋の上でスケッチなどは到底出来ない。大阪の橋は皆西洋工学以前の代物と見えて、鉄の欄干の橋でさえ、一の車、一の馬力が来る毎に気味の悪い程ぐらぐらと揺れるのである。

京屋町から平野橋に行く例の狭い賑かな通りの、或古本屋の表に浮世絵の広告が出て居たからはいって冷かして見た。多分翻刻物《ほんこくもの》であるが、中の一枚の春信（のであったか）の行水を使って居る女の肉附《モルビデッス》は素敵であった。後に衝立を立ててそれに着物が懸けてある。その前で例の春信型の線の細い輪郭の、例の顔容《フィジオノミィ》の女が盥《たらい》で湯を使っているのであるが、その線は写実的であったから不快ではなかったが、ロダンやマネの素描の知的な冷たさに代えて、柔かく、唯単に肉体の輪郭を仕切るという必要以外の艶冶《あだぽさ》を見せようという作意の為めに、全体がやや浮世絵的官能的になったのはやむを得ない。外に歌麿や湖龍斎《こりゅうさい》の板画があったがつまらなかった。皆《みんな》十年許り前の独逸《ドイツ》行の翻刻物であるようだった。ああいう絵はそれで沢山だのに、それでもなお原物を求めたがるのは、希有《ラアルテ》を崇ぶという外に何かわけの有る事だろう。——江戸の浮世絵は現に大阪に於ては東京に於けるよりも似つかわしい。それから又大阪を漫歩するのは京都を歩くより愉快だ。京都は常に多くの漫遊者を扱い慣れて居るから、旅人として向うに気が付かせずに、その横顔《プロフィール》を覗き込むということは出来ない。そして画家の目を牽《ひ》く光景に舞子と異人というような粗い対照も少くは無い。夫れに反して大阪はいかにも古風の老舗の如く、古いままで固まっている。

道は気にかかるほど狭く、それに応じて屋根も低い。蒲鉾屋は例によって紅緑の色蒲鉾を並べ、寿司屋の鮨の配列、鳥屋の招牌の澪標《みおつくし》、しるこ屋の行燈、饂飩屋の提灯までもみな草双紙の表紙のような一様の趣味から出来ているのである。

南区のある通りには紅で塗った質屋の格子戸の外に「心学講話、藤沢老先生経書御講義」などという札さえ見られた。

昨日は曇天が燻銀の色調であった。神戸から大阪までの平原の間に、枯草と青草との心臓を冷すように気持のいい色の調和を見た。（四月二日、大阪図書館にて。）

昨日大阪へ来たらちょうど医学会大会というのがあったから、こっそり忍び込んで此厳粛な光景を眺めた。大沢老博士が、短い白髪に黒のフロックコオトと云う扮装で、三千の聴衆の前に現今の生理学の進歩を講演せられて居る所であった。

それからそこを出て復《また》大阪の市街を歩いた。大阪通《つう》の君が一緒に居たら、更に、視感以上の大阪に侵入することが出来て愉快であったろう。

大阪にはうち見る所一種類の階級しかない。と云うと余り誇張に流れるが、兎《と》に角《かく》ここが町人の町であるとは普通の意味で云う事が出来る。だからして此町の店頭に浮世絵が似付かわしく、義太夫が今も尚《なお》此市の情緒生活に intime になるのだと思う。電車などに乗っても乗合は角帯の商人で無ければ、背広の会社員である。人の話に、官吏なども大阪へ来ると往々商売人に化ってしまうと云う事である。

京都を歩いて居ると無用のものが多く、だだ広《びろ》くて直《じ》きに可厭《いや》になるが、大阪に至っては街区のどの一角を仕切り取っても活潑な生活《ラ・ヴィ》の断片を掴む事が出来るように感ぜられる。京都は――恰もそこの芸子舞子《げいこまいこ》のように――偏《ひと》えに他郷人の為めに市《まち》の計《けい》を為しているように見えるが、大阪は、また其一見不愛想な商人の如く、他《ひと》には構わないでひたすら自家の為めに働いて居るのである。だから千日前でも道頓堀でも、東京の浅草、京都の京極其他などに見られない一種の面白味がある。生活が手軽で実用的なのだ。たとえばその街区の数多き飲食店の如きも大阪見物の他郷人よりも同じ町の人の気散じに便利に出来て居るように見える。且東京とは違って遊楽の街区が略《ほぼ》一箇所に集中しているからして、この市の鳥瞰は東京のように散漫でなくって、一つの有機体《オルガニズム》としての大阪市の形態及び生理を味わしめる。

燈が点いてから千日前の雑沓《ざっとう》を、旅人の――他郷人の心持でなくこの市《まち》の一市民としての親しみを以て歩く事が出来た。そしてここの雑沓と、この褻雑なる興行物がどんな必要《ネセシテ》を持って居るかと云う事を知る事が出来た。

汚い戯場《ぎじょう》と視官を刺すような色斑らな看板絵――大阪にはまだ浅草のように安いペンキ絵は入《はい》って居ない――三味線、太鼓及びクラリオネット、かくて春日座の「兵営の夢」、第一大阪館の「河内次郎」、栄座の「住吉踊、稲荷山」、日本館の活動写真、常盤座の「忠臣蔵宣伝」、女義太夫竹本春広、其他釣魚、落語の類が人間の需要の反射として更に行人を誘惑して居るのである。

短い時間で成る可《べ》く広く大阪を見ようと云う欲望から、一刻も休まず歩き、出来るだけ興行物と云うようなものを覗いてみた。播重《はりじゅう》という寄席も、嘗つて君に話を聞いた事もあったから一時間許り入って見た。表の看板には「全国女太夫、修業発表機関」という今様の云いまわしの大文字が書き付けられてあった。まだ顔の輪郭も固らない、世の中の事も碌《ろく》に知らない十四五から十七八の女が、複雑な浄瑠理の文句、またその内の芸とは全く別れた情緒情熱に関して深い理会《りかい》のあるのでもなく、――差し迫った何等かの芸術化せらの必要からして――それでも愁嘆場《しゅうたんば》の文句なんぞは多少の自覚した表情と、及び発声の困難からの苦面《グリマッス》とで、同じく調子の合わぬ絃に伴われて歯を剝き目をつぶるのを見るのは真に可憐である。而して同時にこの生理的誇張が聴衆の特殊の興味《アンテレエ》を惹起すると云う事を知ると世の中の機関《からくり》に対して頗《すこぶ》る楽天的な観相を抱かしめられるのである。

然し首の習作《エテュド・デ・テエト》のモデルとして見る場合には又別種の面白味がある。ロダンの「泣く女《ラ・プレエレエズ》」のような表情《エキスプレション》は罕《まれ》ならず遭遇する所である。若《も》し夫《そ》れ皮肉なるドガアの画題を捜し出すと云う事は既に予の領分外である。それはもっと深い透徹《ペネトラシオン》を要する。予は君の短篇《ノエル》の類集《セリィ》に待たねばなるまい。

此間に予は突然濁った太い声に驚かされたのである。「竹ちゃん、竹ちゃん、待ってましたあり――」という言葉が其瞬間に理会せられた。人はみな忽ち其方へ視線を転じた。蓋し予定喝采者の類であったろう。余りに年の寄った銅色の顔の老爺が火鉢の縁を指先で撫でながら何も知らぬように俯いていた。其対照が既に滑稽以上であったからして、転じられた視線は予期に反した弛緩《しかん》の感じを以て再び旧に戻るように見えた。

予は芸術を⊿Illusion＋⊿Connaissanceというものの極限《リミット》として観相しようと常々思

っているのである。旧《もと》の美学は唯芸術の仮感の極限の場合をのみ論じて居るように見える。肉声が織る曲節《メロディ》、曲節の底を漂う肉声——たとえば斯《か》くの如き二つの軸の間を動揺する所に芸術鑑賞の心理作用が求められねばならぬ。或は此《か》くの如きは完成せる——人を幻影の境に引いてゆく芸術を有せざる時代の人の思想ではないかと反問せられたなら予も亦返答に窮するであろう。芸術感及び実感の交錯は芝翫《しかん》の八重垣姫、茜屋のお園の演伎の際、屡〻《しばしば》東京座や歌舞伎座の大入場の喧噪として現われたものである。

今の場合に於ても若し多少美しい女の太夫が、義太夫声に雑《まじ》る実《じつ》の女の鼻がかる音声で「これまで居たのがお身のあだ……」と云いながら軽く右手の扇子で左の掌を打ち、膝の上に身を立たせるようにして目を不定につぶりながら、何かを回想するような表情《エキスプレション》で滑《なめらか》なタンポオで唄うと云うような事があれば、多くの見物人は必ず其感動を拍手か意味のない呼び声に現わすのであった。何となれば此《ここ》は全く慎《つつしみ》という事から放たれて居た場所であったから。若し一個の芸術的洞察者があるならばロダンの依って名声を博した所のものを又日本の材料から作り出す事が出来るのは勿論である。

道頓堀へ出たら弁天座の前が大変賑かだったから又はいって見たくなった。中々幕が開《あ》かなかった。開《あ》いたら大阪の観客に媚びる東京芝居の仕出しで一向つまらなかったから直ぐそこから出た。

「まあまあ高麗屋が一でしょうな。」

「左団次もようがっせ。」
「どっちとも云えまへんな。」
と云うような会話を聞きながら――。ここの出方は紋付の縞の着物を着た女だった。これらの女に使用せらるる大阪言葉は揮発的《フィユジティフ》で、その語勢は油の流れるようだった。

昨日午後道頓堀の通りを何か化粧品の広告の囃《はやし》が通った。それが柳か何かの佐和利《さわり》の節を鐘や太鼓でちんからころりとやって行く所は、流石《さすが》は大阪と大に感心した。萌葱《もえぎ》の短い前垂の女中が後ろを振り返ってそれを見入り、銕丹染《べにがらぞめ》の風呂敷の番頭はんも足を停《と》め、茶屋の前で二三人の女中が手を組み合わせて眺める所は、宛然《えんぜん》として浪華風俗画巻の題目であった。

肩衣《かたぎぬ》を売る店を市中で屡《よく》見出したが、その際予は未だ嘗て知らなかったところの「市中漫歩者の情調」に襲われた。唯それ丈でも大阪は好《すき》である。況んや汽車に乗り合わせる人、煙草の火を借せる人が、みんな芸事《げいごと》の話の分らないのがないに於てをや。（四月二日、大阪図書館にて。）

今日の午過ぎ大阪の図書館へ入って見た。借りようと思った本は皆、ちょうど特別の陳列の為めに出ているので見られないのは遺憾であった。それから「松の落葉」というのも元禄の小唄を集めたのではなくて、例《いつ》もの藤井何とかいう人の随筆集であった。

後に無理に陳列室の内へ入れて貰ったら、手に触るる事の出来ない玻璃の陳列棚の中に「浪華歳時鏡」「新板豊年抜参宮」「道頓堀出がわり姿なにわのみそ(?)いせのおしろい」「新町根里毛農姿番組」「なにわぶり」「浪華青楼志」「大阪新町細見図」「淀川両岸勝景図会」「画本四季の友」というような風俗画の画本が並べられてあった。かかる種類の本は、安永天明から天保の頃にかけて江戸には汗牛充棟《かんぎゅうじゅうとう》も啻《ただ》ならざる程あるが、京阪には比較的少いようである。元禄時分のは多少あるかも知れぬ。

この暗い部屋の中で偶然上方の粋という言葉と江戸の意気という言葉とに考え付いて、前者が心理的なるに対して後者の著しく外形的(形態的)であると云う事に気がついた。西鶴、近松の類と洒落本、草双紙《くさぞうし》の類と比較して両都のそのかみの文明を推論したならば面白い事だろう。(四月二日夜、神戸行電車中。)

昨日の午飯は兼ねて人に聞いて置いたから梅月とかいう天麩羅屋で食った。いつもなら純粋の大阪人をここに見られるそうであるが、今日は時が午より遥かに遅れて居たから「だす」「おます」の言葉で相場の噂も聞く事が出来なかった。

それからもう遅かったが文楽へ行って見た。君の印象記での覚えもあり、一年有半で読んだ事もあり、何かしら大へんの所だと思って居たが、あまり予の胸にはしっくりと来なかった。はじめの「釈迦誕生会」などは近松の作だと云うが愚なものである。実は予は東京では間に合わなかったから印度王の原稿を今度一緒に持って来たが此芝居を見て焼いてしまいたくなった。然し二番目の摂津《せっつ》大掾《だいじょう》の阿波鳴門の出語りは予に一種の「整復の音の感味」を味わしめたように思われた。然し予のこの感じがどれ丈まで トラヂシオンによって来て居り、どれ丈まで自家の理会及び感情投入から来ているかは定かに云う事が出来ぬ。予は予の音楽の「耳」をあまり信頼して居ない。故に呂昇《ろしょう》の壺坂《つぼさか》を感心したのが本当に感心す可き所にしたのか、将《は》た今また摂津の芸術にやや窮屈な圧迫を感じたのが予の耳の罪であるのかも分かつ事が出来ぬ。

唯摂津の年齢と優雅なる其容貌及び絃の広助の顔などが、予に一種のロマンチックな崇敬の心をこの芸術家に対して抱かせたと云う事は事実である。眉毛の長い七十の翁の温藉《おんしゃ》なあの表情はそれまでの長い間の芸術的生活が刻んだものだと思う毎に一種のサンチマンタアルな情操の動くのを感ずるのであった。この際予が為した二つの首のスケッチは幸いに隣席の客の賞讃を買い得た。

予の隣の桝《ます》は東京の客だった。一人は五十に近い、町家の主婦らしく、道徳的な而《しか》もやや意気な顔付をして居る女であった。予はその人から大阪見物の感想を聞くことを得たが、大阪へ来ると自分はもう隠居しようと云う気は全く無くなって、人は死ぬまで働かなければならないと思うようになると云って居たには妙な感じを抱かせられた。意外な、処にも似付かわぬ、いやに道徳的な感想であるが、その連れの三十過ぎの同じく商人体の男がその註解をしてくれたので会得する事ができた。東京から大阪へ来ると東京の商業はまるで子供の悪戯《いたずら》だと云うような気がするという事から説き起して、大阪の人の時を愛しみ、金を崇《たっと》ぶ事を語り、(不幸にして折角の名を逸したが)或大阪の(恐らく日本一だろうと云われている)一老株屋の店の印象を語った。予の今覚えて居る処は、そんな大きい店なのにも拘らず家は狭く汚く、主人も粗服だと云う事を賞讃したことである。東京では随分大きい仲買所でも仕払を多少ずつ遅れさす、即ちそれ丈《だけ》人の金を融通しておくのである。大阪に至っては厘銭《りんせん》の微もきちんきちんと始末し尽くすと云う事である。若《も》し東京の人が大阪へ出て商売するような時には極めて正直にしなければならぬ。少しでもずるい事があったなら、その点には鷹のように鋭い眼を持って居る大阪人は直ぐ観破して決して相手にしない。而もそう云う事にかけての団体力は支那人のように強いからどうにもならないと云うような事を語っておった。

「あれですからねえ」と前の桟敷に指さして、「御覧なさい。こう云う所へもああやって家から瓶《びん》に入れて酒を持って来るんです。そして火を取って自分で暖めて飲むんです。貴方、あの座蒲団なんぞも風呂敷へ入れて家から運んで来たんですよ。」と云った。

予は、大阪の演芸類の見物の廉価であると云う事を以て之に応じた。現に文楽などでも、後ろの方は十二銭出せば一日聴いて居られるのである。又劇場には東京の如く一幕見というものが無く、東京の大入場《おおいりば》にあたる所がその代り十銭か十五銭である。

「大阪人はまた実にのんきなものですな。あんな所で一日幕合の長い芝居を不服もなく見物しているんですね。」とその男が云った。

其間舞台では、強く誇張された人相を刻まれたので、其為めに一方には頗《すこぶ》る漫画的に見えるが、同時に、巧みなる人形遣の為めに隙間なく動かされるので、却って其不安定な動的の表情が運動の眩惑を助ける所の人形が怒ったような顔で泣いて居た。

何処の所だったか、摂津が「お前と手分して尋ねようと思うて云々」と語ると、桟敷のそこここで忽《たちま》ち多くの手帕《ハンカチ》が眼にあてられたのであった。黄ろい貧血的の、やや老女に似る顔容の印象を呈している絃の広助までも、泣き顔になって一生懸命に三味線をかじくって居た。予は此時近くの人の「広助はんの絃じゃ到底追い付けまへんな」というような批評を聞いて、本当にそうなのかなどと思いながら例の Illusion と Désillusion との世界を彷徨して居たが、唯予の前の桟敷に居た六七歳の男の子は、何と思ったか、ずっと背伸びをして、惘然《もうぜん》と不可思議の眼を睜《みは》って、かの未だ知らざる情緒海のあなたを眺め入るように見えた。

「アイ、笈摺《おいずり》もな、両親《ふたおや》のある子やゆえ両方は茜染……」の一段になって、予も始めて、はっと幻想の世界に落ち込んだような心持がした。今迄概念的に味わって居た十郎兵衛住《すみ》家《か》の悲劇も、両親があるから笈摺の両縁が茜染だという特殊の事実の描写が、阿片のように瞬間的に予の自覚を濁らしたと見える。手ずから本物に触るような芸術的実感を味わう事が出来たのである。それから「からげも解かず、笈摺も掛けたなり」と云う処で、また小さいショックを感じた。再びありありと、労《つか》れ切った小さい順礼のむすめが眠るという有様が想像せられたのである。

折角の処だったが時間の制限があるから外へ出たが、何か自分でも支配する事の出来ないような腹立たしさが湧いて居たのに気が付いた。

その夜神戸に帰って床に就いた後に、久し振で聴官の幻覚に襲われた。ついぞ、こういう事は十四五歳の後には味わった事が無かったのに。暗く交睫《まどろ》みつつある心の表に突然三味線が鳴り出したり御詠歌《ごえいか》が聞えたりするのを、半ば無意識に聞くという事は、然《しか》し兎《と》に角《かく》愉快な事であった。(四月三日、京都にて。)

急用が出来て今夜の急行で東京へ帰らねばならぬようになったのは尠《すくな》からず残念である。せめて今夜までの時間を京都で暮そうと思って今朝この市《まち》に入った。奈良、堺などはどうでも可《よ》いがもっと深く大阪を味わいたかった。少くとも鴈次郎《がんじろう》の芸を東京座の花道や猿之助との一座などでなく、大阪のあの旧式な劇場の空気の中で見物したいものであった。東京の芝居で見られない何者かをそこで捜しうるに相違ない。なんといったって上方の文明は三百年の江戸の都会教育よりずっと根柢が深いのであるから、大阪人は江戸東京人よりももっと人生ということを知っている筈だ、粋というような言葉が江戸でなく上方で作られたのは偶然の事ではないだろう。

京都へ入っては先《ま》ず第一に停車場で坊主にあった事を異様に感じた。そこから四条へ出るまでに真鍮《しんちゅう》の蠟燭台を売る暗い店、大牛、河の柳、数多き旅館及び古風の橋などが視感を動かした。是等の景物に寺、塔、舞子のだらり及び人力車上の西洋婦人などを加えれば、略《ほぼ》京都の情景を想像することが出来る。

黒田清輝氏の「小督《こごう》物語」は偶然路上に遭遇した人群から暗示を受けたというが、僧侶、芸子及び舞子、嫖客《ひょうきゃく》、草刈の少女等は真に京都的の Elements である。而《しか》も其布局《ふきょく》が昔の絵巻物の風俗画を思わしめ、その思付が謡曲によくある物語の風（たとえば道成《どうじょう》寺《じ》の前のシテの白拍子が後のシテなる――事実上は時間的に以前の――蛇を暗示するというが如き）で直接歴史的風俗画を避けて尚或情趣を添えるという点で更に意味あるものとしたのである。而も其純絵画的観相がまだ西洋臭いという対照があの絵をまた一層面白くしたのだと思う。

今の京都の生活から、然し一枚の風俗画を作り出そうとする場合には西洋人は欠く可《べ》からざる一要素であるといわねばならぬ。横浜神戸はさる事ながら、京都と異人とは、今はもう切っても切れない中となったのである。

三十三間堂の暗い中に数多き金色の観音が立ち並んでいる。天井の大きい燈籠がそこに定かならぬ光明の輪を画いている。「人皇は七十七代後白河天皇御建立、……千一体のうちに三万三千三百三十三体の観音様が拝まれます……」と唄う案内の小僧のねむたい曲節《メロディ》の中にも、色斑らな女異人の一行があまり似付かわしくもなく見えるのである。

博物館で鎌倉から信長の時代へかけての色々の縁起物の絵巻物を見た。浮世絵に次いでは是等の風俗画が大に予の心を喜ばしめる。如何なる時代でも平民の生活及びその芸術化ほど予の心を惹くものはない。

大谷光瑞《こうずい》師の寄贈にかかるという、支那トルキスタン庫車内トングスバス発掘の塑像《そぞう》仏頭という土の首は予の心臓を破らんほどに美しかった。（四月三日朝、京都にて。）

今、人と四条橋畔のレストオランに居る。都踊《みやこおどり》の始まるまでの時間を消す為めに、一つには自ら動く労なくして、向うで動いて呉《く》れる京都を観る為である。

中には始めから二人の西洋人が居た。直ちに独逸人であるという事のわかる重い発音で会話している。それからその連れらしいのがまた二人来た。

この背景としての窓の下の四条橋下の河原では、例のコバルト色に見える人の群が、ずらりと並べ干された友禅ムスリンを取込むのに忙殺せられて居る。

面《おもて》の平でない玻璃《ガラス》の為めに、水浅葱に金茶の模様が陽炎を透かしての如くきらきらといかにも気持よく見える。一列の布の上に、遥かに黒き、其輪郭は広重的に正しい梅村（？）橋が横わって居る。草はもう不愉快に日本的に黄ばんでるが、その側に、明紫灰色の小石の上に干された黄や紫や浅葱の模様の幾列かの布との間に、一種の快き色彩の諧調を作り出して居る。河原の水際には渋紙《しぶがみ》で貼った行李《こうり》が二三箇積まれてある。そのそばで話しながら二三の人が仕事をして居る。或者は何かしらん歯車仕掛のものを頻《しき》りと廻して居る。或者は黒いズボンのままで川へはいって樺色《かばいろ》の長い布を引摺出してくる。或者はまた懸《か》け弔《つ》るした浅葱の友禅を外して二人で引張っては、それから互に相近づき、更に元より近《ちか》く相離れ、更に復《また》近づいて、かくて二つに畳まれたものは四つに、四つのものは八つに畳まれ十六に畳まれて石の上に置かれる。そして竿の間に張られた綱に隙間が生じて来ると川からの人が、更に色の変ったムスリンをだらりと弔《つ》るすのである。

京都や大阪の町、及びそこの形態的生活は友禅的に色斑らに、ちょうど抱一《ほういつ》が画いた菊の花弁のように綺麗である。然しここの生活だけは乳金、代赭、群青の外にエメロオド、ロオズマッダア等を納れ得るのである。あの布を干す二三人の群を目の粗いカンバスに取ったら嘸《さぞ》愉快の事だろう。

もとよりその外に祐信や清長の見方が出来る。祐信の絵本に、炬燵《こたつ》にあたって居る女の傍に小鍋立《こなべだて》のしてある絵があった。門の外は降りつむ雪で、ちょうど男が傘をつぼめた所である――河沿いの低い絃声《げんせい》のする家の窓から河原の布晒《ぬのざらし》を見るのは此の趣味であろう。然《しか》しこう云う事をかくと予自身に此遊仙窟《ルパナール》に対する憧憬があるように思われて不利益である。“Olenti in fornice”はホラチウスの領分であるように「祇園冊子」は吉井勇君の縄張である。

目の下に見える四条の橋を紹介しよう。「鴻台」という酒薦《さかごも》の銘が大形に向河岸の屋根を蔽うている。そこに赤い旗があって白く「豊竹呂昇」と染め抜いてある。まだ燈の点《つ》かぬ仁丹がものものしげに屋根の上に立つ。欄干の電燈の丸い笠は滑石《タルク》の光沢で紫色に淀んで居る。その下を兵隊が通る。自動車、人力、荷車、田舎娘の一群が通る。合乗に二人乗った舞子の髷《まげ》が見える。かみさんの人が下女を連れて芝居の番附を沢山に手に持っているのが通る。二人の女に、各一人の男が日傘を翳《さ》しかけてやっているのが通る。あれは祇園の家々の軒を「ものもお、ものもお」と紙を配りながら大声で誰とかはんのお妹はんが云々と呼んでゆく人達であろう。青色の橋の欄干に女異人が二人立つ。もう少し日が暮れたなら正にウイッスラア情調中の人となる可きものであろう。

京都の女の相貌は複合写真の美しさのように思われる。深い刻みや、個人性が消えてぼっとしたMorbidezzaがお白いの下から覗く。

ああ河岸に始めて燈が点いた。予等は之から歩かねばならぬ。

「おお、ねえさん、それじゃ勘定！」（四月三日、京都にて。）

二つ三つ妙な光景を見た。君は予が京都でピエール・ロチィ的の見方をするのを喜ばぬかも知れないが、京都というものの伝説から全く自由な予は、どうしてもかくの如き漫画派的羅曼的に見ないわけにゆかぬ。たとえば都踊の中の茶の湯なんかは実に此の見方から愉快の場所だ。殊に異人が此滑稽のアクサンを強くしてくれる。

僕等には到底我慢の出来ない七面倒くさい儀式で茶が立てられた。身なり、動作に対応せぬ童顔の小さい女達が茶を配るとき第一の大きな茶碗が最端の年とった異人の前に置かれた。

それに対した側には色斑らな上衣及びスカアトの西洋婦人の一群が好奇の目を瞠《みは》って「チャノユ」の珍妙の手続を見て居たが、今第一の茶が同邦人の前に配せられた時一斉に手を叩いた。老いたる異人は顔を赤めて快活に笑った。

兎《と》に角《かく》女異人（その対照として黒の装束の男達も可いが）と舞子の群は、その共にでこした濃厚の装束で西班牙《スペイン》のスロアーガの画もかくやと思われる美しい画面を形造るのである。それに蠟燭及び電燈の光が一種の雰囲気を供給して居る。

一人の慾張りなばあさんが近隣の二三の人から団子の模様のついた素焼の菓子皿を貰い集めた。するとその近くの西洋人の一群が、自分のも皆んなそのばあさんにやらねばならぬと思ったと見えて、その方へ運びためたので、少時にしてばあさんの卓の上には十数個の皿や食い掛けの饅頭が集って、堂内は忽ちどっと一斉に起る笑声の海となった。意味を解しない異人達は自からも赤い顔になって笑ったのである。

若《も》し夫《そ》れ是等の雑沓中で、いやに通を振り廻す気のきかない一大阪人を巧みに描写したならば、確かに、膝栗毛以上のニュアンスの芸術を作り出す事が出来るだろう。この余りに粋でも意気でも無かった大阪人は、大都会の人という自慢と、恣《ほしいまま》なる言行とで、屢《よく》多くの人の反感と嘲笑とを招いて居った。たとえば、茶の湯の法式に通じて居るとも見えない彼は、この雑然たる群集及び小さい茶を配る女達から「礼式」を要求しようと欲するが如くであった。そして大声で罵った。膝栗毛は方言及び細かな動作の観察がある故、今に貴いと思う。「京都に於ける大阪人」は、蓋《けだ》し作者の精緻なる理解、微妙なる関係を捕捉する機巧及び Sens pour nuance（Taine の標準）に向っての好試金石であると思う。僕等はあまり多い粗削《あらけず》りの芸術に倦《あ》きて居る。もっと仕《し》上《あげ》鉋《かんな》のかかったものが欲しいのである。予が所謂《いわゆる》自然派の作品のうちで徳田秋声氏を尤も好むのも此純芸術家的の見地からである。

　都踊と云うものはもとより一向下らないものであった。ああいう数でこなす芸術は目と耳とを労らせるだけで土産話の種より外には役立たぬ。板を叩くような三味線とチャンチャンなる鐘、それに「ハアッ」とか「ヨオイイ」などという器械的の下方の拍子の間に、間のびの「つうきいかあげえの……傾く方は……」って云うような悠長な歌で体操するのであるから面白くないに極まって居るのである。（四月三日夜半、汽車中。）

海郷風物記

夕暮れがた汽船が小さな港に着く。

点燈後程経た頃であるからして、船も人も周囲の自然も極めて蕭《しめや》かである。その間に通う静かな物音を聞いていると、かの少年時の薄玻璃《うすはり》の如くあえかなる情操の再び帰り来るのではないかと疑う。

艀舟《はしけ》から本船に荷物を積み入るる人々の掛声は殊に興が深い。

「やっとこ、さいやの、どっこいさぁ。」

「やれこら、さよな――。」

と、――その「さよな」という所から、揃った声の調子が急に下って行くのを聞くのは、真に悲哀の極みである。諸ろの日本俗謡の暗潮をなす所の一種の哀調が、亦此裡に聞き出されるからである。

強いて形容すれば、銅青石《アズリット》の溶けてなせるが如き冷き冬の夜の空気の内に――その空気は漁村の点々たる燈火をもにじませ、将《は》た船の鐘の徒らに風に驚く響にさえ朗かなる金属の音を含ませる程にも濃いのであるが——そのうちに、かの「やれこらさよな、よやこらさのおさぁ。」を聞かされるのであるから。

それからまた船が出て行くのである。人と自然との静かなる生活の間を、黒い大きな船が悠然として悲しき汽笛を後に残して航行を始める。

そのあとに、まだ耳鳴りのように残って居る謡《うた》の声や人のさけびは、正に古酒「LEGENDE」の香《にお》いにも、較ぶれば較ぶべきものであろう。（明治四十三年十二月二十九日伊豆伊東に於て）

海浜に於ける人間の生活とそこの自然との交渉ほど、予等の興味を引く自然観相の対象は蓋《けだ》し鮮《すくな》い。鹿児島は久しく他郷と交通を謝絶して居たから其風物は甚だ珍らしいそうであるが、予は未だ漫遊の機を得ない。其他天草、島原等の九州の諸港でも、紀州沿岸の江浦でも、近く房州、伊豆等に於ても、天候や地勢や生業等の諸条件を稍《やや》等しくして居るものの間には、亦《また》必ず共通な人間生活及び其表現を見出し得るのである。ゲエテが古い伊太利亜紀行を読んでも、殊に其ヴェネチア、ナポリ、シシリヤ等の諸篇は同様の興味からして予等の膝を打たしめるのである。

温和なる気候が彼等を怠惰にする。荒海の力と音とに対する争が彼等の筋肉を強大にし、其音声を太く、語調を暴《あら》くする。それにも拘らず、常に遠く人里から離れて居る彼等の生活が夫婦間の愛情を濃《こまや》かにする。誰かあの岩畳の体格、獰猛な顔容の裡に此種のsentimentalismeを予期しよう。が、同時に、海浜に於ける作業に必然要求せらるる共同生活が、仕事の責任者を無くすと同時に仲間同志の思遣《おもいや》りを深くすると云う事は確かである。年寄った漁夫は小い子供等を始終叱責して居るけれども、其粗暴な言葉の裏にはきっと快活な諧謔《かいぎゃく》を潜ませて置くのである。この共同生活が実際また、かの渡り鳥や旅役者の心安さのように、生活と云うものを如何にも愉快そうなものにして居る。そして又青い――青い彼方から雲のように湧いて来る他郷の船舶、新しい貨物、知らない人々や、その方言乃至珍らしい物語や時花歌《はやりうた》を迎えるのに慣れて居ると云う事が、彼等の心を非常にromantiqueにし、且《かつ》容易に妄誕《もうたん》を信ぜしむるに至る。そこで「海坊主」「船幽霊」の話が生れる。また荒れた日に水平線に立つ水柱を「龍」という奇怪な生物の力に帰せねば止まぬのである。将又《はたまた》この羅曼底《ロマンチック》が実生活にも働くのである。で彼等は祭典を華美にする。其儀式を荘厳にする。例えば、偶然海岸に漂着した櫛をも――それが橘姫の遺愛の櫛だなどとして――神社に祀る。神主はしかつめらしくそれに和田津海《わだつみ》の神社と云う名を命ずる。案内記を書く人は古老の伝説を事可笑《ことおか》しく誇張して、櫛漂着一件の考証をする。けれども無学の漁夫や其息子たちはそんな事は知らないから、此神社を龍宮さんと呼び仿《なら》わせる。それも音を訛って「りゅうごんさん」にしてしまうのである。然しまたそれからして、反《かえ》ってこの神社の正体が橘姫の櫛でも、浦島の玉手箱でもなく、「海」だ――限も知らぬ海だ――彼等素朴なる漁夫に（人間の心の約束上、自然）そう解釈せられて、形象を賦せられたる所の海の精霊だと云う事を暴露するに至るのである。そんな事は奈何《どう》でも可《よ》い。もうかの捕捉し難き海の精霊も、ソロモンの壺のようなこの小さい祠の中に蔵められれば、既に彼等の実際生活の役に立たねばならぬ。新しい船の新造下《しんぞおろ》しの時には、港頭を漕いで見せびらかす為めの口実に、拝み祭られるという半間《はんま》な役をするのである。実は、そのあとで酒を飲む為めに、日頃素振の気に食わぬ若い娘を海に入れる為めに――其前の因縁《いわれ》ありげな儀式として彼等はこれらの海神の祠を拝するに過ぎないのだ。この新造下しの儀式は今は廃った。海に入れられて水でびしょびしょに濡れた若い娘たちの痛ましい笑顔は、儀式という崇高な芸術的活動の裏にかくれたerotiqueであったに相違ない。而して又一方には此種の羅曼底《ロマンチック》と結合して、変り易き天候に支配せらるる其日其日の生活が著しく彼等を現世的にし、而して冬も尚鮮かなる雑木山の代赭、海の緑、橘の実の黄色――是等の自然の色彩が彼等の心、服装、実用的工芸品にけばけばしい原始的のgrotesqueを賦与する。――誰でも海郷に来てあの「万祝《まいわい》」と云う着物、船の装飾などを見たならば直ぐに同じ感想を懐くに相違ない。

今日の午過ぎ、またぶらぶらと海岸を漫歩したのである。すると正月の事であるからして、船は何れも陸に揚げてあって、胴の間には竹、松、橙を飾り、艫《とも》には幟《のぼり》を立ててある。小さい船のは、白か赤かの布である。少し高い所から見ると、殊に赤い旗は、土耳古《トルコ》玉のように真青な海面の前に、強くにゆっと浮び出て、いかにも鮮かなのである。自然というアンブレッショニスト印象派画工の目もさむるような此筆触の手際には実際感心せしめられるのである。またやや大きな船になると、幟の意匠も亦複雑になる。或いは長方形の真岡《もおか》の布の上端に、横に藍の条《すじ》を引く。その下に、それに幷《なら》べて赤の条を引く。次には黒の紋所である。太い円の輪を染める。輪の中に蔦《つた》を入れる。而して布の下端は水浅黄の波模様である。或は黒の条、赤の条、丸に沢瀉《おもだか》の紋、その下の波の模様に簑亀《みのがめ》を斑らに染め抜いたのもある。或は波の代りに、斜めに引かれたる赤条で旗の下端を三角に仕切り、そこを黒く染めて白の井桁《いげた》を抜いたのもある。紋は上り藤で中に大の字がはいる。紋と赤条との中に横に「正徳丸」と染め出される。一体船の名も、漁夫の狭い聯想作用に制限せられるので、また土地の関係、日常の簡単な精神生活を暗示する処が面白い。「不動丸」「天神丸」「妙法丸」などは日頃信心する神仏に因縁《ゆかり》のある名である。「青峰丸」「清通丸」に至っては唯彼等の語彙の貧しい事を示すに止る。而して彼等の色彩に対する要求は之を以って満足せずに、汽船宿の搏風《はふ》を赤く塗り、和洋折衷の鰹船の舷《げん》を群青で飾るのである。

東京では冬は、市街は渋い銀鼠と白茶との配調《アランジマン》が色彩の主調である。縦令《よし》天保の法度が出なかったとした所で、よしまたその為めに表《おもて》を質素にし裏を贅沢にすると云う様な傾向にならなかったとした所で、派手な冬の衣裳は周囲と調和せぬのである。故に一頃流行った小豆色、活色《かついろ》の羽織は、動物園の中の暗い水族館の金魚を思い出させたのである。江戸が渋い趣味を東京に残したのも故ある事だ。またゲエテはナポリ人《びと》が馬車を赤くし、馬首に旗を飾り、色斑らな帽子を被るのは趣味の野蛮なのではなくて、明るい周囲の自然の為めだと云っている。同じ意味でこの土地に青い船が出来、あの「万祝《まいわい》」の着物が出来るのである。

自然でさえも軽佻である。一日の内に海や空が幾度色を変えるか知れはしない。遠く、水平線上に相模《さがみ》の大山の一帯が浮んで居る。予の見たのは夕方であった。緑の水の上の、入日を受けた大山の影絵《シルエット》は真に一個の乾闥婆城《ファター・モルガーナ》であった。その赤と云っても単調の赤ではない。燈火に照らされた鮮かな自然銅鉱の赤である。而してその日かげの紫は、正に濁った蛍石《フリウォリイン》の紫である。其間にも殊に光った岬影の一部は、あかあかと熱せられたる電気煖炉の銅板より外に比較の出来ない光沢に閃めいて居た。遠く、こなたの渚からその不思議な陸影を眺めて居ると、いつか心は亜剌比亜《アラビア》奇話のあやしい情調の国へ引き入れられるように思われる。

「浜の真砂に文かけば
　また波が来て消しゆきぬ。
　あはれはるばる我《わが》おもひ
　遠き岬に入日《いりひ》する」

一条の微かなる浪の高まりがあるかなきかのように、その銅城のほとりから離れて来て、段々と色は濃く、形は明かになって――人に擬《ちかづ》して云うならば、或諧謔を思いついた人が、遠くから話相手と目指す人に笑いながら近くように――この波の高まりも段々と渚に近寄り、遂に笑の破裂するように、「ざ、ざ、ざ、ざ、ざ……」とさわがしく黒く囁やき、かくて沸騰せる波頭《なみがしら》は「ざっくろん――」と長く引いて砕ける。青い水の築牆《ついがき》は全く白い音の泡となってしまうのである。それから水は、磨かれた蛇紋石《じゃもんせき》の様な滑かな渚をすべり、「ざざああ――るろ、るろ、るろ――」というような優しい、然し弾性の抵抗ある音と言葉とを立てながら、そうしてまた静かに「すら、すら、すら……」と引いて行くのである。もうその時は第二の波が高まって、既に波頭が散り初めた時であった。――こうして波は厭《あ》かず、やさしいいたずらを続ける。で、その引いてゆく波の一すじ、泡の一つ一つにまで、折しも西山に近いたる夕日の影が斜めに当って、かくてシャボン玉《だま》の色のような美しい夢の模様を現わすのである。

かくの如き波の主なる運動の間に、また長い小説の挿話《エピソオド》に比す可《べ》き小さい葛藤がある。殊に渚を引く波の帰るもの、ゆくものの間に、かの蟻の挨拶のような表情、軽ろき優しきさんざめきがあるのである。

静かに心を静めて、この波のなす曲節を聞いて居ると、かの漁夫の集会の時に歌う「船《ふな》唄《うた》」の調子を思い出さずには居られなかった。彼がこれを生んだと云っては余りに牽強《けんきょう》ではある。然し海や波、その心持がこの唄の曲節と深い関係のないと云う事は全く考えられない。その唄のゆるやかに流れてゆく時、突然音頭を取る人の高い転向《モジュラシオン》に驚かされる事がある。それは突然大きい波が砕けた時の心持によく似て居る。またその唄の中に高い問答のような調子が長く続く所のあるのは、浜辺の声高の生活が静かな夕波の曲節を崩すのによく似て居るのである。

この時も、予は亦《また》突然艀舟《はしけ》を陸《おか》にあげる人々の叫声に驚かされた。船の陰で姿は見えないけれども、其声からして、如何に人々が船を背負うように腰をかがめて居るか、如何に綱を引いて居るかが想像せられた。「よう、よう、よう、よいや、よう、よう、……」という懸声が cadence に聞えるのである。

――その間に、僅か三十分許りしか経たぬのに、もう空も海も全く更衣《ころもがえ》をしてしまった。自然銅のような赤も消えて、一面に日を受けた菫の花の青色でぎざぎざと大山一帯の modelé が平面的に現出した。殊に空は、それも水平線に近き所は、ちょうど試験管の底に澱《よど》むヨオドの如く、重い鬱憂《メランコリック》な紫に淀んでしまったのであった。

その時に、一つの汽船の陰がかすかなる陸影の裾に現われた。

――ぶらぶらと川口に出たら、ごみを焼いたあとに、こんもりと灰が積んであった。阿《あ》夫利《ふり》神社神璽《しんじ》の印をおした紙、南無普賢《なむふげん》大荒神守、火不能焼《かふのうしょう》、水不能漂《すいふのうひょう》、とかいた護符などが散らばって居た。是等は海浜に棲む、「心」を持った自然が作りだす所の一種の分泌物である。

恰《あたか》も遠き汽船は第一の汽笛を鳴らしたのである。(正月二日)

今日は午後偶然に、例の万祝《まいわい》を著た人々のぞろぞろと街頭を通り過ぐるのに遭遇した。この二十人ばかりの人の中には子供も大分雑じって居た。おとなの人々は、多くはその上に黒い紋付を羽織って居たが、兎《と》に角《かく》、七子か羽二重の紋付の裾から紅緑の彩色の高砂の尉姥《じょううば》、三番叟《さんばそう》、亀に乗る人、「大漁」の扇を持つ人、また龍宮、宝船、七福神などの模様の出て居る所は、また南国の海辺に似付かわしい「真面目《まじめ》」の服装であると頷かしめる。

是等の老少不同の雑然たる人の群がこの一様の服装で統一されていると云う parallélisme はちょうど若冲《じゃくちゅう》の群鶏図と同じ意味で著しく視官に媚びるけれども、同時に人をして彼等を diminutif に観察せしむるに至るのである。それ故いよいよ芸術的である。

遠くには海の青が見え、四周には冬の田圃、村里の伝説を有する山と森、生活しつつある市街の半面がある。そして街道の両側には川、芝居小屋、料理屋、果物屋がある。その中を歩いてゆくこの二三十人の人の群を想像して見たまえ。

殊に子供の腰揚げが深く、弁財天、毘沙門天、布袋、福禄寿の腰から上が青縞《めくら》の地にかくれて、裾と足とだけが見えるのは興が深い。

夜は水上の、燈あかるき船から船唄が聞えてきた。若《も》し他郷の人の、此声に慣れないものが聞いたならば、恐らくあれが人の声の集りであるとは信じまい。実際それ程よく海の波の響に似かようて居るのである。

二日の朝は乗り初めと云って、夜の暗いのに船を沖に出して、釣糸を繋がぬ竿で鰹を釣るまねをするそうである。その話は幾年も幾年も聞いたから、もとはそうしたのであろう。近頃は唯だ陸の船の上で節《せち》を祝うに過ぎない。(正月四日)

正月四日は坊さまの年頭廻りの日である。漁夫《りょうし》の万祝《まいわい》とは違ったにぎやかな服装が街《まち》のあちこちで見られた。

始終動いて居て、而かも永久に不変なる大蒼海を後景として、金襴《きんらん》の法衣の僧侶の群を見るのは非常に愉快である。更《さ》らに両者の間に町の歴史を結び付けて考えると、一味の——長篇小説の最終の頁を忍ばせる趣が出る。

無知なりし昔の時代は幸福であった。科学的知識を以って教義を議し、阿頼耶識《あらやしき》を検《あらた》めようとするような時代は既に末世の事である。加特力《カトリック》の儀典、行列から離れて、授戒会の儀式を離れて、而かも尚烝《じょうじょう》々たる衆生は、神人を忘るる底の荘厳なる酔《えい》を、そも何れの経典から捜し出そうとする。

日の暮れしがた、川に臨んだ浴室で晩鐘の声を聞いた。官能の快感と冥想の甘味とが薄

明と温泉の湯気とを充たせる小さい室の中に溶けて行くのである。（正月四日）

夕方二階の欄干《らんかん》から海を見下ろして居ると、海岸に連った家々の屋根の上を汽船の檣だけが通って居る所であった。家が途切れた時大きい船の腹が見えたが、ちょうど強い夕日に照り付けられたのであるから、黒のペンキは怪しい褐色に光り、殊に赤い窓の扉はきらきらと事々しく輝いて居た。甲板上の船客も亦一々分明に見わけられたが、知らぬ人の旅ながら、出て行くものを見送るのは何となく心さびしい。少時《しばらく》の間に船は遠くなるのである。そうすると、とろりとろりと最後の笛を鳴らす。水平に近《ちか》づく頃には、ちょうど八月の青草の中に一つ開いた落花生の花のような黄ろい燈をともしたのである。

千七百八十七年三月二日ナポリにてとある日附のゲエテが伊太利亜《イタリア》紀行の中にも同じ心持が書いてある。「海及び船舶も此地に於ては亦全く別種の面目を呈して居る。」という当り前の書き出しから、前日強い北風《トラモンタアネ》に送られてパレルモに向けて航行したる弗列戞艇《フレガッテエ》の事を報じ、「かの風なれば今度の航海には三十六時間以上はかからないだろう」と推察を下したりなどして居る。「かの艦の満々と風を孕《はら》んだ帆がカプリとミネルヴァの岬との間を走り、遂に何方ともなく姿をかくしたのを見送った時、予の心は限りもなき憧憬の念に満された。若《も》しも自分の恋人があぁして遠く去ってゆくのを見たならば、きっと人はこがれ死《じに》に死んでしまうに相違ない。」と書いてある。今も昔も人の心に変りはないと思われる。

予が窓下に、昔読んだ事があるという記憶を唯一のたよりに、かの紀行の内からようようこの頁を捜しあてた頃には、既に海は暗く、向《さ》きの船影は既に見る可からざるに至った。旅行記の面白さは、例えば陸游《りくゆう》が入蜀記《にゅうしょくき》の土地の景物を叙し旧址を弔《とぶら》う文などの末に、晩に大風となり船人纜《ともづな》を増すとか、夜雨《あめふ》るとか、蚊が多くて、始めて復た幮《まかや》を設けたとかいう短い言葉で、唯時の関係より外には全く聯絡のない事を書いてあるので、却って躍然《やくぜん》と旅中の趣が目前に彷彿たるに至ると同じく、ゲエテの上記の感傷的な記述の直ぐ次の行には、今は巽風《シロッコ》が出たから、是れが強くなったらモロの辺の波は一入興深い事だろうなどと書いてあるから、如何にもこの詩人の多情な性格と南欧の風物とがよく見えるのである。

閑話休題《あだしごとはさておき》、松浦佐用姫《まつらさよひめ》、鬼界が島の俊寛などの物語にも同じ心持がはいって居るが、行くと来るとの別こそあれ、「沖の暗いのに白帆が見える。」の歌は俗謡の絶唱であると思う。それに比べると「蒸気や出てゆく、煙は残る」の歌は少し下品だ。が、然し尚お生活と歌謡との間に密接なる関係のある事は近頃の唱歌に優る事万々《ばんばん》である。(一月五日夜)

やや大きい額の中央に、ほんの形を現わすと云うまでに鰹船の画がかいてある。木の板の上へ、漆喰に混ぜた絵の具で厚くでこでこと盛り上げられて居る。船には二三十人の木《で》偶《く》の坊が紺色の絵の具で並列せしめられた。そしてそれらの人の中から十幾本かの釣竿が立って居るのである。それが不器用な垂直線になって並立しているが、その一つ一つの釣糸の先きに鰹がくっついて居る。船の舳の所に二つの白い鳥が浮いて居る。一群の鷗《かもめ》は、声をも想像させる位に船の後ろに飛び乱れて居る。水平線は高い。そこには岩石から成る島があって、島影から朝日が出懸けて居る所である。額の上部には大きく「奉納」と書いてある。明治十一年寅季秋の奉献に係るのである。

同じ構図のがも一枚ある。それには小さい島の代りに水平線に盛に噴煙しつつある大島が画かれて居た。で船の下の波の中には、何れも釣竿の先を目がけて集れる数十の鰹が浮いているのである。

小さい山腹の神社の幕にも鰹の絵が染めてある。その間から日が出て居るのであるが、ちょうどそこの所が絞り上げられて居た。「海上安全」の文字と共に。

こんな原始的な漁村の芸術は、実際自分の眼が見たので無ければ面白くない。もしその郷土の地勢を見、産業を検《しら》べ、其歴史を知る眼が見たならば、却って異国の大芸術を見た時よりも、もっと懐かしい、感深き印象を得るに違いないと思う。

小さい郷社を出て、隣接する寺の鐘楼の辺から眺望すると、南国の冬の海は一種の温味ある青色の表面を織り出して居る。海のあなたの岬には午前の淡い日影を受けた一部落の屋根が連って居る。山腹の神社さえ見える。殊にそこに今日祭典があるのであるからして、幾竿かの幟が立って居るのであるが、透明なる空気を通して、その布の、乃至《ないし》港の帆船の帆のはためきさえも耳に聞える許《ばか》りによく見えるのである。正に是れ一種の「広重情調」である。即ち視感を動かす絵画的刺戟は直ちに海郷の伝説を聯想せしむる契点となるのである。前景としては、下ってゆく道の途中なる山門。大なる山桜と柑子《こうじ》の木の群。四百年の松。及び眼下の海浜の赤き船の旗である。而して嚮《さき》に云う所の奉納の額は、かかる郷土を背景として鑑賞せねばならぬのである。

土地柄、日蓮や曾我兄弟を対照とした額も少くない。これは亦違う方角の街区の寺で見られた。祖師堂の壁を飾る多くの額の内では船乗弥三郎の事を画いたのが尤も興味があった。この郷の一角を名所図会の鳥瞰景に見たものが、額面の右の上部の大半を占め、その岬の鼻は尚左半の大部分に延びて居る。船乗弥三郎は小さい伝馬船に乗って、今しもぱっと投網を打った所である。途端金光は赫灼《かくしゃく》として海底の金仏から起った。——然し絵馬の画工は、もっと著しく土地と云うものの概念を現わそうと欲したらしかった。即ち海上に烟《けむり》を吐く所の大島を画きそえたのである。而してまた岬辺の一小島をも画き漏らさなかった。且一個の図案としての因襲的興味を尊重する此の無名の画工は、更に水平線上の二個の帆影、海を昇る朝暉《ちょうき》の赤き後光を添加するを以って、多くの効果を収むるものと考えたに相違ない。

つまらない冥想を楽しんだあとで予等は寺の坂を下った。それから小学校の庭でする消

之は「海郷風物記」の材料を記憶に
より一緒に寄せ集めて画きたるものに御
座候御参考までに呈上致し都
合よくば適當なる所
にて縮写し文中に挿
入して下すれば幸甚に候
四月七、

防出初式の稽古を見、冬の日の田圃の心持よい暖色を楽しみながら、午少し前の比《ころお》い、かの祭典の催のある街区に入ったのである。

海郷の祭典が如何に愉快なる諧調を四囲の自然とそこの住民との間に造り出したかに就いては更に筆を新にして報告せねばならぬ。予は今は労れて居る。これから一つ湯にはいろうと思う。

今日もそうであったが、おとといの昼間は春のような風が此町を音づれた。庭の葡萄の枯葉、石菖、野芹などを眺めていると、陽炎で目が霞んだ。それから田圃へ出たら例の稲村が淡く日を受けて居た。その下の田の土の色、畔《くろ》の草の色――是等は他の季節に見る事の出来ない親《した》しみ、懐《なつ》かしみを蔵している。日本の油画ではややふるくは久米氏の稲村の画、山本森《もり》之助《のすけ》氏の山麓の農家の画、それから一昨年かの白馬会の跡見泰氏の田圃の画の外にはこう云う致《おもむき》を写したのは見ない。早く Exoticomanie が過ぎてこういう地方色をえがいた画が見たい。

これから温泉である。あの硫化水素の臭いと温い液体の軽い圧力とは兎に角気持がよい。人間をのらくら者にさせる丈の力は十分ある。今日、日没の少し前、街道を歩いて温泉の一廓《いっかく》に出たらまた忽ちこの臭いに襲われたのであった。田舎とは云いながら、その賑かな街道に、煙草屋、下駄屋、小間物屋の間に共同の温泉場があって、外から裸形の人影が覗かれるなどは、全く異郷の感じがする。道傍に立つ柳、石の道陸神《どうろくじん》、湯槽から出て川に流るる湯の匂い、冬の穏かなる日の微かなる風、また野辺の揚雲雀《あげひばり》、藺《い》の田に淀む脂玉などは正に蕪村の詩趣である。

こう云う土地に生れて、今の世は知らず、昔ののんきな時代の人が怠け者か道楽者にならないと云う筈はないのである。そう云う人々の逸話も亦ここ彼方《かしこ》の家庭に残っている。その人々の多くは小高い山腹の墓の下に眠って居る。その家は或はなくなり、或は今に残って、其あとの人々を住まして居る。

Vedi Napoli e poi muori!（正月七日夕刻。）

で、祭の事を書こう。おととし君と一緒に見たあの祭だ。予は四年目に一度あるものと思って居たら、そうではなくて隔年にあるのであった。そんなら君にそう言ってやるのだったのに。今年はもう慣れて居たから大して心を動かすような事は無かった。一昨年《おととし》は、君には言わないで居たが、十幾年の間と云うもの、全く忘れて居たいろいろの物を突然見せられたのだからして、すっかり少年時の情調の中へ移されてしまって、可笑しい事だが虚言《うそ》ではない、止めても止めても涙が出る位に感動したのだった。

今朝実は偶然遠来の少《わか》い親類の人を案内して、所謂旧跡廻りをして、山の途中から幟《のぼり》の立って居るのを望見して始めて此の街区に祭典のあると云う事を知ったのである。それから、遂に、此町の内でも尤も海に親しい一小区域に出たのである。一瞥の下に予は如何に今日の凪の好い日であるかを知った。溶かさない群青のように濃い海の一端に、岸に近く、一艘の船が盛装せられて居る。青い水面の上の赤、白、黄――旗、幕、造花等の装飾――是等は十分予の視感を喜ばすに足るのである。況《いわ》んや、それが更に海辺の住民の生活の象徴であるに於てをや。此区に近づくに従って高く聳《そび》やぐ幟、街道を跨《また》ぐ提灯、幣束《へいそく》を付けた榊《さかき》、夏蜜柑の枝、蝦《えび》、しめ縄の類が見え出して来た。祭典の絵画的要素は忽ちに予等にお祭の情調を吹き込んだのである。

高い、海と家とを直下に瞰《み》おろす例のお宮の石段には既に大勢押し懸けて居たのである。で予等も人の波を分けて石段を登って行った。例の青龍、白虎等の四神《しじん》を頭に付けた鋒、錦の旗、榊の枝、其他御酒錫《おみきすず》、供餅などを持った人々が厳粛に石段の上に並ぶ。そして何か重大なる事を期待して居るような顔をする。彼等は上の狭い広場の鹿島踊の終るのを待って居るのである。それが終えたらば直ちに動き出そうとするのである。そして坂下に集って居る十人許りの男の子供は、皆法螺《ほら》の貝の口を脣に当てて居る。また踊が終えたら鳴らそうとするのである。――此時既に予等は、海の波の諧音《かいおん》にも比すべき歌声を聞いて居たのである。それは鹿島踊の人々の歌であった。

狭い、崖の上の広場の石の鳥居の下で、三十人許りの烏帽子白丁《えぼしはくちょう》の人々が踊をおどって居るのである。人の相貌《フィジオノミイ》に対しては殊に深い興味を有する予は、直ちに是等の人々の内から面白い表情や骨骼を捜し出したのである。が、取り分けて予の心を動かしたのは、その側に立って歌だけを唄う四人の謳者《うたいて》の極めて真面目な顔であった。

歌の文句は善く分らない。「鎌倉の御所のお庭に椿を植えて、植えて育てて云々」というのや「それ弥勒《みろく》の船の云々」というのやの外には頓《とん》と解する事が出来なかったが、それを音頭取って歌う最端の一人は、海浜で屢見《よくみ》るような、まるで粘土で焼いた仮面のような顔を持った老人であって、眼瞼縁炎《ブレファリィチス》のしょぼしょぼした、灰白の睫毛の眼は一層その相貌をまじめにしたのである。この人は紋付の羽織を着て袴を穿かぬ。第二第三の人は揃いの袴を着けて脇差をさして居る。比較的年はわかい。殊に第三の男は屈強な筋肉の、正に典型的の漁夫顔《りょうしがお》である。而も其の態度は異常に厳格である。また仮面的相貌に、絶大なる何物かに向って心からの頌歌《ほめうた》を唄うような極めて敬虔なる表情を刻んで居るのであった。第四の人はまた年寄で、同じく袴をばはかなかった。

此四人は、或は声を揃えて歌う。或は少時息を凝して踊の人の答の歌を待つように黙す。或は踊の人々と共に唄う。

踊は左の手に幣束の柄を持ち右に扇を持って歌いながら踊るのである。ちょっと見た所では何《ど》う規律があるのか分らない。子供のする蓮華のはなの遊びのように開いたり萎んだりする。時々ごちゃごちゃんと円く集ってしまって、扇と幣束とを膝の前に寝かして、「そこ、そこ、そこやあれ、そこやれ、はいや」という。それで一節が終えたのである。それから復再び繰り返して踊る。

兎に角此踊というものは、かかる屈強なる、最早分別も出た男のするものとしては甚だ馬鹿気たものである。それ程価値あるものとは思われない。それにも拘らず、一人ならず二十三十の人が揃って踊る――而かも厳粛な顔を以て、少しも詰らないと云うような風もしないで踊るのを見ると、何か知らん、観者は非常に感傷的な悲哀又は悲壮の心持になるのである。総じて多くの人が揃って一事を演ずるという場合には、そこに一種の「力」の感じを生ずるものであるが、その活動の目的が大なるものより小なるものに行くに従って、この感じに崇高、悲壮乃至可憐の第二の心持が附いて来る。多くの僧侶が涅槃《ねはん》の釈尊を一斉に諦視《ていし》する古画の表には悲壮がある。単に美しい藤娘や鷹匠の踊の地《じ》を附ける為めに二十人の楽人が歌を唄い三味線を弾くのを見るときには、人をして涙ぐましむる哀愁がある。此の鹿島踊がそれを見る人々を動かすのはその二つの孰《いず》れの作用であるかは知らないけれども、兎に角一種の力を印象せられ、而して踊そのものはつまらないものだと感じたる見物は、この力の源をこの踊――この人間活動の裏に求めて止まぬのである。――即ち踊は踊そのものの為ではなかったのである。而して是れは所謂「御神体」を崇め、それを喜ばすが為めに行われたのだと云う事を発見するに至る。そこで人の注意が此御神体の上に集るのである。

鳥居を潜って又一つ石段を登るとそこにまた鰹の幕や、蛭子《えびす》の面で飾られた拝殿があった。榊が立ち、提灯が弔《つ》るされる。一群の人は亦此の処に於ても堂内の一物に注視して居るのである。

即ち新しき筵を敷いた神殿の床の上には、黄ろい綸子《りんず》や藍の玉虫の綾などの直衣《のうし》を着た禰宜《ねぎ》が色斑らに並ぶ。其側にまた脇差をさした漁夫が礼装して坐る。此際予の気付いた所によると、黒羽二重などの羽織に大きな紋のついたのは可いが、下の着物は浅黄の弁慶とか、浅黄のあらい薩摩縞のようなのが多かった。親譲りの糸織の晴衣と云うようなものは固よりあったが、まだ新しいのに年に似合わず、派手なのがあったのである。かかる漁夫の眼に媚びるやぼな色や縞柄の着物を、少し窮屈に着て居るのを見てさえも、何か妙な哀深い心持になった。

而して是等の人は、一種の荘重なる儀式を以て御神体を御輿の中に移す。「今御輿へ魂を移したぞ」という私語が子供等のうちに拡まる。で皆な感動したらしい顔付をする。神秘《じんぴ》――昔から今に懸けて地上のあらゆる人々の求めあかした者はそれでは無いか。原子分子の仮説で宇宙の規律のやや整然と説明されそうになると、人々は驚いて新なる不可思議を求める。そして新に発見した電子という鍵で第二の扉を開けようと努力する。宗教芸術は勿論の事であるが、一見 nil admirali に見える朴訥《ぼくとつ》なる科学も亦人間の世界に神秘を余計にしようと努力するように見えるのである。所で予は此魂移しの儀式に於て、あまりに手軽に神秘《ミスチック》を求め得て、それで満足した昔の人の寛闊《かんかつ》を思うてほほ笑まずには居られなかったのである。魂移しが済むと突然鉄砲がなる。

「え、どっこい、どっこい」

「そぉらあぁ……」

と、ちょうど唄の応答の半であった踊の人々は驚いて踊を休めてかたまる。坂下では子供等がけたたましく法螺の貝を吹き出す。三十人許りの壮者に担がれた神輿は拝殿前の石段を下って鳥居の下の広場に出る。群集が道を開《あ》ける。赤、緑、黄色の旗がゆらゆらと動き初める。

御輿は崖の上の狭い平地に出た。そして蹌踉《よろ》け出した。年老いたる二三の漁夫は心配そうに小走りに走って往って、この暴れる神体を宥めようとした。

「ぶうじゃっかん、じゃっかん、じゃっかん」と云う言葉がある。子供等の言いなせる擬音の言葉である。ぶうというのは法螺の貝の音である。じゃっかん、じゃっかんとは御輿に飾る珠や風鐸《ふうたく》の響を模したのであろう。そのように今も神輿がゆれながら響いたのである。

高い坂の上から狭い街路を下瞰して居ると、今しも坂を下った御輿が屋根と屋根との間に現われた所である。法螺の貝はものものしげに鳴る。而して幾度か止まり幾度か蹌踉《よろめ》いて、子供等の小さい胸を痛ましめた神輿は、突然何か思い付いたように細い道を東の方に駆って行った。

山腹の石の鳥居、その下は直ぐ崖で、海に沿う家の屋根が見える。そこに青い海面から抜けて白の幟が立つ。而して水平線の彼方には房総の山が眠る。この光景は既になつかしい広重の情調である。而してこの種の情調の中に、凡てを破壊する現代文明の波にも破られずに、尚能く昔の面影を止むる祭典及び其他の年中行事を残して居ると云う事はめずらしい事である。実際はこの鹿島踊の如きも必しも珍らしいものでは無いかも知れぬ。香取、鹿島の両社は遠く藤原氏の時代から勢力のあった社で、その末社も少くはないだろう。随って鹿島踊、鹿島の事つげ、船唄の類もまだ全国の諸所に残って居るかも知れないが、然し盆踊はつい近頃まではあんなに盛であったのが、今は殆ど全廃してしまった。此種の祭典もやがて遠からず無くなってしまうのだろう。だから予も冗漫を厭わずに目に見た所をそのまま書き付けようと思ったのである。

それから予等は神輿の跡は追及しないで、後にその着く可き海岸で待って居た。おとし見て覚えて居る所では、やはりそこに踊がも一度あって、それから裸体の男が三十人許りで御輿と人々とを船に乗せるのであった。

やがてそれも済んだと見えて、岸に繋いであった船が動き出した。怪しい人のどよもしが遠くから聞えて来る。船には各二本の竹竿を立て、それに燈籠と幟とを付け、数条の造花をしだらした。この二艘の主な船を中心にして、其他四五艘の小さい船がそれを取り巻く。また別に一艘、彩色を施した彫物の屋台で飾った、俗に「御船《おふね》」という船がある。それには舳の所に肩衣を付け大小を差した人が坐っている。

是等の船が動き出して、艪を漕ぐ人の姿は見えるけれども船は中々に近よらぬ。こなたの海岸には見物の群が増してはや五六百の人を数えられるようになった。陸に揚げてある多くの船は是等の人々によって占領された。海岸に立つ二階屋の窓には女子供、新しき娘《よめ》――そう云う人達が首を出す。而して実際こんな狭い町では何処《どこ》の誰が何処に居ると云う事が愉快なる穿鑿《せんさく》の種になり、それが帰宅の後家人に告げられると、女達の夜の炉辺の話題を賑かし、それからそれへの穿鑿が更に人の家の親類縁者の事に移り、かくて話はよう一つ前の人一代《ジェネラシオン》に飛ぶ。そして遂に日常の話に物語の情調を添えるに至るのである。

陸の船の上にまた二人の漁夫の子が乗って居た。その一人は羨ましそうに他《ほか》の子の持つ二つの小さい薄荷水《はっかすい》の缶を諦視《みつ》めて居た。遂に彼はそれを要求するに至った。そこで小さい争が始まる。然し結局兄と見えた一人が一本を配ち与える事に極まった。が、与えるその前に缶中の大半の霊液《ネクタール》は傾け尽されたのである。此 episode も亦、待ちに待って退屈しきった人々には恰好な笑艸《わらいぐさ》であった。けれども一缶を貰い得た本人は多少の物議の末に、はや甘んじて、もう勿体なさそうに缶の口を嘗め出したのである。

船唄と鹿島歌との掛合の間に、「え、どっこい、どっこい」と云う refrain で金剛杖で船の板をうつ拍子が明かに聞えて来て、こなたの浜も色めき出した。即ち二人の若者は勢よく着物を脱いで女達に渡し、それから海を清《さら》む可く、藻屑を浚う可く冷い海水の中に飛び込んだ。そこで軽い感動が見物の間に現われて来る。単に儀式とは見えない真面目を以てこの二人の男は海の中を駆け廻る。祭典の遊戯的活動は愈〻《いよいよ》まじめなものに鍍金《ときん》されてしまう。Lipps の自己投入の説では無いけれども、見物さえも自《みずか》ら海に入った時のような筋肉の緊張を覚えて、随《したが》って、御船を待つ心は愈〻切になる。御輿の魂は六百の見物に乗り移ったのである。

然し此場の situation の面白さは予が立つ処より、寧ろかの二階の窓から見たものの方が優れて居るだろう。明け放った後景の窓のあなたには暗示的な青い海が見える。その方を眺めながら八九人の女子供の群が立つ。時々下の方から騒がしいざんざめきが聞える。もしその内の一人の女が、下の出来事の経過を Hofmannsthal ばりの美しい言葉で語ったら一篇の戯曲が出来るかも知れない。

船の船唄も明かになる。それを唄う人の顔も読めて来る。白い直衣の禰宜が渚に立って遥拝《ようはい》する。忽ち四五十人の若者が裸体《はだか》になって海に飛び込む。或人は神輿にかかる。他の人は一人一人鹿島踊の人を背に乗せて渚に運んでやる。それを肩に取る様も異様で、いきなり、ぐっと胸倉を摑んでかつぐ。すると背の人は枚《ばい》を啣《ふく》んで、幣束楽器の類を持った左の手を前方に突き出してよいよいと叫ぶ。暫時はよい、よい、そりゃ、と叫ぶ声で渚がふさがる。小さい法螺の貝を持つ児童までが同じ型をする。榊を外す、それを受取る。海の波に色々の彩文がうつる。既に渚に上った子供は法螺の貝を吹く。――それらの事が済むと復踊《また》が始まるのである。

船唄及び鹿島踊の事に関しては予は何の知識をも持って居ない。二三の人にも尋ねて見たが分らなかった。敢てそれを窮《きわ》めようと云う気もなかったから其儘《そのまま》にした。唯予がこの種の人間活動に就いて愉快に感ずる所は、昔の人の生活が芸術的であった事である。神社と云うものがあり、その内の神を祭ると云うので目的が神秘に化せられる。天平勝宝《てんぴょうしょうほう》の昔に貴人より庶民に至るまで、形にせられたる人心の象徴たる大仏に礼拝したと同じ意味である。厳格なる老幼の序、階級、制度等に対する不平や反抗も凡て此の神秘《ミスチック》が融解したのである。たとえ人間の知を求める心は凡て不可解を闡明《せんめい》し、思想の不純を澄まさなければ休まないとした所で、然し一方には亦新しい神秘がなくては満足が出来ないようにも見える。実は今朝小学校の広場で消防組の若衆たちの稽古を見た。中隊若しくは大隊教練であって、其嚮導《きょうどう》を務める人は在郷軍人である。人間はどうしても共同の活動を要求するものであるから、昔の馬鹿気たお祭の遊戯に比して此の種の有目的の文化的行為は賛成するに足るのであるが、其の目的が、明かであればあるだけ、信仰及び献身の心持がなくなるのは止むを得ない。

軍国主義の外に衆生の心を統一せしむるに足る巨大なる磁石はどこに求められるだろうか。(同日夜)

夜、一種の好奇心からちょっと芝居小屋を覗いて見た。この海辺の小さい町の人々が如何なる遊楽を求めるかをも知りたいと思ったのであったが、別に珍らしい発見もしなかった。特殊の事もなかったからである。今の様な交通の便利の時に、東京から遠くない所にそう云う者を求めると云う事は第一無理であるが、然し舞台と見物とは非常に親密である。いやな敵役には蜜柑の皮が抛《ほう》られる。花道は子供等の群に占領せられて居て、揚幕《あげまく》があいて松前五郎兵衛の女房が出て来ると途中で思入れをする場所を作る為めに、小さい声で先ず子供等を叱らなければならぬ。そこでわらわらと子供等が逃げ出す。

汚い浅黄の着物をきた五郎兵衛が拷問にかけられて醜い顔をする。粗末な二重舞台の上では役人が手習でもするような大きな字で口供《くぎょう》を取っている。こう云う所から芸術の幻影郷を抽き出すには随分無理な elimination をしなければなるまいと思うが、松前五郎兵衛見物は一向平気で見とれて居るのである。然し此地《ここ》も東京と同じく、三十未満の人達は松前五郎兵衛は愚か、もう白井権八《ごんぱち》、鈴木主水《もんど》、梅川忠兵衛なんぞの伝説、及び其芸術的感情とは全く没交渉であるからして、隙つぶしという外に大して面白くもなさそうに、偏《ひとえ》に鮨や蜜柑を食べているのである。彼等の遊楽、恋愛乃至放蕩は全く数学的だ。よし Rhythme はあってもMélodie はない。少くとも二十年前には、良い事か悪い事か知らないが、まだ民間に音楽というものがあったのである。

それでも四十恰好の、少しは鼻唄でも歌いそうな男が、時々取って付けたように「よい、チョボ、チョボ」などと呼んで居た。その内に色々の商家の名を染めた汚い幕が引かれる。するとどやどやと子供等が飛び出して幕の中へ首を突き込んで、引いて行く役者を見送るのである。

不快になって小屋を出て、暇乞《いとまごい》にと縁者を訪ねた。そして偶然人一代前の世の話が出て面白かった。其内容が余りに特殊で、事に関与した人や、乃至それらの人の運命を知った者でなければ興味がないから、報告する事は止める。唯然し君とてもこういう想像はする事が出来るだろう。即ち東京からそう遠くない港へ、押送《おしおく》り、乃至珍らしい蒸気船で、「窮理問答」「世界膝栗毛」「学問のすすめ」「倭国字西洋文庫」と云ったような本がはいって、本棚の「当世女房気質」「北雪美談」を駆逐し、英山等の華魁絵、豊国《とよくに》、国貞《くにさだ》等の役者の似顔、国満《くにみつ》が吉原花盛の浮絵《うきえ》などの巻物の尾《しり》に芳虎《よしとら》の「英吉利国」の画、清親《きよちか》が「東京名所図」其他「無類絶妙英国役館図」「第一国立銀行五階造」の図などが継ぎ足され、猟虎帽《ラッコぼう》の年寄りが太陽は無数に西の海底にたまり、地の下の大鯰が地震を起すなどという須弥山説《しゅみせんせつ》の代りに西洋の窮理を説いた時があったという事である。予の眼にはその時代の人々の姿がまだありありと残っている。そして古い文庫ぐらに其時の遺物を捜し出す心持は一種特別である。「横浜へ通う蒸気は千枚張りの共車この家《や》へ通うは人力車《りんりきしゃ》」の其頃は多少 exotique であった甚句《じんく》の歌と共に、純然たる昔の風俗並びに歌謡の残って居た時の事がどうかして鮮明に思い浮べられる時は、涙も催さん許りに悲しくなる事がある。

もと押送りに乗って東京通いをして、仕切も取り勘定も済ました後の早朝の出帆に、檣《ほばしら》を立てる唄で霊岸島《れいがんじま》の河岸の人を泣かしたという船頭も尚生きて居るけれども、もう唄も覚えて居ない。

子供等もおしろおしろの白木屋の才三《さいざ》さん、丈八ッさんと云うような毬唄は歌わぬ。其代り幸いにそんな唄を今きくと、聯想は朦朧たる過去の世界を開いてくれる。然しそれから尚聯想を追究してゆくとこう云う世界が段々と崩された迹が思い出される。其中にも尤も深く予に印象を与えたものは此町に耶蘇教の入《はい》って来た沿革である。初めは小さい家に日曜日の夜々赤い十字の提灯が点された。それが廃れた頃怪しい一人の男が突然まだ寂しかった頃の此郷に来て、毎夜十字街に立って説教したのである。それは西洋から帰って来たこの郷の人であった。後に其人の新しい、感情的な人格はこの一郷の多くの青年に深い感化を与えた。

そう云う風な事を思い出しながら今の状態に思い比べて見ると、十年十五年の間にもいろんな世相の変遷がある。と、考えると同時に何《なん》か自分の背後に強大なる力が隠れて居るように思われる。

それからまた暗い海へ出て、恣な冥想に耽ったのである。

夕暮れがたの浜へ出て

二上り節をうたへば、

昔もかく人の歌ひ人《さうらふ》と

よぼよぼの盲目《めくら》がいうた。
さても昔も今にかはらぬ
人の心のつらさ、懐《なつか》しさ、悲しさ。
磯の石垣に
薄紅《うすくれなゐ》の石竹の花が咲いた。　（同日深更。）

昨夜《ゆうべ》は空が真黒《まっくろ》であったが、今朝六時半に起きた時も亦冬とは云いながらあまり暗かった。それでも日の出る頃には曇った空が段々と明るくなる。そこへ遠くで汽笛がなる。汽船宿には派手な縞の外套を小脇に抱えた大学生や、鼠の二重廻《にじゅうまわし》の男、洋服を着た十三四の女の子、その紫紺色の外套が殊に美しかったことやなどが大勢集っていて、一種の絵模様を造り出して居た。

昨夜は近い山に雪が降った。こう云う事は南方の海国には珍しいので、人々はその噂を以て朝の挨拶に代えて居た。で、町の人は皆朝日を受けた山を見たのである。山腹の畑、松や蜜柑の樹、また遠山の皴《しゅん》、それらの上には紫いろに白い雪が積って、そのあいまの山の色は種々《いろいろ》な礦石《こうせき》で象眼《ぞうがん》したように美しい。殊に遠い峰は赤沸石《エーランヂット》のような半透明な灰緑色を呈して、ぼんやりと漠々たる大空の内に沈んでいる。唯ここかしこに白雲の滃淡《おうたん》が――鋭く小刀で、彫まれたように――風もないのに動いて居る。

「成程ゆうべは寒《さみ》いともったら、ほれ山《やま》ぁあんなに積った。」で浜に立つ漁夫《りょうし》でも、万祝の古着で拵《こしら》えた半纏で子供を背負った女房でも、皆《みんな》額に手を翳して山の方を見た。汽船に乗ってから町の方を見ると、一列の人家が山脈の直下に見え、三千石の平地がその下にありそうには思われない。見送人の帰りゆく様、また始められる其日の仕事などが遠くに見える。何《なん》か人生というものの機関《からくり》、その帰趣、その因果が明かに久遠の相下に見えるような気がして妙な心地になった。

その内に鐘がなって、Go off《ゴーオフ》！が人から人に伝えられた。

クウバ紀行

＊

亜米利加《アメリカ》にも少し慣れて来ました。もはや人を威嚇するような外的紐育《ヌウ・ヨオク》（殊にすばらしく高い建築物、数多き自動車）からも意識を振盪《しんとう》せられず、今朝ワアド・ラインの郵船「MEXICO《メヒコ》」に乗って、其甲板から南碼頭《サウスフェリー》一帯の景緻《けしき》を眺めて居ると、故国の港から、外国にでも行くような気をさえ起しました。

わたくしの精神的の営みには、どうも亜米利加は多大の栄養素を与えぬような気がします（工業上の知識及び趣味のないわたくしの今迄亜米利加で感心したものは、多くは移入せられた文化の一部でした）、此途方もなく大規模な常識主義《パナリテエ》から逃れ出したいと云う心になりましたから、此地の医学者及び植物学者が、サンチャゴ及びタスカロザの地がわたくしの或研究に好都合であると暗示するや、わたくしの異域を喜ぶ心は、一も二もなく之に同意し、わたくしは軽軽しくもクウバ行を企てました。帰途はタスカロザを経てヌウ・ヨオクに復《もど》り着くようにと。

わたくしはクウバで多分、亜剌比亜《アラビア》夜話に出て来る五色の魚のように、緑、紅、紫等の斑点でぎらぎらして居る人間の皮膚の疾《やまい》をも見るでしょうし、医師ドウバンの秘籍に載せられてもあるべき不思議な毒草をも採集することが出来るだろうと考えました。そしてまたきっとうまい両切にも有りつけるでしょうと。亜米利加の劃一的多製主義は飾窓の眺めを単調にしますが、それは亦煙草の上にも表われて、「ポオル・モオル」、「フィリップ・モリス」及び「メラクリノ」等の三四種しか好い舶来煙草は無いのです。そしてわたくしはその孰れをも好みません。

既にしてわたくしは船室の裡《うち》に居ります。そこに群るスパニヤ語の女《むすめ》、母《はは》、男《おのこ》等を見ると、亜米利加人でもないくせに「おや、此船には流石《さすが》に外国人が多い」と言い兼ねまいほどに附け上っています。（大正十年七月十六日）

＊

住んで居ては愉快な印象を与えなかったヌウ・ヨオクの大廈高楼《たいかこうろう》も、出船《でぶね》の甲板から見る天界線の立派さからは驚かされます。とても貧弱な横浜や神戸の及ぶところではありません。

右に三条の巨大な釣橋が、暗澹として、曇り空《ぞら》の空気遠近法の裡《うち》に横わり、電車が高く中空の上を駆け廻って居ます。幾千噸《トン》の巨船の高い檣が自由に其穹窿《きゅうりゅう》の下を潜り、両国橋の下を通るとて船頭が「やあれ」と云って大船《おおぶね》の檣を倒す、広重好《ごの》みのままごと気分とは大きに勘定が違います。左の方はぎざぎざと三十階四十階の柱状家屋が櫛比《しっぴ》して、まるで空想的に其ヂマンシオンを拡大した水晶の結晶群のようです。第十の碼頭《はとば》は「マンソン・ライン」、第九の碼頭《はとば》は「トランスアトランチカ」、第八「コンパニヤ」、第七「エリイ」、第六「ヌウ・ヨオク・セントラル」……そして更に左に二つの大きな水門。

やがて自由女神像の島に近づくころには、ヌウ・ヨオクもモネエの画のような陰画《シルエット》となり、移民島も程なく微《かす》んで、船は沖合《おきあい》に出たのです。

午餐《ごさん》の時わたくしはクウバ人の家族の一行と卓《たく》を共にしました。余りその響を好まない英語は全く無くなってしまい、少しでも多く理解しようとするような努力を必要としないスパニヤの語《ことば》を聴《き》くのは気楽でした。然し、スパニヤ語の響は、やはり余り愉快なものではありません。わたくしは時時、おや朝鮮語を聞いているのではないかと思った位です。此家族の童男童女たちのうちの最も年長な者は、髪甚だ黒く、瞳やや黒く、皮膚の色は厭くまで白く、且つ其態度に亜米利加の女の如き男《おとこおとこ》男しさが無かった。若しもわたくしがカザノヴァであったならば、スパニヤは其最も長く足を停める地であったろうと、自分だけで笑いました。

＊

午後喫煙室の一卓に倚ってソログブの短篇集を読み、其間に偶〻《たまたま》一小曲を得ました。左に再録しましょう。

窓掛のかげ

心して静かに窓を開《あ》けよう、
少しばかり、ただ細目《ほそめ》に。
見えるかしら、紅《あか》、藍《あを》、緑《みどり》、紫《むらさき》……
四角に篏《は》めた硝子《がらす》の家《いへ》が？
そしてやさしい、母らしい年増《としま》の、
明治初年の婀娜《あだ》、
便《たより》なき女の意地、
弱弱しい素足《すあし》のしなが？——

今わたくしはフエオドル・ソログブの
灰色の田園風景を読みかけて、
ふと本を置き、心に叫んだ。
「窓掛を開けて見よう、
静かに、心して」と。
「事によると見えるかも知れない、

だが静かに。
気をつけないと、
きつと其色硝子《いろがらす》の
幼影《げんざう》は結《むす》ばぬだらう。」

…………………
………………………………
…………
……………………

ただちよつと、ちよつぴり見えて、
直《す》ぐ影は揺《ゆ》れて砕けた……
NEW YORK《ヌウヨオク》 港外三里、
波、灰色《はひいろ》、日かげうらうら、
舌打《したうち》して、頬杖つき、
つと燐寸《まつち》をわたくしは点《てん》じた。

＊

客少く、船内は静です。それでも酒保《バア》が開いて居て、わたくしは入米以来、始めて些《すこ》しのアルコホリカを得ました。さまで美しいものとも思わなかった小盞《こさん》の該里《セリイ》が、こよなく珍らしいものに思い做《な》されました。さてはわたくしもほんとうに狐の友、猩々《しょうじょう》の族《うから》になったのかと自ら悲しみました。此《ここ》にはまた亜米利加に見ぬ異装の香煙《まきたばこ》がありますから、就いて訊ねて見るとクウバの産だと云うことです。試に味わって見ると、其質が劣悪で、品藻《ひんそう》に堪えるものではありませんでした。

船中で落付いたのと、ソログブの書の影響とで、わたくしは何か書いて見たくなりました。そして北満の雪夜の景情を綴って見ました。わたくしは自分の習癖の、わたくしをして漸く創作の興味から遠離せしむることを悟りました。

夜《よる》は月が朗《ほがら》かで、海は亦極めて静です。何時までもいつまでも明い蒼穹に稀に星があって、遠い水平線の上には、是れも亦クウバか、南米通いであろう、微かな二つの燈《ひ》が見えつかくれつします。

若し此時胸欄に倚《よ》って歌を歌おうとしても、果して何の曲を選ぶことが出来るでしょうか。タランタラはわたくしの知らぬ所。追分節は唯狭き北海道に適する所。かくの如き広漠たる世界の海の上で歌うべき歌の必要は、我我の祖先の予期しなかったことであるし、また我我の同時代の人の甚だ其創作を難《かた》んずる所であります。(同日夜)

＊

今日はミュウズがやって来て、午後は数枚の原稿を書きました。本来わたくしは、わたくしの芸術的境地の余り横に広からざらんことを欲するものであるのに、事実は之に反し、運命の星は常に遠心的に、遠心的にと導き来って、わたくしをして一個完全のコスモポリットたらしめました。昨日わたくしは支那朔方《さくほう》の景緻《けしき》を叙し、今日はヌウ・ヨオクの一角を背景とする一小品を作りました。

船室の凡《すべ》ての人は甲板の上に出て、喫煙室にはわたくし一人です。船中の客の多くはエスパニヤ種であり、且つ此船が幾分田舎びて居るので、わたくしは少しも社会的意識から煩わせられないで、自由に読書し、自由に紙筆《しひつ》を弄することが出来ました。然し何れにしてもわたくしは此船中の一異国で、誰も相手にしてくれぬし、また誰からも煩わせられません。わたくしは独り坐し、黙黙として筆を取りますが、然しわたくしは考えます、わたくしの旅は既に長過ぎた。満洲でも支那でも、常に片隅の傍観者としての生活を為倦《しあ》きて居る。何れの日にか果して鴃舌《げきぜつ》の異音から離れることが出来るであろうかと。

その上昨年の夏以来南船北馬の羇《たび》が続いて、既に久しく読書から遠《とおざか》りました。書を読まざる啻《ただ》に三日《さんじつ》ではありません。独乙《ドイツ》の一批評家は、画家モネエは眼《め》であると曰いました。わたくし自身も亦、耳ならず、頭脳ならず、偏《ひとえ》に眼《まなこ》になりつつあることを恐れます。

＊

旅はわたくしの好まぬ所である。旅は人を商人の心にします。常に胸算用をしなければなりません。宿を取る時に、食事する時に、またいろいろの人に物を頼む時に。殊に自ら品目を命じて食を得ると云うことは、甚しくわたくしの習慣及び趣味に反します。船中の生活は是等の煩わしさから幾分わたくしを自由にしてくれました。

また一つ、亜米利加の新聞から離れたことがわたくしを晴晴《はればれ》させました。近頃の新聞は、日英同盟に対する批評を終ったあとは、いつも軍備縮小及び極東問題の論評で持切りです。そして誹謗でないまでも、いつもいやがらせの感情が附随しています。新聞というものは全く胆汁の味がします。そして新聞の標題より大きい特別活字で人殺しの事件の見出し、デンプシイの拳闘、自動車の事故、市人の結婚の噂、ベエスボオルの勝敗……

(七月十七日、日曜日)

＊

偶然の機会がわたくしにソログブを読ましめ、それがわたくしをミュウズの苑に導きました。今日はわたくしは数種の違った原稿を書き、二人の少年の心理を材とするものは完成しました。

宵の月の良さはまた格別で、空は淡紫《リラ》から淡緑《オドントリト》に移り、其間に白蠟色の雲が浮び、そして満月がしばらく其後ろにかくれてしまって、雲の縁《ふち》に金覆輪《きんぷくりん》を置きました。

夜は微風があって、乗客は好《よ》き「ブリザ」を楽しみました。彼等が皎皎《こうこう》たる良夜を愛づるの様式は、東洋人とは殊なる所があって、ヴィクタアのワン・ステップの曲に合せて舞踊しつつ嬉遊するのでした。

今日、米人の船医と話しました。その人はDr. William Moorsと云い、コロンビア大学出身で非常に親切な人でした。そしてわたくしが多分予期する獲物を求め得るだろうと云ってわたくしを鼓舞しました。（七月十八日）

＊

海日玲瓏

ああ君は読みたまふ、
「La《ラ》 Fontana《フォンタナ》 de《デ》 Oro《オオロ》」、西班牙《エスパニヤ》の物語
われは其語《そのことば》を解せず、
説《と》くは是れ如何《いかん》の人生《じんせい》ぞや。
日はうらか、波ははるばる、
島　クウバ、影未《かげいまだ》し。
明日宵《あすよひ》は椰子《やし》も見ゆべし。
同胞《はらから》を持ちたまふ、
妻子《つまこ》をも持ちたまふ、

ああ、君はその島に。
日はうららか、波ははるばる、
われは、ああ、遠く来《き》ぬ、幾千里ぞや。

＊

今日は一日フロリダの岸に沿うて航行しました。低い洲が緑草に被われていて、其間に往々楊柳《ようりゅう》の雑るのは、まるで瀟湘《しょうしょう》の水路のようでした。然し陸を上って少し深く入ったら、棕梠《しゅろ》や椰子があって、支那とは全く其景観を殊にするだろうと思います。食事の膳立《メニュー》は英西対記してありますが、昨日はよほど変った米の料理を食べました。東京の本郷辺で食べる、「チキンライス」の通りでした。（七月十九日）

＊

今朝八時ごろ検閲の為めに船が停まる時、近くに見える白色のハバナの市街が、既に其風物の余程殊なっているであろうことを暗示して居ります。

恐らくわたくしの眼だけが黒かったせいでもありましょうか、検閲医は特にわたくしだけの眼瞼を調べました。わたくしの心はその事を悦びませんでした。然し米人の船医がわたくしをその人に紹介してくれて、我我はやがて懇意になりました。

既にして艀舟が我我の船を囲みました。是等小舟の欄《おばしま》に掲ぐる EUGENIA, OTILIA, AVITA, ELICIA, CASA BLANCA 等の名が頗《すこぶ》る羅曼的《ロマンチック》の情操をそそります。わたくしは感じました、「兎《と》に角《かく》羅甸《ラテン》民族の国に来たのだ」と。
ハバナは水上から之を眺めると極めて華潔な小都会です。低い緑の丘が幾重にか長く延び、其中の一つの岬を選んで、白又は卵色《たまごいろ》の二、三、四層の家屋から成る都会を置いたのです。空は厭《あ》くまでも碧《あお》く、その下に恐るべく、騒がしい対照をなして、白色味の建物が並びます。処処に広場《プラザ》が見えて、何かしらぬが、いやにこんもりとした樹が植えられて居るのです。

上陸して見ると必しも清潔ではありませんでした。否、寧ろ西大陸の広東とも云いたい不潔さがありました。またそれに、合衆国では経験することの出来ぬ、羅曼的《ロマンチック》の致《おもむき》が結合して居るのです。此ちょっと説明の出来ない街頭の感情の裡に、何か羅甸民族の心が現われて居るのでないでしょうか。わたくしが活動写真でヴェネチヤのサンマルコあたりの風景を見た時にも、油然《ゆうぜん》として同じような心持を感じました。

道は狭く、殊に家の敷石を形ばかり延ばしたと思われるほどの人道は、人一人歩くが関《せき》の山です。船からの遠見《とおみ》に華潔に見えた白色家屋も、殆ど皆漆喰塗りで、その面《おもて》は屢〻《しばしば》甚だ剝落している。石を用いることは稀で、殊に花崗岩《グラニット》及び片麻岩《グナイス》は殆ど之を見ません。大理石は此島に産すると見えて屢〻用いられて居ます。緑地白紋、黒地白紋、白地藍紋等があって、其風趣往往宋元《そうげん》の磁器に似ますが、その用途及び、一般に、建築の技術は近世的米国建築を見た眼では甚だ見劣りがします。

それで居て、円蓋《ドーム》の上に金色の裸体神像を立て、前面《ファサード》の柱に煩雑な彫刻を置き、家は皆道路に面して広いコロナアドを作り、太い円柱の列が其前に並ぶと云ったような、中世の様式を思わせる特殊の景観が甚だしくわたくしに奇異の感を抱かせたのです。

午日の暑い処ですから、狭い街道では、往往家から家に幕を張ります。此事がまた支那河南諸都会の街衢《がいく》――又其系統を引いた大阪の隘路を思い出させます。そして家の窓の格子にミュスルマンの紋様を想起せしむるような、交錯した、鉄条模様を填めてあるが、支那の街衢が其木造格子の組子に依って、いよいよ支那臭くなると同様、此鉄条の格子の細工がクウバの市街、多分エスパニヤ都会――の特殊相と、切っても切れぬ関係になって居るのです。

そして街頭に群集する人人の顔にやはり或る典型が見られます。女は概して美しい。然し屢〻色黒である。嘗ってスロアガの女の群像の中に、紫《むらさき》いろの陰影《くま》を取ったのがあって、不思議な色彩だと思ったことがありましたが、スパニヤ種《しゅ》の褐色女《ブリュネット》（無論黒人との合の子ではない。それもクウバでは時として見出すが）が或種の化粧法を施すと、実際スロアガの画の如くになるのであると悟りました。但し服装は全く亜米利加と同様です。両腕を露《あらわ》し、膝までのスカアトを穿きます。然し偶〻は横襞《よこひだ》の繁いスカアトも見受けました。

然しそれよりも、広場《プラザ》や、散歩道《パセオ》に植って居る樹木の方が、わたくしには余程奇異に感ぜられました。街の処処に、街頭遊園があります。中央公園《パルケ・セントラル》、パルケ・イサベル・ラ・カトリカ、カンポ・デ・マルチ等がそれでありますが、園の周囲には印度菩提樹《フィクス・レリジオザ》が立ち並び、芝生《しばふ》の縁《ふち》には、其葉に各種の色彩を鍾《あつ》めたるクロトンの若木《わかぎ》が植えられます。今朝船上より眺めて極めて特殊の印象を与えたのは実に此菩提樹でした。そして其間に、夾竹桃《ネリウム・オレアンデル》がありました。日本に見るとは些《すこ》しく其類を殊にしますが、故園の情を起させるのには十分でした。然し此他に大椰子樹と護謨《ゴム》樹とを閑却することは出来ません。此二者が主としてクウバにクウバらしい趣を賦与するに重要な要素ですから。温帯の庭園の裡にまた客室の小鉢の中に気の毒にも瘠せかがみいじけている此フィクス・エラスチカ樹が、此地の大気の下には、ソロモンの壺から脱け出たる巨人のように、いやが上にも伸び高まり、その太い幹からは根の如き枝さえ垂らして、奔放の生活を営んでいます。

市街で鬻《ひさ》ぐ果実にも、我我には初対面のものが多く、マンガ、グワナバナ、マンメエ（甘蔗《かんしょ》に似て内が褐色です）、アクアカテ（瓜《うり》に似る）等一一枚挙するに堪えません。椰子の水さえ、わたくしの知らない所でした。大きな瓜のようなものを店頭に屢〻見受けますから、一つそれを買って見ました。すると酒場の手代は劊手《くびきり》のように大きな刀を取上げ、左の手の掌《ひら》の上に載せた大果実に三回の割《かつ》を与えます。果実の上部は蓋《ふた》の如く落ち、手代は瓢簞から酒を注ぐように、椰子の水をコップにあけました。一つのコップには無論充し切れません。わたくしは好奇心でそれを飲んで見ましたが、まるで稀薄なアルカリ液のような感じで、悪心《おしん》をさえ起させ兼ねまじき味でした。

オテル・プラザに投宿しました。中央公園の一角です。その対角には世界第三の大きさのオペラだという劇場がありました。強烈な午日の下にこの不思議な町の見物に出かけました。

市民はエスパニヤ語を話します。飯館《りょうりや》でも往往英語が通じません。わたくしにはメニユウを解することが出来ませんから、隣の人の食するものを指《ゆびさ》しました。脂《あぶら》で炒《い》った飯に些《すこ》しの鶏肉とその皮骨を混じ、大型の蕃椒《とうがらし》を入れた一種の鳥飯《チキンエンドライス》で、疇昔《ちゅうせき》船中で食したものと同様でした。わたくしは甚だそれを愛喫しました。あとで是れがARROS CON POLLO《アロス・コン・ポヨ》と云って、クウバ人の日常好んで食するものであることを識りました。

生活様式の世界劃一主義から此都市も免れることは出来なく、店の窓の眺めは、亜米利加の都会とさした変もありませんが、然し其間また羅甸《ラテン》人の伝統を示すものがあります。家具商、金銀商及び彫刻像商が割合に多く、また加特力《カトリック》教の用具を売る店があります。それ等は甚だロココの趣味を伝えて居ります。殊に扇面は繁瑣なる街頭の店飾《みせかざり》を助ける重要な商品で、わたくしも其一を求めましたが、事によると、これさえも大阪製であるかも知れないという疑が十分にありました。

午後は哥路三世逍遥道《パセオ・デ・カロス・トリセロ》に在る小さな植物園で暮しました。亜米利加の建築用材として大理石、花崗石の多様なのに驚いたわたくしは、更に此地に於て珍草異樹の多いのに瞠目しました。その色彩、其形態は、まるで我我の空想から超越して居て、造物主は実に奇抜な空想家だと歎ぜざるを得ませんでした。熱帯の植物は概して葉濶《はひろ》く、果実多汁にして且つ長大であるかに見受けられました。（七月二十日）

＊

此地ではわたくしはまるで操人形でした。自分で定かに予想することの出来ぬうちに、人がわたくしをいろんな処に引張って行ってくれます。

今朝は昨日会った船医（Dr. Janet）が訪ねて来て、それからわたくしを自動車に乗せて連れて行きました。着いた処は或る眼科医（Dr. Francisco Maria Fernandez）の家でした。其人は去ってしまって、わたくしは暫くこの不思議な家造りの内の診察室の内に居ました。いろんな人がやって来て、何かわけの分らぬ話をして帰ってしまうと、主人がやっと診察が済んだと云って腰を下しました。そこへ年のわかい——Dr. José Arias と呼ばるる此人とはそのうち大変懇意になりましたが——人が来て、それじゃ出かけようと云って、またわたくしを自動車に乗せて連れて行きました。行った先は此地の施療院兼衛生局（Sanital Service）と云ったような処で、そこでも所長や図書館係や、到底記憶し難い名前を持ったいろいろの人に紹介せられ、わたくしはお辞儀したり、握手したりして、後には甲乙を差別することが出来なくなりました。彼等には日本人が余程珍しかったに違いないと思いますが、も一つは羅甸人の心に、初《はな》から人に親しみ易い性質があるのだと、わたくしは想像しました。わたくしは解することの出来ないエスパニヤ語で書いた本や雑誌を一抱え贈られて、またいつの間にかホテルに送り届けられて居りました。然しこの間に、此島の人の住宅、その裡での生活様式が、わたくしにややまとまった印象を与えました。

昨日の夕刻植物園の帰りに、ドラゴネス街の書肆に寄ったところが、主人は仏蘭西人で、応対が頗る慇懃《いんぎん》でした。其時一人の長大なる漢子《かんし》が店に入って来ましたが、主人は此人は、此地の有名な外科医で、長く仏国に居た人だと云って、わたくしを紹介しました。そしてその人が今日の午後訪ねて来いと云って、わたくしに其宿所を教えました。午後一旅館の食堂に午餐して、そして同氏を訪ぬべく街衢《がいく》を探し歩きました。午時の街道はホセ・マリヤ・エレヂヤが詩句の如く激烈且つ閑寂《かんじやく》で、鮮碧《せんぺき》の蒼穹《そうきゅう》を支配する太陽の威力が卵色の建築を圧迫し、狭い歩道に海洋の如き濃緑の陰を流します。繁瑣な装飾の鉄格子の門を入ると、狭い前庭の後ろに石を敷いた広い客間が開ける。クウバの家には必ず明取りの中庭があって、家の各室の門戸はそれに向って開かれます。そして庭には各種の椰子樹《ココス》、葉蘭の如くにして波形の模様ある千歳蘭《サンセビエリア》、又は紅紫色美しきクロトン、時としては桂樹《けいじゅ》を植えます。カナリヤ、文鳥等が緑油漆の飾籠の裡に飼われて居ます。午日は壁面或は樹葉にその金髪を投げて、空想的な光彩で中庭がぎらぎらすると、全くアラビヤ夜話の幻想が実現したかの感を抱かせます。

主人は甚だ仏国の戯画《カリカチュール》を愛して、室の壁面は素描、黒陰画《シルエット》で交錯して居ます。其趣味はありふれた世俗人《ただのよびと》に似ず、其芸術の愛好者《アマトエル》なることを示します。主人は各室を案内し、先考の書斎に飾った、其肖像、其手術時の写真、其遺著、医学上の遺品を誇示しました。

クウバの家の造りはほぼ此一例の示すが如くであります、が亦屋上の庭園と街道に面した客間とを閑却することが出来ません。ハバナの夏は酷熱ですが、夜は必ず海風がありま す。月下の屋上に微風《ブリザ》を楽しむ習俗は亦甚だ有趣児《おもしろいもの》です。

客間は屢〻壁一つ隔てて街道に面して設けられます。どう云うものか此地では硝子《ガラス》をば多く用いません。扉は斜に横木を重ねたものです。それ故に夏の夜には、明け放たれた扉を通して、燈のついた客間の様を、外部から窺うことが出来ます。窓は甚だ大きく、且つ地面から直ぐ明いて居て胸壁《こしかべ》を造りません。そして外《そと》とは、彼のごたごたした鉄の格子が隔てるのです。内外の人はしばしば此鉄欄を隔てて話します。娘は親達に背を向けて戸外の若き求婚者と密話することを妨げられないとの事です。セレナアドの夜曲は成程かかる関係に於てこそ其用をなします。

客室の欄間《らんま》、階子段《はしごだん》の明窓《あかりまど》などには、屢〻色硝子の障子が用いられます。銀座の松田の二階に此色硝子が嵌《は》めてあったことを微かに記憶しますが、東京では此風は全く廃りました。恐らくは是れ西・葡・伊の植民地建築の様式に因由したものでしょう。そしてわたくしが此地で此種色硝子の欄間から幼年時の羅曼底《ロマンチック》の幻想を蘇生せしむるのも、亦必ずや因縁の無いことではありますまい。

唯ここは熱帯に位するので、室に毛毯《もうせん》を敷きません。是事《このこと》が此地の建物から幾分親しみの感を奪うのです。磚《かわら》の塡込細工《はめこみざいく》の床《ゆか》の上に鉄の寝台を置くのは、夏ゆえに冷くはないが、硬すぎるのでした。

午後二時彼の若きドクトルが来り、一緒に出でて人人を歴訪しました。夕方わたくしはまた仏蘭西の本屋を訪ねました。クウバは小島でも、五百年の伝統と独立した文学史を有して居り、多くの詩人を産して居ます。わたくしはスパニヤの語を解せないが、それ等の見本を求めました。わたくしが主人にペンを以て其戯画《カリカチュール》を描いて贈ると、甚だバルザックの風貌に似ると云って悦びました。

夜十時若きドクトルは復《ふた》び来てわたくしをムンドオ（世界の意）という新聞社の編輯室に連れてゆき、其編輯者に紹介しました。

ハバナの夜は熱いから人人は多く遊園また散歩道に集ります。殊に中央公園は、四囲の高館の電燈飾のかがやかしい裡に数百の露台を置き、人の倚って夜と微風とを楽しむに任せてありますが、亜米利加の夜と異って、女の影は殆ど之を見ることが出来ません。男が真白な亜麻《りんね》を著《き》るのも亦北部合衆国の都会に見ない所です。（七月廿一日）

＊

今日も亦午前中は若きドクトル、アリヤス氏に従って、Dr. Castello 氏及び衛生局を訪ねました。眼科医フェルナンデス氏は嘗て我邦河本博士と共に伯林《ベルリン》に学んだと云って、殊に慇懃で、博士の和装の肖像を挿入したるクウバ眼科雑誌などをわたくしに示しました。

午後はオスピタル・ムニシパルの外来を見に行きました。此地の専門家に会して、わたくしは遂に五色の皮膚の研究を放棄せざるを得ないのを感じました。それは墨其西哥《メキシコ》まで行かなければ視ることが出来ぬというのです。人はわたくしに墨其西哥行を勧め、新しい地名に対して頗る敏感なわたくしの心を惑わせました。

宵にはオテル・プラザの五階の屋上園で、若きドクトル及び疇昔の検疫医と共に食事しました。その後此人とはかなり懇意になり、「貴方の眼を見ましたっけねえ」と其人が何気なく言い出すようなこともありました。

屋上園の晩餐はすばらしく好い気持でした。薄暮は長く、日の陰《かげ》った後も蒼天はいつまでもいつまでも鮮碧の輝を保って居ました。四方の遠き海は碧き空よりも更に碧く、そして卵色の四角な遠き家家が、夏の宵《なつ　よい》の遠近法《ペルスペクチイフ》の憧憬的視感を一層高調しました。そして月が東天に現われ、市庁の円蓋の頂の鍍金《ときん》の裸体神像を輝かしめ、夕靄はまた近き遠き家の屋根また軒《のき》の蛇腹《じゃばら》の鋭い丹碧、黄緑等の色彩を程よいほどに薄めます。こんもりとした遊園《プラザ》の菩提樹、それを越えて遠船《とおぶね》の燈《ひ》が見えます。まるで我々がシャヴァンヌの「聖ジュヌヴィエヴ」の画幀《がちょう》中の人となったようです。そして黒のキャビヤ、亜米利加にはない白葡萄酒――

そこを出て、或る大きな戯場に一人のドクトルと魔術を見に行きました。舞台装飾の様子もよほど違って居て、術者の助手たちは頭にチュルバンを巻き、きらびやかな土耳古の服装をします。桟敷にはスロアガの女たちが居並びます。

その時若きアリヤス君がまた顔を出して、我我を「ハバナ・エラルドオ」の編輯局に連れて行きました。暫く待つうちに、スパニヤ語をしか解せない、そしてクウバ以外の土地では今まで見たことのないような典型のきゃしゃな青年が出て来て、アリヤス君の通弁で話をしました。

彼はわたくしの生活から何か装飾的な要素を聴き出そうと努めました。わたくしに出征したことがあるかと問いました。少くとも軍務に服したことがあるかと。そして何かロマンチックな、輝《かがや》かしい行為がわたくしの青年時にあったかと繰返して尋ねました。そしてわたくしをしてわたくしの少しも奇事のなかった過去の生活が何か反って異常の事でもあったかのように信じさせるのでした。

是等の訊問が二時間も続き、彼はわたくしから何か長い口供《くぎょう》を取りました。十二時過ぎに我我が放免せられた時には、わたくしはもうすっかり草臥《くたび》れ切って居りました。（七月廿三日）

＊

午前中一人の、嘗って仏国に留学したことのあると云うドクトル・ハネ（Dr. Jané）氏を訪ねました。色黒《いろぐろ》で毛髪も亦黒く、土耳古人でもあるかの感を与えましたが、其の愛敬よき応待ぶりはこの国民の典型を示して居ます。

わたくしの此島に於て見んと欲したものはサンチャゴの農学校でした。そしてわたくしは初めそれを島の東端なる都会だと思って居ましたが、此間ハバナの植物園の一員に尋ねたら、サンチャゴはサンチャゴでも、それはサンチャゴ・デ・ラス・ベガス（Santiago de las Vegas）で、ハバナから程遠からぬ処だったのです。それで今日の午後は電車でそこに行きました。

車窓から見るハバナ田園の風光は実にすばらしいものでした。白色建築の市街を出ると、緑の小丘続きで、其処には、胡粉色をした高い椰子樹《ロイストネア・レジア》が並列します。胡桃《くるみ》、橄欖《オリーブ》等の林、バナナの畠が去来します。殊に樹の形が我邦の合歓樹《ねむ》に似て五弁の大きな紅花を着けるフランボワイヤン（Poinciana regia）と称せられるものは最も眼を驚かしました。一種のサボテン（Euphonbia lactis）の大樹は畠の牆壁《しょうへき》となって珍奇の景観を呈して居ます。

流石《さすが》に産煙国だけあって、電車の中で、可憐な少年も亦葉巻を吸います。最好と称するは、コロナ・コロナで、ウップマン、ララニャアガ等が之に次ぎます。其他幾通りの種類があるか分りません。坊間鬻《ぼうかんひさ》ぐ所の最高は価一本三十仙《セント》（我国六十銭余）で、米国の都

ハバナ郊外の平野

会に於ては、同じものは約七八割高い。是等香煙の間に「ロメオ・イ・フリエタ」の名を見出すのは、可憐であります。

驟雨《しゅうう》が到る前に、広い空の色はまるで暴《あ》れの日の大海のようです。その時に地平線に一列の椰子の白い樹が並んで居るのは、一種の光景でした。家畜には黄牛多く、それが空模様を見て散りぢりに走り散ります。較《や》ゞ《や》我邦の桐に似た Coilotapolus obtusa の裏白の葉が風にもまれます。

土は朝鮮に於けるが如く朱《あか》いのと、京都に於けるが如く白いのと二いろあります。緑草の間に此朱い路を見るのは頗る絵画的です。

サンチャゴ・デ・ラス・ベガスは謂わば戸塚、程ケ谷ほどの小村ですが、エスパニヤ種民族の田舎町の有様は、こいつまたすばらしいものです。一階又は二階の白色又は卵色の土蔵家《どぞうや》で、大きな入口と窓とが道路に面して明《あ》けられ、そしてそれには例の唐草模様の鉄の格子がはまって居ます。屋根、軒蛇腹《のきじゃばら》又は壁、扉等が時として紅、緑等の顕著な色に塗られ、白衣の女が戸辺に佇みます。黒人種はかかる小村にも亦多い。そして驚くのは支那人がまた果物商、洗濯屋となっていることです。支那人は、世界の何れの涯にも生活している種族です。

農学校《エスタシオン・アグロノミカ》を捜し出すのにはそんなに困難を感じませんでした。停車場から一人の青年と道連れになり、言葉は通じませんでしたが、農学校の助手に対する紹介者の上書《うわがき》を示すと、ずんずんわたくしを案内して行ってくれました。

彼は何とかと朗《ほが》かな名を呼んで内に入ると、一人の短い袴《ズボン》に長い韈《くつした》をした青年が玉突台から離れて出て来ました。それがわたくしの紹介せられたMerlino Cremataという漢子でした。そして二人して農学校に往って、物置のようにがらんとした広い研究室で一時間ばかり調べものをしました。

其時驟雨が急にやって来て、家の中は暗澹《あんたん》としました。雨のやや小降りになるのを待って、わたくしは再会を約して帰ろうとする時に、一人の老人がやって来ました。そして其人はわたくしの会おうと予期して居た、此農園の所長でDr. Calvinoという人でした。

わたくしは其人に紹介せられ、そして其人は、「自分の妻は植物学者で、君の質問の事は妻が精《くわ》しいから家へ来給え」と云って、わたくしを自分の住居に連れて行きました。

学校の構内に建てられた、木造一階の極めて単純なバンガロオ風の家でした。廊下の軒には葛が纏《から》み、各種の広い廊下の卓に倚って其人の夫人が本を読んで居ました。廊下の軒には葛が纏《から》み、各種のココス樹の鉢が其床に散乱していました。

折から雨が沛然《はいぜん》とやって来て、高き「フランボワイヤン」樹の火のように紅い花が、真黒な空の前にめらめらと輝きました。

夫人が嘗て伊太利亜羅馬の植物苑に学んだ時のことを話しました。そして首を傾けた後、其時の同学であった村岡さんという日本の学者の名を思い出しました。その響が始めはわたくしに解し兼ねました。やがて然しそれはアクサンの為めであって綴りに間違のないことが解りました。

「貴方は御存じですか」と尋ねました。

「わたくしは知りません。然しヌウ・ヨオクに帰れば、多分その人の住所を尋ね出すことが出来ましょう。若《も》し尋ね当てたならば、貴君のことを報じましょう」と云いました。

伊太利亜の酒があるからと云って、博士は一個の酒瓶を取り出して来ました。（わたくしは感じました。此地でわざわざ伊太利亜の酒を飲むというのは、やはり昔、留学した伊太利亜の好聯想の為めであるだろうと。）彼等の極めて低き落付いた話し声（英語と仏語とを混用したる）、緑深き農苑のうちのバンガロオ、夏午後の驟雨、殊に如何にも異郷らしい熱帯の異郷――それ等の要素が、わたくしをして自分は子供の時に見たぼやけた欧羅巴風景の写真、その中の一人の人物に今なって居るのではないかと疑わしめました。

雨が霽《は》れて後主人はわたくしを裏の植物園に連れて行ってくれました。破れた木戸の扉を開けて入ると、ここにはハバナ市の植物苑よりは広い植物苑と農苑とがありました。数多き異樹珍草の中には、竹の属、椰子又ココス樹の属が目立ちました。雨に濡れた厚い長大の葉を着けた、フィクス属、マニョリヤ属の大樹は極めて爽快の感じを与えました。確かに日本から移入したろうと思われる桐樹《とうじゅ》、桑、枇杷等もありました。そして印度及びメキシコからの珍らしい樹。その間には色鮮かなる各種の花が咲き乱れて居ました。そして

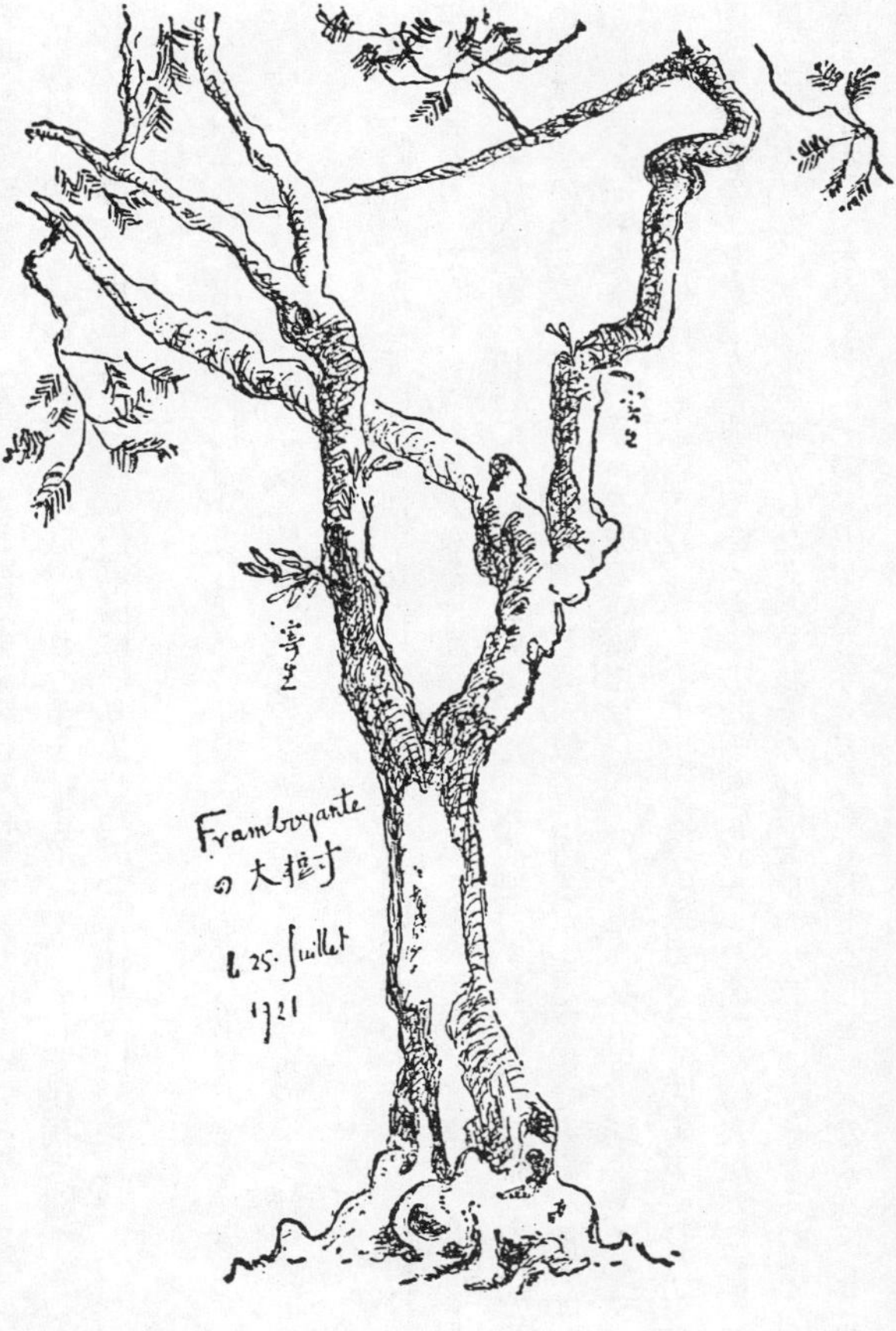

フランボワイヤンの大樹

皆重い雨の珠を負うて、ふすふすと香気を発散して居ます。
学校の玄関側の鎌型の台で、靴底の濡れた土を掻《か》き落して、そして我我は別れました。
わたくしは農苑の馬車に送られて停車場に帰りました。(七月廿四日)

＊

今夜のふとした出来事を物語りましょう。晩餐後ホテルを立ち出で市街を漫歩して居ると、「ラ・フロリダ」と云う小綺麗《こぎれい》な酒肆がありましたから、立ち寄って一杯の麦酒《セルベサ》を命じました。

室の一隅に人立がして居る。何事かと思いましたが、別に好奇心も起さず、静に片隅に坐して居ると、やがて一人の長大なる壮漢がそこから立ち上ってやって来て、わたくしを見ると、異国人、君を描いてやろうと云いました。木炭紙にクレイヨンで描いたわたくしの顔は、そのモンゴリアンの相を高調せしめ、似ては居るが甚だ悪相である。今度はわたくしが君を描いてやろうと云って彼の横顔《プロフィル》を写しました。憚《はばか》りながら、ゴオヤアやマネエやマチスの素描の他《ほか》に、梁楷《りょうかい》や因陀羅《いんだら》の、千年の伝習の致《おもむき》をも見て居ます。わたくしの画の方が彼のよりも遥かに典雅であった。彼れ画家の立去った後《あと》で、傍人が大に喜んで、再び己のカリカチュウルを描かしたあとでわたくしにセルベサを強い、そしてわたくしの分まで勘定し、わたくしにそのアドレスを与えました。わたくしを一人の芸人にしてしまったのでした。

ハバナ
ラフロリダ茶館
新聞賣子

わたくしはそれから其家を出て、家家の窓の鉄の格子の唐草の面白いのを三四写しました。わたくしに後年そう云う機会があったら、南方支那の民家又は回回教寺院の組子の図案だけは、出来るだけ沢山蒐めたいと思います。此島の鉄の格子の唐草は、それに比すれば遥かに幾何学的で、品は下るが、亦極めて特徴のあるものでした。殊に夜、そう云う二階の欄干の後ろで、籐椅子に腰かけて、行儀あしく読書する人の黒影は、まるで実物の造るところの滑稽影画《おどけかげえ》でした。（七月廿五日）

南島の夜

喫するは是れ Romeo y Julieta《ロメオイフリエタ》
飲むは是れ Rioja《リヨオハ》 南国の酒。
La Florida《ラフロリダ》
Habana《ハバナ》 の酒舗《しゆほ》。
宵《よひ》に聴《き》くギタルラ、
艶《えん》なり、歌曲《かきよく》。
劇錯《げきさく》、市《まち》の東《ひがし》、
街苑《プラザ》、月は斜め

七月廿六日、
夜九時、号砲《がうはう》鳴りぬ。
さむしきかなや、異境。
故国《ここく》、海はるばる。

＊

午前九時「アメリカン・フルウト・コンパニイ」に行きヌウオルレヤンス行の切符を求め、それからまたサンチャゴの農苑に行きました。大勢で総がかりで、わたくしの為めに各種の搾葉を作って居てくれました。

夜はハバナの人人を歴訪して暇乞《いとまごい》をしました。（七月廿六日）

＊

昨日ハバナから「カルタゴ」という船に乗り込みました。今日夕方余り退屈ですから、薄暮時の海景を写していると、一人の女の人が傍に来て話をしました。その人はパナマの人だ相《そう》で、わたくしは例の皮膚の病気の事を訊ねて見ました。「稀だけれどもわたくしは見た」とその人が答えました。そして或る地方には沢山あると教えました。

「ハバナから四日、ヌウオルレヤンスからは七日で行けるから、貴方はちょっと往ってお出でになればいいに」と曰った。それ以来また墨其西哥、パナマの地名がわたくしの頭の裡の悪魔《デモン》となった。「命は短い、また再びクウバや、中米へ来ることもあるまいから行った方が好かった」という考えと、「命は短い。人一人でそう世界の隅隅まで歩けるものではない。馬鹿馬鹿しい。もっと本質的の処で修業した方が好い」という考えとが、一時相争いました。

此船は愉快でなく、セルヴィスも甚だ悪いのでした。ヌウオルレヤンス通いだけあって、船員には流石に仏蘭西系の米人が多く、彼等はお互には仏蘭西語で話をして居ました。

前航海の感興が文学的であったと違って、今度は大に科学的になって、携うる処の書から抄録を作ったりしました。

今日の正午はハバナとヌウオルレヤンスとの中央でした。（七月廿八日）

クウバの夜

サン・シュルピスの広場から

*

我我、少くともわたくしに取っては、一日に二度牛羊肉等を食するのは重過ぎる。そして屢〻午後に菓子屋でパテエ、豚詰、コキイル等の少量の食事を取るのを楽みにする。ムッシュウ児島がわたくしにそれを教えて以来、我我或はわたくしは、度度パレエ・ロワイヤアルのシブストと云う家で中食をした。近頃わたくしはサン・シュルピスの裏に小綺麗な店を発見した。

巴里は今日も亦朝から——多くの大都会の孰《いず》れものように、そしてわたくしはそれを愛するのであるが——どんよりと曇って居た。湿度もかなり強い。

わたくしはぼんやりと其家で食事していた。片隅の卓では、召使の女たちも食事していた。そのうちその一人が突然けたたましく立ち上って、表の方へ飛び出した。

わたくしは硝子越しに戸の外を見た。サン・シュルピスの此側面には交番所があった。そして其入口には人立がしている。自動車もあまり通らないさむしい通りであるから、人立と云っても十人足らずである。またそれだけに絵心に立ち並ぶ。マントオを着て脛を現した女の子が母の袖につかまりながら、片手の指を脣に当てぼんやりと眺めている。それより少し年を取った女学生らしいのが、右の手を伸ばし、其人さし指を内がわに曲げて、ちょうど来かかった二人の仲間に向ってお出でお出でをする。老人が背をまげ、流行に遅れた外套を重そうに着ながら立留まる。巡査が一人外を向いて閾《しきい》の上に立つ。日本のように人人を叱り退ける様子も見えない。寧ろ人人の質問に対して慇懃に答えているようである。凡て、まだ写真術と云うものが発見せられぬ時代の巴里案内の本の中に出ても来そうな物静かな光景である。菓子屋の女売子が、むしりかけた麵麭《パン》を打ち捨てて飛び出したのは、表のこの光景――寂しいこの通りにはかなり珍しい事でもあるかに想像せられる――をすばしこく見付けたからである。

然しまた直ぐに帰って来た。

「小さい子供《ルプチイタンフアン》。まるで小さい《ツウプチイ》。」

といいながら、家の閾に立つ人人に挨拶した。

交番の前の人立が道を明け、そして一人の巡査が白い毛織物の塊りを抱いて――それが子供に相違ない――出て行った。巡査が乳呑子《ちのみご》を抱く――日本でなら、とてつもない取合せだ。然し今はまるで自然的にわたくしには見えた。

「二月か三月位の子供だろうか」とわたくしが問《たず》ねた。

「生れた許り、僅か数日。」

と主婦が答えた。

「街道に捨ててあったのですか。」

「お寺の中に。」

成程その方が西洋では理にかなうと思った。

人人は出て行く巡査の後影を見送った。でもまだ残っていて、閾の上に立つ巡査と話をするらしく見えた。

三人の巡査が入口から出て行った。

そしてやがて人立もなくなった。

＊

わたくしはこのサン・シュルピスの境内を愛する。アナトオル・フランスの幼年時の回想記にこの境内はしばしば出て来る。この間の寒さで、前の水盤の水がすっかり氷った。そして多くの子供等がその破片を抛って嬉遊《きゆう》する。わたくしはその著書の故に、これ等少年の戯れを無観念には見なかったのである。わたくしは自分自身の回想中の姿の如くに、此等の少年を眺めた。

或る日曜の朝一人の労働者らしい老人が、連れて来た犬をこの広場に放った。犬は縛《いましめ》を解かれて一時に興奮し、すさまじい勢いで飛び出し、通る人に吠え付いたりしたが、やがて主人のそばへ戻って来た。車道の方へはちっとも飛び出さない。幾度か幾度か同じようなことを繰返して、到頭主人の傍に静かに腰を下してしまった。

歴史長き都会に於ける静かなる一つの小さい生活。

＊

ムッシュウN氏に就いてわたくしは仏語を習っている。同氏がわざわざわたくしの客寓に来てくれるのである。この物静かな、素養のある人から、この国の名家の講釈を聴いたことは、ずっと後になっても、わたくしに喜ばしい記憶となって残るであろう。

書を閉じてのち我我は閑談した。その時窓の外には、弱い温そうな光が、くっきりと向側の家の広い灰色の壁に当っていた。空はセリュウレオムの青である。そして一瞬間わたくしは海辺に近き緑林の、夏早朝の日光のういういしさを想像した。

日の影は褪せた。

わたくしはもっと始末に暮す必要から、近いうちにこの宿を去って、もっと悪い街区《カルチエ》に移るべく決心した。そのことはわたくしを悲しました。わたくしは此サン・シュルピスの広場を、そんなに愛しているのであった。

リュウ・ド・セイヌ

Rue《リュウ》 de《ド》 Seine《セイヌ》のあたりは昔は巴里都城の外廓《がいかく》を廻る水道であったそうである。今はBoulevard《ブウルヴァル》 Saint《サン》 Germain《ジェルマン》から此通《とおり》に入ると、其初の数歩の間は、人をして、おや、奉天の辺門へ来たのではないかと思わしめる。朝九時十時の頃は殊ににぎわう。多分伊太利から来たのであろう、黄色の柑子、橄欖《オリーブ》、それから南仏の野菜――仏蘭西の新聞は、うまい仏蘭西の野菜をば、英吉利人の方が本国人よりやすく食うとこぼす。近頃輸出税の低下が決定せられたからである――乾物屋には鰊、またアドック（鱒?）の塩物、腸詰の鎖、鶏肥肝《フォワグラア》の曲物《まげもの》、鰯の缶詰。肉屋には大牛の肢体、羊の背肉の他に、皮を剝いだ、蒙古のお祭の面のような豚の頭。呉服屋にはまたやすい見切りものの切地、女の靴下……その間に、一人の壮漢が大声を挙げて客を呼ぶ。仏蘭西の市場の生活は支那と様式の似ているとは、誰しも気の付くところであるが、この朝市の有様はまるで瀋陽城外の景観である。

然しこの小路に交叉するRue《リュウ》 Jacob《ジャコブ》から先にゆくと、通《とおり》の情景がずっと変って、如何にも古風な静な街になる。春の日が朗かに、古く汚れた白壁に当って、その黄い弱い反射が空の緑に対照するのを見ると、まるで十八世紀の銅版画の裡の風情である、ああ、巴里には江戸がある。是故に自分はこの都を愛する。

けちな画商の店の硝子窓の裡に置かれた、うまくもない水絵には、クリノリンで腰を膨らした女が樹深《こぶか》き公園の小径を行く。この街に配するには悪くもない姿態である。

もっと歩いて行くと、右側には Au《オオ》 Vélin《ヴェラン》 d'Or《ドオル》、Fischbacher《フィッシュバッシェー》 などという古本屋がある。初めの店には時々珍しい古本が出る。Kaempfer《ケンプフェル》 の仏訳の初版を買ったのも此店である。Littré《リットレエ》 の手翰が五フランだという目録を見て買いに行ったらもう売られて居た。新版では美術書がある。フィシュバッシェーはアルザス人でもあるのか、独逸名である。そして独逸の本を沢山持っている。ほかには 新教《プロテスタント》 の書籍を出版する。古本屋はまだ四五軒この側にある。Félix《フェリックス》 Regamey《ルガメエ》 の馬琴の小説の仏訳などを売っている店もあった。

左の側には、Rue de l'Echaudé《リュウ・ド・レショデエ》 という小路に交叉する角に Maison《メエゾン》 d'Angleterre《ダングルテエル》 という小店がある。看板には肖像画工と書いている。一人の老人が常に店先で画をかいている。そして入口の硝子の窓には自分の作画を一ぱい懸け並べてある。

赤い美しい絨毯を着せた阿剌比亜《アラビア》馬の画が二枚までもある。一体この老画家は詩的空想の強い作家と見える。ヴェネチヤのような海港の、水に面した広場に数列の不思議な円柱が並立ち、その下を騎士、美女また悪魔が絡繹《らくえき》として練りゆく所などを、心《しん》の細い堅い鉛筆で極めて緻密に描いて、薄く彩色したのが一組かかっていた。Gustave《ギュスタァヴ》 Moreau《モロオ》 の空想で、筆がそれに及ばないのは可憐である。
少年の日、余は中学校の帰途、しばしば砲兵工廠《こうしょう》の前の画工の軒下に立った。道路に面した一面は硝子障子をはめてあったから、道ばたに立って画工の揮毫《きごう》を窺うことはたやすかった。頭巾をかぶり、ちゃんちゃんを着た高齢の画工は、実に慣れ切った手ぎわで、宝船を描き、熨斗《のし》を描き、宝珠の玉を描き、水瓶の花を描いた。そして必ず「贈、某さんえ」と筆太に記すのである。これはびらのえかきであった。処は違う。歴史は異る。然しなんと人生の帰趣と感情との相似たることぞやと思う。余は少年の時の如く、しばしばこのメエゾン・ダングルテエルの店先に立つ。

この通りに交叉する他の小路になお古く美しいのがある。一々説明してゆくわけにも行かぬ。左側 Rue《リュウ》 des《デ》 Beaux-Arts《ボオ ザアル》 の横道からは美術学校の正門が見られる。また右側には、「郵船テナシティ」の戯曲で知られた詩人 Charles《シャルル》 Vildrac《ヴィルドラック》 の夫人の経営している画廊もある。ギャルリィ・ヴィルドラックが其号である。此家はもと有名の優人 François-Joseph《フランソワ ジョセフ》 Talma《タルマ》（1763 — 1826）の住む所であると云う。ヴラマンク、オットマン等の風景がその壁の主なる作品であったが、又長く巴里にいた一日本画家の京都の舞妓を写した油絵が暗いところに懸けられたのも見た。

さて道は愈《いよい》よ l'Institut Français《ランスチチュ・フランセエ》 の左翼に突き当る。Mazarin《マザラン》（Giulio Mazarini）に由りて外国学生の学舎として建てられたこの十七世紀の建築は、やや伊太利建築を想わせる処があって、その静かな中庭に彳《たたず》むと、時として身のフィレンチェに在るかと疑わしめることがある。

この門を潜ると、マラケエの河岸。古本屋の木函胸壁の上に並び、かなたはセイヌを越えてルウヴルの遠見となるのである。

セイヌの河岸まで出てしまっては為方《しかた》がない。余の用事はリュウ・ド・セイヌの中ほどの処にある。余は最近所用があってしばしばこの街を行く人となった。一軒の古本屋と懇意になり、その年寄りの主人が余の為めに所要の古本を捜してくれるのを尋ねてゆくのである。

耶蘇会（コンパニィ・ド・ジェズウ）の学者の著作を蒐《あつ》めたBacker《バケエ》やSommervogel《ソンメルヴォジェル》の図書解題、Amati《アマチ》の奥州記、Cordier《コルヂエー》の諸書目、Charlevoix《シャルルヴォワ》, Pagés《パジェス》の日本史などは、余はまず此家で親しくなった。

或る雨のそぼふる暗い午後であった。余はそのおやじの葉書に誘われて、その店の閾をまたいだ。何かまだ用事があって落付かなかった時、卓上に積まれた二三の古書を繙いて、余は突然自分の現にすむ時代と場所とから拉しさられ、思わず不思議な世界へ導かれたことがある。

一つは千五百八十二年、瑞西《スイス》のフライブルグで独逸語に翻訳されたGaspar《ガスパル》 Coelho《コエリオ》の報告書である。も一つは千五百八十六年羅馬《ロオマ》に出版せられたるGuido《グイド》 Gualtieri《グワルチエリ》の編輯本である。

飛び飛びに紙を翻すうち、いつの間にか身は可憐なる敬虔の四青年の心情に引き入れられ、古書堆《うずた》かき古壁の間に、ともすれば寸隙《すんげき》を生じ、その蒼茫たる外光の裡に、マドリイを出で立ち、リスボアに足を停め、更にピサ、フィレンチェを経てロオマに入る、伊東鈍《イトウドン》満所《マンショ》、千々石鈍弥剣《チヂイワドンミケ》ル、中浦鈍寿理安《ナカウラドンジュリアン》、原鈍丸知野《ファラドンマルチノ》の幻《まぼろし》を見る。

◇

主人は——ま白な頭髪に黒い帽子《ボンネ》をいただき、身には短き黒の仕事着《ブルウズ》をつけていたが——機会を見出してそう云った。

「そうです。私のまだ若い時分でした。レオン・パジェスさんが亡くなって——日本に関する本は随分持って居られましたが——その売立があったのです。本は大抵メェゾン・ネエヴとバイーウに行きました。——両方共今有りません。メェゾン・ネエヴの方の出版物はリュウ・ボナパルトのルルウが引受けたのですが、あの本は今は何処へどう散って居るでしょう。私も少しは買いました。然しもう今は何も残って居りません。あなたの御註文は古本屋仲間の月報へ広告して捜して居るのですが、中々見つかりませんね。」

「伊太利、西班牙、葡萄牙《ポルトガル》へ行ったら何か手に入るでしょうか。」

主人は肩を聳《そび》やかし、手を挙げた。そして曰った。

「ビブリオテェク・ナシオナアルはどうですか。」

「ええ、ぽつぽつと始めています。中々進みません。」

余はふと其頁を翻して
「ああ、わたくしの久しい前から疑問にしていた事がやっと今分りました。」

「それは何ですか。」

「その四人の日本の青年たちが、何《ど》の国の言葉を使ったかということです。こう書いて居ります。彼等は主として葡萄牙語を話した。西班牙語はそれほどよく出来なかった。伊太利語は人の話すことは理解した。然し羅甸語はかなりよく習得した。それは本当でしょうか。」

「………」

「然し日本のセミナリオやコレジオで日本の学生に主に葡萄牙語を教えたという事が分っただけでも私に取っては大した進歩です。」

外から夫婦連れの客が入って来て主人はその方に去った。鼻眼鏡をかけて、愛嬌の乏しい眼付きをした——然し心の善さそうな妻君が声高に話している。多分この家の娘だろうと思われる太った少女は、向うの隅でタイプライタアを打っている。

余の坐している、大きな案《つくえ》のまわりが静かになって、余はまた手中の本に読み入る。古風な、片言のような独逸語は語る。鈍《ドン》バルトロメオ（大村純忠《すみただ》）は鈍ミケレの母のその息子の旅行に反対することを恐れて、それを言いなだめることに心を労した。然し後には其母もこの光栄ある使命に同意した。鈍ジュリアンの母もまた心中に其息《そく》の出立を悲しんだ。

此記述によって、かの四青年はもう古き昔の歴史上の幻ではなくなった。年端もゆかぬ現実の人である。その母なる女たちも、太閤記、信長記などのうちの、夢の如き歴史的形象ではなくなった。その啜りなきの聞かば聞こゆべき肉身の女性である……

余は重き空想で圧せられ、酔人のごとき足取りで、腕に二巻の小冊子をかかえながらまたリュウ・ド・セイヌを帰り行く人であった。英吉利屋の老画工ももはや眸には入らず、いつサン・ジェルマンの大通、いつサン・シュルピスの横町を通ったかも気が付かず、ふらふらと自分の宿に入った。

◇

我々が十数年前に所謂「南蛮熱」に浮された時には、夫《それ》に関する史籍は甚だ寥々たるものであった。最も多く行われたのは訳本日本西教史で、この外大学には数種の伊太利本があった。多分バルトリイの日本史の古刊本であったろう。当時余等はそれらの原書をばえ読まなかった。日本語で書かれた本とては、殆どないというてよかった。九州大名の使節、伊達政宗の使者のことなど、まるで空想裡の影に過ぎなかった。天馬異聞などという本の原本さえ知られていなかった。

ついこの一月ばかりのうち、その方の書籍を注意して見ると、コルヂエーの書目に出ただけでも中々大部がある。是は主として倫敦の英国博物館の図書館、巴里の国民図書館及び英仏（稀に伊）に於て個人的に保管せらるる本の目録だけであるから、更にヴァチカンの所蔵、伊太利各地の図書館をさぐり、またヴェネチヤ、フィレンチェ、ピサ等の市史を渉猟し、或はリスボア、マドリィ、パストラナ、セビィア、バルセロナ又はクウバ、メキシコ等に之を求めたならば、必ずや之に漏れたるものの尚甚だ多きを悟るに至ろう。これ等の研究が我々の青年時代に既に出来上っていなかったということに対して我々は誰にその不平を訴えよう。

この序《ついで》に、順序もなく、彼等のことに関する断片を書き付けて見る。

これ等四人の使者が欧羅巴《ヨーロッパ》に赴くようになったのは、耶蘇会の巡察師父、アレッサンドロ・ワリニャニのはからいである。一説には、フランシスコ・シャヴィエルが既に計画したことでもあるという。

「理解と趣味と智慧とのある人々をして欧羅巴を見せしめば、いよいよ天主の教を深く悟るに至るべし」と考えたのである。

そして上述の四人の青年が選ばれた。初は一行の主としてジェロニモ伊東が定められたのであったが、是れは安土のセミナリオに在って、船の出帆までに九州に来る間がなかった。ドン・ミケレの母は、取り分け、我子の遠く行くのを嘆いた。

当時有馬には、一つのセミナリオがあり、二十六人の貴族の子弟がそこで教育せられた。然し時折通い来るものを併せれば、五十人に上った。セミナリオは有馬に日本風に建築せられた。その他に僧院、礼拝堂があった。またこれより小さい寺院は有家《アリエ》にも有った。その年は六百人の人々が洗礼を受けた。そこでは知識の教育の外に作法、芸術も修業せられた。青年たちは皆よく勉めて予期以上の成績をあげ、欧羅巴に生れた青年以上の記憶と理解とを示した。そのうちでも語学の習得は最も困難であったが、然し数箇月のうちには既に読み書きの出来るようになった。その上にまた羅甸語及び音楽が授けられた。

其他豊後の臼杵《うすき》には修道院、同じく府内には学林《コレヂオ》があった。

中に就き安土のセミナリオのことは殊に興味が深い。信長が安土山《アヅチヤマ》に築城したが、伴天連オルガンチノはその機会を逸せしめずに、耶蘇教寺院の建立を請願した。信長は湖の一部を埋め立てさせてそこへ寺院の建築を許した。工成って、信長自身に検分に来た。そして建物が小さ過ぎるといって更にそれを増築せしめた。それと同時に僧房とセミナリオとが建られたのである。

アレッサンドロ・ワリニャニ師は青年使者たちと共にゴアまで行き、己れは東洋を去り難き事情の故に、その代りにロドリゲス師を一緒につけてやった。リスボア（千五百八十四年八月十日）マドリィ（フェリペ二世の厚遇を受く）を経て、千五百八十五年三月廿二日羅馬に着いた。

彼等の欧羅巴に於ける行動はかなり詳しく記録せられている。殊に伊太利本日本使節記は、エヴォラの大司教ドン・テオトニオ・ブラガンサ、西班牙王フェリペ二世、羅馬法皇グレゴリオ十三世並にシストオ五世の如何に彼等を優待したか、また羅馬入城の儀式、ヴェネチアに於ける歓迎、マントアに於ける花火の饗応が、如何にはなばなしく、如何に敬虔に、時としてまた如何に物狂おしく行われたかを事細かに物語っている。葡萄牙のヴィラ・ヴィソザの荘園で、ブラガンサ太公の御母、その子ドン・ヅアルテに急拵えの日本の着物を着せ、日本の人一人に会わせまいらしょうと彼等を欺いたというも情深い話である。それ等の事に関しては他日ゆっくりと語り伝える機会もあろう。

其他彼等の羅馬に於ける行動、九州諸侯が法王に送った手翰、それに対する法王の答辞等は羅甸、伊太利、西班牙、葡萄牙、仏蘭西、独逸語に記され、羅馬、フィレンチェ、パドヴァ、クレモナ、ヴェネチア、ミラノ、フェララ、リエジュ、パリ、リオン、ヅエー、セビィア、ヂリンゲン、マカオ等に於いて刊行せられて居る。

マカオでは又エヅアルド・ダ・サンデが彼等の旅行記を羅甸語に翻訳して出版した（新村博士「南蛮記」）。この極めて珍しい本は、倫敦のブリチッシュ・ミュジアムに在る（此事コルヂエーの書に出ている。）（追記余は後に其六本を算えることが出来た。）

——或日余が巴里に於て既に甚だ高齢なる教授コルヂエーを尋ねたところ、教授は自分はそのファック・シミルを作ったといって、雨の日の暗い書斎の、ごたごたした書棚を捜してくれたが、見つからなかったことがある。——

この本は是非見たいものと思っている。

それやこれやで、余が頭の中には今や新しい幻影境が形成せられつつある。伊太利は既に之を看たから再びそこに往くことも出来ぬ。然しピレネェの南は未踏の地である、一たびこの半島に到らば、古城の廃墟のほとりに、蒼然たる古寺の壁に、またもろもろの宝庫、文庫の所蔵に、わがこの幻想に形態を与うるに足る遺物も有ろう。

爾来余は西、葡の旅を夢みる人となった。(一九二四年二月、巴里に於て。)

ハビエルの城

（聖フランシスコ・シャヴィエル出生の地）

Xavier 上人の名前はいろいろに発音することが出来る。西語のVは強くBの如く響く。古文書には同じ名が Xabierre, Ssavierr, Exavier, Exaverre, Xavierr と書かれて居るそうである。語義は Casa nueva 新家であると云う。

その昔日本に於ては此パドレは何と呼ばれたことだろう。当時日本に於て最も弘く行われた外国語はポルツガルの語であった。上人自身もしばしば此言葉で手紙を書いた。それで予は新村博士に倣《なら》って上人をシャヴィエルと呼び奉ることにしよう。

上人出生の地には、近ごろ新に城と礼拝堂とが建てられた。土地の人は之をカスチィヨ・ハビエルと呼んでいる。

この城に詣るのには、ピレネェ山脈の南方の都会 Pamplona《パンプロナ》 を過らねばならぬ。即ちサン・セバスチャンを朝七時四十分の電車（であったか軽便汽車であったか）に乗ると、午前の十時過ぎにはパンプロナの市に着くのである。

この市は千五百十二年にカスチィヤ（即ち今の西班牙人《スペイン》）に滅されるまでは小《ちい》さいながら

独立の王国の首都 Navarra《ナバルラ》 であった。そして上人が出生せる頃までがその盛期であったのである。父の Juan de Jassu《フワン・デ・ハッスウ》 はボロニャ大学出身の法律学士で、この王国の重要なる臣（始めには大蔵卿、後には宰相）であった。

所がフランシスコが物心付く頃からこの王国は不幸に襲わるることになった。そして一揆、敵襲、離散、破壊、追放、監禁の一も闕《か》けぬ騒動が起った。即ちこの王国とカスチィヤ国との間の戦争が彼の六歳の時始まったのである。法王ジュリオ二世が仏王ルイ十二世と争い、カスチィヤのフェルナンド王は法王に左袒《くみ》した。ナバルラ国は両者の間に中立を保つことが出来なくなって、遂に仏王に与するや、パンプロナの市は西兵の砲火に破れ、市民は法王より破門せらるるに至った。ナバルラの王はフランスに遁げた。

フワン・デ・ハッスウはその後も故国の恢復については努力を怠らず奔走したが、然し彼の夢は実現せられなかった。そして千五百十五年の十月にはこの世を去った。ソス、サングエッサ等に於けるハビエル家の所領は公売に附せられた。そしてナバルラ王国も亦西班牙に併合せられたのである。ここにフランシスコは孤児となった。

その後三月でフェルナンド王は死し、カルロス五世の世となり、仏蘭西ではルイ十二世歿後フランソワ一世が続いた。ナバルラの王も異域に死して、ここに戯曲の凡ての人物は一変したのである。

然し Azpilcueta《アスピルクエタ》 の城（母方の家族の所領）には王党のものが残留して居たので、カル

パンプロナ市の或家の軒燈

ヂナル Ximenes《ヒメネス》 はナバルラ国中に在る不要且危険な城砦を毀《こぼ》たしめた。初めにはアスピルクエタの城、尋《つい》で亦ハビエル城の塔が破壊せられた。ハビエル城に在っては塔は毀れたが、屋形の方は残された。が、砲眼を備えていた其外廓は取崩された。其他小城砦並に揚橋も壊され、城廓の観を与うる部分は凡て取去られたのであった。そしてそこに西班牙兵が止まって監視の役をした。

パンプロナも同様の運命に会し、カルロス五世はここに城廓を築く為めその用材をばナバルラの旧臣の家から集めたのである。ハッスウの屋形も取毀たれ、そこの材木は取り去られた。

この悲哀に遭遇した時フランシスコは十一歳になっていた。

聖フランシスコ・シャヴィエル上人は慓悍《ひょうかん》なるバスク族の血を承けている。そしてその少年時代にはかくの如き世情を見た。而もその幼年時代には厳粛な宗教的教育を受けた。後世の彼の勇敢な伝教事業も、是等の事情に考え及ぶと、其精神的の聯絡を知ることが出来るように思う。

パンプロナからハビエル城に行くまでに、嚮《さき》に言った Sangüesa《サングエッサ》 と云う小な町がある。所でそこに往く電車は午後二時五十分でなければ出ない。そこでここの一旅館に行李を預けて市街の見物に出かけた。ホテルは仏蘭西名を有って居り Maison neuve といった。是れが Xavier の語の意訳であったことは後に始めて知ったのである。この町の「コンスチツウシオンの広場」と呼ばれる処はエスパニヤに固有な広場の体裁を為していた。即ち中央に方形の空地あって、その四周には二列にアカシヤの樹を植え込み、それを取り囲んで建てられた家の最下層は、広場に対して柱列を作る。此種の市街設計は、予は始めて之をクウバ島のハバナに於て見、奇異の感を抱いたことがある。即ち予が少年以来空想した「西洋」というものが、空想以上に強烈に其形を現わしたからであった。その後予は英仏の諸都会を見たがハバナほど「西洋」らしく感じた所はなかった。この地はハバナから見れば本家に当るものであるが、その富をも、その珍奇な植物をも持たぬが故に、そっけなくうら寂しく感ぜられた。

折柄葬式の帰りと見えて、黒の絹帽、上下ともに黒のフロックコオトを着けた人人の通るのに出会った。かかる片田舎にも似ず、その服装は正しく且つ清げである。辺幅《へんぷく》を修める趣味がこの国民にあることを予は段段と知るようになった。

わかき女たちの着附けは全く仏蘭西風《ア・ラ・フランセエズ》である。後頭に高き櫛を刺し、頭被《マンチリヤ》をかつぐ風は甚だ稀にしか見られぬ。それに反し男の小さい、黒又は紺の無縁の丸帽を被るものは甚だ多く見た。フランスでBeret《ベレエ》と称するものである。

建築は大したものがなかったが、偶然或家の入口の両側を飾る軒燈が注意を引いた。それにはアラビヤ好みの金具がついて居り、嘗てはモハメット族を住ましめた此地の地方色を濃厚に印象するものであった。

サングエッサまでの電車線路は風景に乏しい。唯一箇所だけ、渓水が高い水成岩層を貫いて造った奇怪の絶壁があった。車が隧道を抜けると、数十丈の断崖が鉄道の上に立ち塞り、近き崩壊の迹さえ見えて、気味わるい限りであった。

サングエッサは失われたる小村、遊子《ゆうし》の心を傷ましむるに足る。イタリイのシシリイ島辺の小村落に似るがそこの紅緑なく、そこの快活なく、暴《あら》く且つ寂しい。ここから馬車を傭うて、八キロメエトル許りの行程、ハビエルの城に到るのである。

耶蘇会のブルウ師のシャヴィエル伝にはこう書いてある。「是より（即ちサングエッサからは）新鮮にして蔭多きバスクの郷土を離れて、人はエブロ盆地の蕭条《しょうじょう》たる風物中に入る。其後なお一里ばかり、小石を蹴り、砂土を踏んで、馬上田畝の間を横ぎる。已にして山間の小径漠漠たる谿谷《けいこく》に導き、彼方には日に焼け乾きたる連山広闊《こうかつ》なる地界線を成す。北面して波形を画く傾斜の上に一小部落あり、十余の小屋と貧寺及び荒廃せるカスチィヨ其間に聳立《しょうりつ》す。是れハビエルの郷《ごう》なり。」（A. Brou, S.J.: Saint François Xavier. II. Edition. Paris, MCMXXII. Tome I.P.6.）

目睹《もくと》の光景は全くその通りである。途中しばしば雷鳴し、沛然たる驟雨が来た。その明とその暗とが、丘陵の面に色彩上の変化を与えなかったなら、そして時時の風が、麦の畠の麦の穂の上に、海潮の面と同じような波紋を画かなかったら、この車行は退屈の極みであったろう。草さえも斑らにしか被《おお》わぬ丘、いたいたしき麦、小さき葡萄の列、その他には数えるほどの樹しかない。樹もアカシヤと橄欖《オリーブ》（?・護謨《ゴム》樹?・）、まずこの二種類である。

この風物の裡にフランシスコの少年時代を入れて考えることは、寧ろ心を痛めしめる。たとえ其時代には立派な邸宅があり、城廓が立っていたとしたところで、荒涼単調な山水は、このままであったに違ない。

この郷《ごう》は彼が母方の所領であった。母の名は Maria《マリヤ》 de《デ》 Azpilcueta《アスピルクエタ》。フランシスコは、彼女とフワン・デ・ハッスウとの間の第六子で、千五百六年四月七日の聖週の火曜日に生れたのである。六歳になるまではこの郷土に於て幸福に且つ宗教的に厳格に教育せられた。

目《ま》のあたりこの土地を見て、そして耶蘇会の事業を考えると、両者の間に、その気分に於て、相通ずる所のあるのを見出すのである。

車が城前の坊に着いた時は、支那の田舎を旅行して古寺前の客桟《きゃくさん》に着いたと同じ心持がした。此地は全く欧羅巴の山西省である。人の数よりも畜類の数の方が多く、驢馬の愚しい鳴声は、この村落の重要なる生活記号であった。

今のハビエルの城《カスティイヨ》はブルウ師の記す所と同じではない。それは数年前に一貴族の夫人の喜捨《きしゃ》に政府の補助を併せ之を新築したからである。そして生生《なまなま》しい紅煉瓦造りの宏大なるものとなった。で実際見るよりも空想に画いていた方が増《ま》しだったと思われた。

それでも日のあるうちにと城の見物に出かけた。予を案内してくれた僧侶は二十余年間印度に於て布教に従事していたと言って、片言の英語を話すことが出来た。お互の話、要領を得ない。この建築のうち、昔のままであるものとては石の階段と、二枚の鉄の扉、家族の礼拝堂（少フランシスコが此裡に祈念したという）、それからその本尊たる十字架像であるということであった。

石の階段は本物らしいが、そこをば煉瓦壁、窓、鉄の欄干などで飾ったから、好い感じは起らなかった。そしてその壁には、近年日本の信徒から寄贈した三幅の絵、一本の旗などが懸っていた。画も字も田舎人の筆で、頗るひどい代物《しろもの》であった。「侯爵夫人カルメナ・デ・ウィラエルモサに献ず」とある可き「献」の字が「健」に代っている為めに、おかしなことになっていた。旗の方には大友義隆の三百五十年忌の記念として寄贈するという意味の文句が記されてあった。

それから昔のままであるとか云う礼拝堂、その本尊たる十字架上の耶蘇は、神秘的というよりも黒く煤けて気味のわるいものであった。

もう日は落ちて、室内は暗くなった。そこを立ち出でて城の胸壁から四囲の丘陵を眺めると、自然の荒さ、旅の寂しさが身に逼った。

ポサダ（宿屋）の窓から見る寺院前の広場はこの村全体の夕方の営みを展開していた。

ハビエル城の舊觀を殘せる部分

其一隅には石垣の下に水道と家畜の水かい場があり、その為めに、古風な水瓶を持って女たちが水を汲みに集まる。牛、馬が水を飲みに来る。其他犬、猫までも夕方の空気を吸いに外に出て来、山羊、羊及び既に記した驢馬がてんでに散策を試みている。人と畜生とが共同して世帯を持っているような村である。

一夜明ける。

前夜はすばらしい雷鳴で、寝室の天井あたりへ雷が落ちるのではないかと懸念せられたほどであった。雷鳴の為めに睡眠が出来なかったなどとは、生れて初めての経験である。然し今朝はもう好く霽《は》れた。

朝十時ごろ又バジリカを尋ねると、こんどはその首座のフランシスコ・エスカラダという人が会ってくれた。自国語の他には拉丁《ラテン》語しか話さず、唯〻顔を見合わす許りである。そのうちに、彼の呼びにやった尼さんが二人来た。一人はわかく、一人は年取っていた。二人とも仏蘭西語を好く話す。本来フランス人であったのである。どうしてフランス人がこんなエスパニヤの僧院などに居るのか、事情が分らなかった。

この首座の僧にはこの城に関し、又聖フランシスコ上人に関して二三の著述がある。その為めの参考書を見せるとて人をやると、少時して、一人の少年が大籃に一杯の本を持って来た。就て見ると、さして珍品でもなく Cros《クロオ》、Pagés《パジェス》、Guzman《グスマン》、Delplace《デルプラス》、Bartoli《バルトリィ》

の程度のものであった。

首座は予を導いて、再び旧き礼拝堂、又新築のカテドラルの内部等を見せしめた。後者の礼拝堂の壁には日本人パヴロ・マキ、ホワン・ゴトウ、ヂエゴ・キサイ（？）等のモザイコ像が、他の殉教者と同列に並べられてあった。孰れも其手に十字架と椰子の葉とを持っている。

予は主僧及び二人の尼さんたちに分れて宿坊に帰った。宿の構造や食物のことなど話すと面白いが、説明が煩わしい。ただ魚肉、羊肉を調理するに多量の橄欖《オリーブ》油を用いることだけを告げて置こう。一種の味と一種の臭がある。

午後はパンプロナに帰り、ここに一宿した。きりぎりすの声がこの町には聴かれるのであった。欧羅巴に於て此虫を聴くはこの時が初めてである。ゴオチエの書に西班牙の人は鳴く虫を飼うと書いてあったことを思い出す。つまらぬ事ながら、この国の言葉で商店の事をアルマセンと云うのがおかしく思われた。天草の田舎の店で物を買うと、有るものを「ねい」というのと好一対のしゃれである。

食後コンスチツウシオンの広場に行くと、そこには人人が雑踏していた。カフェーに腰かけて、その群を眺めていると、混雑のうちにおのずから規律のあることが段段と分って来た。彼等は皆広場の一隅を歩いているのであるが、皆二人、又三人の横列をなして居り、それが更に縦隊を成し、此約一中隊ばかりの男女の群が、その広場の中心に近きは左に進みその外側のものは右に進むのである。即ち或る一点に於てはその行列は方向を換え、側を異にして逆歩するのである。予は嘗つて、ブエノス・アイレスに此風習のあることを伝聞した。で今、ははあ、是だなと思った。青年男女の相識るには好機会である。

十時半ごろ宿屋に帰ると、食堂は予の喫飯せし時よりもこみ合って居た。予のフランス風の夕飯時間は、この国の習慣より二三時間も早かったのを気が付いた。（一九二四年五月廿九三十日、パンプロナの一客桟に於て。）

石龍

旧暦の節季には物取、強盗などの害が有りがちだということを香港《ホンコン》の日本旅館で聞かされ、既に疑心が芽《めぐ》んだ。それで宿の小者《こもの》一人を連れて行くことにした。大正六年二月一日。目指す処は石龍《シャクルン》である。香港から広東《カントン》の方角に行く汽車の発する処は海峡の向う側の九龍である。税関がやかましく、古い写真機を持って出るにも税をとろうとする。

汽車の発したのは朝の八時ごろだったが、沿線の風景には支那南国の情趣が濃厚に漂って居て、随処に画題が見出される。濃霧が急に到って、多分尚水《ションスイ》というのらしい川は木の杭と漣《さざなみ》とだけで、其後には山の頭が少しばかり霧から脱け出ている。深圳《シュンチュン》、樟木頭《チョンムクトウ》、常平《チョンピン》と過ぎる間に日光が現われたが、木の梢、風の色など、二月といいながら、秋もまだ深からぬころの我国の景色に似通っている。竹、榕樹《ようじゅ》、棕櫚などを見ると、熱帯らしい処もあるが、松、樟《くすのき》などの林はわが国の南方海岸と相通ずる。樟の葉は青々としているが、雑木の梢にはさすがに黄葉が見られた。然し冬枯というべき風情はどこにも無い。常平以北は平遠の山水となる。石龍の停車場に着いたのは午前十一時半であった。

マニラで聞いた所では、停車場から民船があって、今日わたくしの訪れんとする耶蘇会《やそかい》士《し》マルシニイ師の院まで行けるということであったから、小者をして土地の者に聞かしめたところ、舟夫《かこ》を傭わずに女一人を連れて来た。水が干て、舟航がかなわないというのである。それでその女を先に立てて徒歩で行くことにした。

暫らく歩くと全身が汗になり、合着の上衣を脱して傘の先に弔《つ》るし、肩にかつぐことにした。田圃の小高い土手の上に造った一本道で、花崗石の角材が敷きつめてある。天秤棒で雑貨をかつぐ小商人、大きな鋤を肩にする農夫、子供を連れた女などに行き会う。時とすると互いに道を避けあわなければならなかった。旧の節季で物騒だという考えが浮かぶ。しかし行き会う人、皆日にやけた顔だが柔和な目をしている。それでも昔満鉄にいた時に聞いた、地質の調査員が山東の田舎で、百姓の鶴嘴《つるはし》で、後からぱさりとやられた話なども思い出された。近くの村落から屢〻鉄砲の音が聞えるが、鳥の飛び騒ぐ様子もなく、何だろうなどと心が疑う。足が早くなって、汗はシャツににじみ出す。

この辺には茘枝《れいし》や龍眼肉《りゅうがんにく》の林ぐらい有るはずであるが、どれがそういう木か分らない。さすがに異《ちが》う風土ゆえに見なれぬ花などがある。大樹の鮮紅の美花を付けたものはマニョリヤ属には相違ないが、何という種類であろう。同行の小者はこの辺で「木綿花」というのだと教えてくれたが本当であろうか。いろいろの鳥もいるが、珍らしいものか、日本にもいるのか、その方はさっぱり分らなかった。

やがて遠くに紅い煉瓦の家屋が見えて来た。広い河の向う岸のかなり広い地域にわたって建連らねてある。問うまでもなくこれが目指す癩院《らいいん》であると分ったが、目の前にはっきり見えていながらまだ中々遠かった。停車場からたっぷり一時間も歩いた後にやっとその河の岸に達したのである。向うの岸には田舟《たぶね》が輻湊《ふくそう》している。女たちが数人河の中に立って貝を拾っている。銃をかついだ木綿服の巡警が堤の上に立ってこちらを眺めている。兎《と》に角《かく》舟なしでは向うに渡ることが出来ない。小者に声をかけさせると、一艘の小舟が綱を解いて来てくれた。幸いそれで向う岸に渡った。舟夫は恐らく癩人であったろう。わたくしの胸にはなお幾分之を気味悪く思う心が存していた。

この院の区域はかなり広く、周囲の堤防の上には楊《やなぎ》、くぬぎ、竹の類を植えて囲となし、そのうちには菜園があった。巡警に案内せられて、一隅の清潔な、煉瓦造りの家屋の門の中に入った。その庭には西洋花が栽培せられて、鮮麗な色を競っていた。玄関に昇って、マリヤの昇天の画像の前に立っていると、黒衣の人が階段を下って来た。それがマルシニイ師であった。国際聯盟保健部のビュルネエ博士の懇切を極めた紹介状を呈すると、師はわたくしを階上の居室に導き、わたくしの問に応じて、この院の沿革を語り、且つ一部の小冊子をくれた。

＊

支那の広東省には一万五千人からの癩患者が有るという。或地方は数百年来この疫病の巣窟となっている。癩人は往々社会のための犠牲に供せられる。広東北方の或処では、癩人に祭服を着せてこれを泥酔せしめ、その上に麻薬を飲ませて疼痛を感ぜぬようにし、生きながら棺の中に釘づけにして焚き殺す習慣もあったという。

千九百十二年の革命の時には、広西の首府南寧で癩人の虐殺が行われた。その地の軍隊は地面に大穴を穿ってそのうちに薪を積み、石油をかけて、町から狩り集めて来た五十人ばかりの癩人を陥し入れ、銃殺したのちにその死骸を焚いた。

全く救護の機関は無かったのである。始めて広東の附近に癩院を建てようと企てたのはこの院の創立者たるルイ・ランベエル・コンラルヂイ師であった。師はモロカイ島で死んだ有名なダミアン師の侶伴《りょはん》であり、同郷人（ベルジック人）であった。千八百四十一年リエジュに生れ、始めはポンヂシュリイで宣教の職についた。インドの癩者の不幸を見て感ずるところあり、モロカイに到ってダミアン師を助けた。しかしなおそれより一層不幸な癩人を救助せんものと思い立ち、広東の教区を選んだ。そこの司教のショオス師の許可を得、その端緒を得たのは千八百九十五年、師の五十五歳の時である。然し少しも資本というものが無かったから、欧米に勧化《かんげ》の旅に出かけ、その間に医学を習ってドクトルの称号を得た。千九百〇七年六十五歳で広東に帰り来り、喘息の宿痾《しゅくあ》にもめげず、癩人救護の事業に取りかかり、まず支那語を覚えること、路傍の病者に食を与え、福音を伝えることから始めて行った。

石龍に河中の一小島を買い、小院を造ったのが本院建設の第一歩で、一万五千元の費用がかかった。収容した癩人は僅かに二十人ばかりであった。しかしようやくその数も増し、始めの六年の間はいつも六十人だけを収容することが出来た。省政府もこれを補助して公立の癩院となし、その管理権をコンラルギイ師に委ね、家屋を建て増し、患者をここに送り、且つ一人につき一日一角を給した。後には二角に増したが、千九百二十二年の兵乱の後はこの供給も絶えてしまった。然しコンラルギイ師の方は新に一小島を買って婦人部を新設した。患者の数は千九百十三年以後七百人となり、その後ほぼこの数を持ち続けている。その間にもいろいろの挿話はあった。千九百十四年、広東の革命軍政府はこの七百人の患者を殺してしまおうと決したことがあった。フランス政府からの交渉でやっと事無きを得た。

コンラルギイ師は竹笠を被り、胸をはだけて、癩人に交ってその仕事を指導し、また傷の手当をしてやった。菜園を作り、家屋を建て、また人々の魂を救った。時とすると患者の傷にふれて傍人《ぼうじん》をはらはらさせた。

コンラルギイ師を助け、後にこの癩院の長となったのはギュスタアヴ・デワジエール師といい、三十二歳のわかいフランス生れの宣教師であったが、「お気を附けになった方がようございますよ、もしもの事がないとはいえませんから」と注意すると、「これより好い勲章が貰えますか、わたしの分に過ぎているのです」と答えた。

＊

マルシニイ師はこの院の第三代の長である。わたくしは師に案内せられて、会堂、室房及び菜園を見て歩いた。黒煉瓦で建てられた家屋は中々多くかつ広い。今は患者の数は五百人ばかりである。婦人部は三人の尼僧（中に聖の位を有するのがある）が管理している。男女は島を異にしている。男の方は結節型が多く、かつ多くはかなり度の進んだものである。人手は少いし、医師は居ないし、十分の治療というものは施さず、ただ傷の手入れぐらいをしてやるに過ぎないようであった。師は一々支那語で言葉をかけて通る。病人たちも頗《すこぶ》る温順、慇懃であった。

女室のうちには病人でない少女が一人居た。他に親類とてもないからここから出て行かない。数年間病人と雑居しているのである。早晩は病気にかかるだろうと師が曰った。これが結核ならもう疾うに移っている筈である。癩の方はそう容易くは伝染するものではない。小さいマガザンが有った。米、野菜、炭などの日用品を売るのである。

さて一巡りしたのち再び師の居室に戻った。師は別に被服を着けまた之を脱ぐのでもなく、消毒薬で手を洗うわけでもない。（実際の事をいうと、結核菌や癩菌は温熱に対しては抵抗が弱く、摂氏六十度七十度で直《じ》き死ぬが、千倍、二千倍の石炭酸水や昇汞水《しょうこうすい》に会ったとて中々死ぬものではない。そんな溶液の中に三分、五分手を浸るのは、いわば合理的な気休めに過ぎない。）然し水道が出来て居て、それで手を洗った。わたくしは遂に午餐の饗応を受くるに至った。それが決して馬鹿にしたものでは無かったのである。前菜と蝦《えび》のマヨネエズと鶏の炙肉《あぶりにく》とである。分量は多し、味もよい。そしてポルトオのほかにフランス製の紅白の葡萄酒が添えられた。これは樽で配たれ、廉価であるという。もとより古酒ではないが、相当のものであった。

割烹は支那人の夫婦者がこれに当る。師の住む家屋は疎牆を以て外部と境し、裏庭には木瓜《パパイヤ》の木などが植えてある。其実はシャム、フィリッピンでは既に熟していたが、ここではまだ鶏卵の大きさで青い。料理番の子供は牆を出て癩児と遊んでいる。もし癩がコレラ、チフスの如く食物から伝染するものであったら、師の生活は安全というわけには行かなかった。幸い此病気は接触性の伝染をなし、而も小児期を除いてはなかなか伝染しがたいものである。われわれの研究したところでは、親か祖父母かがこの病気に罹っていて、幼年の時から同一の家屋に住み（多くは居室が二、三しかない農家でこの事が行われる）、病者との接触が甚だ頻繁である場合に伝染するのである。

わたくしは支那に長く住んだことのあるルジャンドルというフランスの医師の支那に関する論文をしばしば読んだことがある。師は親しくこの人を知っていた。既に六十を越えた人であるという。氏はビュルネエ氏の外にコクラン氏（イギリスの癩予防協会の幹事）、またコクラン氏の前任者で今は香港の衛生局長をしているウェリングトン氏を知っていた。われわれは共通の知識と興味とを有し、会話の材料に乏しいようなことは無かった。

食堂を出て師の居室に戻り、珈琲を啜《すす》りながらなお雑談に耽《ふけ》った。その壁には書籍がぎっちりとつまっているが、それは必ずしも宗門の書と限っていなかった。わたくしはその蔵書の多きを羨むと、師は手を拡げて旧友に対する如く笑った。考えて御覧なさい、こんな遠い処に幾年もたった一人でいる。読書の楽しみは許されてほしいじゃないかと。

わたくしはパリで、昔の宣教師が翻訳した資治通鑑《しじつがん》の腰の高さまである本を見たことを話した。またレオン・ウィーゲルというフランスの宣教師の翻訳に由って支那のフォルクロオアを覬覦《きゆ》することが出来たといった。師はその方面の事なら近来は宣教師の間でその研究が一層盛んになっているといって、上海で出版せられた此種書籍の目録を配ち恵まれた。

師はまた活動写真、自動車のアメリカ文明が南方支那を風靡《ふうび》するのを歎いた。アメリカの活動写真によって支那人が欧米人の生活を全く誤解する。師はまた英人が利己的ではあるが、自分の職業には甚だ忠実なることを賞讃した。

何を話したか、今ははやあらかた忘れ去ったが、日の傾くまでに及び、相別れるのが惜しい気がした。師はまた五分、十分といってわたくしを引留めた。しかし六時十四分発の汽車に乗るためにはもはや猶予することの出来ぬ刻限が来た。

わたくしの連れて来た小者はだまされたか、誤解したのであった。実際はこの癩院から停車場の近くまで舟行が可能であった。師はわれわれに舟をかしてくれるといった。そしてわたくしはまたもとの土手のところまで見送られ、小者と共に小舟に乗った。胴の間に籐椅子があって腰をかけた。舟人は三人は櫂を動かし、一人は舟の綱を背負って岸の道を歩いた。果して始め危惧したように、四人とも癩人であった。しかも相当に度の進んだ典型的の結節癩に悩むものであった。わたくしの医学の専門は癩の治療、その病理の研究をもその対象の一としている。しかもわたくしが数年来特にこの方面のことに興味を有していなかったら、また日本の療養所のわたくしの知る諸君は勿論、近くはまたシャムやフィリッピンで多くの医師が人道的の見地から、不幸な癩者のために、この疾患の根滅事業のために献身的の努力をなしているのを見なかったら、わたくしは危惧の念からこの舟に乗ることを躊躇したかも知れなかった。しかも今日はコンラルヂイ師の魂が少し乗り移っていた。またマルシニイ師の温藉《おんしゃ》且つ快活な気分がわたくしの心をも明るくしていた。わたくしの医学上の知識から来る警戒心はただ群《むらが》る蠅を扇で追払うぐらいにしか活動せず、むしろ宗教的というに近い感情が心に漲《みなぎ》っていた。

昨日は三百年の古都に遊んで
栄枯盛衰の理《ことわり》を稽《かんが》へ
今日は身を癩人の舟にまかせて
初めて見《まみ》えたる良き師と別るる。

小江《せうこう》水滑かにして日の降ることはやく
地の果は遠くして雲やうやく青みぬ。
居に安んぜざるあだ心
こよひいづちに宿をかるらむ。

と口ずさみながら、身の昔の謡曲中の人物であるかの如き錯覚を起した。(古都とはマカオのことである。)

岸に上ってから酒手《さかて》として袁世凱《えんせいがい》の首二三枚を与えると、舟夫たちは非常に喜んで礼をいいいい、いつまでも、後について来て行人の目をそばだたしめた。空がブロオムの沈澱のような褐色で、始めて冬の夕べだという感じを得た。汽車は広東に向う。始めての都会の最初の印象をたのしみにして、小者とともに車室の裡に入った。

Ⅲ

小林清親の板画

江戸歌舞伎を愛し又黙阿弥の芝居を喜ぶほどのものは誰でも小林清親《きよちか》の東京名所図会を珍重するに相違ないが、なぜか此詩人的画工の作品はつい近頃まで人の顧る所とならなかった。十数年前僕は其五十枚を切通坂下《きりどおしざかした》の古本屋で小銭を以て購《あがな》った。そして同情の余り「芸術」という雑誌へ右の板画の評論を書いたことがある。これは収めて僕が「地下一尺集」にある。其後小林翁とも近づきになり、「中央美術」の為めに再び同翁の事を書いたが、此雑誌のその号は一昨年の震災で失ったから何を書いたか今覚えていない。同じ号には僕の外にも一人やはり詳しく同じ主題で書いて居た。又昨年であったか、翁の遺女たる小林糸さんが故人の詳しい伝記を書かれたようである。

僕は実は小林清親またはその頃の東京名所風俗の画家たる五姓田《ごせだ》氏、亀井氏、又国輝、芳年、芳幾《よしいく》、芳虎、芳員《よしかず》、広重、周延《ちかのぶ》などの板画を通して当時の東京の市井生活の情調を考えて見ようと思ったことがあったが、其後いろいろの不便からこの企も出来なくなった。今や東京は文化の東京となり、街の隅々まで文化文化で持ち切って居るが、それよりも実は前期の文明開化時代の方が、それは滑稽なこともグロテスクなこともたんとあったには相違ないが、其情趣に於て、もっと深く且細《こまや》かなるものがあった。日露戦争頃までを「前期東京」と呼び、その後を「震災前東京」と呼ぶとすると、僕の所謂「前期東京」はその市街、その生活、並にその遊楽の方面に於て記録に残して置きたいものが沢山あった。深川の羽織の風俗又は小紋の羽織袴の鳥差《とりさし》の濶達《かったつ》ないで立ちはとうの昔に廃《すた》ったが、その後も長く残って居た四日市河岸の並倉、向島の古刹などは一昨年の火災にあともなく消え失せた。そして今やその面影を忍ぶには右の画工たちの板画か、見取り図などに由らなければならなくなった。

其うちに在っても、小林清親はもっとも優れている。彼は即目の印象を如実に再現したが、その際彼の詩人的天稟《てんぴん》の為めに単にその形象のみならず、当時の情趣をも之を取って画中に収めたのである。それ故に彼の名所図会を展ずると、市街の一角は当時の生活、当時の情調と共に観者の目の前に復活するのである。

彼の板画をば僕は百枚近く見た。近来珍重せられる静物の類や、また箱根山中風景の如きは、僕は寧ろ好かない。やはり東京の名所を描いたものが一番好《い》いと思う。其中で又最も優れたものは「駿河町の雪」という題のものである。是は「えちごや」の紺暖簾を懸けた店から雪の小路を眺めたところで、恐らく旧《もと》の東京下町の、殊に濃艶な雪旦の光景が、これほど好く再現せられたるは他に有るまいと思う。

概して昔の東京の市街は雪日雪宵が最も美しく、清親の板画も雪の日を描くものが最も好い。清親は一体薄明の画家で、雪の絵ならずとも、多くは日の出、日の入り、又月光、夜雨などの趣を愛して居る。雪では「池の端弁天」、「浅草寺雪中」、「雪中両国」などなかなか好《よ》く、入日では「三ツ又永代橋遠景」、「隅田川枕橋前」などとりどりに面白い。暁のでは「両国百本杭暁の図」や「万代橋朝日出」の広漠たる景色から当時の街区のなつかしい寂しさを感ずる。日が沈んで夜となると、世界はいよいよ彼の手の内のものとなる。ああ昔の東京は遊惰であった。それ故その追懐も一層哀れ深い。

今戸のある家の一間では、当世風束髪《そくはつ》の娘が三味線の絃を締める。月は遠い森に出で、高空は異国の小説を思い出させる紺青である。「谷間の姫百合」はかかる宵に読まれた。

輪海岸の朧月、横浜から来る蒸気車が血紅の煙を吐く。恋しい郎《おとこ》が病に臥すと風の便に聞いて、そっと横浜の廓《くるわ》を抜け出て本所石原町なる岡田某《それがし》を尋ねた可憐の女（東京日々新聞絵附録）はこんな汽車に乗って来たのかと想像する。「今戸有明楼」では窓の燈あかるく、歌妓の歌い、舞姫の踊る姿、手に取るように見えて、転《そぞ》ろに行人の魂を消すのであった。

景色と同様、清親の人物は意気と情《なさけ》とを有する人々である。それは板画には見ることが少いが、彼が三十有余冊のスケッチブックには今もなお生けるが如く其姿を現わして居る。美貌の俳優鬼丸、又簪《かんざし》を後ろにさし、ぐっと襟を落した年増の肖像。

今回孚水《ふすい》画房で小林清親の遺作展覧会を催すと云うことを聞いたが、滞京の日取が短く、それを観るを得ないのは残念であった。僕の有する清親の板画は、田舎に預けて置いた為めに幸い火難を免れ、再び之を取り出して眺むることが出来た。此に云うことはいつもの通りの套語《とうご》であるが、唯僕も「前期東京」と清親とを愛する仲間の一人であるということを告白すれば満足である。

（「孚水画房」の案内状の為めに綴れるもの。大正十四年四月某日）

フウゴオ・フォン・ホフマンスタアル父子の死

フウゴオ・フォン・ホフマンスタアルの息子のフランツが就職の口を得ない煩悶から自殺し、その父はその葬式に列した後力を落して死んだという事が数日前の東京の新聞に載っていた。それ以上の詳しい事は僕はまだ知らない。それで田中君からホフマンスタアルに就て何か書けと云われても別にたいして書くこともない。

僕は今夜塵にまみれた行李を探して、やっと二枚の名刺を見出した。その一には上記のFranz Hofmannsthal も一つには Raimund v. Hofmannsthal と記されてある。千九百廿三年の十二月廿七日に、墺太利《オーストリア》のウィーンからインスブルクに往く汽車の中で僕は偶然にもそのうちの一人に会った。僕は今それがフランツの方であったか、ライムンドの方であったか確かに記憶していない。会ったのは一人であるが、その青年は名刺を二枚くれた。そして自分はフウゴオ・フォン・ホフマンスタアルの三男だと言った。番地は Rodaun B.I. Wien だと書いてくれた。願うらくは僕の会った青年がフランツの方で無いことを。然し実際はどうもフランツの方らしい。何故となると、その青年が、長男は既に外交官であると云っていたし、それにライムンドの名刺には v. Hofmannsthal とあるから、多分それは長男だろうと思われるから。

此フランツの方であろうと思われる其青年は、歳は十七歳だと云い、体格が立派で、気象が快活で、挙動の上品な男であった。自分はまだ職業がない、この雪にインスブルクの方へスキイをやりに行くのだと話した。

その時瑞西《スイス》の一少女が同じ車室に乗り合せ、我々の会話に口を入れた。その名刺も探したが今見付からなかった。どこからか絵葉書を送るという約束をして、僕はその少女に対して到頭《とうとう》違約してしまった。

其時小ホフマンスタアルは、僕の父も来年とかは五十の誕辰《たんしん》を迎えるから全集が出ると云った。そしてその全集は去年美装して市に出て、僕も一本を購った。僕は既にこの詩人の著作は殆ど全部持っていたが、特に再び全集を求めたのである。と云うのは、僕は青年詩作の時代に大にこの詩人の影響を受けたからである。そして『窓の女』という小戯曲と『日の出前』という詩とを訳したことがある。それで汽車の中で小ホフマンスタアルに此事を話した。するとこの青年は大に驚き目を瞠《みは》って言うには、自分も父もそんな事は少しも知らなかった。なぜその時その事を告げてくれなかったかと。僕は好意からこの事を話し出したが、西洋人は往々この問題をば利害関係から解釈するので、僕はあまりその話を発展せしめないようにした。多少の謝罪の徴《しるし》として、巴里に帰ったのち拙著の『食後の唄』の詩集を贈ったら、その後、僕が名古屋に居た時、父ホフマンスタアルから署名入の詩集を送ってよこした。

僕は欧羅巴では文芸の聞人《ぶんじん》などをば訪問しなかった。秦豊吉《はたとよきち》君のハウプトマンやシュニッレルの訪問記を読んでも、こういう人々を訪問しようという気を起さなかった。然し後で考えると、ホフマンスタアルだけは訪ねて置きたかった。ヂレタント臭味はあるが、それだけに文芸の商売人らしい所は少しもなかったからである。その青年もウィーンに来た時寄って来れたなら、大に歓迎したったろうにと言った。

それにしても墺太利は今や窮乏の極に達しているものと見える。嚮《さき》には世界的に有名な医学者のフォン・ピルケエ夫婦が瓦斯《ガス》心中をした。その原因に就ては普通新聞も医学雑誌も詳しいことを報じていない。然し、生活の不安と無関係とは謂い難いであろう。同じウィーンの貴族の息子が生活問題の為めに自殺し、その父が悲愁の為めで死するなどということは、実に傷心の至りである。

ホフマンスタアルが青年の時代に『昨日』という戯曲を書いて一躍して名声を揚げたことは近代文学史に喧伝《けんでん》する所である。僕は或日のウィーンの夕刊新聞にこの事を面白く書いた投書を読んで切抜いて置いたが、今どこに往《い》ったか分らないので詳しいことは記されない。総じて文学史的の事は、今何も参考書がないから書けないが、我々の趣味から言うと、ホフマンスタアルではそれからあと次ぎ次ぎに出した小戯曲が一番好ましい。或は

『チチアンの死』と云い（是れは第一書房の「近代劇全集」の為めに一昨年翻訳した）、或は『小世界戯曲』（Das kleine Welttheater）と云い、或は『痴人と死と』と云い（森博士の翻訳あり）、或は『白き扇』と云い、孰《いず》れも美しい。まるで鏡の裡に映る街道庭園のように、はっきりとして、朗かである。その他『皇帝と魔女』、『窓の女』、『ソベイデの結婚』、『ファルンの坑夫』、『数奇者と歌妓と』、皆気の利いた小品である。僕は白状すると、昔この『ファルンの坑夫』を読んだあとで『燈台直下』という小戯曲を作り、『小世界戯曲』のあとで、『浴泉歌』その他の詩を作った。

ホフマンスタアルに於ては全体の構想よりも部分部分の詩句の方が更に優れている。文学史的に言ったら当時の巴里詩人の影響も有るのだろうが、当時独逸語しか読まなかった我々は、パルナシアンの詩人よりも、ヴェルハアレンよりも、ホフマンスタアルから自由詩の調子を覚えた。それで明治四十年前後の我々の仲間にはホフマンスタアルの作風が浸《しん》潤《じゅん》しているわけである。萱野二十一《かやのはたかず》などの戯曲もやはり同じ源泉から灌漑《かんがい》せられているのだろうと思う。

晩年にはリヒャルド・シュトラウスの為めに、いろいろの戯曲を作った。僕はロオゼンカヴァリエルというオペラを見たことがある。そしてさして感心しなかった。その他では晩年のものは僕は読んでいない。

ホフマンスタアルは戯曲家というよりも寧ろ詩人であった。然し叙情詩の数は甚だ少い。そしてそう大したものはない。それよりも上記の所謂『叙情詩的戯曲』乃至『韻文戯曲』の方が優れている。それも人物の思想や行為よりも、寧ろ一聯一章の比喩、響、色彩、空想に砂金宝玉の如き光がある。まるで中世のコブラン模様を見るようである。そしてその取られた場所は伊太利亜（殊にヴェネチア）が多く（稀に波斯《ペルシャ》）、その時代は後期ルネサンスが多い。それで往々ギュスタアヴ・モロオの絵のような所がある。然し墺太利人であるから、その趣味にはボエックリンなどを想わせる所が雑る。本人の気分はプッサンあたりであったかも知れぬ。

好む所に偏して画工と比較したが、当るか当らぬか保証の限ではない。ホフマンスタアルの詩は極めて繊麗《せんれい》であるが、その思想は必ずしもセンチメンタリスムスというのでもない。不幸な恋を扱った『窓の女』や『ソベイデ』などには、そういう段取はあるが、然し作者の気分には洒落なところがある。低音器を掛けた厭世的思想というようなものが、どの戯曲の間にも感ぜられる。実行的生活に触れることが出来ず、また不満を抱きながらも、それを回避して芸術に隠れ場を求むるという態度は全く十九世紀の耽美派詩人の常套であろう。人生の洒落者の悲哀が作品の基本調である。

僕のホフマンスタアルに関する感想は今の処この位のものである。この機会に晩年の作をも少し読んで見よう。そのうち独逸の雑誌の新しい号でも来れば、何か詳しい消息、追懐の如きを齎《もた》らそう。そうすれば或は僕ももっと語る材料を有するに至るかも知れない。

（七月二十六日）

古語は不完全である・然し趣が深い

或日山形の一書肆でふと新村博士校註の「文禄旧訳、天草本伊曾保物語」を見付けて之を買い求め、帰りの汽車で読み出すとまことに面白く、つい仙台に著く間に読んでしまった。此本の事を噂に聞いたは久しいが手にしたは初めてであった。向後《きょうこう》何人が伊曾保《いそっぷ》を訳せようとも、これほどには行くまいと思われた。この古風の語《ことば》はいまの小賢しげな語《ことば》よりも遥かに伊曾保に適していたせいもあろう。

伊曾保の説く所には、一体何が善くて何が悪いのか分らないことがある。狐が善いのか羊が善いのか、獅子の方が善いのか、狼の方が善いのか。分らないながら、話は胸に応える。その味はちょうど、支那の歴史、たとえば史記などを読む場合に似ている。蘇秦《そしん》が善いのか、張儀《ちょうぎ》が善いのか、武安侯田蚡《でんふん》善きか、魏其侯竇嬰《とうえい》悪しきか。八犬伝などとは違い、善玉悪玉がはっきりして居なくて判断には迷うが、読過してはあとうなずく所があって、何か此身が賢くなったような気がするところ伊曾保の話を聴いた時の如くである。孰《いず》れも其趣《そのおもむき》茫洋《ぼうよう》として遥かである。確か此等の作者は馬琴、近松などより賢かったに相違ない。日本の古典、日本の現代作家を渉猟《しょうりょう》しても中々これだけの智慧を示してくれるものはない。

或処でつまらぬ演説をした時に、わたくしは「道徳は古学の研究から出でるものである」と断言した。オーギュスト・コント曰く「人道《ユマニテエ》は生者よりも寧ろ死者によりて保たる」。わたくしも亦その然るのを信ずるものである。一歩譲っても「智慧は古書の体読《たいどく》によって顕示《けんじ》せられる」というに間違はなかろう。

現代の作家は日本と言わず、欧羅巴《ヨーロッパ》といわず、徳、または智の材料をば提供する。然し徳、智そのものを伝えるものはない。近ごろ評判である故に、ジョルジュ・ギュアメルを読んでいるが、彼を或人の如く睿智《えいち》と呼ぶのは躊躇せざるを得ぬ。近頃の作家ではやはり森鷗外、アナトオル・フランスが爽快なる智慧の光を投げ与える。それは希拉或は印支の古学に達して居た故であろう。同じく国民詩人といわるるものでも、ゲルハルト・ハウプトマンなどではそうは行かない。若し夫《も》れ徳田秋声《そ》、正宗白鳥、久米正雄等に至っては、現代思潮の荒苑《こうえん》に雑草を蒐集する本草家のどうらんを富ますばかりである。ここにどくだみが咲いている。かしこにみぞそばが開いている。

プラトン乃至ウィルジイルを原書でえ読まざる我々には、せめて支那の古典を原文に就いて読むという恩寵が残されている。これ我々の精神の糧である。エスプリの源である。之れをしも我々からもぎ取るとすると、その代りに何が与えられるか。現代外国語か、自然科学か。はたまたラヂオか、シネマか、スポルツか。

本年の十月号であったと思う。学士会月報に大連の加藤蕾二さんという人が「漢字を貴ぶ心持」という一文を寄せて痛快に漢字の不便不文明を罵っている。実は我々もその事を ば痛感している。物を書こうという時にはそばに二三冊の字引を置かなければならぬ。それかと云って今直に漢字から辞し去ってしまうわけには行かない。

今は十幾年かの昔になるが、独逸原文の美術史一冊を翻訳したことがある。その時に我々の普通用いている言葉の頗る貧弱であることを嘆じた。良いこと、美しいこと、光り輝くことなどを現わすのは西洋には幾いろも言い廻しがあって、それぞれ少しずつその心持を殊にして居る。然し我々が今使う言葉には実に僅しか表現の法がない。それで我々は普通往々外国語を雑えて会話する。外国語から翻訳する場合にはその外国語の雑じるのを厭う傾向があって、之を伝うべき言葉を捜し出すのに苦労するのである。槩《がい》して言うに心理的な事象を表明する語彙は取り分け日本語に於いて貧弱である。わたくしはそれ故当時かなり多くの漢字漢語を借りる必要に迫られた。

而して加藤蕾二氏がかくまで痛快な一論を草することの出来たのも、同氏に漢字、漢学の知識が豊富にあったからである。それは後に述ぶる、仏国政治家エリオー氏の場合も同様であるが、自家の熟く通暁《つうぎょう》しているもののうちにその非、その弱点を検することほど容易にして且つ痛快なるはない。それ故昔の伴天連《ばてれん》僧もまた出定笑語《しゅつじょうしょうご》の著者も、仏教の宗旨を攻撃する為めに、日本仏法の各宗を研究したものである。ロシア人、フランス人、ドイツ人の欠点を挙げてその急所を衝く事は我々にはなかなかむずかしいが、お互日本人の弱所をえぐり出すことはそう困難ではない。そして欠点の半面には必ず長所がある。我々が日本人の欠点を知ったところで、その長所まで捨て、自ら日本人たるを棄てようとするものはあるまい。我々の思想的実行的生活のうちには、支那学に由来する部分が多大に有り、亦その長所となっている。この長所を保存するには、随時その淵源《えんげん》を正し、之を善解する必要がある。

例えば人にして見ても頼朝の如き、信長の如き、その他雪舟の如き、芭蕉の如き、明治以来幾多の新研究が施されて、その解釈はしばしばそれ以前の解釈より進歩している。多分更に一層人道的なものになって居るとも謂えよう。明日の人道は是等の人々を更に好く解釈するであろう。アナトオル・フランス曰く「吾人は現時イリアド或は神曲の一行をもその初め考えられたとおりの意味で解しはしない。生きるということは変化するということである。而して記述せられたる我等が思想の来世の生活も亦此法則から脱却することは出来ない。」然し同時に我々は良き古典の人の代と共に更生するを見るのである。

支那日本の古典も今や新しき吟味を受くべき時機に達したことは確である。而してそれは勿論原物原文に就いて為されなければならぬ。少くとも是等の事を完成する以前に我々は滋味多く、今も亦現に之を摂取しつつある支那の古典を棄て去ることは出来ない。新しい家がまだ竣工しないのにどうして旧屋の壁を毀《こぼ》つことが出来ようぞ。

ロオマ字論者も多くの首肯《しゅこう》すべき理由を有している。彼等が漢字習得の不便を云々し、ロオマ字の能率を云々する深奥所には、往々彼等の自覚せざる理想が隠れている。即ち我々は寧ろ支那古学の影響から脱して、欧羅巴現代の精神を採ろう。牛を馬に換えようという傾向がある。漢学が我々の思想と結合し、我々が之を肯定しているならば、語《ことば》の横書は不便である。漢語を捨て欧羅巴語を納れる場合には縦書は不便である。日本現代の語彙の貧弱なることは既に言った。我々がロオマ字を用いるに及べば、浸々として外国語は日本語のうちに入り来る。現代女の断髪の比ではなかろう。ファンといいデイといい、必ずしも要としない外国語が現在既に多く新聞紙には現われている。

我々の祖先は過去に於て既に外国語を入れた。現代に及び漢唐を英独にするも不可なかろう。然し英独の淵源に遡ることは必ず之を怠るであろうから、やがて銀座といわず九州北海道といわず、日本全国の官衙《かんが》、会社は深みのない紳士を以て満されるに至るであろう。

仏国エリオーは社会主義者にして且つ希臘《ギリシャ》学者である。千九百二十二年某日その国の議会に演説して、各国民相協同する為めには人々現代外国語を習得し之に通暁するに若《し》くはないと言った。即ち当時の文部大臣レオン・ベラアルが希拉の課目を中学の必修たるものに復《ふく》せようというに反対したのである。彼は決して希臘古典をば誇らなかった。然し拉丁《ラテン》文明に対しては忌憚なき酷評を加えた。曰く拉丁語は已に甚だ貧弱なる機械《そし》である。その語尾はやかましく、その文章の構成は短く、冠詞は略せられ、その語彙は乏しい。拉丁人は文芸の天才に非ず、唯希臘文明の扶助に由って辛うじて之を得た。光と芸術との神たるアポロンは拉丁神話にはない。その語の不完全なる一例としてここに Otium がある。是れ精神上の努力を現わす語にして同時に閑暇の義である。以てその一般を知るに足ろう云々。

後日レオン・ドオデェ亦同じ問題に就いて論じて曰く「……予は一日父と共にシャルコオ教授を訪問した。……教授は手に一小冊を持って居られた。父その書を問うに、予が臨牀講義に甚だ必要なるものなりと答えた。見れば是れオラス（ホラチウス）の詩集であったのである。能弁と智慧との合一を教授が此書に求められたのも亦理の存するところである云々。」

エリオー之を駁して曰く「それは精神の休息ならむ。」

文部大臣すかさず「Otium!」と叫んだ。

ドオデェ氏なお語を続けて曰く「然り同時に休息である。然し予は les humanités なくして能く人間修養の目的を達し得るとは考えることが出来ない。而して現代外国語の習得だけではこの l'humanisme の代償となすに足りないと思うのである云々。」

仏蘭西の事情と日本の現代とを同一視することは出来ない。が然し仏典漢籍を読まず、外国語はゲエテ、シェクスピアまでだに遡らず、唯凡庸翻訳家を通じてトルストイを知り、ロマン・ロランを学ぶ現代の大学生が何処に導かれるかは容易に考うることを得るのである。

現代の政治、東京の建築等はかくの如き「文化」の発現である。

或学者は史記の「禁不得祠」を浮屠《ふと》（仏陀）の祠を禁ずと読んだ。又他の学者は之を笑った。古えの語は実にかくの如く不完全である。豈《あに》独りオチウムのみならんやである。然しそれにも拘らず、趣が深いと言いたい。

露伴管見

嘗て改造社の「日本文学講座」の為めに幸田露伴論を作ったことがある。昭和八年の秋の頃だと思うが、十幾巻かの露伴全集を読むには、毎晩ではなかったが、三四箇月かかった。全集を読むと教わることばかりで、理解した所は四分の一にも足りず、評論など作ること烏滸《おこ》がましい限りであった。然《しか》し約束の事では有り、「講座」の間を欠いては気の毒と思い、兎《と》に角《かく》予定の三十枚を書き上げた。

その時いろいろ疑問が起ったが、それは研究を要することで、つい解決をつけずに打ち捨てて置いた。今度も亦依然として其疑問の上を素通りしなければならない。

其第一は露伴が十五六歳の頃就いて漢学を習ったと云う菊池松軒はどんな人であったか。露伴は一体此人からどう云う影響を受けたかと云うことである。

それから北海道へ行って技師になり、明治廿年、十九歳の時にはそこをやめて東京へ帰って来た。一体そこで何に憤激し、何に感奮《かんぷん》したか。その時の心中の醱酵の状態を、当時の世相と云う酒樽をも勘定に入れて、とくと調べて見なければ、露伴論は書けないわけである。即ち明治世相史、明治思想史、明治文学史を研究してかからないと、青年露伴を摸索しても正体がつかめない。

まあ一口に言えば青年の客気《かっき》とか、野心とか、理想とか、と云うものに鞭うたれて居たのに相違有るまいが、其客気、其理想がどう云う道徳的（文化的）色彩を有していたかというのが当面の問題である。

森鷗外の場合にはそれが大部分西洋のユマニテェであったろうと想像することが出来る。自分で書いたものにもはっきりそう云っている。「純粋の意味での自由及び美の認識」というものが、青年鷗外の理想であったろうと覬覦《きゆ》することが出来る。露伴の場合には、本人に伺いを立てれば分るかも知れないが、わきから推量するのには、其当時の世相と本人が後来発展した蹟とから考察して見るより外はない。

鷗外、露伴、植村正久などという人の心と事業との歴史を精細に認識することは、明治の文化を正解する為めに甚だ必要な事であり、その道の専門家にやって貰わなければならぬが、世間にはいろいろする事が多いと見えて、心行くほどの研究は甚だ罕《まれ》である。僕はまた再び自分の空疎な推量でお茶を濁さなければならぬのは残念だが、どうも為方《しかた》がない。

上に引いた明治の三人物を考えると、それに共通する所は孰《いず》れもモラリストであると云うことである。また孰れも漢学殊に儒学の教養を根拠としている。洋学の方面は少しずつ異っているのである。して見ると明治二十年頃を青年の時期とした明治の選良に在っては、漢学が重要な基礎であったと云っても差支が有るまい。之を明治三十年を、或は明治四十年を青年時代とする思想界の聞人と比較するとかなり逕庭《けいてい》が有る。明治二十年の青年は漢学を善く理解し善く利用した。明治三十年、明治四十年の青年にはそれが既に無用となったのであるか。また大正十年の青年、昭和十年の青年には如何。我国の道徳問題の重要なる一案がここに横《よこた》わっていはしまいか。こう云う意味で露伴研究はまた現代の為めの重要課題だと謂わなければならぬ。

上記の問題を回避したのでは、露伴論は殆ど価値の薄いものとなる。然しこの問題に正面からぶつかるには十分の用意が無ければならぬ。その用意の無い僕としては、敢て之を回避しなければならぬ。唯僕は一体どう云う点で露伴と接触したかということを回顧して見ること位で御免を蒙《こうむ》りたい。幸田露伴という山から、唯自分の手におえる一木一草を引抜いて味って見よう。

僕は幼少の頃朧《おぼ》ろげな文学的雰囲気の裡《うち》に生息した。姉たちは少しく耶蘇教の文学を掬《きく》して、「女学雑誌」や「真理一班」が僕の目にも触れた。多分も少し後の事となると思うが、兄たちは明治の文学を好んで、「文学界」の他に紅葉、露伴の小説の冊子が夏休みの机の上に散らばっていた。それで僕は「いさなとり」「ささ舟」などの口絵を知っている。後年「露伴全集」の「月報」のうちにそれらのものの複写を看て甚だなつかしく感じたものであった。唯そのうちで「有福詩人」という本をば、小学校の時であったか、或は既に中学に入って後であったか、読んだことがある。それはこの戯曲の舞台が僕の出生地になっていたからであったが、人の生れかわりの牛馬が互に述懐を漏す段は、かなりあとまでも不思議な事として頭にこびりついていた。是れは僕の露伴と縁のつながる最初のものであったが、今それを読み直して見ると、此作品は、露伴としても上乗のものでは無い。然し其詩的幻想にはやはり露伴の刻印が濃厚についている。

紅葉の作品は夙《はや》く読んだが、僕の露伴に親炙《しんしゃ》するに至ったのは遥か後の事である。露伴に入るには幾多の障礙《しょうがい》があった。第一には其の文体であった。第二には其仏学的漢学的の観念及び用語であった。

露伴を読むに当って先《ま》ず我々の意識に入って来るものは文体の特殊性である。其用語も其リトムも、其描写法も今とはよほど違っている。先ず古風と云うように考えられる。叙景などには馬琴のような処も有る。主観、客観、叙述、問答、聯想の配置の工合には西鶴の体が濃厚に存している。露伴の明治二十三年五月に発表した井原西鶴論の中に「去年我逍遥子《しょうようし》と初めて逢う。子我を以て西鶴崇拝者と為すものの如し。我即ち云う、小子漫《みだ》りに西鶴を奉ぜずと。噫《ああ》明治の聖代《せいだい》に生れて誰か枯骨《ここつ》の余香を一身の生命として頼むものぞ。今にしもあれ丈夫奮起して一枝筆鋒《ひっぽう》に真の血を瀝《したた》らし真の涙を瀝らして文を為すものあらば、西鶴素《もと》より馬前の一塵《いちじん》のみ、然れども西鶴泯《ほろ》ぶべからず、仮令《たとい》小説家というあたわざるにもせよ亦《また》一文豪たることは動かすべからざるの議なりとす。云々」

当時樋口一葉も西鶴に似た文体で書いた。其他の少年世界、文芸倶楽部などの作者も露伴、一葉などの文体を摸した。即ち今から見ると擬古《ぎこ》的であるが、当時では清新の体で、且つ達意に近いものであった。「鷗外漁史《ぎょし》とは誰ぞ」と云う文章のうちに「明治の聖代になってから以還《いかん》、分明に前人の迹を踏まない文章が出たと云うことは後世に至っても争うものはあるまい。露伴の如きがその作者の一人であると云うことも、亦後人が認めるであろう。予は之を明言すると同時に予が恰も此時に逢うて、此の如き人に交ることを得た幸福を喜ぶことを明言することを辞せない。云々」とある。

初期の露伴にかく徳川文学の影響の有るのは争われぬ所であり、また明治のその時代にはそこに郷愁を感ずること、どの作家にも普通の事であったらしい。然し徳川の文学を資《し》としただけでは大きなユマニテェは完成しない。露伴は更にいよいよ遡った。凡《すべ》てユマニテェは古に遡れば遡るだけ、濃く且つ深くなる。詩歌でいえば、談林《だんりん》から芭蕉、新古今、古今、万葉というように遡った他に、少年時の漢学の修業を出発点として、此方面でもまた古えに遡っている。水滸伝、元曲というようなものから、唐、漢の詩人、思想家を追究した。このレトロスペクチィフの精進が、他の一事に執着し、一処に停留する儕輩《さいはい》を凌《しの》ぐ見識にと導いた。日本の古典を遡ると、道は支那の古典へと通ずる。東洋に於けるユマニテェはそれに尽きるものでは無い。他なし、印度の宗教と、道徳と、思想とである。そして露伴は夙《はや》くからこれに気が付き、これを愛していた。それ故また其文体が特殊となり、またむずかしくなった。青年輩の露伴に詣るや、先ず此文体の門牆《もんしょう》で遮《さえぎ》られるのであった。

露伴が北海道で何を煩悶したか分らぬ。何に奮激したか分らぬ。然し廿一《にじゅういち》歳上京の後にも道を捜しに捜して居る。「対髑髏《たいどくろ》」と云い、「一口剣《いっこうけん》」と云い、「いさなとり」と云い、「聖天様《しょうてんさま》」と云い、「五重塔」と云い、「血紅星《けっこうせい》」と云い、「微塵蔵《みじんぞう》」と云い、「新浦島」と云い、皆この摸索、この精進の記録と見れば見ることが出来るのである。無論わかかったから野心も有ったであろう、恋も有ったであろう。生来多感で、負けじ魂に燃えている。だがお江戸に生れて風流も解し洒落も好んでいる。

「一口剣」や「貧乏」の中に出て来るわかい夫婦者の意気、情愛をば、実に我物の如く好く書きこなしている。恋の風流も分るが、久四郎のような恋の執著をも心では経験している。幻の中だとしても、こんな世界が判明に形成せられては雪寒の辺陲《へんすい》にじっとして居られる筈は無い。だがそんな事は青年露伴の思慕の唯一小部分に過ぎない。それより一層大きな魔物は——表現が妥当であるかどうか知らぬが——やはり青年の野心であった。

今仮に野心とは書いたが、後来露伴の発展の跡を看《み》ると、野心という字はどうも妥当でない。已《や》むを得ずんば耿々《こうこう》の気とでも云って置こうが、一体何を欲し、何を目指して心が安んぜなかったか。それは或は功名であったかも知れないが、富貴《ふうき》や栄達ではなかったようだ。

嘗て「幸田露伴論」で指摘したが、露伴の小説、戯曲、評論には、好んで活動人が捉えられてある。其同胞には千島群島へ短艇で出かけたような冒険家がある。然しどうも露伴は実際的アクシオンの人というよりも、脳髄型のチイプであったらしい。「露団々《つゆだんだん》」を書いた頃果してはっきりと其意識が有ったかどうか知らぬが、露伴の潜在意識中に見詰めていたものはやはり文学ではなかったろうか。「突貫紀行」や「酔興記」などから窺うと、その頃まだ文筆を以て身を立てようと決心していたのでもなかったようである。謂わば「露団々」によっておのずから其方にと道が開けたのである。少くとも外見はそう見えるが、然し「露団々」の導いた道は偶然ではなく、それは宿命であったのである。

それにも拘《かかわ》らず、当人は文学では飽き足らなかったらしい。未だ君子を見ず憂心惙々《てつてつ》たるものがあったようだ。廿年代の中期の作品のうちにはそう云う人物が沢山出て来る。「ささ舟」の栽松がそうだ。「うすらひ」の雪丸がそうだ。是等の人物の出奔の動機ははっきりと説明して無いが、現状に不満で、天の一方のものに憧れている気分はすぐに感得することが出来る。そして是等の人物の意馬心猿《いばしんえん》は常に覊絆《きはん》で抑えられている。栽松の場合は戒律である。豪邁《ごうまい》な雪丸さえも孔子孟子に一目置いている。「鴫翮掻《しぎのはねがき》その二」に「栽松が参禅の物語は、作者閲蔵《えつぞう》の結果として門外漢ならぬ言葉づかい面白く……」とある。易経とか、仏典とかいうものは此作家の趣味であると同時に、自分の思想、行動の参考としたものと考えられるから、唯其文学の語彙を豊富にし、思想を潤沢にした外に、やはりすみ縄の役にも立って居よう。

「露団々」が意想外の当りを占めて、それから「一口剣」、「ひげ男」、「いさなとり」、「五重塔」、「微塵蔵」などが次ぎ次ぎと作られ、露伴も文学に安居を得たように見えるが、「血紅星」の皆非、浦島百代目の浦島次郎（「新浦島」）は文学のなりわいは愚か、昔からの聖賢百家、浮屠《ふと》氏の為事《しごと》をも疑っている。

露伴の書いたものに「我が明治二十一二年頃少しく文才あるものは男女老少の別なく競うて小説を作」った（「元時代の新劇」）とあるから、青年露伴の野心は確かに文学にも在ったと推せられるが、文学の上の功名などで満足していなかったことは、上に引いた小説でも、また其他の作品でも窺われる。本人も「あがりがま」（明治廿七年、廿八歳）の序にも「実に我は筆を執らんとするに先だちて、自ら興付かざるのみならず、あわせて小説というものをもいたくは好まざるに至れるなり」と告白している。「出廬《しゅつろ》」（明治卅七《さんじゅうしち》年、卅八歳）は「序」のみで終っているから、其窮極の意図のほどは分らないが、その詩人は世の悦ぶに足らぬを知り、詩を愛し、詩を尊んだが、それでも窓外に出征する人々の声を聞いて心をときめかした。其第四篇は「詩と世と共に悦び愛すべく、実在と空想と相即し相容るべきを詠じた」と云うが、同じ作者は「天うつ浪」の大作を執筆中に日露戦争に逢って「製作に従事する上の自由に就ては毫髪《ごうはつ》も世間の状態の為めに如何ともさるべきものにあらざる」を信じながら、「かかる有事の日に然《さ》る長閑《のどか》なる文字を作る」ことにあきたらずして筆を措いた。ナポレオンの軍隊がドイツに入った時も悠々と「引力」の著述、色彩論の研究などに没頭していたゲエテとは少し違う。

露伴は脳髄型の人で、その天分は詩に適したが、其追究するものが、現実を離れた詩の国の完成でなかったと云うことが、露伴後期の発展を観ると明になる。「行《ぎょう》」が人世生活の主要事であると云うことを、露伴自身も年を重ねると共に段々悟って来たと見て可《よ》かろう。然し露伴は其兄の如く行の人では無く、行を観相する人であった。僕は嘗て「幸田露伴論」で其事を忖度《そんたく》したが、今でもやはりそう考えるより他はない。露伴が歴史を好み、其戯曲、人物に多くのオンム・ダクシオンを呼び出して来たのも偶然では無いのである。

そう云う方角で進んで行けば、結局は「行」の哲学者になるべき傾向になる。そして実際そうなっている。東洋の哲学と云うものは、主として行の哲学である。それ故今となって見れば、少年露伴が菊池塾に学んだ時から其一生の運命は定っていたように思う。青年の時いろいろ惑う所があり、山川に隠れ、文酒に遊び、百家を討尋《とうじん》したのは、この大循環を大きくし、完《まった》くする為めの修練であった。未だ嘗て、全く違う世界の大悪魔から呼び込まれた痕は無い。

僕がここで全く別の世界の大悪魔と云ったのは何であるかと云うと、手取り早くここで白状してしまうが、それは欧羅巴伝承の「ユマニテェ」である。露伴は其心、其頭を、此大魔軍の修羅場としなかった。我々後代の見物人は、東洋道で諸障礙《しょうがい》に打ち勝って其完成に近づいた此求道者が、忽ち西洋道の来襲をうけて、また之と戦うの光景を見たかったのだが、残念ながら其機会を失してしまった。露伴は実に東洋的の詩人・思想家として純血種であった。次の時代の青年たちが後年の露伴から段々と遠ざかって行ったのは之に因るのであろう。

明治年代には、思想の方面でも、実地の方面でも沢山えらい人が輩出した。然し啓蒙の人、機会の人、享楽の人は、今では誰もその時代の記念碑として固まってしまっている。今もなお昨《さく》の如く其影響の残るのは、やはり求道の人々のうちに在る。僕の狭い見聞の範囲内では、初めに言った通り、耶蘇教の方では植村正久、文学の方では森鷗外、幸田露伴などがルレエの一鎖を為す人々で、其後伝燈のあとがとぎれているから、今後の求道者の為めの出発点になるのである。

話が少し理窟張って来た。露伴の創作を読んで印象を受けるのは、文体に次いでは「土地」である。露伴は随分広く歩いて居るから地理には詳しい。詳しいにも拘らず其土地は実際の土地では無いようである。八犬伝のうちの富山や行徳のように感ずる。是れはただ今読んでそうだと云うのではなく、刊行当時の読者にもそう云う印象を与えたろうと想像する。「ささ舟」の中の青柳村、流水、柴橋、茶の樹、はねつるべ、それは田舎に行けば今だって有る。椎の皮つきの柱の門、そんなものだって捜せばあろう。処がそこへ網代笠《あじろがさ》の遍参僧《へんざん》が出て来る。笹舟を作る少年少女が出て来る。そうするとそれはもう実在郷では無くなる。同じように木更津でも、霊岸島《れいがんじま》でも、永代橋でも何か伝説的のほのめきに裹《つつ》まれている。

曲中の人物もまたその通りである。「のっそり十兵衛」なんて大工が実際は五重の塔など建てられそうには見えない。「一口剣」の中の正蔵だって、あんな事が本当には有り得はしまいと思われる。その点「対髑髏」や「毒朱唇《どくしゅしん》」の美女と変りはない。筋も亦之に準ずるが、総じて近世の所謂写実主義と云うものは露伴にはない。それでその当時から観念小説と称せられた。観念小説ではあったかも知れないが、類型小説ではなかった。魂ははつらつとして生きているのである。其当時の読者は無論そう感じたろうが、今読んで見てもその処少しも変りはない。思うに、其魂は明治二十幾年かの青年の魂を動かしたったのであろう。其懐疑、其煩悶、其風流、其憧憬、それが深く時代の肺腑《はいふ》を抉《えぐ》ったのであったろう。

僕はかつて其「たましい」を分析して「江戸子気質」、「男らしさ」、「情熱」、「正しさ」などを抽《ひ》き出した。まだ他にもいろいろの元素が有ろう。また「江戸子気質」や「しゃれ」と雑って「田舎気質」もあろう。「執著《しゅうちゃく》」、「克明」がそれだが、喜蔵、久四郎の執著には「水上語彙《すいじょうごい》」を集めると共通した処が感ぜられる。

だがまたその「江戸子気質」、その「しゃれ」が一部の青年の露伴に詣るのを遮っているらしく見える。露伴の文学的生涯は長いが、創作の期間は比較的短かかった。それは此「江戸子気質」、此「しゃれ」に由来していないとは謂えまい。西鶴は露伴には新文体を拓く機を与えたかも知れぬが、創作家としての露伴は江戸文学の影響から抜け切らなかったように思われる。

フランス十六七世紀の「オンネット・オンム」という人格型は露伴のようなのでは無かったか知らんと考えるが、是れは其道の人によく聴いて見ないと分らない。が嚮《さき》に曰《い》った「純血種」と云う点で、露伴は現代に於ても亦道徳的文化的の問題となり、またそれぞれの人が是非此問題を講究しなければならぬと思う。殊に現代の如く、外国の文化、外国の思想に対して批判が厳格になった時に其必要が痛感せらる。

現在東洋古典を講究する学者は少くはないが、それらの人々は多くは一部門の専攻家である。オンネット・オンムとして之を身に着けた人は甚だ罕《まれ》である。恐らくは我露伴唯一人であろう。そう云う人が現在に生きているというのは、六百年の滝の桜が今年も花を咲かした如くである。我々は感嘆に次いで研究をしなければならぬ。

森鷗外

緒言

森鷗外[註一]を伝することも論ずることも容易な業ではない。余は二年前[註二]に此事を引受けたが、いまだに緒《しょ》に就《つ》かず、毎週の催促に心甚《はなは》だ不安である。初はその知を辱《かたじけの》うした「スバル」時代の鷗外の面影を写し試みようと期したのであったが、それでは妥当でないように思い返し、その略伝を作ることに改めた。唯全集に遺された文学上医学上の著作を解説するだけの略伝である。二〇三高地、ベルダン城堡《じょうほう》の正攻法を以て鷗外を窮《きわ》めようとすることはとても余の力の及ぶ所ではない。それで案出したことは、作家をして自ら語らしむることである。又生前作家に接近していた者の追懐の記事を補綴《ほてい》することである。余は筆を棄てて翦《はさみ》と糊《のり》とを取った。

生活の時期を分つこと　歴史的の事蹟に時期を分つことは、空間的の形象を類に依って分つことと同じく、決して心のこりなくうまく行くものではない。然し便宜でもあり、必要でもある。余は仮に次の如く之を定める。

一、出生、少青年の時代（文久二年 1862 の出生より明治十四年 1881 二十歳、大学卒業の時まで）

二、軍医副及び留学の時代（明治十五年、二十一歳より二十一年 1888 二十七歳まで）

三、柵草紙《しがらみぞうし》の時代（明治二十二年、二十八歳より二十八年 1895 三十四歳に至るまで。此間日清戦争起り出征の事が有る）

四、目不酔草《めざましぐさ》の時代（明治二十九年、三十五歳より三十四年 1901 四十歳に至る）

五、芸文及び万年艸《まんねんぐさ》の時代、附日露戦役の前後（明治三十五年、四十一歳より四十一年 1908 四十七歳に至る）

六、豊熟の時代（明治四十二年、四十八歳より大正六年 1917 五十六歳に至るまで。此間に医務局長たりし時期の大部分が含まれる）

七、晩年（大正七年、五十七歳より大正十一年 1922 六十一歳易簀《えきさく》の日まで）

一　出生、学生生活

明治廿三年六月の「徳富蘇峰氏に答うる書」の中に族譜や出生の時より学生時代に至るまでの閲歴《えつれき》などが極めて簡明に語られている。曰《いわ》く「吾家は累世《るいせい》津和野侯に仕えし医なり。慶安間に卒《しゅっ》せし森玄篤より、天保二年に卒せし森秀菴まで十一世、皆典医なりき。祖父玄仙、後に白仙と改む。秀菴が養子なり。奥附《おくづけ》を拝す。時の典医堀杏菴《ほりきょうあん》、平田玄叔、加藤玄順と大に脈を論ぜしことあり。当時の書束《しょかん》等家に蔵したり。漢文も雅健にて、議論観るべきものあり。江戸にて客死せしは文久元年の事なりき。家君《かくん》名は静男、母君と共に猶すこやかなり。明治二年西周《にしあまね》氏津和野に来たりて、東京に出でよ、世話せんと云わる。是より先慶応三年より藩の学校養老館に入りて漢学を受け、旁《かたわら》和蘭《オランダ》語を修めしが、明治五年館を出でて家君と倶《とも》に東京に遷《うつ》り、西氏の家に寄居し、進文学社と云う私学校に通いて、独逸《ドイツ》語を修む。明治六年大学医学校に入りて、明治十四年卒業す。是れ僕が医学の教育を受けし略歴なり。」

改造社出版の「森鷗外集」巻尾に森潤三郎氏の撰ばれた年譜（以後は単に「年譜」と書く）では右の記事と年に少し異《こと》なるところが有る。

「十になった。お父様が少しずつ英語を教えて下さることになった。内を東京へ引越すようになるかも知れないと云う話がおりおりある。そんな話のある時、聞耳を立てると、お母様が余所《よそ》の人に云うなと仰《おっし》ゃる。お父様は、若《も》し東京へでも行くようになると、余計な物は持って行かれないから、物を選り分けねばならないと云うので、よく蔵にはいって何かして入らっしゃる。……」「何故《なぜ》人に云っては悪いのかと思って、お母様に問うて見た。お母様は、東京へは皆行きたがっているから、人に云うのは好くないと仰ゃった。」

小説「キタ・セクスアリス」に出ているこの一節は少年時代の一日をありありと観照《かんしょう》せしめる。

少年から学生時代へかけての庇護者たる西周氏の事は鷗外の西周伝によって詳しく悉《し》ることが出来る。

「明治六年（十二歳）大学医学校に入り」という医学校はその予科である。年譜には明治十年（十六歳）東京大学医学部の本科生となると有る。その年四月に東京開成学校と東京医学校とが合併せられ、東京大学というものが出来、法、理、医、文の学部が分たれたのである。医学部の総理は池田謙斎《けんさい》で、総理心得が長与専斎《せんさい》であった。

医学生としての鷗外は初めは寄宿舎、後には本郷の下宿に住んで、土曜日毎に北千住の父の家に帰った。小説「雁」のうちの一節を引いて其当時（明治十三年、十九歳の交）を髣髴せしめよう。

「土曜日に上条（註、宿の名）から父の所へ帰って見ると、もう二百十日が近いからと云って、篠竹《しのだけ》を沢山買って来て、女郎花《おみなえし》やら藤袴《ふじばかま》やらに一本一本それを立て副《そ》えて縛っていた。……」

当時の医学部教授はみな独逸人で外科の Schulz、内科の Baelz などは今も其名が伝わっている。

予科生本科生として親んだ文学に就《つ》いても鷗外の自ら記する所からその一斑《いっぱん》を窺うことが出来る。

「僕は貸本屋の常《じょう》得意であった。馬琴を読む。京伝を読む。人が春水を借りて読んでいるので、又借《またがり》をして読むこともある。」（「ヰタ」十三歳）「……併《しか》しまだ新しい小説や脚本は出ていぬし、抒情詩では子規の俳句や、鉄幹の歌の生れぬ先であったから、誰でも唐紙に摺《す》った花月新誌《かげつしんし》（註、明治十年創刊）や白紙に摺った桂林一枝《けいりんいっし》のような雑誌を読んで、槐南《かいなん》、夢香《むこう》なんぞの香奩体《こうれんたい》の詩を最も気の利いた物だと思う位の事であった。僕も花月新誌の愛読者であったから、記憶している。……」成島柳北はまた朝野《ちょうや》新聞に雑録を書いて評判されていた。其他唐本の金瓶梅を七円で買ったこと、虞初新誌《ぐしょしんし》を喜んで読んだことなどが「雁」のうちに出ている。移し以て鷗外の当時の趣味であったと見做《みな》しても大きな誤はあるまい。「それから机の下に忍ばせたのは、貞丈雑記《ていじょうざっき》が十冊ばかりであった。其頃の貸本屋の持って居た最も高尚なものは、こんな風な随筆類で、僕のように馬琴京伝の小説を卒業すると、随筆読《よみ》になるより外無いのである。」（「ヰタ」）

「ヰタ」や「雁」等に出て来る小説、雑誌、当時の文化を負える人々の名、または浅草の奥山、銀座の寄席などから端緒を捕えて、青年鷗外を住ましめた当時の世相、開化の迹《あと》を捜して行くことは、極めて誘惑的な為事《しごと》であるが、今は断念しなければならぬ。唯後年の傑作「雁」の由来にも関係有ることであるから、青年鷗外の情緒生活の記録から一つの珠を選び抜くことだけは省略しかねるのである。

「ヰタ」中の十七歳の章に出ているのであるが、本郷の下宿から小菅《こすげ》に通る通新町の古道具屋の事である。「此古道具屋はいつも障子が半分締めてある。其障子の片隅に長方形の紙が貼ってあって、看板かきの書くような字で『秋貞』と書いてある。小菅に行く度に、往《いき》にも反《かえり》にも僕は此の障子の前を通るのを楽にしていた。そして此の障子の口に娘が立っていると、僕は一週間の間何となく満足している。娘がい無いと、僕は一週間の間何と無く物足らない感じをしている。……僕は此頃から、ずっと後に大学を卒業するまで、いや、そうでは無い、それから二年目に洋行するまで、此娘を僕の美しい夢の主人公にしていたに相違ない。……余程年が立ってから、僕は偶然此娘の正体を聞いた。此娘はじきあの近所の寺の住職が為《し》送《おくり》をしていたのであった。」宛《えん》として「雁」のうちの女主人公と同型である。

明治十四年（一八八一年）の七月四日に大学を卒業した。その頃は石黒忠悳《ただのり》が長与専斎に代って医学部の総理心得になっていた。学位授与の日は七月九日で新医学士は二十八人であった。高橋順太郎、中浜東一郎、賀古鶴所《かこつるど》、井上虎三（後の佐藤佐）等の名がその裡に見える。因《ちなみ》に浜田玄達、小金井良精《よしきよ》、緒方正規《まさのり》、弘田長《つかさ》などの諸氏はその前年の卒業者で、鷗外より一年後に卒業したものには青山胤通《たねみち》、佐藤三吉、も一年の後の者には隈川宗雄、河本重次郎《じゅうじろう》、北里柴三郎、山本次郎平の諸氏が有る。

二　軍医副及び留学の時代

「卒業したる後、衛生学を専修せんとおもい起ししが、師とすべき人無かりき。明治十四年陸軍に奉仕し、明治十七年に独逸国留学を命ぜらる。独逸にてはライプチヒにてホフマンを師とし、ドレスデンにてロオトを師とし、ミュンヘンにてペッテンコオフェルを師とし、伯林《ベルリン》にてコッホを師とす。皆衛生学者なり。明治二十一年帰朝す。今猶軍医にて、同僚のために衛生学を講ず。」是れ亦「徳富蘇峰氏に答うる書」の一節である。

大学を卒業してから欧羅巴に往くまでの間の消息は「ヰタ」のその年の章から想像することが出来る。「年譜」に拠ると、明治十四年九月七日の読売新聞に寄せた「河津金線君に質す」が新聞に出た初めての文章だとのことである。それが「ヰタ」の中の三輪崎霽波《せいは》の嘱に応じて作ったと云うものと同一であるか否か、今から知る術がない。因に「三田文学鷗外先生追悼号」のうちに小島政二郎《まさじろう》氏の編する略伝に拠ると、霽波は実は晴瀾《せいらん》宮崎宣《のぶ》政《まさ》であり、又河津金線は饗庭篁村《あえばこうそん》の別名であると云う。

小島氏はまた大野洒竹《しゃちく》の文に拠って、この間の医業の上の重要事を報じている。その全文を引こう。「明治十五年の五月一日に軍医本部（今の陸軍省医務局）の課僚を命ぜられ、庶務を扱っていた。ここで鷗外氏は普魯西《プロシア》の陸軍制度取調を命ぜられ、プラーゲルの陸軍衛生制度書を基礎として大部の著述に従事し、翌年三月功成りて遂に医政全書稿本十二巻を編み、これを官に奉った云々。」

明治十七年（二十三歳）の六月七日に留学被仰付、八月二十三日（「年譜」。小島氏は二十四日と云う）に横浜を発し、十月十二日伯林《ベルリン》に著し、直にライプチヒに到り、そこの大学に入った。伯林で当時の公使青木周蔵に会った時の面白い逸話は小説「大発見」のうちに見えている。

「年譜」や全集中の記事に拠って留学中の行動を調べて見ると、明治十八年（一八八五年）の五月二十七日には陸軍一等軍医となった。その月の十二日にはDr. Würzler と同行し、ライプチヒからドレスデンに往った。負傷兵運搬演習を観る為めである。六月十一日ザクセンの軍医 Dr. W. Roth が病院視察の為めにライプチヒに来り、面会した。ロオトには旬日前にヴュルツレルによって既に紹介せられている。鷗外は是人から甚だ愛せられた。

ライプチヒでは Prof. Hofmann に師事し、予《かね》て日本で調べて置いた「日本兵食論」(Über die Kost der japanischen Soldaten) を書き上げた。是れは Archiv für Hygiene の第五巻に収められている。当時専ら力を注いだ研究で、初め Carl von Voit の流儀によって日本食を検したが、フォイトの標準から観ると、日本食は蛋白、脂肪の要素が甚だ少かった。それで日本の学者中にも「肉食偏重論」が起った。然し独逸に在っても、後には Pflügel, Bleibtreu, Uffelmann 等がフォイトの原則を修正し、鷗外の従来の日本食を可とする意見に新なる根拠を与えた。この問題は鷗外帰朝の後も長い間討論の種子となった。

明治十九年（一八八六年）の五月にはミュンヘンに移り、そこの大学の衛生学教室に入った。其主任は有名な Max von Pettenkofer であった。講師の Dr. K.B. Lehmann の指導の下に「ビイルの利尿作用に就いて」(Über die diuretische Wirkung des Biers) と云う為事をした。之をば此年の十一月三十日の Gesellschaft für Morphologie und Physiologie zu München の例会の席上でレエマンが代読した。原文は翌年の Archiv für Hygiene 第七巻に現われた。作者の肩書は Kaiserl. niponischer Stabsarzt となっている。前後に類の少い事で、鷗外の全生涯を通ずる気質の一顕象《けんしょう》である。この為事の為めに加藤照麿《てるまろ》は作者と共に麦酒飲用の体験者となった。此時鷗外は衣と共に目方五十五キログラムを量り、「完全な健康」の所有者であった。またレエマンと共に「Über die Giftigkeit und die Entgiftung der Samen von Agrostemma Githago (Kornrade)」の論を作った。既記「衛生学宝函」の第九巻（一八八九年）で発表せられた。

当時同じ教室には亦《また》中浜東一郎が在って、葡萄酒、麦酒などの色素の事を研究していた。

ミュンヘンに滞在中には亦、日本より帰来した独逸人 Naumann の Allgemeine Zeitung に寄せた日本風俗に関する論文の誤を弁駁《べんばく》したようなこともあった。

明治二十年（一八八七年）の四月には伯林なる Robert Koch の教室に遷《うつ》った。Über

pathogene Bakterien in Canalwasser（Zeitschrift für Hygiene の第四巻、一八八八年に掲載せらる）がその時の為事である。北里柴三郎も同じ時同じ教室に在って、コレラ、チフス、テタヌス等の細菌の研究に従事した。

　同年 Deutsche medizinische Wochenschrift（第五十二号）に寄せて D.B. Simmons の杜撰《ずさん》なる論文を駁撃《ばくげき》した Beriberi und Cholera in Japan の短章は極めて名文で、其体老熟、他の多くの日本学者の外国語医学論文の比ではない。此年三浦謙太郎が中外医事新報に出した論文の抄訳 Über den Bothriocephalus liguloides Leuckart を作って同じ雑誌に寄せた。（翌年十月二十五日発刊の号に載せられてある。）

　明治二十一年（一八八八年）の三月から帰朝の途に就く七月まで鷗外は伯林に止《とど》った。此間の行動は「隊務日記」（全集第十七巻）に詳しく出ている。話の緒を獲る為めに其初めの一節を引用する。

「明治二十一年三月十日。遭福島大尉于石黒軍医監伯林客舎。見示徳国外務大臣与本邦全権公使西園寺公望之書、知徳国政府許余執医務于普魯士禁軍団歩兵第二聯隊第一大隊也。帰家。正装、以徳帝維廉第一世殂之翌日、佩喪章、至兵部省医務局、記名。訪軍医監戈烈児（von Coler）軍医正轂猟児（Köhler）至府司令衙（Kommandantur）記名。」

之に由って伯林生活の環境がどんなものであったかをほぼ知ることが出来る。後年雨声会で文士を招いた西園寺公が公使であった。石黒軍医監の為めに独逸官憲の間を周旋した。又喪章を佩《お》びて官庁を訪ねたとの記事は、当時の普魯西王室の度重《たびかさな》った不幸を想起せしめる。

同年の三月九日には皇帝 Wilhelm 一世が崩殂《ほうそ》した。鷗外の右の日記はちょうど其翌日の事である。此時其皇子たる Friedrich 三世は前年の一月に声帯に疾《やまい》を獲て既に漸く重かった。伯林の名医たち、殊に外科学の教授たる Bergmann が診《しん》して癌として早期の手術の可なることを説いたが、側近の者は英医 Mackenzie に聴いて荏苒《じんぜん》として切開に適する期間を過してしまった。六月十五日には新帝も亦崩殂した。英仏の普通新聞、医学雑誌の間には面白からぬ揣《し》摩《ま》臆測《おくそく》が公にせられ、其討論は往々誹謗に隣した。此君に次いで皇位に登ったのは皇嗣《こうし》の Wilhelm 二世である。これより後独逸の国情は漸く其面目を新にしたこと既に人の悉《し》るが如くである。鷗外の伯林生活はちょうど此変転期に際会《さいかい》している。

この間伯林での為事は隊附医官としての診病治療の事に従う外に、石黒軍医監に随《した》って各地の同僚を訪ね、軍隊衛生の機関を観察し、また日本陸軍の為めに医療の器具を購《あがな》うことなどであった。

この頃「日本住家の人種学的衛生学的研究」(Ethnographisch-hygienische Studie über die Wohnhäuser der Japaner) を Rudolf Virchow を通じて「人類学会論文集」(Verhandlungen der anthropologischen Gesellschaft) に寄せた。是れはザクセンの地

学会に請われて演説したものの稿本である。日本人が独逸で公開演説をした嚆矢《こうし》である。(「味うべき言」全集第三巻)。又小池正直の「鶏林医事」を独逸文に訳し (Drei Jahre in Korea) 之と高橋医学士所著論文一篇とを携えて、Deutsche medizinische Wochenschrift の編輯者 Samuel Guttmann を訪ねたことなども「隊務日記」に出ている。(註、同誌一八八八年第二十三号に Dr. S. Takahashi: Untersuchungen über die Entstehung der Cysten der Scheide の記有り。シトラアスブルヒ病理学教室に出づるものである。入沢達吉先生に拠るに是人は高橋茂氏であるという。)

「余は模糊《もこ》たる功名の念と、検束《けんそく》に慣れたる勉強力とを持ちて、忽ちこの欧羅巴の新大都の中央に立てり。……」「余が鈴索《すずなわ》を引き鳴らして謁《えつ》を通じ、おおやけの紹介状を出して東来《とうらい》の意を告げし普魯西の官員は、皆快く余を迎え、公使館よりの手つづきだに事無く済みたらましかば、何事にもあれ、教えもし伝えもせんと約しき。喜ばしきは、わが故里にて、独逸、仏蘭西の語を学びしことなり。彼等は始めて余を見しとき、いずくにていつの間にかくは学び得たると問わぬこと無かりき。」

小説「舞姫」中の是等の章句は、おもうに之を当時の鷗外の身の上に移して大差が無かろう。Pettenkofer, Lehmann, Roth, Köhler 等の極東の青年医官を遇すること、正にかくの如くであったのであろう。

五月二十三日再びドレスデンに往った時、バワリヤの軍医監 Wilhelm Roth は衛戍《えいじゅ》病院の会堂に午餐の宴を張って之を驩迎《かんげい》し、且つ演説して「有吾於森猶視我団中人」と言った。

鷗外留学中の独逸の医学界、政界、文壇の情勢はどうであったか。是等の「まだ二十代で、全く処女のような官能を以て外界のあらゆる出来事に反応」（「妄想」）する青年に及ぼした諸影響を検索することは甚だ重要であり、余も其医学方面の事は少し調べても見たが、此には之を割愛しなければならぬ。

「劇場では Ernst von Wildenbruch があの Hohenzollern 家の祖先を主人公とした脚本を興行させて、学生仲間の青年の心を支配した。」（同）又 Hartmann の Schelling, Hegel, Schopenhauer の思想の層を潜って来た「Philosophie des Unbewussten」が後年の Nietzsche の作品の如く、一世を風靡した。「或るこう云う夜《よる》の事であった。哲学の本を読んで見ようと思い立って、夜の明けるのを待ち兼ねて、Hartmann の無意識哲学を買いに行った。これが哲学と云うものを覗いて見た初で、なぜハルトマンにしたかと云うと、その頃十九世紀は鉄道とハルトマンの哲学とを齎《もたら》したと云った位、最新の大系統として賛否の声が喧《かまびす》しかったからである。」と後年同じ「妄想」のうちに告白している。然し一面、帰納実証を崇ぶ科学者たる鷗外は長く無意識哲学に停滞してはいなかった。却ってハルトマンの美の哲学の方に後年、人間の精神的活動を批判する標準を求めたのである。

七月三日に伯林を出発し、英仏を経由して、九月八日、五年目に東京に帰著した。同日軍医学舎（後の軍医学校）の教官に補《ふ》せられた。「非日本食論将失其根拠」はその時の自費出版に係るものである。

三　柵草紙時代

留学から帰った翌年（明治二十二年、二十八歳）より日清戦争の終局（明治二十八年、三十四歳）までを仮りに柵草紙時代と名付ける。柵草紙は二十二年の十月二十五日に創刊せられ、戦争の起るに及んで（二十七年）廃刊せられた。或はこれを「水沫集《みなわ》（二十五年出版）及び月草《つきくさ》（二十九年出版）の時代」と云うことも出来る。此間一方には軍医学校に拠り、兵食、兵衣等の研究をして反対者と討論し、或は医学雑誌「衛生新誌」（二十二年三月創刊）「医事新論」（二十三年一月創刊）、「衛生療病誌」（二十三年九月前両誌を併せてかく命名す。二十七年十一月廃刊）、「東京医事新誌」等を藉《か》りて、欧洲医学界の新潮を伝えると同時に、かの柵草紙に拠ってはなばなしく文壇に活動した。恰《あたか》も草莽《そうもう》の間に平氏始めて興るの概が有った。

「国民之友」に「於母影《おもかげ》」が現われたのは二十二年の八月である。創作としてはなお「舞姫」（二十三年一月）、「うたかたの記」（二十三年八月）、「文つかひ」（二十四年一月）があり、多数小説及び脚本の翻訳のほかに、かの「即興詩人」が二十五年十一月の「柵草紙」に始めて掲載せられた。然しそれよりも更に大なる影響を芸術の壇に与えたのは文芸評論である。

試に明治二十二年の文壇と云うものに目を寓すると、「国民之友」（明治二十年創刊）、「新小説」、「都の花」、「文庫」、「女学雑誌」や「読売新聞」（明治七年創刊）などが其主要な演武場で、その前年に創刊せられたものに三宅雄二郎の「日本人」、硯友社の「我楽多《がらくた》文庫」があった。なお「新著百種」、「大和錦」なども小説発表の機関をなした。此間に芸文の批評家として知られたのは読売新聞に拠る坪内逍遙（「早稲田文学」は二十四年に至って創刊せられた）、「国民之友」の徳富蘇峰、石橋忍月《にんげつ》、「女学雑誌」の内田不知庵《ふちあん》である。其他美妙斎《びみょうさい》、謫天情仙《たくてんじょうせん》、学海《がっかい》、露伴、漣《さざなみ》なども時として批評の筆を執った。是等の諸文棟《ぶんとう》は孰《いず》れも鷗外が好敵手となった。中に就き平治の信頼、義朝の如き運命に陥ったものは石橋忍月であった。

「……プラトンやアリストテレスを引合に出した忍月の犀利《さいり》の批評は鷗外出でざる以前独逸学派の一人舞台であった。レッシングを日本に紹介したのは忍月が初めてで、矢鱈《やたら》とラオコーンを引張出すのでレッシング忍月の諢名《あだな》があった。

「当時の批評は所謂穿ちや穴捜しや感想ばかりで、堂々の論陣を張ったものは殆《ほと》んど無かったから忍月の論理井然《せいぜん》たる侃々諤々《かんかんがくがく》の批評は目を聳《そばだ》てさしたもんで、鷗外出馬前千里独行の感があった。……」

「然るに此の相当学殖もあり相当功績も挙げた忍月がドウシテ文壇のキャリヤに半途で挫折したかと云うと、第一の頓挫は同じ独逸畑からの傑物鷗外の出現であった。同じ畑から同じ業物を掣《ひっさ》げて起ったのだが、忍月のレッシング一点張なのと反対に、鷗外のレッシングは元よりゲーテ、シラーに加えて新鋭のハルトマンの切れ味まで示した七ツ道具の勁勇《けいゆう》精悍なる武者振は忍月の敵で無かった。昨日までの一人舞台の荒事師も此の新鋭の大看板に出られては、俄に傾き掛る下弦の月の日の出に会ったように影が薄くなった。

「第二に忍月の論文は独逸流のゴツゴツした論理一遍で蠟を嚙むが如きに加えて、兎《と》角《かく》に法律家通有の揚足《あげあし》取りや堅白異同《けんぱくいどう》に偏していた。随《したが》って普通の読者には余り理窟過ぎて充分理解しにくかったし、高級読者には胡桃《くるみ》の空殻《あきがら》を嚙むような無味に堪えられなかった。且初めはプラトンやアリストテレスの空弾に鳥渡《ちょっと》哃喝されたが、同じ畑から崛起《くっき》した鷗外の蘊蓄《うんちく》の無尽蔵なると比べて忍月の奥行の余り深くないのが誰にも忽ち看透《みす》かされると同時に、鷗外の精錬瑰麗《かいれい》なる修辞と比較して忍月の生硬蕪雑《ぶざつ》な未消化の文章が愈〻目立って来て次第に飽かれるようになった。」

内田魯庵の回想談（「紙魚繁昌記」）（一二五―一二七頁）は此間の消息を伝えて精しいから敢てここに其長文を引いた。

大学の専門哲学者の大言壮語も隼《はやぶさ》の如き烱眼《けいがん》から奥底の空虚を見透されないではすまな

かった。「外山正一《とやままさかず》氏の画論を駁《ばく》す」(二十三年五月)は通俗的な常識主義に対する一大攻撃で、日本に於ける精密なメトヂックの上に立つ美術論の嚆矢《こうし》である。

此時代の鷗外の評論の最も煥焉《かんえん》たるものは蓋《けだ》し逍遙と交酬したる諸文である。是れは当時の文壇に、文学の内容と形式とに関して始めて精細なる認識を導き入れたもので、後来の文運の発展に対しても重大なる影響を与えた。それ故に柵時代の鷗外を論ずるには是非この論争を吟味して見なければならぬが、残念ながら余には逍遙に関する知識が少く、今遽《にわか》に両者の主張を比較する隙がない。幸い近年この論争の再討尋が数氏によって行われて居るので、余は鷗外全集に拠り、又例えば久松潜一氏の「坪内逍遙の文学評論」(「国語と国文学」昭和七年第九十六号)を参考して仮に結論らしきものを作って見よう。

畢竟《ひっきょう》両者の議論は氷炭器《ひょうたんうつわ》を同じうせざるが如きものではない。逍遙は作家として実際の経験から帰納して説を為し、其思想の体系の統制の如き必しも喫緊事としなかったのであろう。鷗外は作家としてよりも寧ろ理論家としてメトヂックの吟味建設を重要視した。鷗外は屢〻ハルトマンを祖述《そじゅつ》するのではない、唯その美学を藉《か》りるのみだと言明している。だがハルトマンの美学にも既に建築的の構造があって、鷗外の性情に適した事は固《もと》よりである。然しながら逍遙と鷗外とは其気稟《きひん》に於ても、其教養に於ても、其理想に於ても、甚だ相殊《ことな》るものがあった。久松氏が両家を比較して「一体逍遙氏と鷗外とは文学評論の上に於て早稲田文学と柵草紙とにそれぞれよって居たのみならず種々の点に対比して居る。両氏は同じく西洋文学の基礎の上にたち、而も和漢の文学にも深いのであるが、ただ逍遙氏が英文学を主として居るのに比して鷗外は独逸文学を主として居り、又逍遙氏が日本の近世文学を主とせられるに比し、鷗外はむしろ古典的の和漢の文学の方に多くの趣味を有して居られたようである。従って逍遙氏の文が浄瑠璃や人情本式から始まって居るのに比して、鷗外の文は古典的の匂の高い和文調から出発して居るのであって、これは創作に於ても翻訳に於ても同様である。而して文学評論に於ては逍遙氏の実際的であり写実的であるに対して、鷗外は理論的であり理想的であるのである。……」と云う一節は、余も或は然るべしと合点する者であるが、次の文句には多くの疑念を挿《はさ》まざるを得ぬ。「かくて鷗外は実際の文壇に新しい問題を提供するよりも、新しく提供せられた問題に対してその理論的基礎を確定しようとするのである。……かくて逍遙、鷗外二氏の論争に於ても問題を提供するものは、即ち一の見解を称えたのは常に逍遙氏であって、鷗外は逍遙氏の称えた問題もしくは見解に対して、氏のよった美学的立場から学問的根拠を与え、もしくは学問的根拠の上からこれを批評するのが多かったのである。記実と談理にしても、小説三派論にしてもまた没理想論にしてもすべて、逍遙氏の称えた所であって、鷗外は是等の見解をば美学的に批評するに止まったのである。この点に鷗外からは理論的精緻は認められるが、逍遙氏の如く、文壇に問題を提供して新しい文学の先駆者となる点にかけて居ったと見ることも出来るのである云々」

この説を読むとゆくりなくも、後年高山林次郎が天才は問題の提供者なりと言った事を想起する。「実際の文壇」、「新しい問題」などという言葉がどの位の意味と価値とを有しているか。再び烏有《うゆう》先生の解析を免れないであろう。烏有先生曰く「我は消極なる批評の道に由れば、緒に触れては言えども科を立てては説かざる傾あり。云々」此言は既にかくの如き再批評を予期してのかなり皮肉な宣言であったのである。且つや説者は、没却理《ぼっきゃく》想に関する論争だけを見て、泰西の詩及び小説の翻訳が哲学的の精緻な思考法と併せ、当時のエスプリにどんな影響を与えたかを顧慮することを閑却したように見える。逍遙の文学には旧幕以来の戯作者的気分がなお甚だ多く残存していた。その旧弊から切り放って、文学を士大夫の芸として取り返したのが鷗外の功であった。其為めに鷗外も（社会的に）少からず傷いた。然し日本に於ても現在、文学が精神の糧として認められ、文士が遊民と同一視せらるるを免れるようになった機運を作ったものは、鷗外の功第一に在るべきである。かくの如きは一は鷗外の趣味に因ったのであろうが、更に多く其主義に出づるものである。余は鷗外が支那古学（宋元以前）の研究者として副島種臣《そえじまたねおみ》を高く評価するを聴聞したことがある。

然しながら柵草紙の鷗外を概観すると全く「尚武《しょうぶ》」的である。「柵草紙という名はつまり滔々《とうとう》たる文壇の流に柵をかけると云う意味からであった。」（「柵草紙のころ」）折伏《しゃくぶく》が其本領であった。即ち一方には医学上に、初めはフォイトに拠り、後にプフリュゲル等が標準に拠り、日本兵食を論じて大沢、田原等の諸先輩に挑戦し、一方にはこの柵草紙に籠ってハルトマンが美学を楯として文壇の諸批評家と争った。此期の鷗外の為事は、その発表せられたるものに拠って観ると、医文相半した。或は医の方のもの文に超えた。既に説く所のものを除き、前者は多く泰西の新説、新発見の紹介又鈔訳《しょうやく》で、文壇の方面の活動は主として評論であった。こう云う関係から人或は鷗外の学は祖述に在って、独創を闕《か》くと言うものが有るが、其時代の状況を顧みれば何れの方面にも Aufklärung の事を必要としたのであって、而して鷗外は之を自覚して甘じてこの務を果したのであろう。次の時期になると、「めざまし」の「柵」に代るが如く、其活動の方面も少し変って来る。

医学の方の事蹟を言うに、明治二十四年（三十歳）の八月二十四日に医学博士の学位を授けられた。其機会に人の為めに自家の履歴の概略を書いたものが普及版の鷗外全集の第十七巻に出ている。

明治二十七年（三十三歳）日清戦役が起り、八月二十四日には中路兵站軍医部長の任に当り、十月一日第二軍兵站軍医部長となった。かかる倥偬《こうそう》の際とて「柵草紙」、「衛生療病誌」孰《いず》れも廃刊の已《や》むを得《え》ざるに至った。（「年譜」に拠る。）

翌年の四月二十一日には陸軍軍医監に任ぜられ、六月満洲より台湾に転征、八月第二軍兵站軍医部長を免ぜられ、台湾総督府陸軍軍医部長を仰付《おおせつ》けられた。九月二日、東京に凱旋、軍医学校長事務取扱を仰付けられた。十月三十一日には軍医学校長に補《ふ》せられた

（「年譜」に拠る）。かくしてこの両年の間からは一作も伝わって居ないようである。

追記。 斎藤茂吉氏の「森鷗外先生」（三）「朝霧の評」（「アララギ」第十九巻第三号、大正十五年三月一日発行）という記事のうちに、後年鷗外のこの時代の医学的研究に対する自家の感想というようなものが写してある。その一節を抜くと次のようである。

「先生は青年で独逸の留学から帰って来られた当座、業房に入ってこつこつと為事《しごと》をして居られた。その為事の題目は、日本在来の食物たとえば味噌とか醬油とか香物《こうのもの》とかいうものであった。つまり西洋医学の翻訳以外に立とうとする意気を窺うことが出来る。そういう研究の結論は部下との共同業績という名目で「東京医学会雑誌」の初期のものなどに載っている。私は一寸そのことにも触れて見たところが、先生は言下に否定せられて、『あんなものはつまらぬつまらぬ』といって相手になられなかった。」

これは画かきが三十年前のわか画《が》きを見せられたようなものであるから、さすがの鷗外もこう返事するより外《ほか》為方がなかったことであったろう。

四　目不酔草時代

「めざまし草」は明治二十九年の一月に創刊せられ、明治三十五年の二月二十五日第五十六号を以て最終の巻とする。「柵草紙」のいかつく、ゆゆしげなるに対して、之は其名の如く、めざましく、したしげである。時代も亦「都の花」、「大和錦」、「新著百種」の頃とは変って来て居る。かの時代は猶始めて開拓せられた文化上の新墾地の如くであったが、今や繁華な都会が形成せられつつある。露伴、紅葉、逍遥等は老熟し、それより一段と年の壮《わか》い猛者たちが出現している。硯友社、早稲田文学、帝国文学等の講社は多士済々である。雑誌も旧い「国民之友」、「太陽」、「家庭雑誌」の外に「帝国文学」（明治二十八年創刊）、「文芸倶楽部」、第二期「新小説」、第二期「早稲田文学」（孰《いず》れも二十九年創刊）、「明治小説文庫」、「新著月刊」、「ホトトギス」（三十年創刊）、「歌舞伎」、「明星」（三十三年創刊）が有り、読売、国民其他の新聞紙と共に創作及び批評の壇場となった。鷗外の筆陣は芸術批評の理論、方法論から転じて漸く個々作品の批判に向った。「めざまし草」の「鷸翮掻《しぎのはねがき》」、「三人冗語」、「雲中語」の中に品藻《ひんそう》せられたる作者の数も頗《すこぶ》る夥多《かた》である。桜《おう》癡《ち》、逍遥、天囚《てんしゅう》、三申《さんしん》、紅葉、水蔭、眉山《びざん》、鏡花、風葉、秋声、思案《しあん》、漣、柳浪、乙羽、美妙、荷葉《かよう》、青軒、露伴、篁村、学海、思軒、宙外、抱一庵《ほういつあん》、不倒、仰天子《ぎょうてんし》、弦斎、魯庵、孤蝶《こちょう》、天来、嵯峨の屋、雨江《うこう》、醒雪《せいせつ》、桂月《けいげつ》、松葉《しょうよう》、二葉亭、花袋、藤村、麗水、渋柿園《じゅうしえん》、玉茗、浪六《なみろく》、天知《てんち》、採菊《さいぎく》、緑雨《りょくう》、悠々、独歩、破笠《はりゅう》、笠園《りつえん》、梅癡《ばいち》から一葉、賤子《しずこ》、湘烟《しょうえん》、きみ子、花圃《かほ》、楠緒《くすお》の閨秀《けいしゅう》に至るまで枚挙に隙が無い。此間の作品の優れたるものとしても、露伴の「新浦島」、「ささ舟」、「きくの浜松」、「ひとりね」、紅葉の「不言不語」、「金色夜叉」、一葉の「たけくらべ」、「にごりえ」、逍遙の「桐一葉《きりひとは》」、「牧《まき》の方《かた》」、風葉の「亀甲鶴」、鏡花の「黒百合」などが出ている。而して「めざまし草」の合評は一葉の称讃を以て其使命の第一とするが如くに見えた。「三人冗語」のうちの鷗外の言に「われ縦令《たとい》世の人の一葉崇拝の嘲を受けんまでも、此人にまことの詩人という称をおくることを惜まざるなり。」という一句が有る。

批評は当代の作家から古人に及んだ。「水滸伝」、「琵琶記」、「卒堵婆小町」から西鶴、一九、春町、黙阿弥に対する品評は、後年の心中万年草の場合と同じく、往々牛刀《ぎゅうとう》を以て鶏を割《さ》くというべきか、物々しすぎる振舞と見られなくもないものがある。

音楽、建築、絵画、彫刻に対する批評もある。ちょうどこの頃は黒田清輝が白馬会を刱《はじ》めた時である。鷗外は画家のうちにも原田直次郎と黒田清輝とを重んずるが如くであった。然し実際作品に対する品評は画説、画派に対する説ほど鋭くない。後年余が屢〻《しばしば》観潮楼に謁を通じた時、白馬会贔屓《びいき》の余は当時の洋画の事に関して鷗外の説を求めた。造形美術に関しては鷗外の答はいつも短かった。そして僕は思想的でないものにはそう深い興味を持たないというような事を言われた。然し「太陽の画論」(二十九年)などを読むと、当時の白馬会の運動を正解し且つ善解していたことが分る。それに反して「太陽」の記者は外光《がいこう》派などに就いて全く無知であった。

この時期の鷗外には創作が殆ど無い。ただ「そめちがえ」(明治三十年八月「新小説」)

の一篇を見るのみである。文壇には硯友社が有り、交友の間には紅葉、緑雨が有るところからして、その雰囲気はおのずからこう云う小説の構想を促したのであろうが、世間の評判は好くなかった。「雲中語」の評家中の「漢学者」と名乗る一人は「吾読此篇、益知鷗外無碍弁才、無所不通、無所不能矣。然此種之文、究竟非鷗外当行本色、広平梅花賦、可有一、不可有二。吾不欲観潮楼集中、数見此種之文也。」と言った。

外国文学の翻訳もこの時期には甚だ少い。僅かに「はげあたま」（三十年）、「恋衣」（同）があるのみ。伝に「西周伝」が有り、啓蒙の書に「洋画手引草」（大村西崖《せいがい》、久米桂一郎、岩村透《とおる》同撰。三十一年、画報社）が有る。（われ等が中学の時分、洋画を好むものにはこの書と大下藤次郎《とうじろう》の「水彩画の栞《しおり》」とが渇愛の書であった。）次に医学上の著作はと見ると「携帯糧食審査に関する第一報告」（二十九年）、「衛生新篇」（小池正直同著、三十年）、兵役論（同年）が有る。又同じ三十年には医学の雑誌「公衆医事」を創刊した。然し研究室内の為事からは遠かった。

「そこで学んで来た自然科学はどうしたか。帰った当座一年か二年は Laboratorium《ラボラトリウム》 にはいっていて、こつこつと馬鹿正直に働いて、本《もと》の杢阿弥《もくあみ》説（註「日本人の食物は昔の儘が好かろう」との説）に根拠を与えていた。……

「さてそれから一歩進んで、新しい地盤の上に新しい Forschung《フォルシュング》 を企てようと云う段になると、地位と境遇とが自分を為事《しごと》場から撥《は》ね出した。自然科学よ、さらばであ

も見る。

鷗外の常の剛気に似ぬこの種の述懐をばまた「衛生談」（明治三十六年四月）のうちに

る。」（小説「妄想」、明治四十四年）

「其頃私はMÜNCHENの大学に居て、衛生学を修業して居ますし、永松君はWÜRZBURGと云う、MÜNCHENからは余り遠く無い処に居て、植物学を修行して居られましたので御座ります。……其頃永松君は定めて植物学者になって一生を送ろうと思って居られたので御座りましょう。私は又天晴衛生学を研究して、試験室の中で大発明をでも致そうと思って居たので御座ります。

「さて二人とも故郷に還ってから、夢の間に二十年に近い月日が立ってしまいました。私は暫くは陸軍の軍医学校の試験室で、食物の研究などを致して居ましたが、軍人社会で謂う心太《ところてん》と云う制度の為に、新進の学者が下から推すので、試験室の戸外へ、いつか撞《つ》き出されてしまいまして、軍医部長と云うものになりました。それからは人員の遣繰《やりくり》をして、統計を作って、学問の方と云っては、新着の西洋雑誌を読むくらいに過ぎませぬ云々。」

今でも軍医社会に於ては同じような傾向があると思うが、研究室に於ける研究ということはその社会の主要な目的にはなっていない。学問に執着の有り過ぎるものは却ってその出世が遅れないとも限らぬ。鷗外は試験室から撞き出されたことを悲しみ、又其文学の故に本業の造詣を疑われると歎じたが、文学の為めに費したあれ丈の時間を全く無為に過したとしても、立派な軍医総監の一生であったのである。或は世間の一方から一層好評を以て迎えられたかも知れぬ。

　当時のかかる環境はまた小説の創作や翻訳を為すことにも適していなかったに相違ない。「柵草紙の盛時」が鷗外に「学界官途の不信任」を与えた。明治三十三年一月「福岡日々新聞」に寄せた「鷗外漁夫とは誰ぞ」という一篇がこの間の消息を漏す。当時もその後も世間で評判したことは、鷗外は余技の故に小倉にやられ、実は左遷である。隠流という号は「かくしながし」と読むべきである云々。そして鷗外は意識的に無意識的に漸く文壇から遠かったのではあるまいか。

　その文に曰う。「この鷗外と云う称は予の久しく自ら署したことの無いところのものである。これを聞けば、殆《ほとんど》別人の名を聞くが如く、しかもその別人は同世の人のようで無くて、却《かえ》って隔世の人のようである。」鷗外も自らその文壇を離れて久しきことを告白している。「……予が医学を以て相交わる人は、他は小説家だから与《とも》に医学を談ずるに足らないと云い、予が官職を以て相対する人は、他は小説家だから重事を托するに足らないと云って、暗暗裡に我進歩を礙《さまた》げ、我成功を挫いたことは幾何《いくばく》と云うことを知らない。」と嘆じている。

　又繰り返すことになるが、かくして鷗外は明治三十二年（一八九九、三十八歳）の六月に陸軍軍医監に任ぜられ、第十二師団の軍医部長として小倉に赴いた。小倉在任の二年半の間は、鷗外全集に拠って見ると、新聞雑誌に発表せられた論文は寥々《りょうりょう》である。医学上の論文、鈔訳等も同様に少い。右に引用した自疎の外「霽行記《せいこうき》」、「潦休録《りょうきゅうろく》」等片々たる数篇に過ぎぬ。然し鷗外が此間に何をしていたかと云うことは後年の作に係る小説「鶏」、「独身」(孰《いず》れも明治四十三年)、「二人の友」(大正四年)でよく分る。閲蔵や仏蘭西語の習得などが退庁後の主な為事であった。否是等の小説に拠らなくても、全集からも分る。余は新聞雑誌への発表が寥々であったと云ったが、それは時の問題に関する評論を指したのである。鷗外はこの「めざまし草」の時代に却ってもっと地味な著作に従事していた。即ち「審美綱領」(大村西崖同編、三十二年六月春陽堂発行)、「審美新説」(三十三年三月、春陽堂発行)、「審美極致論」(三十五年二月、春陽堂発行)がそれである。この機会に於て日本美学史上の鷗外の位地、業績を論ずるが至当であろうけれども、そは余の難しとする所であるから之を略する。そして右諸著の如何の物であるかは、既に世間に知られていることであるから、その解説をもここには敢てしない。

此他に尚「戦論」(Karl von Clausewitz 著 Über den Krieg)の翻訳が有る。伯林に在りし日田村怡与造《たむらいよぞう》将軍の需《もとめ》により巻一の過半を訳し、後此業を継ぎ、明治三十四年六月小倉に於て巻二までを訳し了《おわ》ったものである。而して第三巻以下は陸軍士官学校で仏蘭西訳本の重訳を完成したというので、之を続くるを止め、後この重訳と併せ合刊するに至った。而して是は軍人仲間に於ける鷗外の声望を重からしめたものであったと謂われている。

五　芸文及び万年艸の時代
（附　日露戦役の前後）

仮にかかる名称を以て鷗外の四十一歳（明治三十五年、一九〇二年）から四十七歳（明治四十一年、一九〇八年）迄の時期を呼んで、其間の行業《ぎょうごう》を窺って見よう。この時期はちょっと合《あい》の宿《しゅく》の観が有る。中に三十七八年の日露戦役というあわただしい大事件があって、万年艸は唯の二年で凋落《ちょうらく》し（三十七年二月廃刊）、文芸上の著作も甚だ少く、随ってこの時代の特色というものが形作られずに、唯次の豊熟の時代への移り行となっている。為事の種類もまた批評から創作に転ずる過渡期である。然しこの時代はわれわれには甚だなつかしいものである。この時代の初はわれわれの中学上級の時に当り、「即興詩人」の上下両巻が単行本として出版せられ（三十五年春陽堂）、われわれは始めて鷗外の影響の圏内に入った。当時青年の一部のものの如く、われわれの文芸上の常の糧は文庫と明星とであったが、上田敏の「芸苑」、後に之を併せた「芸文」（三十五年創刊）、其後身たる「万年艸」（同年）は、ひそかに之を舎兄《しゃけい》が机辺《きへん》から借り来って、止水《しすい》の筆に成る表紙画、花文字揃の横文字入りの活字面に瞠目した。

即ち鷗外はこの年の二月に「めざまし草」を廃刊せしめ、三月には第一師団軍医部長に補《ふ》せられ、三年ぶりに東京に帰還し、六月にはかの「芸文」を創め、後之を其発行書肆に与え去って、十月新に「万年艸」を発刊したのである。脚本「玉篋《たまくしげ》両浦島《ふたりうらしま》」（三十五年十二月）、長詩「長曾我部信親」（三十六年九月）等の小冊子もかの長原《ながはら》止水の表紙画を以て現われたが、三十六年一月伊井が市村座で之を興行した時は余も亦《また》到り観《み》、その「おことは自然、われは人」という文句は「異国のむかしトロヤにて云々」の章と共に、その頃諳記して、今でも之をそらで唱えることが出来る。われわれより十年二十年前の青年が「於母影」や「舞姫」から受けたと同じ感激を、その頃のわれわれは「即興詩人」や「やまびこ」から受けた。「芸文」の「金色夜叉合評」、「万年艸」の「芸文第一巻評語集」などの所謂「六号活字物」の変った味をも興ずる年齢にわれわれはなっていた。

対露宣戦の布告が有って、三十七年の二月に鷗外は第二軍の軍医部長となって満洲に出征した。「大君の任《まけ》のまにまにくすりばこもたぬ薬師《くすし》となりてわれ行く」というのがその年の四月二十一日宇品を去る時の口号《こうごう》である。「起重機や馬弔り上ぐる春の舟」がその時の状況である。二十三日馬関《ばかん》海峡を越える。「友舟の一つかすみ二つかすみけり」。五月二日、鎮南浦《ちんなんぽ》。此日閉塞船の事を聞いた。「朧夜や精衛の石さんぶりと」。三日、椒島。五日、猴児石上陸。六日、塩大澳《えんたいおう》。八日、董家屯。十五日、楊家屯。二十二日、劉家店。二十七日、南山。六月十四日、兪家屯。十五日、祝家屯。十六日、尖山子。二十二日、北大嵎寨。七月六日、正白旗。十三日、古家子。二十五日、橋台鋪。二十六日、大石橋。「柳藉《し》いていこふ千兵の扇かな」。八月十七日、張家園子。八月三十日、沙河南岸高地下。「黍《きみ》がらの蚊火《かび》たく庭によこたへし扉のうへにうまいす我は」。九月三日、首山北脚。九月九日、遼陽《りょうよう》。「あだ遠くのがれし迹の空澄みて鱗形《いろこがた》ぐもあしたしづけき」。十月二十日、遼陽満洲軍総司令部席上。「葡萄酒や草花の香の小庭《こには》より」。十月八日、遼陽を発す。九月十日、大紙房。十月十三日。紅宝山。十七日、十里河。

三十八年一月元日はなお十里河にあった。一月二十七日、楊家湾。二月、大東山堡。三月四日、渾河を渡る。九日、四方堡。「なゐぞふる引く仇今か毀《こほ》つらし渾河にわたすまがね長はし」。三月十日の奉天大会戦の日は張士屯に在った。十一日、奉天。三十日、同地。「大車こぐるまむるる糧倉《かてぐら》のかどのゆふべに霙《みぞれ》ふるなり」。五月五日、奉天を発す。十五日、慶雲堡。六月九日、同地を発す。十九日、再び奉天に入る。二十四日、鉄嶺。二十六日、古城堡。十月十六日、平和条約批准《ひじゅん》の報至る。「旗捲いて帰《かへ》んなんいざ暮の秋」。二十一月三十日、開原。十二月二日、旅順。四日、大連。八日、遼陽。九日、古城堡に還る。二十九日、古城堡を発す。三十一日、鉄嶺。一日、「凱旋や元日に乗る上り汽車」。かくして七日宇品に著し、十二日東京に凱旋した。戦功により、四月一日功三級に叙し、金《きん》鵄《し》勲章及勲二等旭日重光章《きょくじつじゅうこうしょう》を授けられた。

戦陣倥偬《こうそう》裡《り》の少閑も無為には過されなかったことは、四十年九月春陽堂発行の「うた日記」が之を証する。右に記した歌、俳句はこの書から引いたのである。

そう云う時節であったから、この期には軍事、政事に関する著作がある。「戦論」の事は既に述べたが、其他「人種哲学梗概」(三十六年十月、春陽堂)、「黄禍論梗概」(三十七年五月、春陽堂)がそれである。創作には「日蓮聖人辻説法」(三十七年三月)、「朝寐」(三十九年)。又久米桂一郎同撰の「芸用解剖学、骨論の部」が三十六年二月、画報社から出版せられている。伝記に「能久《よしひさ》親王事蹟」(四十一年六月、棠陰会版)が有る。凱旋すると間もなく、四月八日の竹柏園大会で「ゲルハルト・ハウプトマン」を講じた。後に(十月)単行本となって出でたが、世間に頗る喧伝せられたハウプトマンに関する好評伝である。

明治四十年の八月には美術審査員となった。十一月十三日には陸軍軍医総監となり、医務局長に補せられた。四十六歳のわかさで中将相当官となったのである。

翌年の一月十日には、長い間一緒に文芸の為事をした弟の篤次郎氏が死んだ。三木竹二の名を以って劇史劇評に重きをなした人である。

此期の間で特筆すべきことは、一は医務局長として臨時脚気予防調査会(四十一年五月)を興したことと、一は同じ年に設けられた文部省の臨時仮名遣調査委員として活動したことである。文部省の、旧来の仮名遣を改め或は之を旧に復したりした歴史は甚だ長い事であるが、明治三十八年の案が朝野の反対を受けた為めに急に右記の会を興し、その新に作った折衷案をこれに諮問したが、委員会を開くこと五回にして大勢が文部省に非であって、遂にこの案を撤回し、ついで委員会も廃止せらるるに至った。四十一年六月二十六日の其第四回の会合に於ける鷗外の演説の速記は、全集の第二巻に出て居るが、ユマニストとしての鷗外の面目は潑剌として紙面に躍っている。我国の正しい伝統が文科大学の諸棟梁によって護られずに、陸軍の代表者からその崩壊が防がれるに至ったことは頗る奇異とすべきに似ている。

六　豊熟の時代

明治四十二年（一九〇九年、四十八歳）から大正六年（一九一七年、五十六歳）に至る鷗外の文芸上の豊熟の時代は如何にして発現したか。今少しくその由来を尋ねて見よう。鷗外の前の時代即ち日露戦役の前後は、独り鷗外のみならず、文壇一般に寂寞《せきばく》であった。紅葉は「新続金色夜叉」（三十五年）などで喘《あえ》いで居たが、三十六年の十月には三十七歳のわかさで胃癌で死んでしまった。露伴は世間から既に衰えたと云われ、三十六年以後読売に「天《そら》うつ波」の長詩を発表し、再びわかわかしい元気を見せたが、当時の青年はもはや昔のように渇仰《かつごう》しなかった。独歩や荷風などもこの時代ではまださほどに世間の喧伝する所とならず、白鳥、花袋等の所謂自然主義の定期出版物を賑かしたのも、主として明治四十年（白鳥「塵埃」、花袋「蒲団」）以後の事である。それで日露戦争の頃の作品としては三十七年の藤村の「破戒」、逍遙の「新曲浦島」が最も文芸界の視聴を聳《そび》やかしたものと云って可かろう。少くとも当時の高等学校生徒たりし我々の自家の経験を顧るとそうであった。

処《ところ》が明治三十八年になると、俄然として夏目漱石なるものが文壇に現われた。それまでは漱石の存在をばその少数の交友団しか識《し》らず、纔《わず》かに五来素川《ごらいそせん》の読売に於ける評論で、そんなえらい人がいるかな位にしか世間では考えなかった。然るに「我輩は猫である」の第一篇（「ホトトギス」一月号）以来、その年だけでも「倫敦塔」、「幻の楯」、「琴のそら音」、「一夜」、「薤露行《かいろこう》」を、翌年は「趣味の遺伝」、「坊ちゃん」、翌々年は「野分」、「鶉《うずら》籠《かご》」、「虞美人草」と続々と諸傑作を発表し、所謂《いわゆる》矢継早《やつぎばや》の妙技の一として正鵠《せいこく》を失したものがない。全く天下の驚異であった。恐らく鷗外は、創作の上では、一葉に次いで始めて斯人に感心したのであろう。屢〻往き訪ねようとしながら一度も実行しなかったが、甚だ之を重じていたことは余も亦親しく聞いて知っている。（尤も上田敏の洋行を送るを機として興った青楊会で両者は少くとも一回は面晤《めんご》している。上野精養軒に於けるその第一回の席上で、上田氏に餞《せん》した両者の短き演説は各家の面目を躍如たらしめるものであって、今にしてその速記の伝わらないのを遺憾とするものが少くはなかろう。）「そのうちに夏目金之助君が小説を書き出した。金井《かねい》君は非常な興味を以て読んだ。そして技癢《ぎよう》を感じた。云々」と鷗外は「ヰタ」の中で金井湛《しずか》君に云わしている。此技癢が鷗外をして筆を創作に取らしめた一因となったのであろう。

その第二は当時の「自然主義」に対する反感である。「そのうち自然主義と云うことが始まった。金井君は此流義の作品を見たときは、格別技癢をば感じなかった。」感じなかったが大に意識はした。余は時々田山花袋の噂を聞いた。田山花袋の書くものは凡て「erotisch getönt」だ。「百姓力」で中々書くと云った。この鉤《かぎ》の手《て》で仕切らした二つの言葉は余は今もその儘《まま》覚えている。然し外国の小説をも好く読んで努力はしていると。正宗白鳥は当時皮肉を売物にして、新聞記者としては無作法な事が多かった。何に出たか忘れたが、其記する所の上田敏訪問記は余は読むに堪えなかったことを覚えている。鷗外柳村の間の往復手簡のうちにも白鳥に関する文句が有ったように思う。この反感が鷗外を創作に導いたというと中《あた》らぬかも知れないが、何等かのきっかけにはなって居よう。雑誌「昴《すばる》」の創刊も鷗外の創作の為めに通路を作ったものである。鷗外は朋党の僻《ひがみ》、親分気質の微塵も無い人である。自らも言い、世間も之《し》を悉って居る。我々も壮時鷗外に接したが全くその通りだと思った。人から悪く利用せられる事も嫌だが、人を利用する事もしない。煢然《けいぜん》孤独である。而も、「しがらみ草紙」の昔からいつもサロンの話相手を身の廻りに有している。「明星」、「昴」、「屋上庭園」、「三田文学」、「自由劇場」のわかい連中は随分無作法であり、鷗外から観たら乳臭児に過ぎなかったろうが、いつもにこにこと接見して相手になった。そう云う訪問を断るようなことは滅多に無かった。そして又こう云う人々の為めには随分面倒も見てやった。後年某高官が笑いながら余に話したのには、森閣下を訪ねて話をしているうちに、小僧切れのような青年文士が刺《し》を通《つう》ずると喜んで座敷に通し、却って我々の方が早く辞し去らなければならなかったと。或はそういう事も有ったろうかと考えられる。昴の初期に之に拠った青年（世間で一概にスバル派と云うが、是とて朋党の結社ではなかった。北原白秋等は与謝野寛に背き、石川啄木は平野万里《ばんり》と争った）が一作を出すと鷗外は一作を以て之に応じた。後には昴の青年作者は鷗外の相手が勤まらなくなった。

　スバルの青年は欧羅巴の文芸、欧羅巴の個人の自由というものを渇仰の的にしていた。その頃の日本は今に比すると一層封建的の気分が濃厚であった。文学に親しむ青年に対する世間（世間の仮面を屢〻近親の者がかぶる）の圧迫は後年の社会主義の場合に似ていた。それ故に長田秀雄の如きは、頭に蠟燭を立てて密室に人の屍体を解剖する昔の学者にその身を譬えた。かかる関係はこれより四五年あとの青年とは大に異るものがあった。そして「パンの会」の如きは、実は文芸運動の竈として仏蘭西のカフェーを模そうとしたものであった。しかしこの青年の群は概して意力が弱く、闘志が少かった。或者は妥協的であり、或者は懶惰《らんだ》であった。後年の独逸の父子劇に於けるが如く家庭と争うような者は無かった。後期の「パンの会」（谷崎潤一郎は昭和七年十月号の「中央公論」でこれを第一回と記しているが、実は後半期の、人数ばかり多く、だれた会であった）の如きは、滑稽列伝に謂う「歓然道故、私情相語、飲可五六斗、径酔矣」の階梯を超えて、「履舄《りせき》交錯、杯盤狼藉」の境に達していた。そしてルレエの競技場をただ短い間しか駆けらず、やがて埒外《らちがい》に去る者が多かった。観潮楼の歌会の例会に往くを約して往かざるもの両三あり、これを以てその会は止《や》めになった。スバルは漸く衰えて、鷗外は却って創作に熟し、更に広い馳駆《ちく》の場を世間の大雑誌に求めた。

鷗外創作の誘因の四は雑誌「歌舞伎」がその機縁を作っている。この雑誌は明治三十三年に三木竹二の創刊する所に係るが、三木氏が四十一年の一月に歿し、後鷗外はこの雑誌の為めに殆ど毎号欠かさずに欧羅巴の劇曲の翻訳又はその梗概を載せた。鷗外のこの期の初期に翻訳戯曲の多いのはその故であり、その大部分は所謂「口訳」で鷗外の口述するを鈴木春浦《しゅんぽ》が筆記したものである。この割合に気楽な翻訳の為方が、また鷗外をして気楽に小説を作らしむる動因となったのであろう。又当時の文壇の平易な文体、家常《かじょう》の気分も、鷗外の創作を気易いものにしたのであろう。鷗外と雖もその時代の風潮とは没交渉であり得なかったと思われる。

なお余の忖度にして誤らずんば、陸軍に於ける鷗外の位地が安定して、まわりに遠慮や気兼をすることなしに、自分の思うままに振舞うことが出来たというようなことが有ろう。思うままと云っても鷗外の事であるから、儼然《げんぜん》たる規矩《きく》がある。固《もと》よりそれはわかい時からそうであったが、それでも小倉在住の時代には、「鷗外漁夫とは誰ぞ」というような文章もあり、自家の文学に対する世評を気にしている。今のこの時代には既に世間も同僚も、鷗外というものを正解し、善解し、世間も文学故にかれこれと言わず、鷗外の本職上の業務を疑うようなことは無くなった。こう云う心持は鷗外に甚だ近い同輩に就いて尋ねて見なければはっきりとは分らぬが、どうもそんなような気がする。大正十一年の新小説の増刊「文豪鷗外森林太郎」中の当時の陸軍省医務局長山田弘倫《ひろとも》氏の書いたものに拠ると、鷗外の医務局長時代の為事は腸窒扶斯《チフス》の予防接種、脚気調査が主であるといい、又一方に宮内省御用掛として大膳職の衛生の事を鞅掌《おうしょう》せられたというが、そういう事を主宰し、又陸軍医官の長官として行政に従う方面に於て十分の勤をして、その余の時間を文芸に割いたところでもはや誰も非難する者もなく、その余地もなかったのであろう。

かくして欧羅巴の戯曲或は小説の翻訳から始まって、遂に再び小説脚本に手を染むるに至った。その第一の作は昴第一号に出た「プルムウラ」で、それから「仮面」、「静」等の脚本、「魔睡」、「ヰタ・セクスアリス」の小説（孰れも四十二年）が出る。殊に後の二つのものは頗《すこぶ》る放胆なもので、比較的に無拘束な当時のわれわれ青年ですら「森さんがあんなものを書いて構わないだろうか」と瞠目したほどである。当時余は鼻疾で一病院に入院していたが、その改築中暫く同じ日本間に病臥した陸軍の一軍医が余に「魔睡」に関して曰《い》った。「森閣下があんな小説を書かれたのは、何か思う所が有ってされたのでしょう」と。その医官がこれより先に不信の其妻の故に世評に上ったことが有るので、その語が余に特別の印象を与えたのであった。

「キタ」は一層放胆なもので、発売禁止になったほどであるが、当時の青年には、然し寧ろお談義のように思われた。雑誌「屋上庭園」の第一号（四十二年十月）の雑録中に収められたH・Y（現在北海道帝国大学教授山崎春雄君）の手簡中の次の文句はこの小説が当時の青年に与えた印象を伝えることが出来る。

「森さんの小説には、おれの予期が全く違っていたため……判断がつかない。唯面白いとすれば、それは作者をも眼界に入れて見た時のことだ。Vita sexualis が今まで人の――技術家の Stoffkreis に入ることが無かったために、この尋常月並の記述が大胆、正直若くは kühle Objektivität etc. の伴う価値の感じを起さすのだと思うが……そしていやな Erklärungssucht が充満しているのが、第一にこの学者先生に対する一種の反感を起さす。小説に Weil… のあまり多いのは第一に読者の自負心を害する点で失敗すると思う。この種類の人は座談の時のむだ口にも一々何か因縁をつけて説明的に行こうと云う質だ。云々」

「金貨」、「金毘羅」などには、なおこの「お談義」があったが、「鶏」、「電車の窓」、「花子」となると段々そう云う分子は少くなる。明治四十四年は現代の事象殊に作者の耳聞目《じぶんもっ》見《けん》の材料を以てした傑作の多く現われた時である。「雁」、「藤鞆絵《ふじどもえ》」、「心中」、「百物語」がそれである。人を識るの眼はいよいよ鋭くなり、鷗外の小説の奥底を貫流する résignation の気分はいよいよ冴えて来た。故内田魯庵は「明星」の「鷗外先生記念号」

で「私の思うままを有体《ありてい》に云うと、純文芸は森君の本領では無い。劇作家又は小説家としては縦令《たとい》第二流を下らないでも第一流の巨匠でなかった事を敢て直言する。何事にも率先して立派なお手本を見せて呉《く》れた開拓者では有ったが、決して大成した作家では無かった。」と云っているが、この評は苛酷である。「雁」や「藤鞆絵」や「百物語」に見られるあの皮肉、あの寂しさ、あの毛ほどの心の動をはっきりと廓大《かくだい》する顕微鏡、望遠鏡のような明視は誰にも許された心性能力ではない。その翌年からは鷗外の現代的事相の描写は急に少くなって、歴史小説が多くなった。その数が甚だ多いから、一々名を挙げることは省くとしようが、是れは全く一つ一つの珠玉で、唯これだけでも鷗外の第一流の創作家としての資格は十分である。これだけ簡潔に、これだけ明白に、日本の侍気質を再現した作家が日本に今まで有ったろうか。徳川時代の武士道はここに於て始めて最高の芸術的形式を得、最善の説明者を得たのである。

大正三年の「大塩平八郎」あたりを境にして、歴史小説は漸く考証に変じた。殊に大正五年以後には「椙原品《すぎのはらしな》」、「澀江抽斎」、「伊沢蘭軒」、「北条霞亭」等の多数の伝記が作られた。抽斎以下の儒者の伝記は甚だこちたいものであるが、一度歴史小説の経験を閲《けみ》し来った著者の手によって、一人一人の人物も亦立体的に表現せられ、生きた人としての心情、形体を備えないものは無い。「澀江抽斎」中のお五百《いお》さんの如き、余は当時之を読んで、果して是が伝記であろうか、将《はた》また創作であろうかと判断に迷ったことがある。支那の画論に言う伝神《でんしん》とか気韻生動《きいんせいどう》とかは、こう云う境地を指して云うものであろうと想像した。

是等の伝記を作る為めに鷗外は始めてその書斎を出でた。歴史小説の時はそうでもなかったが、伝記を書くに及んでは、いよいよ現場を踏まなければならなくなった。故犬養木《ぼく》堂《どう》は足で書く文章という事を云ったそうであるが、鷗外は此に於て之を始めたのである、是事は鷗外自身の「じいさんばあさん」ではあるまいか。

側聞《そくぶん》する所に拠ると、鷗外[註三]は少壮操觚《そうこ》の業に就かんとして賢母峰子刀自《とじ》の止むる所となり、留学の間（?）外務省に転ぜんとして人の為めに阻《はば》められた。然し確不確の程は保証の限でない。欧洲から帰ってのちは、手と腕とを以て医学の研究に従おうと欲して、而もその官府の伝統に依って「試験室の戸の外へ撞き出され」、事務卓子《セクレテエル》の前の人となった。

鷗外は北条霞亭伝の冒頭に於て謎めいた事を言っている。「霞亭は学成りて未だ仕えざる三十二歳の時、弟碧山《へきざん》一人を挈《けっ》して嵯峨に棲み、其状隠逸伝《いんいつでん》中の人に似ていた。わたくしは嘗て少《わこ》うして大学を出でた比《ころ》、此《かく》の如き夢の胸裡に往来したことがある。しかしわたくしは其事の理想として懐《いだ》くべくして、行実《こうじつ》に現わすべからざるを謂《おも》って、これを致す道を講ずるに及ばずして罷《や》んだ。」又曰く「わたくしは此稾《こう》を公衆の前に開披《かいひ》するに臨んで独り自ら悲む。何故と云うに、景陽の情はわたくしの嘗て霞亭と与《とも》に偕《とも》にした所である。然るに霞亭は縦《たと》い褐《かつ》を福山に解《と》いてより後、いかばかりの事業をも為すことを得なかったとは云え、猶《なお》能《よ》く少壮にして嵯峨より起《た》った。わたくしの中条山《ちゅうじょうさん》の夢は嘗て徒《いたずら》に胸裡に往来して、忽《たちま》ち復《また》消え去った。わたくしの遅れて一身の間《かん》を得たのは、衰残《すいざん》復《また》起《た》つべからざるに至った今である。」中条山は蓋《けだ》し諫議大夫《かんぎたいふ》陽城の進士に第してのちここに隠れたるを指すのである。

余は鷗外の是等の事情を闡明《せんめい》せんと欲するものであるが、事家庭に関し、又交友、官庁の間の秘密に属し、特別の手段を用いるに非ざれば為し能わざるもので、之を断念せねばならぬ。

鷗外が陸軍省医務局長の官を還したのは大正五年（一九一六年）、五十五歳の四月であった。が衣冠を脱したのは僅かに一年有余の間で、翌年の十二月には帝室博物館長兼図書頭に任ぜられ、新聞との関係を忌みて東京日日新聞に連載した北条霞亭の続稿は帝国文学に掲げられるようになった。

この時代の鷗外に就ては尚二三の附記すべき事がある。明治四十二年に文学博士の学位を受けた。翌年には文部省美術展覧会の審査員となり、四十四年には同省の文芸委員会の官制が公布せられ、その委員となった。その事業としては「ファウスト」第一部第二部の翻訳が有る。又別に大村西崖と共著の「阿育王《あいくおう》事蹟」（四十二年、春陽堂）、同「希臘羅馬諸神伝」（四十五年、春陽堂）が有る。大正八年五月に発刊せられた翻訳集「蛙」の序には「わたくしは老いた。翻訳文芸を提げて人に見ゆるも恐らくは此書を以て終とするであろう」と記されてあるが、実際翻訳の筆を捨てたのは大正五年である。

七　晩　年

大正八年（一九一九年、五十八歳）以後の事は之を別にして少しくここに述べよう。余は大正五年に満洲に往き棲み、大正十年には欧羅巴に渡り、鷗外の訃音《ふいん》は仏国里昂《リヨン》市で驚き悉《し》った。鷗外の晩年の事に就いては知ること甚《はなは》だ少い。

北条霞亭の伝は前年を以て中絶した。此年以後は主として帝室博物館或は図書寮に在って考証の学に没頭したものの如くである。その成果は「帝諡考《ていしこう》」と未定稿の「元号考」とである。是等のものの価値はわれわれにはよく分らぬが、五味均平《きんぺい》氏（新小説）に拠ると、「帝諡考」に着手したのは大正八年で、「編輯官五人、属二十人という人員を以て、約八箇年間に完成の予定であったが、竟《つい》に一箇年半の歳月を閲《けみ》して完成した……。」「其後最も考証至難なるべき元号考の調査に着手せられたのであったが、不幸その完成を見ずしてその事業を中途のままで貽《のこ》さなければならなく運命づけられたことは非常に痛惜《つうせき》に堪えない。」

新小説の「森鷗外氏逸話選」というもののうちに次の一項が有る。日刊新聞の尋常の雑録のような体であるが、参考の為めに全章を引こう。「最後の大著述である『帝諡考』を出した時、『こういう種類のものなら私等と雖《いえど》も先人以上に出ることが出来るからね』と人に話した。これに依ってもその自負の程が窺われるが、『元号考』のためには、よく夜半病床を出て、『はは、病勢やや亢進したな』といいながら、起つ能《あた》わざる日まで筆を続けられたが、其れが未完のまま貽されたのは、博士の遺憾とせられる所であろう。」

是等《これら》修史の事業の外に、なお大正八年には帝国美術院長となって頗る情実纏綿《てんめん》たる事務を裁断した。大正九年には北条霞亭の稿を続ぎ、大正十年十一月「霞亭生涯の末一年」を以てこの長い伝記を完成した。

大正十年、国語調査会が設けられ、鷗外その会長となった。

その歳の暮から時々下肢に浮腫を起すようになり、栄養も漸く衰え、萎縮腎の徴を現わした。

大正十一年四月には英国皇太子殿下が来朝せられ、奈良行啓《ぎょうけい》の事が有った。既に甚だ衰弱していた鷗外は疾を押して其地に往った。奈良に在る間は、然し大方は病褥《びょうじょく》のうちに止まらねばならなかった（新小説、神谷初之助氏）。

同じ神谷氏に拠ると、博物館に於ける鷗外の主な為事は、「倉一杯に積まれた万巻の書物の解題を作る」ことに在った。朝から晩まで三四年の間も続けられたが、半途にして俄かに廃《や》めた。健康が急に衰えたからである。

既記の国語調査会の事業は鷗外の最も思を致した所で、既に起つ能わざるべきを予期して、大正十一年六月上旬浜野知三郎《ともさぶろう》氏の往き訪《いと》える時、後事を山田孝雄《よしお》氏に托すべきの意を伝えた。後年山田氏が文部省仮名遣改定案反対の獅子吼《ししく》を為したのは、一は鷗外の委托を果さんが為めであった。与謝野寛氏並に明星に縁深き人々がまた鷗外の遺志を貫くべく努力した。而して文部省は遂にまた此案を放棄するに至った。

六月には鷗外の病勢甚だ進んだ。然し医の診を受けたのはその月の二十日が始めてである。額田《ぬかだ》晋《すすむ》氏が萎縮腎の診断を確定した。

七月七日両陛下より葡萄酒を下賜《かし》せられ、八日には摂政宮殿下より御見舞の品を賜わった。同日特旨《とくし》を以て位一級を進め、従二位に叙せられた（「年譜」）。

八日には容態刻々に険悪となり、流動物の摂取も困難で、意識は明瞭であったが、脈搏は時々結滞した。翌九日の早朝に額田氏が診した時は既に危篤で、脈搏呼吸屢〻静止した。午前七時、遂に簀《さく》を易《か》えた。

余論

森鷗外は謂わばテエベス百門の大都である。東門を入っても西門を窮め難く、百家おのおの其一両門を視て而して他の九十八九門を遺し去るのである。

余は今剪《はさみ》と糊《のり》とを以て濫《みだり》に諸家の言説を輯《あつ》め、肆《ほしいまま》に之を補綴《ほてい》したが、成す所は杜撰《ずさん》の案内書《チチエローネ》に過ぎず、余を俟《ま》つまでもなく既に人の悉《し》るものである。自ら尋ねて未だ人の知らざる所を闢《ひら》いたような事は一もない。実はそれを欲して二年の猶予を求めたのであったが、一には余の棲む処が是事に適せざるもあって、意を果すことが出来なかった。

鷗外の一生涯は、何人も同じく言うが如く、休無き精進であった。そして尚古《しょうこ》と進取《しんしゅ》との両遠心力が鞏靱《きょうじん》の調帯《ちょうたい》の両極に激しい廻転をなした。真の意味でのユマニストであった。一専門、一遊戯の一極に熱中する所謂天才肌の人ではなかった。文学と自然科学と、和漢の古典と泰西の新思潮と、芸術家的感興と純吏的の実直とが、孰れも複雑な調帯の両極を成している。科挙から没世の日に至るまで、其行実は坦々たる吏道であって、一見奇無きが如くである。其奇無きは然し機関と調帯とが甚だ堅牢であって、強い陰陽の両力に対して能《よ》く権衡《けんこう》を保たしめたから然るのである。余壮にして疑う所有り、一事を鷗外に問うた。答えて曰く、蛇は時々皮を脱ぐ、人間も sich häuten する要が有る。余又問うて曰く、蛇両頭ならば如何。鷗外笑って答えず、余は鷗外を困らしたと考えた。今にして思えば鷗外自身は決して両頭の蛇ではなかったのである。

あのように文字のやかましかった、あのように仮名遣問題にオルトグラフィの保存を主張した鷗外が、側聞する所によると、結局は羅馬字を用うること止むを得まいと言ったそうである。是事の真偽は知らぬが、国語を整頓し、国字を定むるの大事業は鷗外の如きユマニストに待つ所が頗る大きかった。今の大学文科の学者に同じ程度の信頼をかけることの出来るもの果して幾人あるであろうか。

鷗外生前の研究事中遺著に伝わらなかったものも少くはあるまい。余の聴き知るものだけでも本草の学がある。説文《せつもん》がある。又晩年の社会主義研究がある。就中《なかんずく》最後のものは「沈黙の塔」、「食堂」などの小説にその片鱗が現われている。説文の研究はその文章の骨肉になっていようが、特にそれに関する論著は無いようである。茲《ここ》に浜野知三郎氏の新小説に寄せられた追憶談の一節を引こう。「わが友岡井慎吾君は説文学者として有数の人である。今年一月四日同道して先生を博物館に訪問した。先生と岡井君との対面は此時が初めてであった。先生は大に喜び、時の移るを忘れて快談せられ、辞去する際に、今後は疑義をお頼みしたいといわれた。説文に就いては、先生も亦非常に深く研究して、たしかに斯学《しがく》の雄将でいられたのである。」

次に本草の学に関しては、伊沢蘭軒伝の第百六十三と百六十四とに唯纔《わず》かにその研究の結論のみが録せられている。余の親しく鷗外に聞いたことは、本草学の考証は徳川時代の日本漢学者の手によって頗る闡明《せんめい》せられた。その目的の主要なものは、後人の補い加えた所を剪去《せんきょ》して原著に近き者を作るに在ったと云うことである。鷗外の幕末の儒者の伝記を討尋したのも、本草ルコンストリュクシオンの沿革に対する興味がその一因となっていたのであろう。

其他鷗外と漢文学、漢詩、鷗外と国文学、和歌、鷗外と仏典、鷗外と哲学、美学等解説を要するものが頗る多い。皆余の能わざるものである。幸に鷗外易簀《えきさく》の後に現われた諸家の追憶談中に、断片的ながら、之を窺うに足るものが多く存する。

鷗外の気質、鷗外の人格に就いては、直接間接に鷗外を識る者は皆既に之を知っている。又鷗外全集を繙《ひもと》けば、忽ちに其芬香《ふんこう》に浴《よく》することが出来る。茲に再説するを要しまい。鷗外は武士道を材とする多くの小説を書いたが、自身にもそのかたぎが有った。規矩と rèsignation とがその一面である。明治二十一年横井軍医長に答うる書中に「軍医は公務に服せざるの間と雖も軍服を脱せず。独り列筵臨会《れつえんりんかい》の時のみならず、家居も亦然り。此風は索遜《ザクセン》に於て最も厳なり。蓋《けだ》しロオト之《これ》を養成せり。是れ徳国《ドイツ》軍医の英国軍医と太《はなは》だ殊る所なり。」鷗外を訪ねた人は、屢〻その家に在ってなお軍服を着けたる主人を見出したであろう。

「『俗』の為めに制馭《せいぎょ》せられさえしなければ、『俗』に随《したが》うのは悪い所ではない。却《かえ》って結構です。」の言、「女子の衛生」（明治二十二年）中に見える。是れが鷗外の日常生活の大原則であったらしい。而して全く rèsignation の語である。rèsignation の思想は鷗外の小説のどれにも見える。鷗外は自ら「傍観者」と称した。

われわれから見ると、鷗外は休息無き一生涯の間にあれだけの為事《しごと》をした。自分でも満足としたであろうと思う。それにも拘《かかわ》らずその随筆、創作の到る処に、悲哀に似る一種の気分を感ずるは何の故であるか。加之《しかのみならず》或は既に引く所の霞亭伝の冒頭の章に於て、或は「あそび」に於て、「なかじきり」に於て、しばしばこの歎声《たんせい》をあらわにしているのは何の故であるか。余は岩波書店の需《もとめ》に応じてこの記を作るに当り、再び鷗外全集十八巻を読んだが、読み了って心中に寂寥の情緒の湧起《ゆうき》するを防ぐ能《あた》わなかったのは、独り余の漸く老いて、生来怯弱の心のレトロスペクティフの観照によって一層傷けられたのに因《よ》るのであるか。

参考書目

鷗外全集十八巻（大正十二年―昭和二年）
普及版鷗外全集第十七巻
三田文学、鷗外先生追悼号（大正十一年八月一日）
明星、鷗外先生記念号（同年同日）
新小説臨時増刊、文豪鷗外森林太郎（同年八月三日）
現代日本文学全集、森鷗外集附録年譜（改造社、昭和三年一月一日）
森鷗外先生、一乃至八（斎藤茂吉）アララギ、第十八巻第七、八号、第十九巻第三乃至第八号（大正十四及十五年）
森鷗外十周年記念展（池田文痴庵）東京堂月報第十八巻第八号（昭和六年五月一日）
仮名遣の歴史（山田孝雄）（宝文館、昭和四年七月一日）
森鷗外論（成瀬正勝）国語と国文学特別号、明治文豪論（昭和七年四月一日）
森鷗外論（井伏鱒二）新潮、第二十九巻第九号（昭和七年九月一日）

明治大正文壇回顧（正宗白鳥）中央公論第四十七年第五号（昭和七年五月一日）

鷗外漁史のこと（島崎藤村）読売新聞（昭和七年十月四日――十月七日）

東京大学医学部沿革略史（入沢達吉）
明治十年以後の東大医学部回顧談（同　）
「入沢先生の演説と文章」（昭和七年三月五日、入沢内科同窓会刊行）

註（一）　今は人の記憶に生くる、歴史的人物となりたまえるなれば敬称は之を省きつ。

註（二）　本稿は岩波書店の「日本文学」（昭和七年十一月発行の分）の為めに艸せるものなり。後多少の添削を施して、「鷗外拾遺」に転載す。

註（三）　此両事は与謝野寛氏の偶談に拠る。但し其第一事は森於菟氏の亦確言する所である。

杢太郎を読む喜び

解説　岩阪恵子

　木下杢太郎没後、全集、日記、「百花譜」と名づけられた植物図譜、画集が刊行され、そのなかからさらに詩集、戯曲集、「百花譜百選」が文庫本として個別に出版されている。一方で著作の多くを占める散文の作品は、詩集などにくらべあまり注目されてこなかったと言っていいだろう。詩人であると同時に医学者であった杢太郎の多種多様な散文については、これまでも少数とはいえ熱心な読者がいた。加藤周一は『大同石仏寺』から多くの紀行文を通って医学史にまで及ぶその文章は、両大戦間の日本の文学的散文の記念碑の一つにちがいない」（『日本文学史序説　下』）と評し、富士川英郎は「学識と思索と詩心とが渾然と融合している」（「木下杢太郎のこと」）と記してともに高く評価している。ことに四十歳を過ぎてからの散文は質実、簡勁《かんけい》で、読者にまったく媚びない文章だといえる。それらは加藤、富士川両氏も言うように、作者の人並みはずれて活発な好奇心と繊細な感受性と広汎な教養と思惟の深さに裏打ちされていて、とりつきやすいとは言えないが、重厚な魅力をたたえている。それだけではない。ふとしたはずみに杢太郎自身怺《こら》えきれず滲み出てしまった苦渋、諦念がしばしば憂愁となって文章全体をおおっている。そのためいっそう読むものを惹きこまずにおかないのである。

このたびそれらの散文のなかから、

Ⅰ、いかにも随筆と呼ぶのにふさわしい文章

Ⅱ、旅行記をふくむ土地にまつわる文章

Ⅲ、彼が愛した作家について書かれた文章

を大雑把にではあるがそれぞれ選んで一巻を編むことができた。杢太郎の読者のひとりとしてなによりの喜びである。

木下杢太郎の名はこれまでは耽美派の詩人、あるいは戯曲「南蛮寺門前」などの作者として知られてきた。しかしそうした文芸の仕事は彼の半面を語るものでしかなく、もう半面は本名である太田正雄がなした皮膚科の医学者としての業績があげられなければならない。あえて言うならこれらの散文は、二つの面の狭間で苦悩したひとりの人間から生まれ

てきたものと言っていいかもしれない。

木下杢太郎は明治十八（一八八五）年、現在の静岡県伊東市湯川に生まれた。若いころ親しく交わった北原白秋は同年生まれであり、一年下には石川啄木、萩原朔太郎、谷崎潤一郎らがいる。ちなみに森鷗外は文久二（一八六二）年、夏目漱石、幸田露伴は慶応三（一八六七）年生まれで、前者は杢太郎より二十三歳、後者は十八歳年長になる。この二十年ほどの違いは大きく、「露伴管見」及び「夏目漱石」（小宮豊隆君に）」のなかで杢太郎は、明治二十年頃を青年時代としたもの（鷗外、漱石、露伴がこれにあたる）と、明治三十、四十年代を青年時代としたもの（杢太郎らがこれにあたる）との違いについて触れ、漢学が教養の基礎にあるか否かであると述べている。とはいっても今日からすれば、杢太郎の詩や散文にも外国語のひとつとしての漢学の影響が充分にうかがえるし、それらの古語に彼なりの息吹を新しく与えていると言えるのであるが。

十二歳のとき杢太郎は独逸学協会中学で学ぶため伊東を出て上京する。この後折り折りに郷里を訪れることはあっても生活の場とすることはなかった。その伊東の海浜における人々の生活と自然を描いた「海郷風物記」は二十五歳のときに書かれたものだが、当時日本の画壇を風靡していたフランス印象派の影響も受けて美しく、官能的である。

背後にすぐ山が迫るこの小さな港町は、長く交通の手段を鉄道ではなく船に頼っていた。船の発着する港は太平洋につながる海であり、その広々とした眺望はそこで育った少年をたえず外へ、海の彼方へと夢見させたにちがいない。憧憬の対象はまずは東京という都会であったが、長じては地球上のあらゆる土地となったであろう。杢太郎のものの考え方に差別や偏狭がほとんど見られず、むしろコスモポリタンの持つのびやかさが感じられるのは、開かれた港に育ったことがひとつの要因としてあるだろう。

「小学校時の回想」は五十代も半ばのころに書かれたものだが、「僕は学校がきらいで一年からきちょうめんに進んで行ったのではない。入学の時は実にくずくずであった」とあり、さらに子供のころ「医者は人の頭の中の事を見抜く者だと信じていた」から、大学病院での診察を拒み通したとも打ち明けている。後年杢太郎が医者になったことを考えあわせるとちょっと笑ってしまいそうになるが、「其時僕の頭には医者に見抜かれてはならぬ何物を匿していたろうか」と、人間の煩悩というものに思いがめぐらされているところまで読みすすむと、笑いかけた口元がそのまま固まってしまう。

次の「すかんぽ」は、戦況が悪化の一途をたどり食糧不足が深刻であったころ、食べられる雑草を探していて勤務先でもある大学構内の片隅にすかんぽという懐かしい植物を見つけ、思わず「白頭江を渉って故路を尋」ねることをしたという、杢太郎最晩年の作品のひとつである。「小学校に上って間もない時分」、年上の仲間に誘われ隠れてすかんぽを採って食べたこと。そして長姉を母と呼び、長姉の伴侶の義兄を父と呼んで育った少年がその父からまだ食べたことがないなら一度は食べてみるようすかんぽをすすめられたときのこと。水際を好むこの植物の緑がみずみずしく匂うようなこれらの挿話は鮮やかに心に残る。

李太郎は植物、ことに雑草を愛したひとである。よって植物にまつわる随筆は非常に多い。郷里の伊東もそうだが、四十代のほぼ十年を暮らした仙台の土地は周りに自然が豊かであったせいだろう、勤務先と住居との往復の道に、自宅の庭に、近在の山村に人の手垢のつかない様々な植物を見出し、そこに大きな喜びを感じている。「春径独語」「自春渉秋記」「荒庭の観察者」などはいずれも仙台時代に書かれたものだが、それらを読むと、昨日はなかった草木の芽や蕾のふくらみが今日は見られるのに驚く作者の心に添いながら、いつしか古典の、美術の、科学の世界へと引き連れられていってしまう心地よい体験をすることができる。また李太郎は「僻郡記」は東北の僻村を診療してまわったときの記録だが、その体験をとおして李太郎は「ユマニテェというものは、富人の金の間に寄食する大都の人の裡よりも、寧ろ直接地のものを人のものにする農夫の間に、一層はっきりと認められ、一層たしかに掴まれるのでは無いかと思うようになった」と書く。人間にとってほんとうに大切なものはなにか、と暗に問われている気がする。

さて、話のなりゆきで仙台時代にまできてしまったが、中学卒業後の杢太郎に戻ろう。第一高等学校第三部、東京帝国大学医科大学で学んだあと、同大学衛生学教室、皮膚科学教室で研究を重ね、二十七歳で医籍登録する。そして三十一歳のときに南満医学堂教授兼奉天医院皮膚科部長に就任して渡満するまで、つまり彼の十代と二十代の約十八年間の青春期が東京で過ごされていたわけになる。ゆえにこの都市を彼は愛してやまないが、それはたとえば小林清親の板画「東京名所図」に見られるような、およそ日露戦争頃までの、文明開化のかまびすしいなかにあっていまだ濃く江戸の香りが残っている街なのである。二十四歳のときに書かれた「市街を散歩する人の心持」には、そのような街を婀やかな感覚を解き放って陶然と散策する若き杢太郎を見てとることができる。

しかし杢太郎はすんなりと医者になったのではない。近親のものが強く勧める医学の道と、自らが望む芸術（中学卒業時は絵画、高校卒業時はドイツ文学）の道とのあいだで激しく悩んだからである。結局医学の勉強をしながら二十代の十年間彼は、与謝野寛率いる新詩社の同人になり、新詩社脱退後は北原白秋らと「パンの会」を主宰し、「スバル」の編集と執筆にかかわり「屋上庭園」を創刊するなど詩、戯曲、小説、美術評論を迸《ほとばし》るように発表していく。その作品は白秋のように広く世間に受け入れられたわけではないが、熱烈な支持者がいたのも事実だ。生涯でもっとも楽しかったとき、とのちに回想するゆえんである。が、東京を離れ満洲（中国東北部）に渡ったあとは嫌でも医学に専念せざるをえなくなる。職業としてだけでなく、医学そのものの面白さも徐々に彼をとらえてきており、着想の非凡さと勤勉さとで瞠目すべき研究成果をあげてもいく。しかも東京を離れ、日本を離れたことはそののちの西欧留学とあわせ、彼に外側からものを見、考えるちょうどよい機会ともなったのであった。ではあるが奉天（瀋陽）での四年間、その後米欧に留学しおもにパリで暮らした三年間、帰国後の名古屋での二年間、そして四十一歳のとき東北帝国大学教授となって仙台に移ってからも、つまりどこにいても杢太郎は東京を懐かしまないではいられなかった。なぜなら東京は、関東大震災以後大きく変貌しすでに街そのものの持つ魅力は無くなってしまっていたとしても、また文芸がすっかり商業主義に侵されていたとしても、彼の青春そのものであった土地に違いはなかったし、文芸を諦めたと言いながら諦めきれなかったのではないかと想像される杢太郎にとって、つまり医学と文芸と両《ふた》つの頭を持たざるをえなかっただろう彼にとって、東京は文芸の世界を象徴するものにほかならなかったからである。

昭和十二（一九三七）年、頭に白いものをいただく年齢になってようやく杢太郎は東京帝国大学教授となって東京に戻ってくる。敗戦の年に六十歳で亡くなるまで日中は太田正雄として大学と伝染病研究所で勤務し、夜は木下杢太郎として自宅で原稿を書き、読書をし、そして晩年の二年間ほどは空襲下、植物図譜を描いて暮らした。およそ彼の身の上に起こったこのようなことを頭の隅に置いておけば、仙台から東京へ移住する前後に書かれた「真昼の物のけ」「残響」「研究室裏の空想」「戌亥の刻」ほかの作品により親しむことができるだろう。

「残響」は、読む喜びを堪能させてくれる一篇である。約二十年ぶりになる東京への移住について、東京帝大教授となった栄転について、人はそれを祝ってくれるけれども作者は胸の裡に「一種のさびしみ」を感じないではいられない。そのわけを探るうち作者の思いはこの都会での現在の生活と、過去の幼少時代とのあいだを行きつ戻りつする。そして室町時代の連歌師宗祇の詩から異郷の日本で生を終えたポルトガルの詩人ムライシュ（モラエスともいう）を連想し、二人の老詩人の見果てぬ夢とその寂寥と死に思いを馳せ、同じく見果てぬ夢を追い求めてきてすでに老境にさしかかった自らへと経巡っていくのである。読みおえたあと、いつしか自分の胸の奥底にまで降りていったような深々とした物思いへ導かれるのは、この作品が「散文ではあるが立派に詩となり切って」（「深まりゆく詩境――『残響』」）いるという新田義之の言葉どおりだからであろう。

そして「研究室裏の空想」になると、かつては美術や文芸から、仙台においては手つかずの自然から得られた「驚」きが、いま東京では辛うじて科学の研究室の中にだけ見出せると記されている。たとえば生物とも無生物とも言いきれないウイルスの存在がそうであるように。ここではタバコのモザイク病のウイルスについて、次々の新発見によって作者の空想が存分に煽られていくさまが生き生きとあらわされ、詩人木下杢太郎と医学者太田正雄とがひとりの人間であることにほとんど矛盾を感じさせないくらいになっている。「本の装釘」もまた好もしい随筆である。自然、ことに植物がいかに作者の感興を誘うか、絵心をそそるものであるかがよくわかる。そして知人、友人たちに頼まれてする本の装釘の仕事のなんと楽しげなこと。愛してやまない植物と絵とが語られているために、この文章はとりわけ艶やかである。「あかざ（藜）とひゆ（莧）と」もそうだが、杢太郎の植物好きには、彼の資質であるところの美と博物学への傾倒が根底にあるのだろう。その代表的なものが最晩年の『百花譜』といえよう。この図譜の頁を繰るたびわたしは、イコンという小さな宗教画を見るときにも似た一種敬虔な気持にさせられる。

土地にかんする文章を集めたⅡには、かつて三島由紀夫が「私がいちばん美しい紀行文と信ずるのは、木下杢太郎氏の文章であります」（『文章読本』）と記し、例にあげている「クウバ紀行」もある。見知らぬ土地に出かけるのが好きで外国語の習得にも熱心だった杢太郎は、中国、ヨーロッパ、東南アジアについても、目の人であると同時に頭脳の人でもあったことを納得させる精確で美しい紀行文をのこしている。

「石龍」は、中国広東省にあるキリスト教宣教師の運営するハンセン病患者の施設を見学したときのものである。後半生をハンセン病根絶のための研究に捧げた杢太郎にとって、石龍での体験は長く彼を支えるものとなったにちがいなく、それはこの文を読むものにもなにか温かいものに触れたような気持にさせられることからもわかる。

Ⅲには、鷗外、露伴のほか夏目漱石について書かれた文章も収録したかったが、割愛せざるをえなかった。わたしはときおり空想してみるのだが、もしも若い杢太郎が漱石にもっと近づき親しんでいたら、と。そうしたらのちの彼の書くものにあるいは変化が、別のなにかが見られたかもしれない、と。こんな仮定はほとんど無意味だろうが、漱石を杢太郎が敬慕していたことから思い浮かんだのである。

実際には杢太郎は、若いころから森鷗外の比較的近くにいてその著作に影響を受けてきた。そのため鷗外について書かれたものは多い。なかでも注目すべきは生涯を略伝風に論じた「森鷗外」だろう。その「余論」がことに有名なのは、稲垣達郎も指摘しているとおり、『鷗外本質論』ともいうべき性質をふくむ」(「抜書　木下杢太郎の鷗外観」)ものだからである。本質に迫ることができたのは、杢太郎もまた鷗外同様あい対立する二つのこと、とくに医学と文芸のあいだで悩み抜いてきたという事実があるからだ。しかし杢太郎と異なり鷗外は「両頭の蛇」ではなかったと結論づけられている。つまりあい対立する二つの事柄、尚古と進取、文学と自然科学、和漢の古典と泰西の新思潮、芸術家的感興と純吏的実直は鷗外の強靱な意志の力によってコントロールされ、矛盾撞着するものではなかったというのである。にもかかわらず杢太郎は鷗外の随筆や創作の到るところに悲哀を感じずにはいられないという。そのように感じる背景には、杢太郎自身の「両頭の蛇」の問題が重く影を曳いている。だからこそもっとも深いところで鷗外の孤独を感じ共鳴していたと思われる。

初めにも書いたように、木下杢太郎の文章を支えているのは豊かな学識と深い思索である。と同時にそれらの文章のどこにおいても彼の倫理観といったものが貫かれているのにも気づく。しかしもっとも印象的なのは、ややもすると美しいものや果てのない夢想に溺れかけ胸を喘がせている詩人の顔が到るところに見出せることである。彼はこうも記していた……「すべて今でない時、ここでない処、こうでない事に心を引かれる」と。詩人がその身のうちに包蔵する「森」はきわめて奥深く、それゆえに杢太郎はいっそう読むものを惹きこむのだといえる。

年譜

木下杢太郎

一八八五年（明治一八年）

八月一日、父・太田惣五郎、母・いとのもと、静岡県賀茂郡湯川村（現・伊東市湯川）で三男として生まれる。姉四人、兄二人の七人兄弟。本名は太田正雄。生家は卸小売業「米惣《こめそう》」を営む商家。

一八八七年（明治二〇年）二歳

七月、母の実家である三島で暮らしていたが、母の病気のため伊東に戻される。これ以降、長姉・よしとその夫・惣兵衛が父母代わりとなって育てられる。

一八八八年（明治二一年）三歳

七月、父・惣五郎が死去（享年五〇）。

一八九二年（明治二五年）七歳

二月、祖母・りとが死去。東浦尋常小学校に入学。漣山人のお伽噺などに触れる。

一八九五年（明治二八年）一〇歳

三月、伊東尋常小学校高等科に進学。

一八九八年（明治三一年）一三歳

三月、伊東尋常小学校高等科を修了。四月、長兄に伴われて上京。三姉・たけの嫁ぎ先である判事の斎藤十一郎家に寄宿する。当時医学志望の名門だった、神田の獨逸学協会学校に入学。津田左右吉に歴史を習う。同級生に長田秀雄、山崎春雄、石津寛らがいた。長田秀雄らと蒟蒻版雑誌『渓流』を発刊。この頃より、ペンネーム「木下杢太郎」を使い始める（この他に「きしのあかしや」「竹下数太郎」「堀花村」「桐下亭」、雅号「葱南」等が後に用いられる）。同時期、毎月愛読していた「少年世界」を離れて次第に「文庫」「新声」等へ興味が移行して行く。

一九〇二年（明治三五年）一七歳
春、白山御殿町に新築した家で、次兄・円三と同居を始める。

一九〇三年（明治三六年）一八歳
三月、獨逸学協会学校を卒業。七月、第一高等学校第三部に入学。将来は画家になるのが夢で、美術学校への進学を希望していたが、実家の反対で叶わなかった。岩本禎教授にドイツ語やゲーテを学び、影響を受ける。特に講読のテキスト『伊太利亜紀行』は、その後の文学的関心や方向性を決定づけるものとなった。英語の教授は夏目漱石。オーストリアの文学者フーゴ・フォン・ホフマンスタールの詩や戯曲を愛読する。山崎春雄の紹介で、三宅克己に師事し絵画を学ぶ。三宅を囲んだ写生会「一高画学会」を開き、画会「紫水会」に参加する。この年より、亡くなるまで四十数年間続く「日記」を本格的につけ始める（甲辰日記）。また、夏の伊東への帰省の折に、自筆文集『地下一尺』を作り始める。

一九〇五年（明治三八年）二〇歳
次姉・きんが後の日本建築学会の草分け的存在となる建築家・河合浩蔵と結婚。

一九〇六年（明治三九年）二一歳
七月、第一高等学校を卒業。九月、東京帝国大学医科大学（現・東京大学医学部）に入学。ドイツ文学志望だったが、ここでも実家の理解が得られず叶わなかった。

一九〇七年（明治四〇年）二二歳
三月、長田秀雄の紹介で、与謝野寛らの新詩社同人に参加。実質の文壇デビュー作となる小品「蒸気のにほひ」を「明星」に（太田正雄名義）。七月、与謝野寛、北原白秋、吉井勇、平野万里と共に、新詩社の九州旅行に参加。そこでの見聞をもとにした「五足の靴」を「東京二六新聞」に（「五人づれ」署名による共同執筆）。この旅を機にキリシタン文化への関心を強くすると共に、「明星」を中心に南蛮詩を多く発表し始める。一一月二五日、上田敏の外遊送別会で初めて森鷗外と深く話す。

一九〇八年（明治四一年）二三歳

一月、北原白秋、吉井勇、長田秀雄、長田幹雄ら七人と共に新詩社を連名脱退。「方寸」や「中央公論」などへの寄稿を始める。この頃から森鷗外と親交が深くなる。一〇月、森鷗外宅の観潮楼歌会に初参加、石川啄木と出会う。以降、しばしば鷗外宅を訪ね対話する。一一月、「明星」終刊特大号に短歌「黒国家」を（太田正雄名義）。一二月、筆頭発起人となって「スバル」系の北原白秋、吉井勇、高村光太郎、石川啄木ら文学者と、「方寸」に拠った石井柏亭、山本鼎ら美術家による文芸サロン「パンの会」を結成、第一回例会を開く。後に谷崎潤一郎、永井荷風、小山内薫らも参加。会の命名は杢太郎発案によるもの。またこの年、薬物学の試験日を間違え、森鷗外に追試の仲介を願い出るも再試自体は叶わず、一年留年となる。この頃、フランス語を熱心に学習する。また、その後の翻訳仕事のきっかけともなるリヒャルド・ムウテル『仏国絵画の一世紀』、『十九世紀絵画史』を読み深い感銘を受ける。

一九〇九年（明治四二年）二四歳

一月、「スバル」創刊、外部の執筆同人となる。処女小説「荒布橋」を同誌創刊号に。二月、戯曲「南蛮寺門前」を「スバル」に。同作品を巡る中村星湖の酷評に反論も考えたが留まった。一〇月、北原白秋、長田秀雄とパンの会の機関誌「屋上庭園」創刊。この年、詩集『緑金暮春調』刊行を企図し、その後、大正二年には広告も打たれたが、過度な造本志向等の事情で出版社と折り合いがつかず、未完のままとなる。

一九一〇年（明治四三年）二五歳

二月、杢太郎編集の「屋上庭園」二号が、白秋の詩「おかる勘平」のため発禁処分を受ける（同誌はそのまま廃刊）。三月、関西を旅行。一一月、石井柏亭の渡欧歓送会の世話役をつとめる。

一九一一年（明治四四年）二六歳

二月、大逆事件などを背景にした戯曲「和泉屋染物店」を「スバル」に。春、来日したドイツの東洋美術研究者クルト・グラザー夫妻の案内役として、旧劇観覧のほか、京都や奈良を旅行。六月、「中央公論」に寄せた「画会近事」の展覧会評をきっかけに、「白樺」同人の洋画家・山脇信徳との間で武者小路実篤を交えた絵画の約束論争が起こる。一二月、東京帝国大学医科大学を卒業。この頃、森鷗外に卒業後の進路について助言を仰ぐ。関心のあった精神病学ではなく、生理学を勧められる。

一九一二年（明治四五・大正元年）二七歳

一月、東京帝国大学医科大学衛生学教室（緒方正規教授）の研究生となる。二月、愛読し影響を受けていたオーストリアの文学者・ホフマンスタールの翻訳詩「日の出前」を「朱欒《ザンボア》」に。七月、森鷗外の助言のもと、東京帝国大学医科大学皮膚科教室（土肥慶三教授）に入る。叢書名に「地下一尺集」第一と銘打った、初の戯曲集『和泉屋染物店』（東雲堂）刊。故郷の伊東で徴兵検査を受け、結果は丙種。一二月、日本皮膚科学会で初の学会発表を行う。

一九一三年（大正二年）二八歳

二月、いち早くカンディンスキーを紹介した美術批評「洋画に於ける非自然主義的傾向」

を「美術新報」に連載（残りは三月、六月）。五月、医籍登録。いち早い新評価となる「小林清親が東京名所図絵」を「芸術」に。一〇月、斎藤茂吉『赤光』（東雲堂）の挿絵を担当。

一九一四年（大正三年）　二九歳

三月、初の医学論文「白髪染料に就いて」を発表。七月、戯曲集『南蛮寺門前』（春陽堂）刊。九月、新時代劇協会により「和泉屋染物店」が有楽座で公演される。一一月、菊五郎一座により「南蛮寺門前」が市村座で公演される。この年、「皮膚科及泌尿器科雑誌」の編集発行人となる。

一九一五年（大正四年）　三〇歳

二月、初の小説集『唐草表紙』（正確堂）刊。序文は夏目漱石と森鷗外による。六月、『穀倉』（「現代名作集」第十六、鈴木三重吉方）刊。九月、「少年の死」を「太陽」に（北村清六名義）。このペンネームは、いわゆる「早稲田派」の一部が故意に浪漫派に敵対してくる当時の文壇事情を受け、不当な非難を避けるべく編集者・鈴木徳太郎が発案し、李太郎が用いた策略的なもの（これ以外に同誌発表の二作でも使用した）。この年、詩集『食後の唄』の刊行準備に入る。

一九一六年（大正五年）　三一歳

九月、満州に渡る。南満医学堂教授および奉天医院皮膚科部長に就任。一〇月、美術論集『印象派以後』（日本美術学院）刊。一一月、斎藤茂吉、和辻哲郎宛の書簡形式による「満州通信」を「アララギ」に連載（翌々年一二月まで、全二六信）。一二月、ハンセン病に関する初の論文「癩菌ノ人工培養ニ就テ」を「皮膚科及び泌尿器科雑誌」に発表。この頃から、関心を日本美術から、広く中国文化や仏教美術へと拡大させ、次第に研究を本格化させて行く。

一九一七年（大正六年）　三二歳

一月、北京を旅行し、文華殿や琉璃廠等で中国美術に親しむ。八月、結婚式を控えて一時帰国。各地を歴訪し、奈良で富本憲吉、横浜で和辻哲郎と面会。神戸で河合正子（次姉・きんの夫・河合浩蔵の長女）と結婚。妻を連れて朝鮮旅行の後、奉天に帰る。

一九一八年（大正七年）　三三歳

一月、和辻哲郎、斎藤茂吉、富本憲吉に宛てた通信「故国」を「帝国文学」に。四月、北京で関野貞と面会。徐州、洛陽等を旅行する。九月、一時帰国、詩集『食後の唄』の序文を執筆。この年、インド語を学習しようとする。

一九一九年（大正八年）　三四歳

一月、北京を旅行する。四月、中国劇の翻訳「曹操殺父執」を「雄弁」に。六月、翻訳『十九世紀仏国絵画史』（リヒャルド・ムウテル著、日本美術学院）刊。一二月、初の詩集『食後の唄』（アララギ発行所）刊。

一九二〇年（大正九年）　三五歳

三月、一時帰国。七月、南満医学堂教授および奉天医院院長を辞任。七月末から、以前より待望していた朝鮮、中国の古美術研究を目的とした大がかりな旅行に、木村荘八と共に出発する。九月、大同雲崗石仏寺を訪問、一七日間滞在し、スケッチなどを多数執筆する。

一一月、長男・正一誕生。一二月、満州勤務、中国旅行を終えて帰国。神田三崎町の河合家に寄宿。

一九二一年（大正一〇年）　三六歳

三月、美術論集『地下一尺集』（叢文閣）刊。五月、ヨーロッパ留学に旅立つ。当時一般的だったシベリア鉄道ではなく、アメリカ経由の渡航。客船内で中国関連の翻訳仕事をこなす。六月、アメリカ西岸に到着し、各都市を歴訪。七月、キューバを訪問。翻訳『支那伝説集』（「世界少年文学名作集」十八、精華書院）刊。八月、ペンシルバニア大学で約一ヵ月間研究を行う。九月、アメリカからイギリスに渡って、ロンドンに約一ヵ月滞在。戯曲集『空地裏の殺人』（「現代劇叢書」四、叢文閣）刊。一〇月、最終目的地のパリに到着。数ヵ月間、家庭教師や外国語学校等でフランス語を磨いた後、ソルボンヌ大学およびサン・ルイ病院で皮膚病学の研究生活に入る。パリ滞在中は、アナトール・フランスやポール・ジェラルディなどを愛読した。また留学でパリに滞在中の児島喜久雄と親交する。

一九二二年（大正一一年）　三七歳

七月、森鷗外死去。八月、東京帝国大学に提出した論文「癩風菌の研究」で医学博士号を取得。八月、ブルターニュを旅行。菊五郎一座により「空地裏の殺人」が帝国劇場で公演される。九月、木村荘八との共著『大同石仏寺』（日本美術学院）刊。同月および一〇月、ベルリンを旅行。この頃、リヨン大学の植物学者・ランゲロン教授と皮膚糸状菌の研究を開始、分類法の研究に取り組む。

一九二三年（大正一二年）　三八歳

一月、原善一郎夫妻らとイタリア、エジプトを旅行。八月から約五ヵ月、ベルリンに滞在。九月、関東大震災で神田三崎町の河合家が被災し、蔵書や原稿類を焼失する。留学先から実家に送り預けていた文献類も失い、東洋美術研究を断念せざるを得ない状況となる。一〇月、世界的偉業となる、ランゲロン教授との共同研究「糸状菌分類法」が確立する。一二月、たまたま旅行中の汽車内で敬愛していたホフマンスタールの三男と出会う。後に本人からサイン入り詩集の恵贈を受けた。同月、パリに戻る。

一九二四年（大正一三年）　三九歳

三月、南蛮キリシタン研究のためにスペイン語の学習を始める。四月、中国研究者のアンリイ・ゴルヂェエと面会、南蛮文献調査について助言を受ける。五月、スペイン、ポルトガルを旅行。南蛮キリシタン文献を熱心に探索した。八月、震災による休刊から復刊した「明星」巻頭に詩六篇とスケッチをパリから寄稿。九月、帰国。一〇月、県立愛知医科大学（現・名古屋大学医学部）皮膚泌尿器科教授に就任。その着任は新聞に取り上げられるほど、市民に歓迎され話題となった。名古屋市東区武平町に住む。これ以降の約二年間の名古屋滞在時に、石田元季、小酒井不木らと交流し、俳句研究を始める。またこの頃、帝都復興局土木部の求めに応じ、八重洲橋の設計を担当する。

一九二五年（大正一四年）　四〇歳

四月、「口腹の小説」を「改造」に。続きを翌月に発表し完結させる予定だったが、批評家の無責任な評言に対する不満から、後半を発表せず、未完のままとなった。七月、名古屋銀行倶楽部晩餐会で講演「日本文明の未来」を行う。仮名遣改定案に反対。『現代戯曲全集　小山内薫・久保田万太郎・木下杢太郎集』第十一巻（国民図書）刊。八月、京都、安土を旅行。一二月、「安土城記」を「改造」に。これ以降、小説の発表をしなくなる。

一九二六年（大正一五・昭和元年）　四一歳

一月、虫垂炎の発作を起こす。次男・元吉誕生。紀行論集『支那南北記』（改造社）刊。三月、帝都復興局土木部長で東京復興に活躍していた次兄・円三が自殺。六月、重症化した虫垂炎の手術を行う。一〇月、東北帝国大学医学部皮膚科教授（皮膚梅毒学講座）に就任。旧友の児島喜久雄のほか、小宮豊隆、阿部次郎、山田孝雄、勝本正晃等の同僚らと親交する。仙台市光禅寺通に住む。一二月、小説集『厥後集』（東光閣書店）刊。

一九二七年（昭和二年）　四二歳

八月、長女・昭子誕生。

一九二八年（昭和三年）四三歳
八月、母校にあたる伊東尋常高等小学校（現・伊東市立西小学校）の校歌を作詞。

一九二九年（昭和四年）四四歳
八月、紀行論集『えすぱにや・ぽるつがる記』（岩波書店）刊。九月、日本性病予防協会仙台支部を創設。

一九三〇年（昭和五年）四五歳
一月、日本ミコロギー協会を設立。『木下杢太郎詩集』（第一書房）刊。六月より約一年間、山田孝雄、土居光知らと共に「俳句研究会」を開く。七月、次女・和子誕生。一二月、バンコクの国際連盟癩委員会に出席。

一九三一年（昭和六年）四六歳
一月、マニラの国際癩委員会に出席。香港、マカオを旅行。三月、東北帝国大学医学部附属医院院長に就任。六月、翻訳『ルイス・フロイス日本書翰　一五九一至一五九二年』（第一書房）刊。

一九三二年（昭和七年）四七歳
四月、父と慕った義兄・惣兵衛が死去。五月、満州に出張。一一月、評伝「森鷗外」を『岩波講座　日本文学』（岩波書店）に。

一九三三年（昭和八年）四八歳
三月、東北帝国大学附属医院院長を辞任。翻訳『日本遣欧使者記』（グワルチェリ著、岩波書店）刊。一〇月、三女・寧子誕生。この年、来日中の建築家ブルーノ・タウトの訪問を受け面会する。

一九三四年（昭和九年）四九歳
九月、南京の熱帯病学会に出席。一一月、随筆集『雪檞集』（書物展望社）刊。

一九三五年（昭和一〇年）五〇歳
一月、仙台市茂市ヶ坂に転居。同月から三月にかけて、赤十字社による宮城県の巡回診療に参加。この年、梅毒予防のための映画「螺旋形の悪魔」のシナリオを執筆（未公開）。

一九三六年（昭和一一年）五一歳

四月、『鷗外全集』（岩波書店）の編集委員となる。「鷗外全集著作篇刊行の辞」を同全集内容見本に。六月、随筆評論集『芸林閒歩』（岩波書店）刊。一二月、東北帝国大学生に向けて、演説「フランスに於ける教育改革」を行う。

一九三七年（昭和一二年）五二歳

二月、左翼運動に傾倒した学生の「思想善導」を大学から指示され、読書会「鷗外の会」を始める（五月まで）。五月、東京帝国大学主任教授（皮膚科学講座）に就任。駿河台の龍名館に寄宿。八月、本郷区（現・文京区）西片町に引っ越す。九月、伝染病研究所（現・医科学研究所）所員を兼任、研究室を構えて週一回、ハンセン病の研究を晩年まで進める。一一月、国語協会医学部例会で講演「国字国語改良問題に対する管見」を行う。一二月、『鶚軒先生追懐文集』（戊戌会）の編集発行人をつとめる（鶚軒は土肥慶三のこと）。

一九三八年（昭和一三年）五三歳

八月、通称「太田母斑」に関する医学発表を新潟で行う。一二月、先の共著から杢太郎の書いた部分を再編集した、改版『大同石仏寺』（座右宝刊行会）刊。

一九三九年（昭和一四年）五四歳

一月、仙台から家族も上京し、本郷区西片町に居を構える。三月、紀行文『其国其俗記』（岩波書店）刊。七月から九月、興亜院の嘱託で北支衛生調査旅行に赴く。

一九四〇年（昭和一五年）五五歳

三月、日本医学会医学用語整理委員会委員となる。一二月、改版『支那伝説集』（座右宝刊行会）刊。

一九四一年（昭和一六年）五六歳

一月、柳田国男、新村出、岸田国士らとの座談会「現下の国語問題」がラジオ放送される。二月、フランス政府からレジオン・ドヌール勲章を受章。四月、日仏交換教授としてインドシナを約三ヵ月間訪問。ハノイ大学等で講演を行う。

一九四二年（昭和一七年）五七歳

一月、『木下杢太郎選集』（中央公論社）刊。七月、中国へ出張。大法会に招かれ大同雲崗石仏寺を再訪。一〇月、ローマ教皇庁の許諾のもと共訳『アレキサンドロ・ワリニアニ師伝』の準備を始める（未完）。この年から、日本学士院の日本自然科学史編纂委員をつとめる。

一九四三年（昭和一八年）五八歳

三月、後に「百花譜」と名づけられる植物・虫等のスケッチの作製を始める。入院する翌々年七月までの間、ほぼ毎日のように描き続け、計八七二枚を残す。七月、胆嚢炎で入院。八月、翻訳『十九世紀仏国絵画史』（リヒャルド・ムウテル著、甲鳥書林）再刊。一〇月、『日本吉利支丹史鈔』（国民学術協会編「国民学術選書」第八、中央公論社）刊。

一九四四年（昭和一九年）五九歳

三月、上海、南京の東亜医学会に出席、これが最後の海外出張となった。その後、五月にかけて北京、奉天等を旅行。この年より、雑誌「文芸」（河出書房）の編集顧問をつとめる。この頃、学士会館で定期的に開かれていた帝国美術院附属美術研究所（現・東京文化財研究所）の支那文化談話会に参加。

一九四五年（昭和二〇年）六〇歳

二月、久々の創作となる「わらひ蕈」の執筆を始める。四月、現代語狂言「わらひ蕈」を「文芸」に。六月、「すかんぽ」を「文芸」に。胃痛等の症状で病院を受診、検査。伊東の生家で療養。七月、東京帝国大学医学部附属医院柿沼内科に二週間の検査入院。病床で枕元のノートに鉛筆書きの手記「藜園《れいえん》雑記」を綴る。八月、同病院に再入院。入院を見舞った野田宇太郎に対し、ゲーテの『ウィルヘルム・マイステル』のような長篇小説「木下杢太郎」の構想を語るが実現しなかった。一〇月一五日、胃がんのため死去。一二月、「文芸」で太田博士追悼特集が組まれ、遺稿「藜園雑記」が紹介される。

一九四六年（昭和二一年）　没後一年

八月、編著『日本の医学』（民風社）刊。九月、野田宇太郎により、生前にまとめられた評論随筆集『葱南雑稿』（東京出版）刊。

本年譜は略年譜として新たに作成した。『木下杢太郎全集　第二十五巻』（一九八三、岩波書店）ほか、木下杢太郎記念館編『目でみる木下杢太郎の生涯』（一九八一、緑星社出版部）、杉山二郎『木下杢太郎―ユマニテの系譜』（一九九五、中公文庫）、池田功ほか編『木下杢太郎の世界へ』（二〇一二、おうふう）所収の年譜、また各種「評伝」類を参照した。

（柿谷浩一・編）

本書は『木下杢太郎全集』第七、十一～十三、十五～十八巻（一九八一年六月～八三年二月、岩波書店）を底本としました。文庫化にあたり、一部を除き、新漢字・新仮名遣いに改め、ふりがなを調整しました。なお底本にある表現で、今日からみれば不適切と思われるものがありますが、作品が書かれた時代背景と作品的価値を考慮し、そのままとしました。よろしくご理解のほどお願いいたします。

木下杢太郎《きのしたもくたろう》随筆《ずいひつ》集《しゅう》 岩阪恵子《いわさかけいこ》選

二〇一六年三月一〇日第一刷発行
二〇二二年五月一九日第二刷発行

木下杢太郎《きのしたもくたろう》

発行者——鈴木章一
発行所——株式会社 講談社
東京都文京区音羽2・12・21 〒112-8001
電話 編集（03）5395・3513
販売（03）5395・5817
業務（03）5395・3615

デザイン—菊地信義
印刷——株式会社KPSプロダクツ
製本——株式会社国宝社
本文データ制作—講談社デジタル製作

2016, Printed in Japan
定価はカバーに表示してあります。

講談社
文芸文庫

ISBN978-4-06-290303-5

▶解=解説 案=作家案内 人=人と作品 年=年譜を示す。 2022年5月現在